新聞崩壞，何以民主？

在不實訊息充斥與數位平台壟斷時代裡，再造爲人民與公共利益服務的新聞業

Victor Pickard 著

羅世宏 譯

五南圖書出版公司 印行

Democracy without Journalism?

Confronting the Misinformation Society

Victor Pickard

中文版序 一場開創新聞業新局的戰鬥仍在繼續

爲了吸引注意力並敲響警鐘，我特意用一個反問句爲我的書命名：《沒有新聞業的民主？》（譯按：本書中文版另譯爲《新聞崩壞，何以民主？》）儘管我的書於二〇一九年底首次出版時可能顯得有點危言聳聽，但從那個時刻至今，新聞業的狀況只有變得更加惡化。這場全球疫情加速了新聞業已經發生的結構性危機，消滅數以千計的新聞工作機會，並且擴大了美國和世界許多地方已然存在的新聞沙漠。

當然，我們許多人在學校裡學到這一點，如果沒有一個自由的、運作良好的新聞業，民主是不可能的。然而，這正是我們目前正在進行的社會實驗——妄圖在媒體系統失敗的情況下維持民主。

由於地方新聞業在未來幾個月和幾年內只會加速消亡，這種明顯的市場失靈應該會引起政府的立即干預。公共財需要公共投資和保護，使其免於不受約束的商業主義之害。隨著時間的推移，將新聞業完全臣服於市場法則之下，最終將導致它們處於投資不足的狀態。現在，比以往任何時候都更應將新聞業的基本服務——告知人們包括從公共衛生到選舉運作的種種訊息——理解爲一種攸關生死的民生必需品。

好消息是，世界各地的決策者終於開始將新聞業危機視爲一個公共政策問題，並且正在考慮各種解決方案。壞消息是，許多動機良善的努力最終卻被用來支撐已經失敗的商業媒體，而不是讓它們朝著更加可持續的非營利未來的方向發展。不成比例地讓既有新聞機構受益的短期措施，未能吸取一個關鍵教訓：絕大多數的地方新聞業已經不再具有商業可行性。今天這個時刻，我們最終必須承認，以利潤爲導向的媒體系統無法滿足我們所有的訊息需求。我們應將創建新聞業的公共選項視爲民主的當務之急。

換句話說，放任市場驅使地方新聞業消亡是一種政治選擇。它的消亡，通常被視爲自然秩序下的一個令人遺憾、但在很大程度上是無法避免的結果，正如供需關係和消費者偏好所定義的那樣。但新聞不只是一種商品，讀者也不只是消費者；讀者是仰賴多樣化和訊息豐富的新聞媒體來參與自治的民主政體一分子。

美國人民長期被灌輸一種想法，傾向於認爲我們的媒體系統是自由市場的自然產物。但這是一種受到自由放任主義影響下產生的幻覺。事實上，政府向來是一直介入於我們的媒體系統當中；眞正應該關注的是，它是如何介入其中的。應該任由強大的、以利潤爲導向的幾家公司繼續擁有並控制我們的新聞和訊息，抑或是我們可以擁有一個耳聰目明、有能力自治的社會？我們無法兩者兼得。

那麼，應該怎麼做呢？在目前進行中的這場「沒有新聞業的民主」實驗之前，其實還有另一場實驗早已在進行：將我們的新聞業設計成完全依賴資本主義。我們手上已有充分資料證明，很明顯地這場實驗已經失敗。我們必須將新聞媒體系統的一大部分完全遠離商業市場。但我們也需要使其民主化。自從我的書出版以來，我試圖進一步發展的一個構想是，每個社區都應該能夠近用由公共資助的、本地擁有所有權的新聞合作社（publicly-funded, locally-owned news cooperative）——我稱之爲「公共媒體中心」（Public Media Center，簡稱PMC）。

公共媒體中心的資源由聯邦政府支持、在地治理（federally guaranteed but locally governed）。換句話說，其新聞記者和社區成員之間得以不斷對話，並根據他們自己的需求來產製地方新聞。這些公共媒體中心將是眞正公共的，不僅僅是名義上，而且實際上是由當地居民擁有的。最重要的是，每一個社區都必須建立一個公共媒體中心。

這些構想必然是烏托邦式的，因爲這樣的制度尚不存在，儘管我們可以在當前的社會看到它們的發展潛力。在進步理念的指導下，確保所有社會成員都能獲得基本水準的新聞和訊息並創建自己的媒體，公共媒體系統將可以爲整體社會的民主深化提供堅實的基礎。

爲了激發未來的靈感，我們可以再次回顧一下我在本書結語裡討論的一個晚近的歷史實驗：「獨立媒體中心」。這種在二〇〇〇年代初期蓬勃發展的基進民主模式，藉由一個名爲「人民的新聞編輯室」（people's newsrooms）的全球網絡，試圖繞過企業媒體來培力／賦權行動主義者和公民記者。同樣地，透過對 PMC 網絡提供永久的資金支持，要求該網絡保證人人得以普遍近用優質新聞，我們將有機會實現此一基進願景。這種新聞業的「公共選項」可以解決商業媒體的各種問題，包括市場失靈（market failures）和菁英俘虜（elite capture）。

擺脱討好媒體的有錢老闆、投資者、廣告商和高收入閱聽衆的經濟需求，公共媒體中心將得以和包括窮人、有色人種社區及工人階級選區的閱聽衆有更密切的互動，也會致力於報導過往長期被忽視的許多問題。隨著治理邏輯的轉變，新聞機構可能會更少地關注點擊誘餌和低品質訊息，而更多地關注並報導重大的社會問題。比方説，我們可能可以看到更多針對勞工問題、移民社區困境及氣候變遷的生態後果的持續報導。

商業新聞媒體經常爲有權有勢者的利益服務並且爲現狀辯護。但在適當的結構條件下，新聞業可以成爲促進社會正義和改革甚至革命的進步力量。然而，要做到這一點，就必須進行政策干預，培育一種新型態的公共媒體，只爲民主這一目標服務，至少是把民主置於所有其他的考量之上。

最終，我們應該將商業新聞業當前這個過渡時刻視爲變革性的。它爲新聞機構提供了一個創造新的社會契約的機會，轉型爲一個在結構上對當地社區、而非商業所有者和廣告商負責的媒體。我們的目標必須是由下而上地重塑新聞媒體，而不是支持已經失敗的、以利潤爲導向的新聞業模式。

最終，這本書試圖盡棉薄之力，致力於擴展我們對世界民主潛力的政治想像——讓大家認識到另一種媒體系統不僅是可能的，而且是我們組織起來就可以實現的目標。

維克多・皮卡德
賓夕法尼亞州費城
二〇二一年八月二十六日

目錄

導論

被商業主義踐踏的民主

本書是關於新聞業危機與我們面對此一危機所需要的政策。新聞與資訊系統面臨的危機近年來益加迫切，而且各界針對不實訊息和平台壟斷欠缺公眾問責的關切益增。當公眾注意力轉向這些媒體失靈狀況，現下是一個契機，頗適合去處理美國傳播基礎設施的核心弱點，並且推進替代方案。近來的批評聚焦在電視新聞、紙媒和社群媒體平台，但沒有意識到這些只不過是病入膏肓的表象。為了了解新聞媒體的病因，以及需要什麼樣的改革，我們必須深入系統性問題的根源。為了達成這個目標，本書強調商業新聞業（commercial journalism）崩壞的**結構性**本質，同時探索可以取而代之的全新模式。最終目標應該是**重新再造**新聞業。雖然我的分析聚焦在美國，該國的新聞業危機最為鮮明，但類似問題在不同程度上也正在傷害著世界各地的民主社會。

美國新聞媒體病理學

系統性問題通常被忽略，直到現狀遭遇嚴重衝擊時才會被看見。唐納德．川普崛起與二〇一六年美國總統大選透露出的訊息是美國新聞與資訊系統的病症，特別是將利潤置於民主之上的商業主義，導致新聞媒體成為危險政治的推手。

電視新聞展現這些媒體亂象當中最惡劣的一面。電視新聞媒體大肆報導川普，遠多於其他的總統候選人。在初選的關鍵期，川普獲得的報導量比希拉蕊．柯林頓多出三倍以上，也是伯尼．桑德斯（Bernie Sanders）的六倍以上。[1] 種種估計數據顯示，新聞媒體在選戰期間奉送川普相當於數十億美元的免費廣告，甚至經常任由他call-in參加各電視台最受歡迎的一些新聞節目。[2] 雖然有經常性的選舉報導，但內容分析顯示包括《紐約時報》在內的美國主流媒體在選前甚少報導候選人的政策立場。[3] 主流新聞媒體的這些資訊赤字（information deficits），和社群媒體上流通的不實訊息狂潮同步發生。不過，簡單地將川普的崛起歸咎於臉書上被放大的「假新聞」（fake news），明顯是不夠的。雖然這些平台在催生各種不實訊息（dis/misinformation）時所扮演的角色頗值得深究，但傳統新聞媒體也同樣難辭其咎，應該爲美國大選期間高品質資訊匱乏的問題負責。[4]

這些情況所描繪的是一幅美國整體新聞媒體機制令人沮喪的圖像。然而它們只是深植在美國新聞與資訊系統更深層結構問題的表面徵兆。美國媒體系統裡鼓勵這麼不負責任報導的究竟是什麼？是哪些政策和意識形態導致它們積非成是？本書強調特定的媒體失靈狀況，並且建議以新模式取而代之。[5]

「對 CBS 來說卻是好極了」

三種核心的媒體失靈導致川普勝選[6]。第一種是新聞媒體的過度商業化，受到利潤驅使，特別是爲了販售廣告，導致重娛樂、輕資訊的膚淺選舉報導。對受到收視率驅動的新聞媒體來說，總是引起爭議的川普正是票房保證。有線電視新聞網（CNN）執行長傑夫・佐克（Jeff Zucker），曾經爲了尋求「極大化當下的情緒衝擊」，而語帶同意地將 CNN 的選舉新聞比喻爲 ESPN 的運動賽事轉播。他不經意地承認，「政治有如運動賽事是無法否認的事實，我們不僅對此深有所知，也據此行事。」[7] 如今名譽掃地的哥倫比亞廣播公司（CBS）執行長萊斯利・莫文維斯（Leslie Moonves）更坦承，「（川普的總統候選人身分）可能對美國不是好事一樁，但對 CBS 來說卻是好極了。」他接著說，「財源廣進，太有趣了……對我們來說這將會是非常好的一年……加把勁，唐納德，繼續幹。」[8]

這些談話透露美國新聞媒體是如何將利潤置於公共服務之上。雖然許多知名新聞媒體從那時起變得對川普更有敵意，也更可能揭穿他的胡亂撒謊，更能抵抗他的惡言相向，但它們的新聞報導還是繼續聚焦在他的粗魯言行，並且疏於報導川普執政所造成的愈形惡化的收入不平等、制度性的種族歧視、環境崩壞等問題。新聞報導經常有如實境節目般的「川普秀」，有助於收視率和廣告營收。自川普就任總統以來，CNN 的黃金時段收視率因此翻倍，（譯按：有線電視新聞頻道）MSNBC 更是暴增近三倍。[9] 它們之所以大發橫財，部分來自於此一事實，亦即川普相關新聞的產製成本極爲低廉：名嘴和幾個專家只要討論川普最新推文及情緒失控的評論即可。這種膚淺的報導，對受到利潤驅動的新聞媒體來說是難以抵擋的誘惑，但對民主話語/論述的形成卻是致命的。

美國媒體系統的第二種失靈，在於社群媒體平台特別是臉書上流通的不實訊息數量龐大。雖然許多分析家將不實訊息問題歸咎於政治極化和外國勢力干預，但商業誘因確實促進它的進一步擴散。臉書不負責任的行爲源自於爲了極大化廣告營收，更來自於它不受管制的壟斷權力。某些人認爲「假新聞」（一個問題重重的用語）的關切不過是道德恐慌與社會歇斯底里。而這種懷疑有其根據，尤其是因爲這些批評當中有很多是反歷史的（ahistorical），通常源自於想要爲川普的意外當選找一個簡化、單因的解釋。

儘管如此，對不實訊息廣爲傳播現象的擔憂值得認眞看待。一些研究報告指出，在選前幾週，捏造的消息比基於事實的新聞，傳播得更加頻繁[10]。隨著美國人以及世界各地的人們愈來愈常透過臉書獲知新聞，對於臉書在整個媒體系統占據中心地位的擔憂是完全有道理的[11]。然而，許多人繼續忽視造成不實訊息的結構性根源，尤其是加速不實訊息傳播的商業動機。由於臉書的商業模式依賴於用戶參與，它並無解決這個問題的動機，而是選擇依靠社會各界、群眾外包（crowdsourcing）和演算法調整來阻止不實訊息的流通。

不實訊息的興起，是社群媒體巨頭臉書不對稱關係的又一表現，它擁有巨大的政經權力，但它面對的獨立監督卻很少，同時完全逃避媒體公司通常需要承擔的責任[12]。作為全球網路平台和演算法驅動的出版商，臉書對世界大部分訊息擁有巨大的守門權力（gatekeeping power）。然而，與過往的「自然壟斷」（natural monopolies）或公用事業不同，臉書逃避嚴密的監管，而且推卸信守具有重大公共利益要求的社會契約，以換取社會賦予它的許多利益。正如我將在第四章討論的，不斷增長的媒體壟斷力量——從臉書和谷歌（Google）到辛克萊廣播集團（Sinclair Broadcast Group）和美國電報與電話公司（AT&T）——是危及新聞和訊息系統誠信的主要威脅。[13]

第三種系統性失靈是專業新聞業緩慢但篤定的結構性崩壞。隨著市場對新聞產製的支持減弱，現役記者數量持續下降，報紙自二〇〇〇年以來已經失去一半以上的員工。[14] 然而，報紙仍然提供大量的原生報導（original reporting），扮演整個美國新聞媒體系統的訊息供給者角色。即使是漫不經心的觀察者也會注意到，電視新聞報導通常與當天報紙報導如出一轍。在一些主要的有線電視新聞節目中，主持人的日常工作通常是向觀眾朗讀最新報紙新聞的標題。同樣地，社群媒體傳播的新聞內容——美國人愈來愈多地獲知訊息的地方——大部分來自於專業新聞機構。

雖然很難了解，專業新聞業的崩壞究竟如何影響報導或未被報導的議題，或者如何以不同方式報導議題，但有些趨勢顯而易見，尤其是「新聞沙漠」（news deserts）的興起，是不可否認的：整個地區都沒有新聞媒體報導，也難以取得可靠訊息。[15] 此外，訊息稀缺和新聞赤字（news deficits）問題，對特定群體和區域造成的傷害特別大，尤其是有色人種社區、鄉村地區和社經地位較低的社區。這個現象代表美國媒體政策的重大失敗。

總的來說，美國新聞媒體系統的這些結構性缺陷，爲我所說的「不實訊息社會」（misinformation society）創造絕佳條件[16]——選民愈來愈多地接觸羶色腥的新聞報導、點擊誘餌（clickbait）和退化的新聞報導，而不是資訊充分、基於事實與政策相關的新聞。雖然出現許多需求面的挑戰，包括社會愈來愈缺乏信任和兩極分化，但這些和其他與閱聽眾相關的問題，與可靠新聞和訊息的供應日益減少，以及不實訊息和低品質新聞媒體的泛濫交織在一起。除非我們首先解決供給面的問題，尤其是處於系統弊病中心的商業主義，否則我們無法克服讓美國新聞媒體陷入沉疴的其他危害。

關於新聞業的幾種敘事

爲了凸顯新聞業危機的結構性本質，本書將審視我們談論新聞的方式。在川普當選後，出現幾個關於新聞業的元敘事。第一種敘事是新聞媒體導致川普上台，尤其是電視新聞報導，但此一批評也適用於紙媒新聞。除了給川普大量的曝光度，新聞機構經常忽視他的黑歷史，或是錯誤地將他的行爲與其他候選人的瑕疵相題並論。典型的新聞媒體報導也透過「賽馬」式報導將這場選舉聳動化和瑣碎化，過度聚焦在民意調查數據和候選人之間的人身攻擊，而不是針對他們的政策立場提供批判分析。

第二種敘事，與第一種敘事存在緊張關係，是對第四階級（the Fourth Estate）的新認識。許多人愈來愈將新聞機構視爲公民社會的最後堡壘，保護他們免受從假新聞到法西斯主義的各種侵害。當川普攻擊媒體時，公眾的同情心自然而然地回報給新聞機構（儘管對川粉來說正好相反）。一個直接結果是「川普當選帶來的上漲行情」：許多新聞媒體在二〇一六年大選後的訂閱量遽增。然而，這場有如及時雨般的財務支持無法解決媒體組織的經濟問題，而且對大多數媒體來說也只屬於短期利多。

這將我們導向早於大選之前即已出現的第三種敘事：儘管對公共服務新聞（public service journalism，亦即本地、政策相關新聞和調查報導）的需求漸增，但正是這類型報導使新聞業在經濟上難以爲繼。消費者和廣告商轉移到網路，但數位廣告收入難以彌補傳統印刷廣告的損失（而且其中大部分進到臉書和谷歌的口袋），商業報紙一百五十年以來依靠廣告的營收模式現在已經無以爲繼。在許多方面，廣告過去是對媒體組織的補貼，新聞和資訊則是廣告商與報紙交易衍生的副產品或正面外部性（positive externality）。因爲這種廣告營收模式已經存在很長時間，彷彿成了自然秩序的一部分，導致替代／另類模式超出我們的政策話語／論述和政治想像。

然而，替代／另類模式正是我們現在應該討論的。除了二〇〇八年和二〇〇九年的短暫時期外，這幾乎沒有被公開討論，也幾乎沒有政策回應；與此同時，美國新聞業危機還在不斷惡化。早在二〇一六年，皮尤研究中心（Pew Research Center）——評量美國新聞業健康狀況的翹楚——即發出警告：「這種加速的衰退狀況表明該產業可能已經踏上不歸路。」[17] 皮尤研究中心的此一陳述，充分說明新聞業崩壞的嚴重性。如此嚴重的社會問題，值得公眾以相當於國安危機的規格來討論。

美國新聞業危機

我們如何談論新聞業的消亡很重要。某些關於新聞業危機的敘事將其自然化，視之爲「媒體生態系統」（media ecosystem）的一種演化蛻變。[18] 另一些則視之爲美國新聞系統朝向「後工業」時代的轉變。[19] 把網際網路對新聞業的「創造性破壞」（creative destruction）視爲理所當然，許多觀察家通常淡化商業新聞模式特有的結構性弱點，尤其是它對廣告營收的過度依賴。一些隱喻和短語如「完美風暴」和「破壞性創新」，隱然將新聞業危機建構成某種超出人力所能控制和公共政策範疇的事情。

這種結構轉型，雖然有學者專家認爲是民主和曾經崇高的新聞職業的悲慘損失，但對另外一些人來說卻是令人興奮的源泉。這些樂觀主義者——儘管近年來人數漸減——認爲，新的數位新創公司預示著新聞業可能會有的更美好未來。這類分析忽略這些模式令人懷疑的可持續性，以及它們僱用的記者數量很少，相對於傳統新聞媒體正流失數以萬計的工作機會。這些烏托邦傾向的觀點傾向於強調數位新聞業的創新性與促進公民參與的潛力，往往忽視其負面外部性（negative externalities），例如點擊誘餌和不實訊息的蔓延。

數位新科技的棘手問題仍在：新聞業在當今數位時代的規範性角色爲何？我們是否該擔心數位新聞商業模式中日益突出的侵入性和欺騙性的廣告？隨著新聞工作變得愈來愈不穩定，愈來愈依賴免費或低薪勞動，其中的社會意涵爲何？隨著地方新聞業的消失，又會發生什麼？當一個正常運作的新聞系統不復存在時，社會應該怎麼做？如果這種損失是一場危機，那麼爲何沒有任何公共政策回應？

在接下來的內容中，我認爲關於美國新聞業未來的政策話語/論述受到自由放任主義假設的局限。如果要擺脫這種話語/論述，我們首先必須了解它從何處來。爲此，本書將新聞業危機置於特定政治和歷史脈絡中。這樣的分析，有助於充實新聞媒體與政體之間規範關係的未經細察的假設。這個分析架構將新聞業危機界定爲一個需要社會民主替代方案——也就是公共媒體的社會問題。

本書的焦點

本書聚焦於美國新聞業的結構轉型，同時強調它對民主的意涵。到目前爲止，我們對新聞業危機的後果以及該怎麼辦的社會想像，趕不上它的物質性崩壞的步伐。這也許是這個新自由主義時代的徵兆，許多人開始求助於慈善和企業家個人——大多數是像傑夫．貝佐斯（Jeff Bezos）這樣的富裕白人男性拯救新聞業。但這場危機需要的是針對在地社區、民主文化和整體社會的重大利害關係，進行更深入的對話。本書介入這場辯論的取徑是，將關於新聞的民主必要性這種規範層次的問題重新推回前台。如此一來，本書將那些看似新穎的發展歷史脈絡化，並且爲失敗的商業模式提出結構性替代方案。本書也將處理當今數位新聞媒體面臨的許多問題，從網路中立性（net neutrality）的喪失，到令人關切的壟斷權力，從福斯新聞台到臉書。

鑑於這場持續進行中的危機與我們思考和談論新聞的方式密不可分，這種取徑需要對當代政策話語／論述進行具有批判性的分析。舉個例子：美國憲法第一修正案偏重消極自由的詮釋（關於「免於（政府干預）的自由」），最終保護了企業權力，否定了政府監管，並且導致美國對監管的想像變得如此貧乏，而這些因素共同造成因應新聞業危機的持續性政策失敗。本書拷問這些在政策辯論中通常不可見的話語／論述參數，特別是關於政府干預媒體市場的正當性。

貫穿全書，我考察了當代話語／論述關於新聞業在民主社會的公共服務使命，以及政府在其中應該扮演的角色。我援引歷史資料、政策文件和產業數據，以便將這場新聞業危機脈絡化。我的分析也包括我十年來對相關聽證會和會議的參與式觀察，以及我與積極參與正在進行中的有關新聞業未來的辯論的記者、媒體分析家和學者之間的對話。

多年來，透過關注閱聽人的科技和文化變遷，或記者的實踐和常規，許多分析家試圖理解新聞業的結構轉型。愈來愈多的學者和評論者發現新聞採訪的新類別，其中很多討論都集中在數據／資料新聞（data journalism）、駭客新聞（hacker journalism）、網絡化新聞（networked journalism）和其他變體。在預示這些據稱是新形式的新聞時，許多樂觀主義者認爲，新的科技能供性（affordances）使記者和企業家能以更少時間和金錢，以本質上是參與和民主的方式產製更優質的新聞。然而，傳統媒體機構能否從這場危機中創新，新的數位新創公司能否塡補新聞眞空，或者科技和市場能否共同促成永續發展的新聞業，仍然還有疑問。儘管幾乎沒有證據表明數位模式具有長期商業可行性，但許多倡議者仍然盼望一些新的獲利模式能夠成功；另外一些人則認爲，我們可以依靠各有盤算的媒體億萬富翁和基金會所支持的新聞機構。我認爲，上述這些模式都不足以力挽狂瀾。透過批判檢視它們的不足，本書彰顯美國新聞業的前途多舛，並且力主公共媒體系統（public media system）是新聞業最後也最好的希望所寄。

爲實現這一目標，我強調美國新聞自由之歷史的和意識形態的偶然性、當代新聞機構的結構性矛盾，以及旨在改變這些安排的政策介入手段。我提醒讀者注意美國媒體系統的規範性基礎，特別是因爲它們歷來處於持續的政策辯論之中，而且經常有所爭議。[20] 本書假設大多數民主理論都以健全資訊和傳播系統的存在爲前提。如果沒有健全的新聞媒體系統，民主就會淪爲無法實現的理想。

面對不實訊息和新聞業危機等問題，我所採取的理論取徑屬於政治經濟學的傳播研究傳統。這個次領域側重媒體機構是如何組織、由誰擁有和控制，以及媒體如何在更大的權力關係中發揮作用。比方說，政治經濟學家著眼於市場集中如何延續權力等級，如何有礙於媒體的民主潛力。總的來說，這個理論框架考察權力如何透過傳播系統運作，並且提出以下問題：媒體系統的設計本身隱含哪些意識形態？爲誰的利益服務？媒體的所有權和控制權、近用條件、產製和傳播的基礎又是什麼？在處理這些結構性問題時，政治經濟學傳統上致力於反法西斯主義，並獻身於進步的社會運動。[21] 懷抱清晰的規範性願景，它審視並希望改變權力結構。[22] 透過挑戰占主導地位的假設和關係，此一取徑的最終目的不只是描述事物運作方式，而是不把它視爲理所當然，並且希望最終能改變社會現狀。

每一個理論框架都有優點和缺點，它闡明社會現象的某些面向的同時，也忽略了其他面向。政治經濟學分析明顯是一種結構性的理論取徑，用於理解占主導地位的社會關係和制度。它的一個優點是可以透過掌握大圖景來促進集體行動。在面對新聞業危機時，這個框架將不實訊息問題視爲歷史上一連串政策選擇所導致的結果，而且其中受到政治鬥爭的影響，而有無限的可能性。藉由將這些挑戰視爲整個社會都必須面對的供給面問題——這些問題具有偶然性，並非不可避免的，而是會受到人爲介入影響，這種分析將新聞業擺放在會受到人類能動性和社會變革影響的位置上。

在鋪陳新聞業和民主的核心關切的同時，本書的主題跨越幾個廣泛的領域。第一章聚焦美國新聞業的歷史和規範性根源，強調在美國新聞系統形成初期就已內化的商業邏輯。第二章側重近期歷史和關於新聞業未來的當代辯論所錯失的機會。第三章著眼於數位新聞的持續退化，並且強調潛在的替代方案。第四章探討新聞業面臨的結構性威脅，尤其是臉書等平台壟斷企業對新聞業的負面影響。第五章討論「美國媒體例外主義」（US media exceptionalism）的根源，並討論歷史和全球脈絡下商業新聞的公共替代選項。結語一章回到大圖景並處理這個問題：接下來，我們應該做些什麼？

在探討這些關切和問題時，我提出七個基本論點：

一、商業新聞業一直處於危機之中。

二、這場危機的本質是深度結構性的，需要系統性的修復。

三、新聞業危機是對民主的威脅。

四、這種威脅相當於一個需要公共政策介入的重大社會問題。

五、這些政策應建立在媒體的社會民主願景之上。

六、公共服務新聞業的最佳出路是社會有一個公共媒體的選項。

七、危機即轉機；它讓我們能夠重新想像新聞業的可能性。

透過聚焦商業新聞業持續的結構性崩壞，本書試圖將這場危機當作美國商業新聞媒體系統長期歷史矛盾的徵兆。除了梳理這種轉型的不同病理和社會影響之外，本書試圖將關於新聞業未來的辯論重新定義爲公共政策問題。在本書結語裡，我提出系統性改革的建議。這麼做，我希望有助於啓動一場遲來的關於新聞業危機的嚴重性，以及社會必須採取什麼措施的對話。現在是重新想像新聞業應該是什麼的時候了。

第一章

美國新聞自由與失敗的歷史根源

在美國，很少有一種自由像新聞自由那樣受到珍視。受到憲法第一修正案的認可，新聞自由在大多數美國人眼中是不可侵犯的。「新聞業的力量」這種敘事在社會想像中尤其突出，從歷史上的扒糞者到尼克森時代的五角大廈文件案皆然。近年來，《驚爆焦點》、《郵報：密戰》等熱門電影進一步浪漫化堅持追尋眞相、問責權力的記者形象。當前的政治時刻讓許多美國人對新聞業有了新的認識——儘管肯定不是所有人。然而，就算這些信念具有強大的修辭力量和情感吸引力，但大多數美國人並沒有花太多時間思考維護新聞自由的政策、法律和制度，也沒有問這個關鍵問題：新聞自由究竟是爲了誰？

在一個關鍵面向上，美國的新聞媒體系統與其他民主國家截然不同：它極度商業化。與世界上大多數新聞產業相比，美國新聞業對廣告收入的依賴程度更高，因此承受著巨大的商業壓力。這種不受約束的商業主義使得美國新聞業以微妙但重要的方式顯得如此與眾不同。[1] 自十九世紀以來，美國新聞業同時兼具營利性企業和公共財（a public good）的雙重特性。作爲一種商品，它與資本主義市場掛鉤，爲相對少數的所有者和投資者創造巨大利潤；作爲一項公共服務，它在最好的情況下確實強化了民主。公共服務新聞通常致力於告知、啟發、監督權勢者，並爲不同觀點和聲音提供論壇。然而，利潤動機驅使商業媒體娛樂、銷售廣告、滿足股東並盡可能地賺更多錢。美國新聞業在商業體系中的這兩面——一面是重要的公共服務，另一面是在市場上買賣以獲取利潤的商品——自一八〇〇年代以來即一直存在著衝突。

打從新聞業開始商業化以來，改革者一直試圖保護新聞業的公共服務使命免於受到利潤需求的箝制，後者對民主的各種目標都構成威脅。美國專業主義新聞學的許多理想和準則都是因爲直接應對這些壓力而發展起來的，目標是使新聞採訪免受商業主義的反民主和腐蝕作用所影響，或至少創造出一種客觀性和社會責任的外飾。然而，在許多方面，這些新聞理想仍是商業影響的產物，並非眞的能夠保護新聞採訪完全免於商業影響。這種固有的矛盾從一開始就引來基進批評（radical criticism）、改革嘗試和實驗性的替代方案，因爲只要媒體變得太過商業化，社會批評家和媒體改革運動者就會站出來挑戰它。

本章著眼於新聞業追求獲利和公共服務目標之間長期存在的緊張關係，如何有助於解釋當代新聞業危機。新聞業商業模式的崩壞，不僅僅是由新的數位科技造成；相反地，這場危機是商業新聞業誕生以來即已存在的長期、系統性問題。換句話說，商業新聞一直處於危機之中。這場危機的根源可以回溯到美國新聞業的規範性和歷史的基礎，而這些基礎本身又與古典自由主義的興起息息相關。

新聞業的民主原理

與媒體相關的許多民主原則，都可以追溯到古典自由主義。這種崇尚平等、寬容和觀點多樣性的意識形態形構，[2]出現在十七世紀的英國和法國，是當時人們對國家暴政和侵犯個人自由的回應。[3]古典自由主義者想反抗言論審查，擴大選擇自由，並且在法治下保護公民自由。[4]米爾頓（John Milton）的奠基之作《論出版自由》激發了古典自由主義的觀念，亦即當不同觀點和聲音得以充分展現，最好的觀念自然會脫穎而出。[5]另一部影響深遠的著作是彌爾（John Stuart Mill）的《論自由》，頌揚包括言論自由在內的個人自由，並且提出一種功利主義的觀點，亦即在不傷害他人的前提下，個人最大程度的自由就等同於爲更大的社會共善服務。[6]他寫道，「意見的統一，除非經過對立意見的最充分和最自由的比較，否則是不可取的，而且多樣性不是壞事，是好事。」[7]換句話說，所有的聲音和觀點都應有被公平傾聽的機會——不僅僅是爲了言論和表達自由，也是爲了確保人們得以近用多元訊息。

自由主義思想家從這類表述中汲取靈感，以維護那種鼓勵多樣觀念和活躍辯論的新聞業理想。

這些著作預示所謂「觀念市場」（marketplace of ideas）的中心思想，但直到很久以後才變得更具體化。一九一九年，美國最高法院大法官奧利弗・溫德爾・霍姆斯（Oliver Wendell Holmes）在一篇著名的「不同意見書」中論稱，「觀念的自由交易可以更好地實現人們所期望的最終利益——眞理的最佳檢驗是觀念能夠在市場競爭中被接受。」[8] 其後，「市場競爭」蛻變成爲「觀念市場」一詞，意指一個自由流通訊息和表達的開放領域。很少有一個隱喻在描述民主理想時擁有如此強大的力量。[9] 援引「市場」這個字，讓「觀念市場」一詞更能打動人心，但也更有問題。正如歷史學家山姆・列伯維克（Sam Lebovic）所指出的，這中間有「深刻的諷刺意味」，因爲在這一概念廣受歡迎之際，也正好是市場腐蝕媒體機構，使其變得更加集中化、消費者導向和商業化的時候，並且對不同聲音和觀點並存的擁擠市場不太友善。[10] 儘管如此，「米爾頓—霍姆斯」取徑的新聞自由觀爲後來眾所周知的「新聞業的自由放任主義」奠定基礎，並以「觀念市場」作爲它最響亮的口號。[11] 確實，在某些關鍵面向，自由主義和自由放任主義的新聞理論是可以互換的，因爲兩者都同樣強調個人自由及對市場的普遍尊重。

當我們仔細審視新聞媒體隱含的、而且往往未經細察的規範性理想時，古典自由主義的矛盾就會成爲焦點。例如，「觀念市場」模式暗示商業媒體系統是一種菁英制度，其中最好的觀念會贏得公眾認可，這意味著資本主義競爭最能達成民主傳播的理想。這個隱喻強調公平和機會平等，它假設的是一個自然會鼓勵平等主義的公平競爭環境。然而，自由主義的概念，包括「公共領域」這個概念本身，在涉及結構性不平等問題時往往存在盲點，對於資本主義市場實際造成的不平等尤然，自由主義通常將市場視爲中立的仲裁者。自由主義也無法有效處理結構性排斥，例如：種族歧視、階級主義和性別歧視，導致自由主義與重分配正義（redistributive justice）等基進概念不太相容。12

自由主義還將個人的私有財產權置於社會的集體需求之上。在媒體政策中，這種優先順序在歷史上導致一種自由放任式的安排，將媒體視爲私人商品，其價值由市場決定。這種取徑不會優先考慮不同的聲音、再現和觀點，也不保證所有社區和社會群體都能近用媒體。雖然自由主義／自由放任主義認定政府審查制度是新聞自由的一個嚴重問題，但它往往忽視「市場言論審查制度」（market censorship）導致一再發生的遺漏和限制。13

自由主義一直堅信市場是民主媒體系統的最佳載體，但這自十九世紀以來即在美國引起基進批評。換句話說，新聞業的自由主義／自由放任主義理論主要側重的是保護新聞業免受政府干預，而不是確保人們得以近用新聞媒體。積極自由（享有……的自由）和消極自由（免於……的自由）這種不完美的二分法，使人們關注傳統自由主義者擔心的如何保護個人自由免受政府暴政侵害，但通常對如何增進積極自由卻少有著墨。後者可能包括擴大媒體所有權，擴大新聞媒體再現的觀點和聲音的廣度，以及開放通訊傳播系統和基礎設施的近用，讓更多的社會成員，尤其是那些最常被邊緣化的群體得以參與。自建國初期以來，民主社會新聞業的自由主義理想與市場強加的結構性限制之間，一直存在著這些緊張關係。

美國新聞業的規範性基礎

在美國新聞業的基礎敘事中，很少有人像湯瑪斯・傑佛遜（Thomas Jefferson）那樣突出。他那些膾炙人口的關於報紙對自治社會至關重要的名言，說明何以民主有賴於掌握充分資訊的知情民眾。在他最著名的聲明中，傑佛遜說：

> 政府的基礎是人民的意見，這是我們應該確保的首要目標；所以，如果讓我來決定我們應該有政府無報紙，抑或是有報紙無政府，我應該會毫不猶豫地選擇後者。**但我的意思是每個人都應收到這些報紙且有能力閱讀它們。**（粗體字強調部分爲作者另加。）[14]

這段引文的最後一部分強調近用新聞媒體的必要性，而不僅僅是有新聞媒體存在而已，此觀點經常被輕易遺忘。傑佛遜強調新聞業的制度支持與普遍近用之重要性，因爲他認爲維護一個自由和開放的媒體系統是民主社會的必要先決條件。[15]

美國的其他建國之父們普遍認同傑佛遜的觀點，亦即自治的前提是社會能夠獲取／近用可靠訊息，而這又取決於一個充滿活力的新聞媒體系統。比方說，詹姆斯・麥迪遜（James Madison）有句名言：「沒有人民訊息或**缺乏渠道獲取訊息**的民選政府，只是鬧劇或悲劇的序幕；或是兩者皆是」（粗體字強調部分爲另加）。[16] 傑佛遜和麥迪遜都強調確保獲取／近用訊息的必要性。以此方式理解，新聞業廠爲民主社會的必要基礎設施。

這些熱情甚至被載入美國憲法，爲新聞機構提供特殊考量和不可剝奪的保護，而新聞業也是唯一獲得這種特權的產業。憲法第一修正案規定：「國會不得制定法律……剝奪言論自由或新聞自由。」法學理論家和歷史學者長期以來一直在爭論「……或新聞自由」條款的眞正意涵，因爲這似乎將其與

「言論自由」區分開來。[17] 研究第一修正案的權威學者史蒂文・謝弗林（Steven Shiffrin）指出，雖然最高法院否認該條款賦予新聞業什麼特權，但既有的法理和判例法表明並非如此。謝弗林指出，「《紐約時報》不是化肥廠」，不應被視同普通企業。再者，一些歷史分析指出，在第一修正案立法通過的時候，美國建國之父們多將新聞業視為一個自治機構，也深知它需要受到特殊保護的程度遠超過個人層次的言論自由。[18]

此一詮釋，再次強調新聞業需要的制度性支持，以及公眾獲取新聞媒體的重要性。包括班杰明・富蘭克林（Benjamin Franklin）在內的美國建國之父們都認為，個人應該擁有在新聞媒體上表達意見的積極權利，新聞業的觀點多樣性和平等很重要，而且報紙是公共資產，而非只是私有財產。[19] 這一立場代表歷史學家羅伯特・馬丁（Robert Martin）所說的「開放新聞主義」（open press doctrine），遠遠超過簡單地防止國家干預新聞媒體，還考量新聞業對社會的義務，例如提供多元訊息。[20] 馬丁指出，美國建國之父們在起草第一修正案時，此一規範性理念與自由主義者對政府過度干預媒體的關切一樣「廣為流傳」。[21]

這一信念，亦即美國人有必要獲取可靠和多元訊息，而且政府有積極義務促成這些訊息被供應，合理化了美國政府對該國首個主要傳播網絡的投資：郵政系統。在早期，該系統主要用作新聞傳遞基礎設施，而私人信件傳遞是次要的。一七九〇年代有多達百分之七十的郵務量是在遞送報紙，一八三〇年代更高達百分之九十五。[22] 在美國第一次重大媒體政策辯論中，美國開國先賢們果斷地認為郵政系統不該自負盈虧——拒絕接受歷史學家理察・約翰（Richard John）所說的「財政考量」。[23] 相反地，這些有遠見的先賢將郵政系統的教育目的置於經濟考慮之上，因此決定對其進行大量補貼。[24] 鑑於作為核心傳播基礎設施的郵政系統具有的重大社會功能，建國初期的政治領袖把它應該自負盈虧的想法看做是荒謬的。[25]

這些辯論對於當前關於媒體與政府間的適當關係之討論，可謂相當及時，也表明建國之父們並未受到市場原教旨主義（market fundamentalism）的束縛。由於郵政系統是自治民眾所仰賴的新聞和訊息基礎設施，爲更高的公民目的服務，這些決策者決定由國家直接補貼報紙以低郵資的方式發行。值得注意的是，關於郵政政策的爭論有兩派，一派主張應該完全免除所有新聞報刊的郵資（例如喬治・華盛頓），另一派主張該系統應該獲得國家的大量補貼（例如詹姆斯・麥迪遜）。後者最終勝出，並被載入《一七九二年郵局法》（*Post Office Act of 1792*）。[26] 這種由政府資助的基礎設施——包括龐大的郵政道路網——讓郵政系統迅速擴展成爲美國最大雇主。[27] 正如郵局的一部通俗歷史所描述的那樣，新創建的「郵政公有地」（postal commons）構成「在整個新政體中流通新聞的中樞神經系統」。[28] 這個系統依賴相當於今日數十億美元的巨額政府補貼。

儘管美國在投資傳播系統方面有著悠久歷史，還是有許多人認定美國政府不具備補貼此類基礎設施的合法性。這種想法部分源自於這樣的一種誤解，亦即實現民主理想的主要障礙是國家暴政，而不是來自於集中化企業權力的私人暴政。在古典自由主義的新聞概念裡，我們只需要擔心政府侵犯人民的第一修正案權利。但是，隨著新聞業變得高度商業化，新聞自由面臨更廣泛和更微妙的結構性障礙，這些限制繼續困擾著美國新聞媒體。更長的歷史視角有助於聚焦這些結構性矛盾，以及奮起與之相抗的基進批評。

美國新聞業的商業化

一八〇〇年代，隨著「黨派報紙」模式開始式微，新聞業發生漸進的結構轉型。取而代之的是主要依賴廣告收入的商業化報紙。新聞史學者傑拉德・波達斯蒂（Gerald Baldasty）指出，新聞產製的潛在邏輯朝向獲利動機的深刻轉變，不僅改變報紙內容，也改變報紙出版商和編輯如何看待自己的社會角色，以及他們和讀者的關係。過往，他們基本上把讀者當選民看待，但到十九世紀末前後，他們主要將讀者視爲消費者。這種「商業化讀者」的視野從此主導了新聞產製。[29]

這種朝向廣告收入模式的轉變，最終縮減報紙公開刊載意見的意識形態光譜。媒體史學者約翰・尼祿內（John Nerone）指出，因爲愈來愈依賴廣告，美國和英國的新聞系統都曾出現這種「商業主義的去政治化效應」（depoliticizing effect of commercialism）。[30] 儘管新的商業化報紙依賴更大的讀者群，但廣告商無意促進工人階級的政治和經濟利益。相反地，正如尼祿內所觀察到的，透過瑣碎、聳人聽聞甚至不眞實的報導，「大眾傳播媒體一方面吸引工人階級讀者，一方面又宣揚反動政治的情況，變得相當普遍。」[31] 這些爲廣告商吸引閱聽眾注意力的策略有助於宣傳特定的社會觀點，並根據特定的情感和忠誠來動員閱聽眾，但這往往與關注工人階級團結、資本主義劫掠，以及財富重分配的進步敘事背道而馳。媒體學者詹姆斯・柯倫（James Curran）和珍・西頓（Jane Seaton）在英國媒體商業化後也注意到類似的意識形態轉變。受利潤動機驅動，以及不斷需要觸達更多閱聽眾，市場做到政府無法做到的一件事，也就是讓無法負擔產製成本增加的基進報紙（radical newspapers）消亡。[32] 追溯類似的意識形態監管，埃德溫・貝克（C. Edwin Baker）認爲，廣告商爲新聞業提供「補貼」，同時也充當「最始終如一且最有害的媒體內容『審查者』」。[33]

這些結構性的變化，在不同報紙展現出來的樣態有別且不均衡，但有一個共通類型出現。雖然政黨資助和黨派立場並沒有馬上消失，但一種隱匿的商業邏輯深刻地改變了新聞的本質，也就是以經濟上的利之所趨取代原先對政黨的忠誠度。到十九世紀末，尋求利潤的媒體和投資者想方設法擴大他們的讀者群，爲的是吸引廣告商。這些做法類似我們現在所說的「點擊誘餌」：強調羶色腥、戲劇性和吸睛的內容。報紙愈來愈常用各式各樣的「低俗」娛樂內容塡充版面，例如犯罪新聞和衣著暴露的女性照片，以及傾向於誇大、甚至捏造的報導——這種風格被稱爲「黃色新聞」（yellow journalism）。

到一八〇〇年代後期，隨著新聞媒體尋求能吸引廣告商的更大讀者群，這種商業過度行爲變得更加明顯。雖然媒體業者希望藉此產生可觀收入，但其中的競爭非常激烈。一位鑽研那個時代的歷史學家指出，媒體市場「過度飽和；收入下降；〔記者〕報酬差；媒體業者陷入發行戰，爲了爭取更多訂戶而相互競爭——即使這意味著要從事一些不道德的行爲。」在這種情況下，記者將媒體業者的商業邏輯內化，並堅持一條規則：「不惜一切代價取得新聞故事——即使是編造也在所不惜。」[34]

這些趨勢在美國最成功的一些報紙中尤爲明顯。例如，在它們一八九八年對「緬因號」的報導，亦即一艘美國海軍戰艦在古巴哈瓦那海岸爆炸，造成超過二百五十名美國人死亡的事故，約瑟夫・普立茲（Joseph Pulitzer）的《紐約世界報》和赫斯特（William Randolph Hearst）的《紐約新聞報》立即將這一事故歸咎於西班牙人，並以「記住緬因號」的口號來支持軍事行動。儘管它們在煽動美西戰爭中的作用經常被誇大，但當時報紙的相關報導是相當反動和聳人聽聞的。[35]

然而，這種報導風格後來引起反彈。黃色新聞的興起引發公眾對新聞媒體過度商業化的回應。一開始最大聲的抗議來自菁英專業媒體，但對羶色腥報紙的厭惡，很快地在更廣泛的公眾中蔓延開來，尤其是當記者開始瞄準自己的產業弊端時。一些公共圖書館和公民協會甚至威脅要抵制其中敗行劣跡最嚴重的報紙，包括前面提到的《紐約世界報》和《紐約新聞報》。[36] 針對這種不斷上升的媒體批評浪潮，新聞業開始建立專業規範，以避免遭受更結構性的外部干預，特別是政府監管措施。但是，這個專業化的過程，是在遭受數十年來自公眾和新聞工作者自身的壓力後才姍姍來遲。

早期對商業新聞業的基進批評

二十世紀的首波媒體批評浪潮，是針對受廣告驅動的報紙的許多過度商業化行爲做出回應。[37] 這波批評來自多個來源，尤其是基進報刊，當時正值它在歷史上最受歡迎的時期。一九一〇年，社會主義色彩濃厚的週刊《訴諸理性》（*Appeal to Reason*）擁有驚人的七十五萬讀者；與其他較小的報刊合併計算，當時基進報紙的讀者總數大約有二百萬人。[38] 這些報刊無情地批評商業報刊的逐利貪婪與充當資本主義的喉舌。

這些衝突有時會從文鬥轉爲武鬥。一九〇〇年代初期，客觀性（objectivity）還不是標準的新聞規範，許多商業報紙公開擁護強烈的意識形態立場。[39] 在一九〇〇年代初期，《洛杉磯時報》不斷發表社論表達反對工會組織、八小時工時制和強制入（工）會制的立場。[40] 其中一篇社論直指，「這座城市的獨特之處在於它抵禦了咆哮的工會狼群，牠們侵擾我國許多其他城市，並且對著已然傾頽的產業自由張開血盆大口。」[41]《洛杉磯時報》發行人奧蒂斯（Harrison Gray Otis）（因其軍事背景而被稱爲「奧蒂斯將軍」）認爲自己正在領導一場對抗工會的全面階級戰爭。他在印刷廠儲藏武器，並且強迫他的員工──他稱之爲他麾下的「方陣」──用步槍進行操練。奧蒂斯開著一輛房車在市區穿梭，車頭裝著一門黃銅大砲，車尾裝有一個鉸鍊式彈藥箱。一九一〇年，當無政府主義者麥克納馬拉兄弟以炸彈攻擊洛杉磯時報大樓時，美國的階級對立達到頂峰，而這一事件也引起全國長達數年的關注。[42]

與此同時，自由派改革運動者對商業新聞業的財富集中和政治腐敗提出挑戰。這些獻身奮戰的「扒糞者」（muckrakers）包括艾達・塔貝爾（Ida Tarbell）、林肯・史蒂文斯（Lincoln Steffens）和厄普頓・辛克萊（Upton Sinclair），因爲揭發一個又一個產業（包括他們置身其中的新聞業）裡的各種形式的掠奪、欺詐和違反食安等惡行而聞名。[43]他們的調查報告催生了食品、藥品、肉品包裝和其他產業的必要監管改革，甚至幫助分拆了鍍金時代的某些全能壟斷企業，例如標準石油。這些記者通常在《麥克盧爾雜誌》（*McClure's Magazine*）和《科利爾週刊》（*Collier's Weekly*）等媒體發表揭發黑幕的長篇報導。[44]

二十世紀初期的知識分子也曾對改良主義方案和尖銳的媒體批評有所貢獻。著名哲學家約翰・杜威（John Dewey）撰寫經典文章〈我們的不自由新聞業〉，批評商業主義對整個新聞系統的負面影響，包括「新聞是什麼、出版內容的選擇和刪除、以及如何在社論和新聞欄位中處理相關新聞的種種判斷。」[45]杜威認爲，這個腐敗的制度使「眞正的知識自由和社會責任」變得不可能。然而，媒體業者堅持「政府是可怕的主要敵人」，這使他們能夠將利潤動機正常化甚至浪漫化爲「自由放任系統裡粗獷的個人主義……的榮耀。」他們將「私人利潤」合理化爲「提供社會和公共服務的最佳方式」。雖然這種觀點錯誤地將商業化媒體系統與核心的美國新聞自由混爲一談，但杜威指出，與此不同的邏輯可能會支持「爲所有人的利益而控制」的「合作」系統。然而，媒體業者甚至對微小的改良建議都做出極端反應，這意味著他們是如何堅定地維護現有的商業體系，不管它可能對民主社會造成何種損害。[46]

杜威經常交流的知名記者沃爾特・李普曼（Walter Lippmann）也有一些類似的媒體批評，雖然其動機可能是爲了防範有更強干預傾向的政府監管。[47]儘管如此，他清楚地相信商業媒體無法產製讀者理解複雜社會世界所需的訊息之量或質。「愈來愈多，」他寫道，人們「因爲無法獲得事實而感到困惑；他們想知道，**在這個時代，當製造同意的是那些不受監管的私營企業**，仰賴人民同意的政府是否還能生存」（粗體字強調爲另加）。他總結道，「當前西方民主的危機在於新聞業的危機。」[48] 李普曼將這場新聞業的早期危機歸因於新聞媒體日益商業化的性質，而且認爲確保正確性的專業規範有其必要，但尚不足以解決問題。在李普曼看來，新聞媒體的改革，需要的是源源不斷來自於公眾的壓力。

厄普頓・辛克萊一九一九年的扒糞之作《銅幣代金券》（*The Brass Check*）一書也有同樣的一些關切，同時還提出更加基進的批評。[49] 以嫖客付給妓女的銅幣代金券命名，辛克萊這本書認爲商業媒體貶低了所有的新聞記者。書中引用許多政治偏見的例子，尤其是反對社會主義主張的例子，辛克萊看到商業新聞業在階級衝突方面的結構性缺陷，資本主義價值觀滲透進整個媒體系統裡新聞產製的全部面向。「在美國的每個報社裡，」他寫道，「業務辦公室和新聞部門之間都存在著同樣的鬥爭。」[50] 根據辛克萊的說法，資本主義報刊與民主原理根本不相容。他認爲整個機構應該去商業化，應該民主化，所有權應該歸屬於當地社區。

其他的基進批評者對一城一報現象的興起有所憂慮。[51] 奧斯華・加里森・維拉德（Oswald Garrison Villard）是《國家雜誌》（*Nation*）的發行人，後來撰有《消失的日報》一書。他在《大西洋月刊》上寫道：「如果任何良善美國公民在得知很多城市只剩一家報紙時會感到憂心，那麼知悉在我國最大城市裡創辦新報紙需要數百萬美元更不會感到舒坦。」[52] 新聞自由似乎愈來愈變得只保留給擁有報紙的富人。許多批評者關注廣告對媒體的有害影響，《獨立報》總編輯、媒體改革的長期倡議者漢密爾頓・霍特（Hamilton Holt）認爲，拜廣告之賜，「新聞業不再是一種專業，而是一種商業組織。」[53] 同樣，作家兼扒糞記者威爾・歐文（Will Irwin）譴責「對廣告的直接控制」，論稱「百萬美元報紙的商業媒體業者必須認識到這種影響，無論他們喜歡與否。」[54]在一九三〇年代，詹姆斯・羅蒂（James Rorty）將廣告的意識形態力量稱之爲「主人的聲音」（Our Master's Voice），這也是他那本名作的書名。[55]

在經濟大蕭條和富蘭克林・羅斯福（Franklin Roosevelt）總統的新政期間，這種基進的媒體批評仍在繼續。[56]羅斯福的首任內政部長哈羅德・伊克斯（Harold Ickes）繼續對根源於獲利動機和階級忠誠的新聞業問題提出結構性的批評。他在《美國上議院》一書中論稱，「屬於有錢階層，主要目標是賺錢」的媒體業者永遠無法提供民主社會所需要的新聞。[57]

這一時期的媒體批評家少有能和喬治・塞爾德斯（George Seldes）相提並論者，他是充滿傳奇色彩的扒糞記者以撒多・史東（I. F. Stone）的前輩。塞爾德斯寫過兩本嚴厲批評新聞業的書——《新聞自由》和《新聞之王》。[58]他還在一九四〇年創辦週報《事實》（*In Fact*），副標題是由一行小字組成的招牌口號：「報紙虛假訊息的解毒劑」。這份每期四頁的扒糞新聞信的主要內容是媒體批評和調查報導，揭露企業權力在美國社會中日益增長的影響力，包括其對美國大部分新聞媒體系統的所有權。塞爾德斯在公開和私人信件中坦言，他推出《事實》是爲了對「商業媒體」提供一個眞正的替代方案。在一封宣布將暫停該報的致讀者信中，他指出：「我們一直是這個國家唯一致力於出版被商業媒體壓制、扭曲、捏造或掩蓋的重要新聞的出版物。我們是這個國家敢於揭露反動現象——其反動程度與法西斯主義僅有一步之遙——的唯一出版物。」[59]儘管一九四七年該新聞信的發行量曾經達到十七點六萬訂戶的頂峰，但塞爾德斯直言不諱反對企業權力的立場，使他在一九四〇年代後期成爲反共人士攻擊的目標。時至一九五〇年，當訂閱量急遽下跌時，他不得不結束經營這份週報。[60]

幾年後，史東將塞爾德斯譽爲「另類新聞業之父」，並以創辦新聞週刊的方式賡續塞爾德斯的未竟之業。在描述他和塞爾德斯所代表的異議新聞業（adversarial journalism）傳統時，史東堅稱它「非常符合最好的美國傳統」，因爲「新聞業不是一門生意。……一種生財工具。……它是自由社會的重要組成部分。……〔正如〕傑佛遜所希望的那樣。」[61] 史東熱切地相信，新聞業永遠不應淪爲單純的商品或純粹的營利組織。

對於塞爾德斯和史東來說，媒體壟斷的興起構成美國新聞自由的一大威脅。自一九〇〇年代初期以來，報業集團透過集中編輯權、整合各種行政職能和依靠辛迪加提供的內容（syndicated content），善用規模經濟並削減成本。以愛德華．斯克里普斯（Edward Scripps）爲例，他在一九一四年的時候已經擁有二十三家報紙和自己的新聞通訊社服務，透過垂直整合、低成本生產和市場區隔等手段，深諳這個產業的經營之道。[62] 到二十世紀中葉，媒體壟斷已經消除許多城市的競爭，導致報紙總家數減少，地方報導也減少。這減少了流通的聲音和觀點，同時擴大了有力人士的經濟和政治利益。[63] 更糟糕的是，隨著新聞業轉化爲一家大企業，商業壓力被放大成一位批評者所說的「殘酷壟斷」，爲「法西斯側翼」的利益服務，包括媒體大亨威廉．倫道夫．赫斯特（William Randolph Hearst）。[64] 在這種脈絡下，各路活躍人士和改革者紛紛提出結構性的替代方案。

商業新聞媒體的替代模式

在二十世紀上半葉，公眾對商業媒體的不滿，爲替代模式的實驗創造了沃土。[65] 除了塞爾德斯和史東等人首開風氣的另類週刊之外，其他改革者還嘗試創辦無廣告的日報。其中兩家無廣告、由訂閱者支持的報紙值得特別注意，各自活躍於進步主義年代和新政時代。芝加哥的《Day Book》由出版商斯克里普斯於一九一一年創立，專注於工人階級問題，而且該報創刊是爲了對報紙過度商業化和缺乏獨立性問題做出直接回應。而一九四〇年由記者拉爾夫・英格索爾（Ralph Ingersoll）於紐約創辦的（無廣告日報）《PM》，不僅與羅斯福總統的新政方案分進合擊，也是勞工運動的堅定擁護者。[66]

儘管一開始聲勢看好，但這些先驅報紙最終因缺乏足夠資金而結束。就爲期六年的《Day Book》而言，隨著紙張成本的急遽上升，讓這個原先具有潛在可持續的模式加速崩壞。發行八年後關閉的《PM》有自身管理不善的問題，但也經歷類似的抹紅（red-baiting）和政治情勢變化，讓以塞爾德斯爲代表的許多基進記者深受打擊。儘管這兩家另類報紙最終都難以爲繼，但它們直到最後一刻都還擁有熱情讀者的支持。

市政府公營報紙在進步主義時代曾經提供了另類選擇。在一九一一年十二月洛杉磯市議會以多數票通過辦報的決議後，《洛杉磯市公營新聞》（*Los Angeles Municipal News*）於一九一二年四月創刊。[67]在此之前，該報原始構思者兼其三名委員／發行人之一的喬治・鄧洛普（George Dunlop）反問：「商業新聞業能行得通嗎？還是我們必須尋找公共報紙？」[68]他相信公共報紙（public newspapers）爲民主提供了最好的希望，而且協助建立了與商業媒體截然相反的模式。市政府公營報紙的實驗反映了當時愈來愈多人支持的信念，亦即商業模式的新聞媒體永遠無法超越利潤壓力和傾向於維持社會現狀，無法眞正敢於爲民主需求服務。

《洛杉磯市公營新聞》被廣泛視爲當地對羶色腥和黃色新聞的抗議，不僅廣受市民支持，而且初期似乎辦得有聲有色。[69]該報發行量爲六萬份，由市政府提供資金，並由洛杉磯市報紙委員會負責管理，委員會由市長任命的三名公民志工組成，任期四年。該報保證提供任何獲得一定比例選票的政黨（包括民主黨、共和黨、社會主義黨和社會主義工人黨）等量的每週專欄空間。報紙承運人會將八到十二頁的報紙免費送報到府，或是人們也可以用一分錢訂閱郵寄報紙。[70]這家「人民的報紙」

（people's newspaper）的創刊社論自稱：「世界上第一家市政府公營報紙。……由報紙印刷當地社區的人民所擁有。」它將其使命描述爲「由人民創辦，爲人民服務，並在他們的控制下爲他們而打造。從這個意義上說，它是獨一無二的。」[71] 報紙刊頭簡單而大膽地自我宣告：「這是一份由人民擁有的報紙」（a newspaper owned by the people）。

《洛杉磯市公營新聞》專注於硬新聞（hard news），包括政府運作狀況、各種機構會議紀錄和公立學校活動等；它也報導流行文化，包括女性時尚和音樂。其社論通常側重於市政府問題和公民責任，該報平等地對待關於市政法規草案的正反意見。雖然它確實接受當地的商業廣告，但它也向市民提供免費的分類廣告，幫助他們獲取關於工作機會等重要訊息。

此一模式的支持者認爲，所有主要城市都應該擁有一份與商業媒體競爭的公共日報。全國各地的改革者密切關注洛杉磯的實驗，當時有篇文章指出：鑑於公眾愈來愈了解我國大型日報的商業化是有礙民主深化的最嚴重問題之一，由納稅人擁有的這份報紙的發展前景將廣受各地民眾關注。[72]

然而，儘管有廣泛的熱切殷盼，這項短暫的實驗有如曇花一現。受到《洛杉磯市公營新聞》的威脅，包括《洛杉磯時報》在內的當地商業報紙聯合反制該項創舉。一九一三年，當該報的公共預算案再次出現在公民投票選票上，它在投票率非常低的情況下被否決。許多支持者認爲，由於商業媒體意識形態爲了反對該案而助長的不實訊息宣傳，導致該報淪爲受害者。除了選民冷漠和導致該報早夭的其他問題外，該報編輯還指責「私營媒體及其代言人小心翼翼且一貫地培養的敵意」，是阻礙進步且造成原先支持者卻步的一大因素。[73]

在即將停刊之際，該報在頭版頂部用大寫字母宣告「**市政府公營報紙的理念不會被殺死**」。儘管該報承認「首份市政府公營報紙成爲歷史」，但它仍不懈於宣揚這個觀念，亦即公民需要一份不僅僅是「某些百萬富翁的私人財產」、而是「爲所有人、而非少數人服務」的報紙。[74] 該報編輯敦促其他城市不要因此卻步，應該勇於創辦類似的公共報紙，爲人們報導市政府和各黨派的政策立場。一位同情該報的無黨派人士將該報形容爲一次「成功實驗」，只是被當地資本家「積極堅決的反對」所推倒，但這也意味著需要更多這類報紙來對抗政治腐敗，並且擴大「公民服務」和「公正訊息」，也就是扮演類似學校和圖書館的角色。[75] 曾經由當地議會通過創設並獲得稅收支持的市政府公營報紙證明，它是商業報紙之外的一個幾乎已被遺忘的替代方案。[76]

商業新聞模式面臨的最深刻的結構性挑戰，來自於投身工會運動的新聞記者。成立於一九三三年的報業記者工會（Newspaper Guild），透過對商業媒體系統的基進批評，推動改革報業的運動。[77] 在身兼記者和編輯的海伍德・布朗（Heywood Broun）領導下，新聞工作者組織起來挑戰新聞產業的商業邏輯，尤其是圍繞所有權和控制權問題。該工會的目標範圍廣泛，從要求提高新聞工作者的工資，到要求讓新聞工作者擁有和控制他們的報紙等更基進的倡議。工會成員透過他們的報紙《工會記者》，宣揚他們的論點和立場——沉浸在階級衝突當中。他們的行動方式很快地變得更加具有對抗性，包括曾經對赫斯特在芝加哥擁有的報紙發動爲期兩年的罷工行動。[78]

除了爭取更好的工作條件，報業記者工會還自認是在直接對抗報紙的根本商業邏輯。研究報業記者工會的重要歷史學者班・史考特（Ben Scott）指出，工會成員「明確理解他們的努力植根於公眾擁有第一修正案權利的核心原則。」他們將自己視爲當時席捲全國的一個更大的社會民主方案的一部分。「這不是一九三〇年代政治和經濟史的一條支流，」史考特論稱，「報業記者工會置身於產業工會運動的主流，參與最大的新政改革方案，並且與美國政治經濟裡的一支強大的、上升的力量相周旋。」[79] 透過建立不受報紙發行人和外部政經壓力影響的絕對自主性，該工會試圖創建一個眞正民主的機構，擁抱體現新聞業社會角色更基進概念的專業規範。它的最終目標，無非是爲了重新定義美國的新聞自由觀念。

發展迅速且成功的工會運動意味著，該方案確實引起現職記者的深刻共鳴。報業記者工會與活躍左傾的產業工會聯合會結盟，很快地在全國各地設立分會。在短短五年內，工會簽署四十七份勞資協議，擁有來自三百家報紙的近一萬七千名會員。[80] 到一九三〇年代末，有超過一半的美國記者加入該工會，而大型都市報記者的入會比例甚至更高。[81] 這些工會成員在擴展產業工會運動上扮演要角，致力於提升所有媒體工作者的階級意識。[82]

與許多其他左翼組織一樣，報業記者工會在一九四〇年代後期承受巨大的政治壓力。多年的抹紅獵巫氛圍使工會成員惶惶不安，也導致工會內部的共產主義者慘遭清洗。一位著名的新聞史學者認爲，抹紅獵巫對工會內部產生深遠影響，甚至定義了「新聞客觀性，以及媒體有服膺民族主義和反基進的公眾義務」。[83] 然而，儘管報業記者工會不得不對既有商業秩序有所妥協，但該運動仍有一些抗爭行動。在一九四〇年代中後期，隨著不斷壯大的改革聯盟向商業媒體提出重大的監管和法律挑戰，該工會繼續將基進的媒體批評注入美國的政治話語/論述當中。

現代美國新聞業的形成

許多關於美國新聞業本質的當代意識形態假設，在一九四〇年代的一系列政策鬥爭中得以成形。這是社會運動、媒體機構和監管機構爲定義新聞媒體在民主社會中的角色而鬥爭的關鍵時刻。政府監管機構、媒體批評者和工會的聲明和行動證明，確實存在著社會各界關於新聞業本質的辯論。當時他們已經開始對美國政府與新聞業被假定的那種自然、自由放任的制度安排提出質疑，但該制度安排至今仍舊完好無損。[84]

當報業記者工會和其他基進運動者從下而上就所有權和控制權等根本問題向報紙提出挑戰時，推動新政的自由派政治人物也從上而下制定在政策層面治理該產業的計畫。這些行動始於一九三〇年代後期，一直持續到一九四〇年代後期。一九三八年，羅斯福總統做出不尋常的舉動，他向《聖路易斯郵報》（*St. Louis Dispatch*）發出一封長達五頁的信函，質疑媒體利潤導向模式是否與新聞自由相容。他呼籲一個更進步的媒體願景，闡明美國人民擁有近用優質新聞的自由。[85]同年，司法部悄悄地開始彙集有關印刷媒體集中度的資訊，以撰寫一份聚焦「報業不公平競爭問題」的秘密報告。[86]

該報告指出，對新聞產業「進行澈底調查並進行可能干預的時刻已經成熟」。由於新聞業已經「受到公眾普遍懷疑」，該報告認爲，如果更多人了解新聞產業「惡名昭彰」的壟斷違法行爲，「僅僅是被揭露出來，就應該會永遠讓它們不敢再夸言『新聞自由』的陳詞濫調。」該報告指出，報紙產業已成爲壓制競爭的「大生意」，只有極少數富商巨賈有能力創辦和維持營運一份新報紙（實際上，到了一九四〇年代，已經有數十年無人創辦過一家能夠獲利的新日報）。[87]該報告發現，報業集團只「在乎賺錢這一件事」，其報導對勞工保護和新政措施的偏見極深。描述這種少數公司壟斷大部分報刊的情況形同實施「普遍審查制度」，該報告做出這樣的結論：如果缺乏政府的立即介入，報紙產業也將「擁有並控制我國大部分廣播電台」。[88]

幾年後，美國司法部依據《謝爾曼反托拉斯法》（*Sherman Antitrust Act*）將矛頭對準報紙產業，並且起訴美聯社妨礙公平交易，因爲它拒絕向自由派報紙《芝加哥太陽報》提供新聞通訊服務，卻與極右翼發行人羅伯特・麥考密克上校（Colonel Robert McCormick）擁有的保守派報紙《芝加哥論壇報》簽訂獨家市場合約。這件一九四三年的法庭訴訟案演變成更廣泛的「積極」新聞自由觀與自由放任主義的「消極」自由觀之間的對抗，前者強調公民近用多元意見和不同來源新聞的權利，後者主張新聞業的第一修正案權利讓它可以豁免於反壟斷干預。隨後，在立場相異的知識分子陣營之間持續著全國範圍的激烈辯論，（新聞自由）積極觀最終在聯邦地區法院判決中勝出。

法官勒恩德．漢德（Learned Hand）論稱，新聞業的民主責任不僅超越報紙經濟利益，而且還受到第一修正案的保護，因爲「該產業服務於所有一般利益中最重要的一個。」[89] 也就是說，漢德法官認爲，新聞業應致力於「從盡可能多元的不同來源，並以盡可能多元的不同面向和顏色」傳播訊息。《芝加哥太陽報》接收新聞通訊服務的權利受到第一修正案的保護，因爲「正確結論更可能是從眾聲喧嘩中得出，而不是經由任何一種威權式決定的過程。」漢德法官的著名結論是：「對一些人來說，這永遠是愚蠢的辦法；但我們不惜押上全部賭注。」

兩年後，美聯社在向最高法院上訴時再度敗訴。在多數意見中強烈支持積極自由的大法官雨果．布萊克（Justice Hugo Black）指出，第一修正案假定「盡可能廣泛地傳播來自多元和敵對來源的訊息，對公眾福祉至關重要。」因爲「新聞自由是自由社會的前提，」他寫道，「出版自由意味的是所有人的自由，而不是某些人的自由。」該判決描繪政府的進步角色，明確闡述由國家確保公共利益獲得保護的必要性：「第一修正案確保新聞自由不受政府干預，但這並非認可私人利益可以踐踏這種自由。」第一修正案中並未否定政府有維護健全新聞系統的權責。「這確實會很奇怪，」布萊克大法官寫道，「促使通過第一修正案的那種對新聞自由的嚴重關切，竟然被理解爲責令政府無權保護這種自由。」[90] 在他的意見書中，弗蘭克福特大法官（Justice Frankfurter）進一步強調，新聞業不是一種「像花生或馬鈴薯一樣」的商品，「僅具有商業方面的」價值。相反地，新聞是必不可少的基本公共服務

（essential public service），「對民主社會的運作不可或缺」，值得特別「考量」。[91]

這些意見肯定了三個關鍵主張。首先，當新聞業的民主角色陷入危急存亡時刻，媒體機構應當接受政府干預，不能再躲在第一修正案背後。其次，新聞業的商業考量不如其對公眾的民主義務重要。第三，新聞業被賦予特殊的公共服務屬性；它不僅僅是一種商品，也不應在法律上被視為商品。最終意義上來說，公眾對多元媒體系統的積極權利，比保護報紙發行人免受政府監管的消極個人權利更加彌足珍貴。

立法部門在一九四〇年代中期也將監管目光轉向報紙產業。國會議員開始調查報紙的壟斷行為並發表報告，聚焦於媒體整合、創辦新報紙的高昂成本、競爭和地方主義（localism）的喪失，以及這些發展對民主的影響。針對一城一報現象的擔憂催生了一九四〇年代中期國會的一項重要研究報告，題為《自由競爭新聞業的存續：小型報刊，民主草根》。民主黨參議員詹姆斯・默里（James Murray）發布這份長達七十一頁的報告，呼籲聯邦政府對報紙產業進行更多監督，包括國會聽證會調查報紙所有權集中如何損害小型報刊。默里主導的委員會認為民主本身處於危殆之中：鑑於「小型報刊的未來攸關……政治民主」，而且「美國傳統上珍視的小型報刊相互競爭的新聞系統已危在旦夕」，「值得國會立即予以關注」。[92]

國會民主黨團曾規劃就政府可能介入媒體產業的議題舉行更多聽證會，但由於一九四六年期中選舉民主黨落敗，導致這些計畫無疾而終。改由共和黨控制的國會將注意力從媒體壟斷的威脅，轉移到新聞紙張短缺問題上，默里報告也旋即束之高閣。[93] 然而，雖然國會對小型報紙消失的調查並未催生嚴肅的政策介入，但上述的監管行動主義（regulatory activism）和關鍵的法院判決提醒商業媒體，它需要自我改革，不然會有失去不受公眾監督的特殊自主權的風險。媒體所有者不能再躲在第一修正案後面。

專業主義的興起

二十世紀初，新聞工作的專業主義主要是爲了應對日益高漲的公眾批評。報紙發行人和編輯擔心不受信任的新聞、擅色腥的報導以及整體缺乏合法性，最終會削弱他們的商業前景。爲了修復受損的公信力，他們接受了平衡報導和客觀性的要求。這種專業主義的特徵是提供基於事實的、冷靜的新聞，在報導時至少做到表面中立和公正。記者可以滿足這類報導的要求，只要透過依賴官方消息來源，不在政治議題上採取強烈立場，或者完全避免碰觸爭議性的議題。

報紙也開始在新聞編輯和業務部門之間設下嚴格分界。這道有如「政教分離」的防火牆大概可以保護新聞業免受商業壓力的影響。雖然這始終是一道漏洞百出的防火牆，但記者們開始將此一協定視爲最神聖的信條之一。人們普遍相信，失去這道「中國長城」將會威脅到報紙的公信力和獨立性。相傳，《芝加哥論壇報》大廈甚至爲業務人員和編輯人員設置分開的電梯，爲的是防止兩者間有不當往來。[94]

這些規範和倫理準則幫助穩定了在二十世紀之交經歷系統性變遷的報紙市場，也成爲當時正在成立的主要新聞學院的基本授課內容——它們本身即爲邁向新聞專業化的一條路徑。在普立茲生命的盡頭，他出資捐贈哥倫比亞大學成立新聞學院，專門訓練記者培養「反商業」態度。[95]像普立茲這樣的報紙發行人似乎承認，如果他們希望保持合法性、避免政府干預並繼續獲得商業收益，就需要克制或至少僞裝他們的商業追求。隨著二十世紀的腳步，美國新聞系統從原先過度的黃色新聞轉變成爲更受人尊敬的新聞機構。

以客觀性（objectivity）爲核心的新聞規範，成爲這個專業化方案的基石。對這一現象的主流解釋通常將其描述爲一種文化轉變，反映了美國社會更廣泛的民主化，以及記者對其社會地位的態度發生變化。[96] 然而，愈來愈多的修正主義歷史學家強調客觀性規範的經濟起源。從更強調政治經濟學的取徑出發，他們的詮釋並未將現代新聞業的發展視爲反映日益開明的主流文化，而是認爲專業規範最終是爲了滿足廣告商和報紙發行人的商業需求。[97] 相反地，主流歷史觀傾向於將商業化過程自然化，同時淡化圍繞新聞業規範角色所發生的衝突。這種輝格式文化漸進的美國新聞史敘事，可能抹煞了關於商業新聞系統的基本設計和民主角色的古老公開辯論和進行中的改革努力。

若未掌握不同的新聞業願景之間曾經發生的衝突，我們就不太可能將當前新聞業危機理解爲商業新聞長期歷史進程和特殊緊張關係的高峰。此外，專業化進程直到二戰後才完全實現。這個時期是朝向新聞史學者尼祿內所謂「高度現代時刻」之前的轉型期，被稱爲「原型專業化」（proto-professionalization）階段，在此期間，記者逐漸採取一種客觀權威的口吻。[98] 這個專業化方案主要是試圖就商業壓力引起的關鍵緊張局勢進行協商，它充當了一種軟性自律，記者可以透過它在報導中發揮微妙但重要的作用。詹姆斯・柯倫將這個系統描述爲「一個偉大的媒體實驗」，其中商業新聞業試圖透過發展「記者的專業主義傳統」來抵銷市場的不利影響，他們努力做到「正確、不偏不倚和內容詳實」。[99] 這一實驗的成功，提醒人們商業新聞機構確實有能力製作高品質的新聞。但縱觀其歷史，我們經常看到商業實驗失敗的跡象，其負面外部性（negative externalities）遠遠超過正面外部性。

對這些結構性失敗的關切在一九四〇年代開始成爲現實。二戰快結束時，雜誌發行人亨利・魯斯（Henry Luce）贊助一個委員會，其任務是定義媒體在民主中的適當角色。[100] 正式名稱爲新聞自由委員會的哈欽斯委員會〔Hutchins Commission，以該委員會主席、芝加哥大學校長羅伯特・哈欽斯（Robert Hutchins）命名〕，幫助建立了現代美國新聞系統的倫理基礎。[101] 該委員會成員關注兩個隱性問題：媒體在民主社會中的角色是什麼，以及應如何確保這一角色？為了處理這些問題，他們召開無數次跨領域專家會議和諮詢，最終產生了六本關於美國媒體系統的研究專書。

在審議初期，著名的法律理論家撒迦利亞・查菲（Zechariah Chafee）將委員會的一項核心任務描述為決定「應該殺死巨頭，抑或是勸說他們為善」。102 這意味著如果「巨頭」（大型媒體機構）不遵守基本倫理準則，他們可能會被解散。但即使是輕度監管，報紙產業也表達強力反對態度，認為監管與美國新聞自由背道而馳。為了就新聞自由的含義達成共識，委員們經過長時間辯論後得出結論：新聞媒體機構應該履行社會責任，保持自律，而政府只能以審慎和非常有限的方式進行干預。

不過，來自該委員會未發表報告和會議紀錄的檔案證據，透露了一個鮮為人知的故事。在審議的各個階段，委員們在最終放棄之前曾經考慮了幾個更基進的替代方案。他們討論了結構性改革，例如補貼一城一報地區創辦新聞機構、在各地成立當地的公民報紙委員會，以及將新聞業視為保證近用關鍵訊息的公用事業或共同載具（common carrier）。委員們曾經宣告，新聞不應完全由私營公司一手掌握，並討論仿效「聯邦通訊傳播委員會」成立一個監管報紙內容的聯邦機構。他們還提議打破報業集團並防止形成新的報業集團。阿奇博德・麥克利什（Archibald MacLeish）是該委員會裡中最基進的聲音，也是該委員會報告的主要作者，他強烈主張建立一個能夠確保公眾近用的民主化新聞媒體系統，否則，他指出，新聞自由的原則本身就是一場鬧劇。

然而，由於害怕聽起來像社會主義者，哈欽斯委員會逐漸退回到要求媒體自律的立場，但也為反壟斷調查等政府介入手段留了一扇門。它還呼籲採取無爭議的措施，例如要求新聞業報導當前重大議題。在一九四〇年代後期惡性循環的反共氛圍下，主流媒體甚至拒絕了這些相當溫和的改革呼籲，稱這些改革手段太激進。諷刺的是，這個具有里程碑意義的委員會所制訂的專業準則，反而庇護新聞業免於啟動後續的改革。該委員會最終基於放任主義者對第一修正案的詮釋，提升了媒體自律的理論基礎，亦即將不受政府干預的新聞自由置於公民近用民主新聞業的權利之上——最高法院直到最近才駁回了這一詮釋。

一九五六年，奠基之作《報業的四種理論》將這些媒體倫理規範納入「社會責任」模式。[103] 該書借鑒哈欽斯委員會的一些核心原則，成爲美國許多新聞學院幾代學生必讀的教材，形塑了他們對新聞角色和責任的思考。[104] 該書討論四種新聞業模式——威權的、蘇維埃式的、自由主義的，以及社會責任的——其中，社會責任的新聞業模式被奉爲新聞倫理的圭臬。然而，在許多方面，「社會責任」只是對自由主義模式的重新命名。報紙經濟學家羅伯特·皮卡德（Robert Picard）認爲，被忽略的第五種模式應該是北歐國家所採用的「民主社會主義」模式（"democratic socialist" model）。[105] 這種模式類似於「社會民主」取徑的新聞業，責成國家在保障公共服務新聞業方面應發揮積極作用。[106] 然而，在一九五〇年代，社會民主取徑顯然不在考慮之列，美國媒體業錯過一次進行重大結構改革的機會，直到二十一世紀初再度爆發危機。

儘管草根的新聞改革運動不斷壯大，而且有來自政府行政、立法和司法部門的挑戰，但在一九四〇年代的這個歷史轉折點上，產業友善版本的「新聞自由」最後獲得勝利。新聞專業主義理念使該方案合法化，旨在避免監管干預、安撫公眾並確保媒體老闆繼續獲得可觀利潤。過去六十年來，美國奉行的這種寬鬆監管的商業模式一直是美國新聞媒體的主導模式。然而，有一些顯著的例外情況發生——例如《一九六七年公共廣電法》（*Public Broadcasting Act of 1967*），容我在第五章詳述。再者，政府支持新聞媒體的悠久傳統——例如郵政補貼——也意味著，目前這套寬鬆監管的商業模式並不是命定的結果。一九四〇年代的重要法院判決已爲第一修正案的另類願景播下種子，主張保護公眾近用多元新聞媒體系統的積極權利。即使是哈欽斯委員會經過淡化其基進色彩的報告，也包含了邁向更堅實的新聞自由之潛在取徑，亦即在商業新聞媒體未能履行社會責任的情況下，國家干預是應該的。

儘管如此，一九四〇年代出現的企業自由放任主義體制，繼續框限著我們關於當前新聞業危機的許多對話和假設，尤其是所謂政府應該對媒體機構保持放任主義立場的觀點——即使這一觀點與政府介入新聞業的歷史相矛盾。雖然這種主導模式似乎變得常態化而且顯得無法避免，但新聞媒體的商業本質在當前這個時代仍然繼續引發批評。

現代媒體批評

我們今天大多視為理所當然的高度商業化媒體系統之所以成為可能，純粹是早期的媒體民主化改革運動失敗所致。面對抹紅獵巫和市場原教旨主義的聯手攻擊，媒體的社會民主願景潰不成軍，而且鮮少有人對一九四〇年代以來崛起的主導模式提出結構性挑戰。不過，新聞專業主義和「社會責任」並沒有能夠輕易地安撫批評者，儘管人們普遍認為戰後是調查報導的「黃金時代」。商業新聞媒體的許多結構性問題仍未解決，即使對公眾批評進行隨意觀察也可了解到這些缺陷並未被忽視。

再者，近幾十年來的學術研究證實早期的許多基進批評的正確性。整體而言，這些研究提供了愈來愈多證據：根據與市場驅動的新聞價值有關的限制和緊張關係，商業價值以一些可預測的樣態型塑著媒體內容。社會科學的媒體分析通常不願對強大的媒體效果遽下結論，也不願意明說現有經濟體系的根本缺陷——通常反映了對「客觀性」和現狀如專業主義新聞業的信奉，即使主流學術研究結果早已證實且支持許多進步主義和新政時期的基進媒體批評的主張。

例如，許多學術研究證實，美國新聞媒體系統最明顯的弱點之一是過度依賴官方消息來源。[107] 害怕引起爭議，也怕危及日後採訪菁英消息來源的機會，經常導致記者複製官方說法。這種趨勢，在二〇〇三年伊拉克戰爭前夕的新聞報導中已經明顯有所緩解。在一個哈佛大學舉行的論壇上，被問及當時的新聞表現——現在已被視為新聞業的重大疏失，著名新聞主播丹拉瑟（Dan Rather）承認「有更多問題當時應該被提出來」。但隨後他也說：「你看，當美國總統，不管是任何共和黨或民主黨籍的總統說這些都是事實時，自然有一種強烈傾向，包括我自己也是，不會去懷疑總統所言不實，而我也不為這一點道歉。」[108] 雖然這種安排在川普時代受到相當大的限制，但記者往往過度輕信菁英說法，從而創造了一種誤導性訊息容易被放大的媒體環境。內容分析透過展示美國新聞媒體如何呼應總統言辭來證實這一點，而總統言辭往往是為了阻止公眾辯論而精心設計過的。[109] 鑑於美國新聞媒體在報導官方訊息時傾向於幾乎全文引用（即使是在批評官方說詞例如川普總統聲明的時候），這種報導方式很容易傳播重大問題的不實訊息——從發動戰爭的理由到氣候變遷的原因。

其他研究顯示，新聞媒體的報導隱然有參照菁英意見的傾向。[110] 根據這種「索引模式」（index model），如果菁英之間存在共識，那麼無論草根如何反對現狀，也少有異議觀點能夠進入主流新聞話語／論述之中。為了理解為什麼主流新聞業在伊拉克戰爭前夕沒有提出尖銳問題，《華盛頓郵報》專欄作家大衛・伊格納修斯（David Ignatius）解釋說，「記者自己成為專業主義的受害者。因為民主黨重量級人士和外交政策分析家對這場戰爭少有批評，新聞專業主義規範意味著我們不該自己發起（關於這場戰爭的）辯論。」[111] 儘管有許多國際專家、百位以上的國會議員，以及世界各地走上街頭的數百萬抗議者反對伊拉克戰爭，主要新聞媒體仍然不加批判地接受、並且有聞必錄地重複官方說法。曾擔任 MSNBC 主持人菲爾・唐納修（Phil Donahue）節目資深製作人的新聞學教授傑夫・柯恩（Jeff

Cohen）提供一個鮮明例子，說明了媒體對反戰聲音的深刻偏見。他仔細記錄了MSNBC如何指導他和他的同事的第一手資料：只要節目中有一位反戰的來賓，他們就必須找兩位支持戰爭的來賓上節目平衡前者。最終，MSNBC解僱了節目主持人唐納修，只因爲他持反戰觀點。[112]

雖然企業言論審查制度（corporate censorship）公然大剌剌進行的情況很少見，但商業主義對新聞報導的微妙影響往往是可察覺得到的。[113] 例如，商業利益追求可能會透過「新聞框架」，即「持續的選擇、強調和排除」來扭曲新聞話語/論述。[114] 政治傳播學者羅伯特・恩特曼（Robert Entman）建議，「框架在傳播過程中至少有四個位置：傳播者、文本、接收者和文化」，它們的共同作用是選擇感知現實的某些面向，並使它們顯得更加突出，以促進特定的道德評價。[115] 這個框架提供了一個模板，用於在新聞文章中組合事實、引文和其他故事元素，鼓勵特定類型的敘述並引導觀眾對某些新聞採取特定詮釋。[116] 這些關於框架的研究，有助於了解媒體如何以各種方式維護官方說法。有一項研究將新聞業的傳統「看門狗」（watchdog）角色翻轉爲保護社會現狀權力結構合法性不受異議挑戰的「護衛犬」（guard dog）。[117] 類似研究指出，新聞業有默契地「管理」誰可以在新聞報導中發言，以及哪些議題可以被報導。[118] 媒體社會學家托德・吉特林（Todd Gitlin）認爲，商業媒體實際上並沒有製造現狀，而是複製和傳播菁英意識形態，以及在較小程度上傳播來自於異議利益團體和社會運動的訊息。[119]

其他批評者關注新聞系統內的商業限制，從而提出更具結構性的批評。在他們看來，媒體報導中反覆發生的遺漏，意味著美國新聞業存在著缺陷，包括企業媒體所有權到新聞產製遭受的極端商業壓力。大多數批評都超越了個別記者，而是透過檢視新聞產業背後更大的權力關係，試圖解釋新聞中虛假訊息（disinformation）和不實訊息的類型。按照這種方式理解，具有爭議性的報導會疏遠菁英並嚇跑廣告商，與新聞產業追求利潤的目標背道而馳。

囊括其中的許多主題，愛德華・赫曼（Ed Herman）和諾姆・杭士基（Noam Chomsky）著名的「宣傳模式」（Propaganda Model）提供了一個概念框架，他們稱之爲「接受指導的市場系統」——用於理解新聞報導如何選擇性地過濾掉一些證據，同時又賦予其他人特權。他們的模式表明，框架類型、新聞慣例和新聞價值可歸因於商業媒體中存在的五種過濾器：**企業所有權；廣告；依賴官方消息來源；來自利益集團**（主要是右翼）**的攻擊；反共**（在他們最近模式表述中已改爲反恐，或者在特定歷史時刻官方敵視的人事物）。這些過濾器結合起來，在新聞報導中創造了特定的、在很大程度上可預測的模式，這些模式與許多學者指出的其他趨勢相聯繫，包括新聞專業化的興起，以及以股東利潤爲唯一判準指導下的新聞規範。120

多年來，立場中間偏左的批評者對宣傳模式提出了深思熟慮和細緻入微的批評。赫曼在《每月評論》（Monthly Review）上發表的一篇經典文章中直接談到其中的一些批評。在批判專業新聞規範時，他指向商業限制：

> 專業主義和客觀性規則只是模糊、靈活和表層的呈現，背後有更深層的權力和控制關係。專業主義在新聞業的興起，正好是報紙產業競爭力下降、更加依賴廣告的年代。專業主義不是工人反對報紙老闆的運動，而是受到許多報紙老闆的積極鼓勵。它給了新聞業一個合法的徽章——表面上向讀者保證新聞不會受到報紙老闆、廣告商或記者本身的偏見之影響。在某些情況下，它提供了一定程度的自主權，但專業主義也

內化了媒體所有者最珍視的一些商業價值，例如依靠成本低廉的官方消息來源，並且視之爲可靠的新聞來源。[121]

這些批評框架都各有其優點和缺點，它們掩蓋了媒體系統的某些方面，同時也照亮其他方面。然而，隨著時間的推移，令人驚訝的是這種批評的一致性。媒體批評在川普時代重新得到重視與共鳴，但他們所描述的媒體失敗，無論是社群媒體中的不實訊息或是主流新聞媒體中的羶色腥新聞，都不是新問題。歷史分析讓我們釐清這些結構性問題在商業媒體系統中實際上是有連續性的，而不是斷裂的。我們愈早認識到這些長期存在的結構性問題，我們就愈早能解決根本問題，並且能夠爲失敗的商業新聞模式創造眞正的系統性替代方案。

這個歷史脈絡告訴我們什麼

透過聚焦於商業新聞業的結構性矛盾，本章提供的歷史回顧在某些關鍵方面與正規的媒體歷史敘事不同。媒體批評和改革運動的漫長歷史，揭示了新聞媒體商業模式面臨的反覆發生的挑戰，以及對結構性替代方案的不懈追求。這段歷史也意味著，新聞業的規範基礎和民主理論不是自然或靜態的，而是取決於過往關於新聞業在社會角色的許多衝突。

我在此勾勒的（媒體歷史）反敘事質疑了一個通常隱含的假設，亦即美國新聞媒體的預設立場一直是自由主義／放任主義模式的版本。相反地，歷史向我們展示了一個悠久——雖然不均衡且經常被圍攻——的歷史傳統，致力於倡議基進媒體批評、積極任事的政府媒體政策，以及直接挑戰媒體商業模式的另類媒體模式。早期的改革運動者都明白，美國新聞業的問題根源來自於驅動著美國新聞系統的商業邏輯。

美國媒體批評的基進傳統的崛起，是對新聞系統更深層的結構性問題的回應。這些問題在進步主義年代和新政時期的新聞業危機中尤爲突出，其特點是那個時代同步發展起來的現代商業新聞報刊、公共服務與私人利益的矛盾，以及新聞業的專業化。這一歷史軌跡揭示了新聞業的結構性弱點，其危機已滲入商業新聞系統的基因當中。市場一直是不可靠的供應者，難以供應民主社會需要的公共服務新聞，但在新聞業的主流話語/論述中，指出這一點幾乎是不被允許的。[122]

在我們擴大圍繞新聞業未來的討論範圍之前，我們必須將媒體系統的結構設計問題置於民主社會的核心。我們必須關注新聞業的規範基礎、經濟結構，以及未經學術考察的政策。[123] 特別是，我們必須強調公共服務新聞——專注於當地報導、監督當權者、爲社會中許多沉默的人發聲的報導，一直與商業利益追求處於緊張關係。儘管這種關係常常模糊不清，但透過將新聞視爲同時具有商品和公共服務的功能，美國實質上已經在商業新聞領域進行了長達一百五十年的實驗。結果是新聞的公共服務功能被埋葬，這個實驗大體上是失敗了。

下一章將檢視這些結構性矛盾爆發的最近時刻：二〇〇九年惡化的現代新聞業危機。在此期間，批評家、評論員和監管者再次挑戰新聞業的規範基礎與民主責任，在此過程中重新肯認了歷史上對商業新聞媒體的許多批評。幾十年來，基於廣告收入的高獲利商業模式掩蓋了這些緊張關係。但隨著這種模式的崩壞發生在二〇〇八至二〇〇九年的金融危機期間，商業新聞業長期存在的結構性緊張關係已全面爆發。

第二章

早發的危機與錯失的機會

二〇〇九年正值當代新聞業危機最嚴重的時刻，美國參議院商務委員會曾經就新聞業的未來舉行一場聽證會（譯按：二〇〇九年五月六日美國參議院以"Future of Journalism and Newspapers"爲題舉行聽證會）。當時的討論展示了關於新聞業未來的辯論之主要分歧，以及改革的主要模式。參議員約翰・凱瑞（John Kerry）以戲劇性的聲明開場：「今天可以公平地說，報紙看起來就像一種瀕臨滅絕物種。」這個開場白籠罩著肅穆氣氛，擁擠的會議室裡人人坐立不安，不確定這場聽證會的討論如何展開。凱瑞意會到這種不確定性，因爲他在許多與會者腦海中喚起一個問題：「爲何政府關注這個問題，我們在想什麼？」然後他回答：

> 嗯，事實是我們的確有責任對廣播電視進行許可與否的監管，我們有責任對有線電視、衛星通訊的所有權，以及其他與通訊傳播有關的議題進行監管。當然，美國人民如何獲取訊息，所有權結構是什麼，我們所有人都非常感興趣，因爲這是我們民主的基石所在。1

隨著討論更多地集中在新聞業危機的本質和潛在解決方案，政府有責任維護和保護新聞媒體的假設消退。但在整個聽證會期間，這仍然是一個關鍵的潛台詞。

受邀出席的證人之一是大衛・西蒙（David Simon），他是前《巴爾的摩太陽報》記者，也是電視劇《火線重案組》製片人兼編劇。西蒙提供豐富的關於新聞業危機的梗概，突出了商業模式和企業貪婪的影響：

從報紙產業的領導者那裡，您可能會聽到某種殉道事蹟，聲稱他們如何一直英勇地爲民主服務，但最終由於科技帶來的災難性變革而難以爲繼；但從那些代表新媒體、網誌和推特使用者的人那裡，你會得到保證，美國新聞業在網路上會有一個非常美好的未來，而且正在發生一場偉大的民主化過程。[2]

西蒙拒絕這兩種說法，他對「兩方說法都澆了冷水」。他警告：「除非實現新的經濟模式，否則〔新聞業〕不會在網路或其他任何地方重生。」對於西蒙來說，廣受追捧的網誌圈（blogosphere）無法證明新聞業會有一個美好的新未來。相反地，「它從主流新聞媒體提取〔其〕報導，因此聚合網站和網誌作者所做的貢獻，不過是重複、評論和淺薄空洞的東西。」他認爲，「公民記者」（citizen journalist）一詞本身就是歐威爾式的。一個「善於傾聽、關心別人的鄰居是好鄰居，但他在任何意義上都不是公民社會工作者，就像有花園水管和善意的鄰居不是公民消防員一樣。」「這樣說，」根據西蒙的說法，「是對訓練有素的社會工作者和消防員的粗暴侮辱。」[3]

華爾街控股的報業集團的「短視傲慢」，也是問題所在。西蒙指出，《巴爾的摩太陽報》在實現百分之三十七的利潤率的同時，資遣了數十名記者。「簡言之，」西蒙總結道，「我的產業自我毀滅了。……〔透過遵循〕同樣不受約束的自由市場邏輯，這種邏輯已被證明對美國如此多的產業造成災難性的後果。」根據西蒙的說法，這是美國報紙的原罪。當家族擁有的地方報紙被併入公開上市的報業集團時，「新聞業與它所服務的社區之間的基本信任遭到了背叛。」[4]

另兩名證人，新美國基金會主席兼獲獎記者史蒂夫．科爾（Steve Coll）和前報紙編輯兼奈特基金會主席阿爾貝托・阿爾巴根（Alberto Albarguen）同意西蒙的大部分分析，強調需要非營利和公共媒體模式。不過，西蒙和阿里安娜・赫芬頓（Arianna Huffington）之間爆發激烈意見分歧，西蒙認爲付費牆訂閱模式是不得不走的路，而赫芬頓則對公民新聞（citizen journalism）的民主潛力提出更加樂觀的看法。

以她的《赫芬頓郵報》（*Huffington Post*）爲例，赫芬頓認爲網誌能做到的不僅是彌補失去的東西而已。在她看來，對數位新聞可行性抱持著盧德主義式的擔憂，就好像印刷機時代來臨之後「還在石碑上刻字」的心態。赫芬頓充滿信心地宣稱「新聞業不僅會生存，還會蓬勃發展」，他對新聞鏈接和驅動流量的力量充滿熱情。她引用了媒體專家傑夫・賈維斯（Jeff Jarvis）的話，後者斷言新興「鏈接經濟」（link economy）將會取代「內容經濟」（content economy）。[5] 她也引用哈佛大學商學院教授克萊頓・克里斯滕森（Clayton Christensen）「破壞性創新」（disruptive innovation）的概念指出，谷歌正在開發廣告平台，而那將會幫助新聞機構透過線上內容獲利。[6] 西蒙在回應其中一些說法時這麼回答（引起哄堂大笑）：「等到我在巴爾的摩區域規劃局聽證會上遇到《赫芬頓郵報》記者的那一天，我才會確信我們眞的已經達到某種均衡狀態。」直到那一天眞的來臨前，西蒙相信，網誌永遠無法取代跑線記者（beat reporters）。

這四種立場——公民新聞、訂閱制／付費牆（subscription/ paywalls）、非營利模式（non-profit models）和公共模式（public models），大致反映傳統上依賴廣告的新聞之外的主要替代模式，我將在下一章回到這個主題。這四種模式，現在仍然是最常被提出來跳脫依賴廣告的新聞業的替代模式，這證明該聽證會的先見之明，以及結構性危機有其頑固的一致性和新觀點的匱乏。儘管聽證會上與談人對各自偏好的替代方案有些辯論，但令人震驚的是幾乎所有人都同意現狀已經難以爲繼。隨著核心商業模式的分崩離析，與會者都同意新聞業將會發生鉅變，只是不確定接下來會發生什麼。

而稍早眾議院舉行的另一場關於新聞業未來的聽證會（譯按：二〇〇九年四月二十一日眾議院以"A New Age for Newspapers: Diversity of Voices, Competition and the Internet"爲題舉行聽證會），更是積極支持政府採取干預手段。[7] 一些專家證人，尤其是法學教授埃德溫・貝克，斷然駁斥所謂美國從來沒有、也不該支持政府對新聞媒體系統進行干預的假設。貝克將新聞業危機置於歷史背景下，認爲美國建國之父們很早就意識到市場永遠不會爲民主所需的新聞和訊息提供足夠支持。貝克提醒在場聽眾，美國建國之父們多支持郵政補貼政策，爲的是確保新聞廣泛傳播——累積投入經費相當於二〇〇九年的六十億美元——貝克提議以各種稅收抵免方式向新聞機構提供針對性的補貼，以補貼其記者一半的工資。這種補貼將消除報紙解僱記者的誘因，並且會促進更優質的新聞報導。[8] 大多數其他證人同意貝克的評估，主張政府積極介入，包括爲公共服務新聞提供各種媒體補貼。

這兩場聽證會意味著，至少有一些政策制定者認爲政府曾在確保公眾近用充滿活力的新聞媒體方面扮演重要角色。然而，在解決政治經濟問題的意願方面，眾議院聽證會是這類對話的一次例外，因爲這類對話很少承認、遑論解決新聞業危機的結構性原因。儘管在二〇〇九年有急迫感，但美國政府仍然沒有採取任何有意義行動來解決持續的新聞業危機。這種巨大的「政策失敗」，正如我在上一本書中所說的，值得更多關注。[9] 有助於解釋美國政府這種無所作爲的線索，出現在現代新聞業危機發生的最初幾個月裡。在本章中，我將探討由於美國人無法超越放任主義話語／論述，如何限制我們想像與啟動另類方案、替代這個崩壞的媒體系統的能力。

這場危機的起源

要理解這樣一個奇怪的政治時刻，值得停下來思考何以報紙會突然崩壞。儘管報紙產業幾十年來從某些標準來說一直在緩慢衰退，但在二〇〇八至二〇〇九年期間有四個主要因素導致其突然崩塌。[10] 首先，正如我稍後在本章討論的，一個多世紀以來，美國新聞系統一直過度依賴廣告收入，導致它在面臨經濟和科技破壞時相當脆弱。這種早已存在的結構條件，有別於世界許多國家的新聞產業。

其次，新聞業所遭受的也是一種自殘行爲。許多報紙的財務都過度槓桿化，背負著早期併購狂潮帶來的巨額債務。[11] 這些報紙並未將百分之二十五或更多的利潤率再投資於新聞產製，而是習慣於在預期巨額回報的情況下收購新資產——這些決定往往導致毀滅性的損失。僅舉一個例子，《紐約時報》一九九三年以十一億美元收購《波士頓環球報》，這是有史以來收購一家報紙所支付的最高價格之一。它後來在二〇一三年出售該報紙，大虧約百分之九十三。[12]

換句話說，在第三個因素也就是二〇〇八年金融危機來襲之前，這些媒體公司就已忽視新聞產製部門多年。這場危機是八十年前大蕭條以來最嚴重的經濟衰退，對許多產業造成了沉重打擊，尤其是那些具有結構脆弱性的產業。此外，這種大規模的市場失靈缺乏社會安全網；公共媒體（如 NPR 和 PBS）和非營利部門完全沒有準備好頂替空缺。

新聞業危機的第四個、也是最廣爲人知的因素，是數位媒體帶來的一系列新的經濟關係。雖然新聞機構愈來愈多地投資數位內容，但與紙質廣告相比，線上廣告僅占收入一小部分。在失去它們對地方廣告的壟斷後，新聞業的商業模式一夕崩塌。一個特別重大的打擊是分類廣告收入的損失。隨著提供免費分類廣告的網站如《克雷格列表》（*Craigslist*）的興起，報紙再也不可能回到過往那種財源滾進的黃金歲月。「皮尤網路和美國生活計畫」的一項研究發現，二〇〇五至二〇〇九年間，分類廣告收入減少約七十億美元。[13] 一項經常被引用的研究顯示，光是《克雷格列表》就對新聞媒體產生致命打擊，報紙產業在二〇〇〇至二〇〇七年間損失了五十億美元的分類廣告收入。[14]

當然，將新聞業危機主要歸咎於《克雷格列表》，其實忽略了關鍵的脈絡因素。[15] 地方報紙過往慣於利用其市場力量，對廣告收取過高的壟斷價格。如果有人想向特定人群做廣告，他們別無選擇，只能透過當地報紙。然而，隨著朝向數位化的轉變，報紙面臨巨大競爭，而且難以從線上內容獲利。更糟糕的是，報紙無情地減少對新聞的投資並削減成本，只顧著追求愈來愈難以維持的豐厚利潤目標。許多媒體減少、或完全解散他們設在外國、華盛頓特區和州議會廳的分部。更普遍的是，這種經濟轉變因爲金融危機而惡化的直接影響，是新聞工作機會的急遽流失。

大部分新聞媒體產業的就業狀況都受到影響，但報紙工作機會卻呈現直線下降狀況，二〇〇八至二〇〇九年間就裁掉數千個職位。廣告收入和發行量大幅下降。二〇〇八年，報紙股價大跌百分八十三。在六個月的時間裡，擁有一百七十八年歷史的《底特律自由報》將送報到府服務縮減爲每週三次；一百四十六年歷史的《西雅圖郵訊報》只剩網路版，裁掉除少數員工之外的全部員工；有一百年歷史的《基督教科學箴言報》只剩網路版；有一百五十年歷史的《落磯山新聞》結束營業。由於許多報紙處於瀕臨破產的不同階段，一些媒體評論員警告——事實證明是正確的，美國主要大城市很快就會沒有當地的日報。在接下來的兩年內，底特律、克利夫蘭和紐奧爾良等大城市都失去當地發行的日報。[16]

由於全國各地幾乎每天都有相關報導記錄該產業的螺旋式下降，包括持續記錄新聞工作者失業人數的 Paper Cuts 網站，人們對新聞業未來的恐慌明顯日益增長。以這種倍數增加的「屍體數目」（body count）爲背景，開始有人要求採取大膽行動，召集專家並發表了大量的研究報告。甫當選的巴拉克・歐巴馬總統似乎有意推動具有進步色彩的政策，讓許多人對政府制定合理計畫來應對這個危機寄予厚望——甚至可能啟動一項大有爲政府的新新政（a new New Deal）。當時，許多人（包括我自己）敢於夢想政府會認識到放任導向市場的局限性，從而願意介入保護公共服務新聞免受資本主義的蹂躪。曾經勢不可擋的關於市場魔力的眞理一夕崩塌；甚至前美國聯邦儲備銀行主席艾倫・葛林斯潘（Alan Greenspan）在金融危機爆發後不久即公開坦承，他自己曾經可悲地錯誤認爲市場會自我修正。[17]當時的我們認爲，清醒的頭腦最終會戰勝把美國經濟推向深淵的放任主義的瘋狂。所有的漸進變革似乎即將實現。

隨後的發展並沒有以我們許多人希望或期待的方式發生。當長鳴的警鐘暫歇，大膽改革計畫擱置，現狀悄然但肯定地重新確立。然而，重要的是必須記住，這一切都不是不可避免的；它本來可以有完全不同的發展。

對這場危機的立即反應

鑑於當前許多人感到的無力感，很容易忘記二〇〇八和二〇〇九年新聞業危機首次爆發時的急迫感。對制度性崩塌的恐懼尤其籠罩著華盛頓特區，當時我在那裡擔任研究員，最初爲一個主要智庫工作，後來爲美國最重要的媒體改革組織（譯按：自由傳媒學社）工作，聚焦在應對新聞業危機的政策取徑。有幸親眼目睹美國政治經歷的典範轉移，是一種意義非凡的體驗：隨著經濟崩壞和歐巴馬政府入主白宮，先前被摒棄在話語／論述邊緣位置的政策理念，在主流圈子裡幾乎人人朗朗上口。

二〇〇九年初，歷經政治和知識的理念變革，讓我見證了一次難得的政府介入、重新設計美國媒體系統的機會之窗。[18] 政策制定者熱切地向媒體改革運動者和學者（甚至是歷史學家）請益，急切地想知道如何因應傳統廣告支持的新聞業所面臨的結構性崩壞。政策專家翻查舊書和文章，重新提醒人們不受監管的商業媒體系統是危險的。政治人物也開始提議不是完全受到市場原教旨主義影響的政策選擇。我們祖父母那一代學到的教訓再度重返榮耀。

在動盪喧嘩之中，一個處於發展初期的政策議題迅速浮現，希望讓新聞和訊息從商業壓力中解脫出來。以參議員班・卡定（Ben Cardin）領銜提出《二〇〇九年報紙振興法案》（*Newspaper Revitalization Act of 2009*）爲例，該法案爲新聞機構及向它們捐款的慈善機構提供稅賦優惠。[19] 他提議修正《美國國內稅收法》的部分條款，使報紙有資格成爲具有「教育目的」的非營利組織。該法案還將免除符合條件的報紙爲其廣告收入繳納公司稅，並且認可對這些報紙的捐贈爲可以享有免稅待遇的慈善捐款。儘管立意良善，但卡定法案在一些關鍵領域未臻理想：雖然它所謂符合條件的是包含公眾感興趣的地方、全國和國際新聞報導的媒體，但該法案似乎排除適用社區小型報紙和其他新聞機構。不過，儘管後來未獲國會支持，但它仍然是一項了不起的法案。可惜在提交給委員會之後，《二〇〇九年報紙振興法案》從未被表決過，如今已幾乎完全被遺忘。

在新聞業危機發生的這個初期階段，也有大量重要的政策報告問世，[20] 大多支持實施積極的新聞業補助政策、擴大公共媒體系統，並且正當化國家積極支持公共服務新聞業的其他措施。其中最早一份研究報告，出自知名媒體改革組織自由傳媒學社（Free Press）（我是該研究報告的主要作者之一），[21]它幫助定下了一系列結構性政策干預措施的基調，包括新的所有權模式（例如低營利和非營利）、新的租稅激勵措施（例如少數族群媒體租稅減免優惠）、新聞就業方案、新聞研究和發展基金，以及爲強大的新公共媒體系統提供補貼。

這些報告有許多來自基金會、智庫和學者，但政府監管機構也面臨必須有所作爲的壓力。聯邦交易委員會（Federal Trade Commission，簡稱FTC）站在這些討論的最前端，啟動一系列高調的研討會，主題是「新聞業如何在網路時代倖存？」[22]多位受邀演講和擔任顧問的學者包括羅伯特・麥契斯尼（Robert McChesney）和埃德溫・貝克，主張採取積極的結構性干預措施來因應系統性的新聞業危機。這些討論對FTC的報告初稿有所影響，納入廣泛針對新聞業的直接和間接補貼。[23]然而，這份供外界討論的報告初稿一公布即遭到強烈反對，尤其是激怒了那些受到方興未艾的茶黨運動鼓舞的保守派和放任主義者。在承受了很多負面報導和政治壓力後，該報告被束之高閣——這個結果對後續其他的政策報告產生了某種寒蟬效應。[24]

隨著基金會、倡議團體和政府機構開始以高調的聽證會和報告做出回應，聯邦通訊傳播委員會（Federal Communications Commission，簡稱FCC）也加入行列，宣布對新聞業的未來進行調查。FCC當時的代理主委邁克爾・考普斯（Michael Copps）協助發起一場討論，該討論催生了後來一項長達數月的對美國新聞媒體現況的廣泛研究。視富蘭克林・羅斯福總統爲偶像，考普斯委員是FCC有史以來立場最進步的委員之一，[25]他贊同旨在解決商業新聞媒體結構性問題的基進公共政策方案。鑑於危機日益嚴重，媒體改革者和總部設在華盛頓特區的公共利益社團都對這份備受期待的研究報告寄予厚望。考普斯本人也希望它能夠提供「可以在今年底前付諸實施的有力行動建議。若是報告達不到這一要求，」他警告說，「將有負於公共利益。」[26]

正如我們即將看到的，儘管該報告肯定有其不足之處，但檢視這份報告發現的問題和它開出的處方，更重要的是它沒有發現的問題和沒有開的處方是什麼，是有幫助的。該報告對這場危機的框架方式及其盲點，有助於我們理解美國爲何未對新聞業危機採取實際政策作爲。

FCC 報告：《社區的訊息需求》

直到二〇〇九年秋季，FCC 才正式啟動關於新聞業未來的研究，亦即「社區的訊息需求」（Information Needs of Communities）研究計畫。[27] 當時，對產業態度友好的 FCC 主委朱利葉斯・格納喬夫斯基（Julius Genachowski）接手主導。格納喬夫斯基商請他哥倫比亞大學的同學史蒂文・沃爾德曼（Steven Waldman）撰寫這份報告，後者是《華盛頓月刊》前編輯和《Beliefnet》（譯按：生活時尚網站）共同創辦人。更早之前，沃爾德曼已開始他的「聆聽之旅」，與許多學者和實務工作者會面討論新聞業危機。[28]

FCC 研究的全面性確實令人欽佩。他們最終對不同產業人士進行六百多人次的訪談，包括記者、學者、產業代表、律師、行動主義者、慈善家和政府官員等。[29] FCC 還舉辦一場全日研討會，聚焦討論新聞業未來和媒體所有權相關問題，並檢視超過一千份由公眾提交的意見。FCC 內部工作人員對有關新聞業未來的調查報告和研究做了廣泛文獻探討，而一個由受尊敬學者和顧問組成的非正式工作小組也就特定主題進行研究並做出貢獻。

FCC 在二〇一一年六月上旬發布這份長達四百六十八頁的研究報告，其中檢閱了新聞業危機的相關學術研究。儘管它忽略了一些政治經濟學取徑的研究文獻，但該研究報告並未逃避對新聞業危機進行批判性分析。根據美國新聞編輯協會（ASNE）的就業人口普查數據，FCC 發現二〇〇六至二〇一〇年的就業人數下降狀況尤其令人擔憂：「短短四年內，報紙就業人數從五萬五千人下降至四萬一千六百人——差不多又回到它在水門案之前的就業人數。」[30] 一頁又一頁，這份報告詳細記錄市場低迷如何摧毀新聞業，以及這造成的廣泛社會危害。陷入財務困境的新聞機構不斷地削減成本，導致「調查、質疑，以及把報導提升到更高水準的時間減少了」。從事密集採訪和調查報導的記者減少，導致新聞品質低下，而且「愈來愈少關於市政府、學校、環境、當地企業和其他影響美國人未來、安全、生計及日常生活的每日新聞報導。」該報告嚴厲地指出，「報紙產業的劇烈縮減，已經對美國公民和地方社區造成傷害。」[31]

與之前一九四〇年代的《哈欽斯報告》一樣，FCC 這份報告提出對整體新聞表現的即時批評，也對結構性問題〔例如「在地問責報導」（local accountability reporting）的喪失〕提出敏銳分析。[32] 報告的部分內容似乎拒絕市場原教旨主義，提及公共財、甚至「市場失靈」一詞，儘管隱藏在註腳中。[33] 然而，正如哈欽斯委員會的情況，這份報告對問題的診斷與其提出的解決方案之間存在明顯落差。最有問題的是，該報告從一開始就將重大政策介入手段排除在外：「在草擬建議時，這份報告以首要前提開始，亦即第一修正案限制了政府在改善地方新聞方面可以發揮的角色。除此之外，合理政策會承認**政府根本不是這場戲的主角**」（粗體字強調處爲另加）。[34] 報告多次重申此一聲明，幾乎像是一場教理問答。它的用語反映了市場放任主義典範，預先設定可容許的政策改革範圍，而且爲政府干預留下極小空間。該報告甚至警告說，由政府機構執行關於媒體的研究「可能會遭到懷疑」，因爲監督政府是媒體的工作，而不該是政府監督媒體。[35] 這種帶有意識形態色彩的立場，很容易忽略美國政府長期以來在維護健全新聞媒體系統方面扮演的積極角色，包括從創建郵政系統到補貼網路發展。這個不幸的框架方式，從一開始就讓這份報告綁手綁腳。

該報告確實指出，FCC「不僅有權，也有確切責任檢視這些議題。」但即使這一舉措，也被表述成是爲了解除管制目的而採取的介入（deregulatory intervention），並且強調「如果〔FCC〕簡單地以爲當前（多如牛毛的）關於傳播的公共政策，其中一些是在網際網路出現之前制定的，還很適合二十一世紀，（這將等同於）不當的公共政策作爲。」由於媒體地景正在「如此迅速地和劇烈地發生變化」，FCC 將檢視「它的假設和規則是否仍然行得通」。它還警告說，指認出「特定問題，並不意味我們認爲 FCC 有責任或權力解決它。……在某些情況下，這份報告的作用只是爲了描述情況，激發討論並提出理解地方媒體市場的新典範。」[36] 該報告明確指出，除了概述問題和消除「那些致力於解決地方新聞和訊息供應問題的人所面臨的障礙」之外，政府能做的事情有限。它宣稱，「能找到當今媒體問題的大部分解決方案的，將會是企業家、記者和有創造力的公民，而不是立法者或政府機構。」該報告斷言，「政府不能『拯救新聞業』」，因爲「媒體地景發展如此之快，以強硬監管干預手段來主導媒體公司的行爲可能會適得其反，無所助益地扭曲市場。」[37]

FCC 謹小慎微地採用非干預取徑（non-interventionist approach）來應對新聞業危機，而且寄望市場可以發揮作用。然而，這種策略有很大的局限性。參與審查 FCC 報告的專家當中媒體學者爲數頗少，其中一位媒體學者克里斯托弗．阿里（Christopher Ali）指出，當報告提出關鍵問題但又未能解決它時，這份報告的局限性就變得很明顯：「市場通常會對消費者需求做出回應。但是，如果消費者未要求符合基本必要需求的東西時，會發生什麼？」[38] 這個問題概括了 FCC 報告和更廣泛的現代自由主義思想內部的核心張力：它們同樣都依靠市場提供公共服務新聞，同樣都忽略新聞媒體的公共財性質，而且同樣忽略市場本身並無法產製質量均優產品的事實。

該報告不願主張政府積極介入，倒是毫不猶豫地建議解除管制，包括取消飽受詬病但早已不復存在的「公平原則」（Fairness Doctrine），該原則要求廣電媒體在爭議性和重大社會議題上應呈現立場歧異的各種觀點。在該報告裡，研究人員發現，一九八七年以來即已名存實亡的公平原則的殘餘仍然載於 FCC 的行政規則裡。因此，他們感到有必要「消除關於 FCC 意圖的任何不確定性——關於地方主義的公眾諮詢，關於加強揭露義務，以及公平原則。因此，我們建議 FCC 廢除公平原則的殘餘部分，以達到清理賬簿的目的。」[39] 令人好奇的是他們竟然特別提出這個建議，畢竟早已半死不活的公平原則對任何人都未構成威脅，想必是因爲這合乎此一報告整體上的解除管制基調。

公平地說，FCC 報告在強調地方新聞業危機的嚴重程度上確有先見之明，它對失去在地問責報導所代表的社會意涵也有精闢分析。再者，如果它倡議更積極的政策干預，很可能會遭受與 FTC 報告相同的攻擊。在最近一次談話中，沃爾德曼說他自己不希望這份報告——萬一人們以爲 FCC 的目的是想重新監管媒體產業——「變成一個政治足球」，從而抹煞了這項他和研究團隊投入近兩年的重要研究。[40] 考慮到當時的政治情勢變化，這種謹小愼微的態度似乎是機智和審愼的。可以察覺到的限制

——尤其是從沃爾德曼的老闆、相對保守的 FCC 主委格納喬夫斯基（主委本人或許一直在解讀白宮發出的訊號）的角度來看，以及團隊合作研究不可避免地會有的相互妥協，可能導致報告最後提出這麼溫和的政策建議。該報告的四項建議，主要是呼籲定義與監管新聞媒體時應使用更精確的衡量標準和用語。[41] 該報告確實是有提出一項比較有意義的政策改革建議，亦即要求地方電視台必須在官網公開該頻道政治廣告購買情形的透明度記錄（transparency records）。[42]

然而，總體而言，該報告的具體政策建議相對平淡。由於第一修正案絕對主義（First Amendment absolutism）潛伏在表面之下，該報告對新聞自由的狹隘定義主要有利於媒體企業的消極自由，而不是社區和公眾的積極自由。該報告高度評價私部門在支持新聞業方面的作用：「由於環境現況對地方媒體創新更爲友善，私部門——營利性與非營利性實體，可以增加產製在地節目，包括問責報導。」這暗示的是我們只要讓私部門自由運作，「那麼由此產生的媒體系統，可能會是這個國家有史以來最好的。」[43] 在得出這些結論之前，如果 FCC 報告更多地關注批判性學術研究，那麼它預設的迎合市場的位置就不會坐得這麼安穩；例如，該報告沒有引用或提及埃德溫・貝克，在二〇〇九年底突然離世前，他曾就新聞業未來及其與市場和民主的關係撰寫過大量文章。[44] 兩位一直持續參與 FCC 政策研究的學者指出，「沒有任何結論或建議以任何方式質疑或倡議改變現狀。」該報告投入大量研究來闡明新聞業面臨的「變化、挑戰和問題的嚴重程度」，但「最後提出了一系列相對無關緊要的政策建議」。[45]

外界對該報告的立即回應集中在其中一些弱點上。鑑於它缺乏公共政策干預的結構性分析和處方，包括邁克爾・考普斯（當時已不再擔任代理主委，但仍是 FCC 委員）在內的進步人士抨擊，該報告錯失了一次大好機會。在正式聲明中，考普斯指出，雖然該報告似乎「意識到一個嚴重問題」，但它缺乏對可能立即扭轉「幾代以來持續存在的媒體不正義」的強力方案的任何嚴肅建議。[46] 更具體地說，他認爲「在他們（譯按：多數 FCC 委員）對該報告投下贊成票時，他們肯定有他們的想法，但他們幾乎沒有意識到一個採取積極手段、懷抱改革理想的 FCC，就像一九四〇年代的那些 FCC 委員那樣，可以做什麼。」相反地，「考慮到報告本身涉及的迫切問題的廣度，」考普斯坦言他「對它如此怯於提出政策建議，感到非常失望。」

與 FCC 那些怯懦的同僚相反，考普斯大膽地提出與該報告截然不同的主張，捍衛政府應該在支持健全新聞媒體系統上扮演的必要角色：

> 關於政府在提供有助於公民獲取訊息的基礎設施上應該扮演什麼角色，向來有兩種思想流派存在。一派會說讓我們將這項重要任務留給自由市場，並且鬆綁對服膺此一目標的實體之管制，而這一派思想在過去三十年的大部分時間裡是主流。我們持續經歷一場私部門整合的狂歡派對，幾家超大型媒體公司併購小型的獨立電台和報紙，然後縮減規模，通常是關閉新聞編採部門並解僱記者，以償還這些併購交易帶來的巨額債務。私部門在 FCC 裡面找到心甘情願的幫兇，非常高興地祝福這一切，甚至予以鼓勵，幾乎從未對金融奇才想到的任何結合交易案說「不」。更糟糕的是，FCC 幾度持續地從它的行政規則中刪除大部分公共利益規則和指導方針，這些規則和方針原可對已經失控的廣電媒體施加一些規訓。

考普斯對一些人自豪地鼓吹的第一修正案絕對主義提出挑戰，後者認定政府在保護第四階級方面幾乎沒有角色可以扮演。他援引起草第一修正案的實際作者群的觀點，他們認爲政府提供郵政道路和補貼報紙遞送成本是「完全正當合法的公共政策。」爲了重振第一修正案的這種進步願景，考普斯告誡媒體改革運動同志們在「主張什麼都不必做的那幫人大吼大叫地想要壓過我們的聲音時，千萬不要退縮到角落裡。」[47] 這種關於政府有責任提供基本服務（例如促進民主的新聞系統）的積極自由權利的願景，是考普斯所構想的替代方案的基石。在 FCC 報告公布前幾週發表的一篇文章裡，考普斯懇請公眾挺身要求建立一個健全的媒體系統，因爲政府有責任保護「我們民主對話的渠道和形塑者」。[48]

在其他地方，來自媒體改革者和新聞記者的直接反應迅速而嚴厲。自由傳媒學社發布新聞稿稱該報告「令人大失所望」，並指責它包含「讓問題變得更糟的政策」，例如放棄「要求廣播電台必須報告它播出多少在地新聞和節目」的規定。[49]《西雅圖時報》的瑞恩・布萊森（Ryan Blethen）寫道：「就好像撰寫者……完全不知道哪裡需要修復，逕向 FCC 提出一些最簡單但幾乎毫無意義的解方。」[50] 同樣的，媒體分析家瑞克・艾德蒙（Rick Edmond）指出，儘管包含一些強有力的分析，但關於 FCC 或國會實際可以做什麼的建議，「他們幾乎是完全略而不提。」[51] 談及這次的監管倒退（regulatory retreat），《華爾街日報》一篇報導將 FCC 報告解釋爲「政府幫助報紙產業的興趣似乎正在減弱」。[52] 媒體評論者埃里克・奧爾特曼（Eric Alterman）感嘆，該報告「提議的解方實際上更適合保守派，而不是自由派或甚至溫和派。」[53]

彷彿是爲了證明最後一點，該報告從行業刊物及自由市場理論家那裡得到最正面的回應。著名的放任主義者亞當・謝勒（Adam Thierer）自承，他對 FCC 報告的第一反應是鬆了一口氣：「對於我們這些關心第一修正案、媒體自由和新媒體商業模式自由市場實驗的人來說，感覺就像我們躲過一顆大子彈。」他頌揚史蒂夫・沃爾德曼的「令人印象深刻的成就」，並對該報告「與引起爭議的 FTC 報告的自由傳媒學社／麥契斯尼之激進議程相去甚遠」而倍感欣喜。[54] 同樣的，共和黨執政時任命的 FCC 委員羅伯特・麥克道威（Robert McDowell）向讀者保證，該報告不會導出新的 FCC 規則，而會促成「更適合競爭和充滿活力市場的解除管制行動」。[55]

在這份期待已久的報告發布幾天後的一場電話會議（我也參與其中），公共利益倡議團體直接質問沃爾德曼，要求後者說明爲何該報告對政府支持新聞業一事表達了如此貧乏的觀點。沃爾德曼爲該研究的放任主義取徑辯護，辯稱更基進的政策干預不合適，理由有二：首先，政府不應挑選市場上的贏家，其次是因爲第一修正案禁止這樣做。這種辯護的非凡之處在於它完美地反映了埃德溫・貝克去世幾週前曾在午餐時對我說的話：「有兩個論點，」他說，「媒體老闆們通常用來抗拒監管。一個是政府必須始終置身於市場之外，另一個是第一修正案禁止這樣做。」事實上，沃爾德曼在自我辯護時援引的論點反映了一種默認的放任主義，幾乎沒有爲有意義的公共政策介入留下任何空間。最終，FCC 報告的潛台詞是市場導致這場危機，而且市場也將會解決它。

現在我們都是自由放任主義者了

儘管 FCC 報告內化了市場放任主義的邏輯，但改革運動者仍然設法借力使力。他們利用該報告對新聞業險峻困境的批判分析，證明他們多年來提出的論點是正確的，而且敦促 FCC 更積極地研究問題並提出政策介入建議。FCC 最終在二〇一二年二月公開徵求一項新的研究案，試圖了解美國民眾以何種方式滿足他們的關鍵訊息需求（critical information needs），以及現有「媒體生態系統」的表現是否稱職。

除了指認獲取此類資訊的障礙，FCC 還挖掘相關研究，從而得出「關鍵訊息需求」的工作定義。時任 FCC 臨時主委的委員米農・克萊本（Mignon Clyburn）明確表示，她希望這項研究有助於 FCC 在促進少數族裔和女性媒體所有權方面的努力。[56] 由一群富有改革精神的學者所組成的通訊傳播政策研究網絡（簡稱 CPRN）獲委託執行此研究。[57] 最終，學者們完成大規模的文獻探討，將新聞業明確定義爲容易受到特定市場失靈影響的公共財。在這份報告中，他們指認出八種關鍵訊息需求，從應急通訊基礎設施到擁有獲取政治訊息的可靠渠道。[58] 該研究也呼籲開展更多研究，以評估這些需求實際上是否得到滿足。

馬克・勞埃德（Mark Lloyd）身爲媒體歷史學家、公共利益倡議者兼前 FCC 副總法律顧問（專注於多樣性和地方主義），也是深入參與這些政策辯論的 CPRN 研究團隊核心成員，詳細記錄了整個過程。[59] 他指出，研究通訊傳播系統的問題、確定關鍵訊息需求的障礙，以及制定政策回應，完全應該是作爲專家機構的 FCC 的分內工作——事實上，FCC 負有國會和法律義務這樣做。因此，FCC 遵循 CPRN 的建議，透過蒐集和分析相關數據來進行新研究，以評估公眾的關鍵訊息。勞埃德觀察到，相關研究往往只是「對受 FCC 監管的媒體和電信產業提出的調查問卷，並對答覆進行統計。」然而，他指出，有時「FCC 眞的會蒐集有關公共利益政策和各種執照持有者實際上如何爲公眾服務的資訊。」[60]

當 CPRN 和 FCC 試圖了解媒體是否正在滿足社區民眾關鍵訊息需求時，就屬於這種情況。在就誰將領導這項研究進行長時間辯論之後，儘管產業利益不斷試圖破壞這一過程，CPRN 和 FCC 提議進一步研究「關鍵訊息需求」並完成一份新報告。該研究旨在根據一個指定市場裡的所有媒體內容（包括廣播新聞、報紙和本地網路新聞）進行「媒體市場普查」。該研究還將包括對當地媒體相關業者的自願性調查，以蒐集有關所有權特徵、就業和（市場）進入障礙（barriers to entry）的訊息。這項「社區生態學」（community ecology）研究將調查一般民眾的關鍵訊息需求，包括透過深度的鄰里訪談。[61]

然而，這些計畫一經公開，右翼新聞媒體，在國會和 FCC 保守派委員的協助下，立即譴責 FCC 提議要做的這項關於社區訊息需求的研究。首先，塔克・卡森（Tucker Carlson）的（網路媒體）《每日傳訊》（*Daily Caller*）刊出一篇文章（受到媒體產業啟發的評論），標題爲：「FCC 將監管新聞媒體，對記者進行包羅萬象的調查」。[62] 接著，一群共和黨國會議員致函 FCC 主委湯姆・惠勒（Tom Wheeler）譴責該研究，並在新聞稿中稱之爲「公平原則 2.0」（Fairness Doctrine 2.0）。[63]（在保守派的想像中，公平原則代表的是政府對美國傳播系統的極端干預手段。[64]）發出這封信之後，當時的 FCC 委員阿吉特・派伊（Ajit Pai，後來在二〇一六年登上 FCC 主委大位）也很快地在《華爾街日報》上發表一篇評論文章，他在文中把該研究的目標比作公平原則，並指責 FCC 將國家帶入「同樣危險的道路」。[65]

派伊的評論文章既出，保守派媒體的猛烈抨擊也如猛虎出閘。勞埃德回憶說：「很快，數十名保守派電台主持人和其他右翼網誌寫手散播消息指稱，白宮正在命令 FCC 監管新聞媒體，等於是回歸公平原則。」勞埃德說，其中一些虛假訊息針對的是 CPRN 教授執教的學術機構，「導致憤怒公民發出一連串的恐嚇電話和電子郵件」。福斯新聞網甚至將整個黃金時段都用於報導所謂 FCC 監管新聞媒體的計畫。[66] 面對這個壓力，FCC 的反應首先是切割、然後則是完全聲稱它與這項研究無關。[67] 一名 CPRN 成員在隨後的一篇評論文章中寫道，這種誇張報導對美國的政策話語／論述是有害的：「對於從福斯新聞（Fox News）到拉什・林博（Rush Limbaugh）的保守派媒體來說，〔FCC 擬議的研究〕是試圖重新引入現已被撤銷的公平原則，並讓歐巴馬總統掌控美國新聞媒體。」[68]

這個事件顯示，FCC 僅僅只是爲了更深入研究這些問題，就已經對商業既得利益構成威脅。這些媒體產業及其代理人，包括共和黨執政時任命的 FCC 委員，勢必將蒐集和分析可能揭露商業媒體系統缺陷相關資料的想法本身**去正當化**。簡單地蒐集關於關鍵訊息需求的資訊，諸如公民參與、消費者福利和公共安全等主題，就引發了產業協會質疑政府此類努力的合憲性。當然，他們害怕的是一旦確認（商業媒體系統）有這些缺陷，可能會讓政府取得監管的授權，從而對商業媒體公司將利潤追求置於民主之上的特權構成威脅。

但這一事件也讓另一個促成現狀的因素無所遁形：自由主義者在被迫效忠市場原教旨主義和第一修正案絕對主義時，很快就變身爲放任主義者。確實如此，自由派政策制定者和知識分子屈從於右翼指控政府管太多的速度，充分說明了政策話語／論述與權力的關係。自由派政策制定者雖然也曾在極少數情況下呼籲政府採取平權行動（affirmative action），以確保市場驅動媒體系統（the market-driven media system）所未能妥善服務社區的媒體近用權利，但一旦遭遇商業力量反擊，他們就會迅速退回到放任主義的那一套話術。在我們找到方法打好進步政策話語／論述的預防針以抵抗此類攻擊之前，美國的許多媒體危機只會更加惡化。

未能以任何有意義的政策作爲來因應新聞業危機，這一挫敗讓人想起過往以失敗告終的改革努力，例如一九四〇年代的哈欽斯委員會。當時和現在一樣，政策話語／論述把美國新聞媒體的結構性問題視爲政府不可碰觸的禁區。在一九四〇年代和當前這個時刻，美國社會對新聞業危機的反應引發關於媒體在民主社會中的規範性角色，以及政府在確保健全新聞系統方面的監管角色的討論。哈欽斯委員會和FCC報告都對商業新聞媒體系統的失靈提出強烈的結構性批評，但兩份報告最後都只提供薄弱的改革建議，基本上並沒有要解決這些失靈的結構性根源——無異於確保它們在未來歲月裡還會再出現。

這種反覆出現的政策挫敗的樣態，讓人想起媒體歷史學家布雷特・蓋瑞（Brett Gary）的一本書名——「不安的自由主義者」（nervous liberals）。[69] 蓋瑞用這個詞（此詞最早的發明者是哈欽斯委員會成員之一的阿奇博德・麥克利什）來描述戰後的自由主義者：他們有選擇性地遵守第一修正案保障的自由，從而能夠無縫接軌地將槍口指向不同的目標，從二戰期間的法西斯分子轉向冷戰期間的左翼人士。這些知識分子面對美國高漲的本土主義運動，以及在與境外法西斯主義威脅相抗時，因爲戰爭非常時期而不得不在民主原則上有所妥協。在洛克菲勒基金會的經費補助下，這些人當中有許多是傳播研究領域的先驅，他們自願加入對抗國內外威脅的宣傳戰。

幾十年來，自由派政策制定者和知識分子一直將古典民主理論——像是「公共領域」和「觀念市場」之類的概念應用於商業媒體系統，但後者系統性地未能符合這些理想。爲了解釋此一失敗，自由主義思想家有時會對市場驅動的媒體系統進行結構性批判。然而，一旦發現自己得出需要政府干預媒體市場的社會民主式結論，他們往往會退回到讚頌讓他們較無違和感的市場神聖性及其創新效率的立場。他們在面對明顯市場失靈而不得不同意政府干預時，勢必同時附上充分的但書和限定條件，以免遭人扣上國家主義（statism）、威權主義和反資本主義的帽子。這些人是不安的自由主義者——自由主義者因爲自己得出的結論而感到不安。

與此同時，歐巴馬執政初期的政治和意識形態情勢迅速逆轉，關閉了結構性改革的話語／論述機會之窗。保守派和自由派政策制定者都得出同樣的結論，在政策層次上幾乎無法做什麼來支持新聞業。迴避勇敢的政策介入手段，轉而聚焦於小幅度、對市場友善的提議，諸如 FCC 報告之類的計畫即爲這種政策不作爲的象徵。最終，決策者在解決商業新聞業危機的潛在結構性原因方面，幾乎沒有採取任何措施。今天，我們都收穫了先前這些政府決策及其政策優柔寡斷的惡果。

這些批評，以及政策不作爲的樣態，凸顯關於美國媒體與政府適當關係的政策討論已陷入某種我所謂的「話語／論述俘虜」（discursive capture）困境。[70] 這種話語／論述典範受到隱含的市場原教旨主義束縛，導致政府無法介入重大社會問題——例如第四階級的崩壞。某些邏輯和價値體系已經內化到這種程度，以至於超出可接受範圍的主張和論點變得無以想像。隨著時間的推移，它導致政策敘事出現可預測的緘默，並將特定想法排除在可允許的話語／論述之外。[71] 緘默的結果是關於什麼是政治上可能和可欲的政治想像大幅縮水。

如果我們想面對讓新聞業陷入困境的「系統性市場失靈」，我們就必須克服這些意識形態盲點。我們必須首先挑戰限制我們談論和思考新聞在民主社會的角色的話語／論述限制。這樣做，才能一針見血地點出自由主義的核心邏輯——一種始終將「觀念市場」與商業市場混爲一談的邏輯。在本章其餘部分，我將聚焦於一些圍繞新聞業的話語／論述，我所說的是一種限定我們如何看待新聞業的「市場本體論」（market ontology），以及有助於我們擺脫這些話語／論述限制的解毒劑。

關於新聞業的經濟與監管話語／論述

圍繞美國新聞業的話語／論述，充斥著自由放任主義的假設。這種意識形態支持「企業自由放任主義」典範，將市場視為民主選擇與自由的表達，相信科技在本質上具有解放性，而且認定政府不該介入市場。這種政策話語／論述的勝利有助於商業媒體系統永久化，而且不受公眾監督和非商業媒體的挑戰。這一框架形成於一九四〇年代，在很大程度上仍然是當今美國媒體政策的主流典範。72

此一典範，有助於解釋美國因應新聞業危機方面的顯著政策失敗。它假設政府在干預媒體市場方面幾乎無合法角色，正如我們在上一章中看到的那樣，這是一種反歷史的、自由放任主義的神話。這種假設忽略這樣一個事實，亦即受這些結構性轉變影響最大的不是大型媒體公司，而是失去工作的新聞工作者，以及無法再獲取充足與適當新聞和訊息的社區。這種話語／論述，結合了對數位出版模式的樂觀期待和對市場的深刻信任，默認科技解決方案、億萬富翁的慈善捐助和大膽的企業家精神——而且市場是最終仲裁者，將會以某種方式產生民主所需要的新聞業。這種話語／論述牢牢控制美國社會對新聞業未來的想像；如果我們想削弱它的控制，就必須先拆解這些敘事。

危機敘事

在許多方面，新聞業危機與我們如何思考和談論新聞業有關，也與制度本身有關。很少有人會質疑美國新聞業正在發生結構性轉變。然而，關於新聞業未來的敘事各不相同，也有學者質疑「危機」一詞能否恰當地描述當前新聞業。[73] 然而，大多數觀察家都同意，舊商業模式正在潰敗。評論者通常將這種現象歸咎於各種因素：新科技無情地向前推進、美國新聞媒體系統性的結構缺陷達到頂峰、人們（尤其年輕人）消費新聞的方式發生轉變、對主流新聞機構失去信任、不可預見的金融衰退、媒體併購整合，或是以上所有因素的綜合。由於強調的因素不同，關於危機的敘事也有多種。

自二〇〇九年以來，論者就新聞業危機將會如何演進提供了各式各樣的預測。一些學者將這場危機視爲一種進步，新聞業正在「進化」成完全不同的事物，或是正處於「適應」新的「後工業」階段。[74] 在危機的最初階段，一些觀察家甚至表示樂觀，認爲新聞業最終會從危機中走出，變得更精簡、更靈活與更精通科技。其他人則認爲市場和新科技最終會矯治這個危機。[75] 然而，近年來，這種樂觀情緒逐漸讓位給愈來愈強烈的悲觀情緒，甚至認定不管做什麼都無法挽救新聞業的消亡。

這些分歧的立場，與特定的話語／論述框架或「危機起源」敘事有關。例如，商業敘事將問題歸咎於缺乏盈利能力，而技術／科技敘事則基於舊印刷媒體衰亡和新數位媒體興起的趨勢，強調進步與（傳統新聞業的）必然死亡。[76] 這些敘事不再強調新聞業不可或缺的公共服務使命，也很少將新聞自由視爲民主治理的必要前提。比方說，對於持這種意識形態的評論者來說，一聽到政府要補貼公共服務新聞業就會立即予以否定，並且認定這是對現有新聞機構的「紓困」或「圖利」。這些敘事也常常錯誤地認爲主流商業媒體的當前形式已經反映大眾品味。

其他危機敘事使用例如「完美風暴」之類的隱喻，將新聞機構描述爲歷史的無辜受害者，被網路狂潮和經濟變遷殺得措手不及[77]。然而，其他觀察家更喜歡「自殘」的比喻，將危機歸咎於企業的併購整合，它們在瘋狂併購期間使報紙陷入貧困並積累大量債務。在它們對不可持續的利潤的短視追求中，媒體機構優先考慮的是短期收益，而不是將收入再投資於新聞營運和新科技。[78]

新聞業危機的部分原因是新聞機構自身管理不善，這樣說沒錯。但是，許多人認爲媒體巨頭將頭埋在沙裡、而新科技悄悄襲來的這種說法並不正確。新聞機構多年來一直在努力應對數位科技——儘管通常是爲了削減勞動成本——並試圖、但大多數未能成功地將其線上內容變現／貨幣化（monetize）。歷史研究顯示，報紙在一九八〇年代和一九九〇年代曾經嘗試不同類型的數位工具。[79]它們未能將數位內容變現／貨幣化一事顯示，僅靠數位科技，無法克服支持新聞勞動所需的資本與數位廣告收入減少之間日益擴大的經濟鴻溝。

關於新聞機構無能的敘事往往忽略更大的圖景：這是一場系統性危機。新聞業面臨的問題並非只是一些錯誤決策或傳統新聞機構無能的結果。此外，這場危機不僅與報紙有關，也與新聞編輯室和新聞採訪有關。換句話說，這場危機非關報紙的未來，而是與公共服務新聞業的存續有關。不幸的是，我們很少聽到以這種方式框架的關於新聞業未來的討論。相反地，透過將新聞業危機歸咎於新聞機構無能、技術／科技破壞和商業演化，大多數危機敘事在談及新聞業危機時都迴避了可能採取的政策回應。

與此同時，隨著新聞媒體機構繼續拼命尋找新的商業模式，一個核心事實通常沒有被說出來：幾乎沒有證據顯示市場手段和新媒體技術／科技可以有效地取代傳統新聞媒體崩壞所失去的一切。值得懷疑的是，新的商業模式能否填補主要新聞編採組織逐漸崩塌所造成的眞空。但這種顯而易見的可能性幾乎從未被指出：如果我們將市場無法拯救新聞業這個前提作爲出發點，透過討論眞正的結構性替代方案（例如非商業模式），我們才可能開始直面這場新聞業危機。

話語/論述俘虜、市場本體論與政策失敗

面對新聞業危機卻無所作爲，是因爲社會未能把它視爲公共政策問題。「新聞業未來」的相關討論是在政策手段被綁手綁腳的受限話語/論述中展開。受限在這些框架之內的討論，通常未能肯認媒體機構的結構性問題。正如我先前提到的，這是一個以「市場本體論」爲特徵的「話語/論述俘虜」的例子，它將新聞業危機視爲供給與需求、消費者偏好和盈利能力的問題。[80]

在美國，市場原教旨主義預示著我們如何思考和談論新聞業。這個話語/論述框架包含某些把新聞機構、實踐和政策**去政治化**的假設。例如，當我們說新聞市場反映的是單純的供需關係時，等於是將新聞視爲一種在市場上買賣的簡單商品，而不是一種重要的公共服務；這意味著，如果新聞業對出版商和媒體所有者（通常是少數富裕白人）無利可圖，那麼我們只要讓它凋零就好。當然，不受約束的自由市場裡的供給和需求，並不總是反映對社會價值的準確評估，也不會特別關注什麼最有利於民主。

將新聞業危機歸結爲供需問題，儘管這個優雅簡潔的表述很有說服力，卻可能會有把市場交易商業系統**自然化**的風險，將媒體視爲受到消費者行爲支配的、標準經濟性的「小部件」（widget）。[81] 新聞媒體當然不只是小部件，它們在民主社會中發揮著特殊作用。但我們仍然經常在談論訊息系統時，彷彿把新聞當成是一種與其他商品（如鞋子或牙膏）無異的「產品」。根據這個市場本體論，如果消費者（或廣告商）不願爲新聞業支付足夠費用，並且導致新聞媒體無法盈利，那麼我們就應該接受其

不可避免的消亡。這種話語／論述框架主要將新聞業當成一樁生意，它預設了一種僅將新聞讀者視爲消費者、而非公民的商業關係。

另一種有組織的話語／論述將新聞業的制度性崩壞描述爲人力無法控制的，就像自然災害或上帝的旨意一樣。克雷・薛基（Clay Shirky）等媒體理論家認爲報紙的消亡只是革命的產物，因爲「舊事物被破壞的速度比新事物被安置的速度更快」。[82] 根據這種觀點，經歷一段痛苦的過渡期後，自然會帶來更好的結果，而社會對此進行干預以保護被歷史無情力量摧毀的舊制度，完全是愚蠢的。這種熊彼特式（Schumpeterian）的「創造性破壞」既可怕又令人敬畏，大概是人類能動性和干預無法企及的。我們只需要讓開，等待有機的演化結果出現。這種看似基進的論點，實際上相當保守，因爲它本質上是交由市場和其他強大利益來決定整個社會應該擁有什麼樣的新聞業。

一個相關的假設認定，市場力量和新技術／科技將以某種方式結合起來，引導我們擺脫這種困境。矛盾的是，儘管許多人將網路（而不是過度依賴廣告）視爲新聞業危機的主要推手，但他們也將數位技術／科技視爲新聞業的救星。可以肯定的是，新技術／科技及其能供性可以大大降低市場進入障礙，擴大新聞產製的近用和參與，並促進新聞訊息的傳播；但是，只有以公眾參與爲尊的健全公共政策存在時，才能實現這些潛力。相信市場會自動提供民主所需要的新聞媒體一直是，現在尤其是，一個風險極高的提議。

由於這種「數位繁榮」（digital exuberance）假象的存在，更加模糊了新聞業危機的結構性根源，導致市場原教旨主義繼續不受挑戰，並且輕易放棄透過政策干預採取集體行動的可能性。這會導致持續的政策失敗，並最終導致政策「漂移」（policy "drift."）。雅各布・哈克爾（Jacob Hacker）和保羅・皮爾森（Paul Pierson）將這一概念描述為「政府在應對動態經濟變化現實時的系統性、長期的失敗。」[83] 對於新聞業危機，這種漂移相當於持續減少對新聞產製的投資，以及新聞機構本身的分崩離析。

總的來說，這些比喻反映了一種「話語／論述俘虜」，改革新聞業的可能性受到市場支配參數的限制。無論有意或無意，這種「市場本體論」限制了關於新聞業未來的討論。在市場本體論中，新聞業危機被理解為需求不足、新聞消費模式改變和技術／科技破壞所造成的。但這些解釋忽略一個更基本的敘事：我們正在目睹的是一個本來就存在缺陷的商業新聞系統，它在朝向數位轉型的過程中因為無法充分將線上內容變現／貨幣化而崩塌。幸運的是，我們手上有解毒劑可以對付這種市場原教旨主義。

新聞業的經濟理論：公共財與市場失靈

具有諷刺意味的是，旨在理解資本主義市場如何運作的主流新古典經濟理論有助於我們擺脫市場本體論的限制，因為即使這種正統的經濟理論也承認市場的局限性。這些理論有助於我們理解，媒體市場無法充分資助和提供民主社會所需的高品質新聞和訊息。[84] 與其將新聞業視為一種可以買賣的產品，不如將其視為社會需要的公共財。

新聞與資訊＝公共財

新聞業生產的新聞和訊息實際上是公共財。[85] 根據新古典經濟學的定義，公共財是非競爭性的（一個人對物品的消費不會減損他人消費該物品的機會）和非排他性（很難排除搭便車者來消費該物品）。這兩個條件都適用於數位媒體。無數的人可以同時近用線上新聞，而不會影響其他人這樣做的能力。即使報紙對近用其線上內容收取費用，讀者也會找到繞過付費牆或從其他來源蒐集訊息的方法。這些特性將新聞媒體和訊息與資本主義經濟中的其他商品區分開來，並使得透過標準的市場機制來支持它們變得極其困難。[86] 例如，公共事務節目在傳統上並不是一個可行的商業產品，需要國家、贊助者或廣告的資助。[87]

新聞和訊息不僅是經濟意義上的公共財；他們還在社會有益的意義上爲「公共利益」服務。因此，新聞業對社會的價值超越了它產生的收入。換句話說，新聞業產生正面外部性（爲直接經濟交易之外的各方都帶來的好處）——例如讓民眾掌握充分資訊，這對健全的民主社會至關重要。許多公共財——清淨空氣、開放空間、人造光和知識，僅舉幾例——都產生了巨大的正面外部性。公共產品的一個典型例子是燈塔，它是船舶在海岸線上航行所需的必要基礎設施，但不存在經濟上讓人們爲此付費的有效方法。相反，人們會「搭便車」（free ride），這就剝奪了提供此一物品的市場激勵。[88] 社會需要這類物品，但個人通常會低估它們的價值，因爲他們無法或不願支付全部成本，從而導致市場生產不足。

新聞和訊息應進一步界定爲「殊價財」（merit goods），其生產不應取決於大眾選擇或「消費者主權」，而應取決於社會需求。[89] 該主題的權威學者克里斯托弗・阿里指出，「殊價財基於一種規範假設，即無論消費習慣如何都應該提供的物品。」[90] 無論市場或個人消費者的需求如何，當地記者報導學校董事會聽證會或高速公路基礎設施時，整個社會都會受益——這絕對是不夠吸睛的新聞，不會成為好的點擊誘餌。儘管如此，這種訊息對於民主社會至關重要。這樣的新聞媒體有資格成為一種殊價財，因為個人消費者很可能對其投資不足。媒體專家卡羅爾・雅庫伯維奇（Karol Jakubowicz）舉了一個商業廣電沒有提供民主所需要的高品質節目的例子：「好的廣電媒體是一種『殊價財』——就像教育、培訓或健康照顧一樣」，這意味著「消費者，相比於自己的長期利益，他們往往不太注意獲得它。」[91] 與其將此類決定留給市場或個人消費者偏好，不如優先考慮殊價財，將社會價值放在社會需求而非個人需求上。[92]

高品質的新聞就像許多表現出正面外部性的公共財一樣，很少得到直接市場交易的支持。新聞媒體傳統上是透過其他方式獲得資金的，例如公共補貼，或者在某種程度上，廣告收入。[93] 高品質新聞和訊息的文化和社會效益往往遠超過其金錢價值。即使是不直接為這些服務付費的社會成員，也仍然受益於它們在傳播有關重要社會政治議題訊息方面的作用。但是，除非政府鼓勵或直接要求商業媒體業者滿足這些公共需求，否則它們無法可靠地提供此類內容。簡單地說：生產高品質訊息對於媒體來說往往是一項無利可圖的事業，因此，很多國家透過非市場機制以確保其可得性，例如從公共服務廣播到內容義務的相關法規和經費補助。[94]

由於受市場驅動的媒體有其結構性限制，公共媒體可以覆蓋商業媒體忽略的問題和區域。[95] 例如，公共媒體可以專注於提供公共事務和文化節目；滿足兒童、少數民族、有色人種社區和其他經常得不到服務的群體之需求；以及向農村地區提供商業上不可行的服務。很多研究發現，廣泛普及的公共廣電系統實際上可以降低向公眾提供節目的總體成本。[96] 普遍獲取高品質新聞內容是社會優先事項，但市場往往無法支持此一民主社會的重要基礎設施。這種情況，出於我們媒體制度裡的多種「市場失靈」。[97]

新聞業危機＝市場失靈

新聞業的危機不僅僅是未能投資於公共財的一個例子。一個結構性的分析指出，當代新聞業危機應被視為一種主動的市場失靈（active market failure）。「市場失靈」這個概念到目前為止我已經多次使用，通常表示市場無法有效地分配社會必需品和服務。當私營企業沒有為關鍵基礎設施和社會服務提供足夠資金時，市場失靈通常就會出現，因為預期回報不能證明支出是合理的。[98] 當消費者未能為此類服務的全部社會利益付費時，市場失靈也會加劇。在美國，大規模的公共投資，例如在教育、國家公路系統和其他基本服務和基礎設施方面的大規模投資，傳統上透過市場失靈這個說法來合理化。例如，電信普及服務（universal service）是社會上可欲但經濟上無效率的，尤其在人口稀少的偏遠地區，結果導致電信服務的城鄉鴻溝。出於這個原因，政府可以用租稅優惠的形式向電信公司提供補貼，以鼓勵電信服務的普遍近用／接取（universal access）。

商業媒體模式特別容易發生市場失靈，因為新聞很少能收回成本。在過去的一百五十年裡，新聞媒體一直得到本質上是廣告補貼的支持。廣告商並沒有直接為新聞媒體付費；相反，他們付費是為了觸達觀眾的眼睛和耳朵。新聞是媒體所有者和廣告商之間主要交易的副產品——正面外部性。[99] 廣告商從不特別關心媒體的收入是否支持設置駐外記者或優質地方新聞，他們的目的只在追逐消費者。就大型企業集團而言，他們通常負有使股東價值最大化的受託責任。因此，考慮到它們的經濟動機，商業媒體公司投資不足是完全合理的，因爲不能提供足夠（通常是短期）回報的系統、基礎設施和內容。換句話說：對新聞業有利的事情，往往對民主來說是次優的。

長期以來，許多民主社會一直以市場失靈作爲維持健全公共媒體系統（尤其是公共廣電服務）的理由。這些國家的政策制度認識到這一點，亦即商業媒體市場會趨向於集中化，而且會產生需要政府監管的負面外部性和正面外部性。[100] 然而，近幾十年來，新自由主義政治經濟的日益崛起——以私有化、解除管制和核心社會機構日益商業化爲標誌，削弱了許多國家的公共媒體政策安排，並且導致市場失靈加劇。[101]

市場失靈是缺乏高品質新聞和對新聞產製的持續投資減少的主要原因。雖然這些趨勢正在世界各地發生，但在美國尤爲明顯。正如我將在下一章進一步描述的那樣，美國新聞機構——尤其是報紙產業，見證了記者數量、收入和發行量的下降。破產事件呈上升趨勢，居領導地位的都市日報減少或終止送報到府服務，因爲它們主要轉向網路渠道（或譯：管道）。除了新聞媒體生產不足之外，貧困和農村地區有限的寬頻網路服務——有時被稱爲「數位紅線」（digital redlining），是另一種市場失靈。

特別影響媒體產業的各種市場失靈，源自於包括寡頭集中（oligopolistic concentration）在內的結構性問題。[102] 如果利潤最大化行爲導致生產和消費太少，因爲價格高於邊際成本，那麼在非競爭性市場中，利潤最大化行爲可能成爲大問題。缺乏競爭的市場可能會導致濫用市場力量和其他不利於社會福利最大化的不正當激勵措施，從而導致媒體系統的退化。另一種影響新聞媒體近用和傳播的市場失靈的原因是通信網絡之間缺乏互連，這是電信、寬頻和有線電視網絡長期存在的問題。

由於新聞產品同時出售給廣告商和消費者，因此商業媒體通常涉及兩個市場，因此也出現了具體的挑戰。商業媒體通常會提供免費或低成本的內容，以吸引閱聽眾的注意力向廣告商進行銷售。從歷史上看，這種安排會導致市場失靈，因為廣告收入通常超過消費者支付（例如訂閱）的價值，這使廣告商的需求優先於閱聽眾的需求。因此，最大化廣告收入反過來又會激勵所有權集中和整合，因為大型媒體機構可以更好地觸達閱聽大眾。[103] 依賴廣告收入的其他缺點是廣告對少數統計數據的強烈偏好，廣告商不關心觀眾獲得的效用，只關心曝光度。[104] 另一種媒體市場失靈源於規模經濟和範圍經濟，包括高昂的首次產製成本，不成比例地有利於大型現有企業。鑑於與製作媒體產品拷貝相關的成本下降和利潤增加，大公司受益於能夠負擔更高的原生新聞內容（original news content）的產製成本，並且隨後能夠以低得多的成本進行大規模生產。[105]

這裡描述的許多場景代表了我所說的「系統性市場失靈」（systemic market failure）。換句話說，這些失敗是商業媒體特有的。它們始終存在並且永遠無法完全消除（除非媒體完全退出市場），但明智的公共政策有助於控制它們。不同的市場結構可能會在不同程度上經歷不同的失靈狀態，可以將各種激勵和補貼納入政策體系，以便最大程度地減少或抵消這些問題。有許多創造性的方法可以幫助彌補商業新聞媒體衰落造成的民主缺陷。[106] 系統性市場失靈造成了廣泛的問題，從失去當地新聞業到缺乏負擔得起且可近用的網路服務。長期以來，我們讓市場原教旨主義阻止討論可能的政策回應，美國新聞業的危機正在迅速接近「不歸路」。現在是推動非市場的替代方案的時候了。

超越市場失靈

使用「市場失靈」作爲理解新聞業危機的核心框架，不意味著在正常情況下，市場就運行良好。再一次，這些問題證明了系統性市場失靈——這裡和那裡的一些調整不會讓新聞業恢復到以前的健康狀態。在商業新聞媒體系統中，市場失靈從未完全消除，美國期望商業新聞提供公共服務新聞的實驗，一直是件令人擔憂會落空的事情。二〇〇八年之後，系統內長期存在的結構性緊張關係發生了轉移。當前的危機爲結構性變革提供了一個誘人的機會——一個迄今爲止被浪費掉的機會。新聞業危機必須以某種方式重新定位和重新構建，將辯論轉向能夠維持獨立新聞業的結構性替代方案。然而，在此之前，我們首先必須更詳細地探討當代新聞業危機是如何在全國各地新聞編輯室發生的。下一章將探討這些問題，以及新聞業廣告收入模式的主要替代方案之優缺點。

第三章

商業主義如何導致新聞業向下沉淪？

雖然新聞業的下滑只會加劇，但最初的警鐘早已消退。二〇〇九年以來，「新聞業危機」一詞逐漸淡出人們的視野，一些評論者甚至開始大膽樂觀起來。二〇一四年，著名的皮尤研究中心熱情地報導說，「數位原生」新聞媒體創造了五千個新工作機會。[1] 其他人讚揚數位新聞的靈活性，以及「解釋性」和「長篇」新聞（"long form" journalism）的擴展。有一群學者指責「唯物主義者」聚焦新聞工作機會流失等經濟因素及他們過於「悲觀的預測」，呼籲有更「開放、更有希望的論點」，著重於「驅動新的新聞實踐的文化準則，鼓勵發現具有創造力的路徑，透過數位技術/科技和新的組織形式來維持新聞承諾。」[2] 另一種一廂情願的想法，出現在二〇一六年總統大選之後，當時在「川普當選帶來的上漲行情」的推動下，報紙訂閱量遽增。一些觀察家認爲我們已經到了轉折點；篤定地，現在，新聞業將開始止跌回升。[3]

上面每個情況都被證明是虛假的黎明。印刷新聞產業的死亡螺旋持續惡化。儘管《BuzzFeed》、《Vox》和《Vice》等新的數位模式最初激發人們對它們將取代舊新聞業的希望，但現在幾乎所有主要指標都顯示，它們在質與量方面都令人不安且無可爭辯的下降。這些持續的趨勢幾乎可以肯定這一點，在本書出版之際的當下，新聞業的衰退只會加速。[4]

美國的商業媒體一直存在結構性缺陷，但美國人通常可以獲取某種形式的本地新聞。情況愈來愈不一樣了，而且地方新聞業的喪失只是新聞媒體系統功能失調的症狀之一。在接下來的部分，我將追溯商業新聞業結構性崩壞所表現出的退化。[5] 我描述了近年來媒體地景如何發生變化，以及專家、記者和更廣大的美國公眾如何成爲鮮爲人知的關於新聞業的假設和誤解的犧牲品。情況並非完全無望：本章的最後三分之一討論可能替代依賴廣告的新聞媒體的替代/另類方案。我認爲，我們已經浪費寶貴時間於不顧一切地尋找創業和技術／科技解決方案，而不是制定直接應對這個危機的公共政策。作爲改革的第一步，我們必須評估現有商業媒體系統的設計缺陷。

美國媒體新地景

儘管近年來報紙的數位廣告收入有所增長，但這種增長並不能彌補傳統廣告收入的巨大損失。多年來，皮尤研究中心的報告始終如一地揭示這些趨勢。早在二〇一二年，皮尤研究中心就發現，自二〇〇三年以來，印刷廣告收入下降高達百分之五十的情況幾乎沒有被線上廣告收入的增長所抵消，其損失超過收入的比例爲十比一。[6] 從那時起，這些趨勢在大多數報紙都是持續惡化，數位廣告未能彌補印刷廣告和訂閱收入的損失。[7] 隨著平面廣告收入永久消失，有什麼可以取而代之的嗎？[8]

數位新創公司

近年來，一批新的數位新創公司——包括前面提到的《BuzzFeed》、《Vox》和《Vice》——已經在媒體界嶄露頭角。從表面上看，它們的出現似乎表明媒體渠道和消費者選擇更加豐富。但多樣性的光彩掩蓋了媒體所有權和控制權的潛在一致性。一些學者和記者指出，在許多媒體領域，所有權集中度實際上正在提高，其中許多新媒體背後仍然是由傳統媒體公司擁有或支持。[9] 事實上，包括美國電話電報公司（AT&T）、威訊電信（Verizon）、迪士尼、康卡斯特（Comcast）、時代華納等在內的老媒體和電信巨頭已經悄悄地向這些新媒體投資了數百萬美元，有時甚至直接購買。Netflix、谷歌、亞馬遜和蘋果也愈來愈多地進入內容製作和流通領域。[10] 與此同時，大型媒體公司透過無休止的併購不斷壯大。[11] 近年來，監管機構已經爲幾項大型合併（例如 AT&T 與時代華納，迪士尼與二十一世紀福斯）開了綠燈，以創建媒體巨頭。雖然新玩家偶爾會在網路上站穩腳跟，但長期以來，學術研究指出，成熟的媒體公司主導著線上流量和觀眾注意力（我將在下一章中詳細介紹這點）。這種權力的集中化，挑戰了所謂數位媒體領域已經提升新的聲音和觀點的想法。[12]

儘管來自傳統媒體和風險資本家的大量投資，但數位新創公司最終成爲一種金融泡沫，自二〇一七年以來一直在持續縮小。此後，居領先地位的數位新聞媒體明顯低於季度利潤預期，失去風險投資支持並解僱了許多記者。[13] 舉幾個這種下降的例子：二〇一八年初，《Vox》解僱了五十名員工，占其員工總數的百分之五。[14] 在二〇一九年初的連續幾週內，《Buzzfeed》和《Vice》分別解僱超過二百名記者，分別占其員工總數的百分之十五和百分之十。[15] 除谷歌和臉書之外，隨著媒體的數位廣告收入愈來愈稀缺，這些先前被頌揚的數位媒體似乎愈來愈有可能缺乏長期的經濟可行性，尤其是在它們目前的規模下。

另一個著名的數位新創媒體《高客網》（Gawker）的興衰，讓我們注意到新的數位媒體生態系統中令人不安的脆弱性。[16]《高客網》似乎是一種新型新聞業的典範，這種新聞業在監督菁英的同時，又能斬獲數位廣告果實。雖然《高客網》傾向於羶色腥和粗俗報導，但它也有能力做犀利的報導。多年來，它對權勢人物的普遍不敬，產出了一些獨立的調查報導，例如它報導退休將軍大衛・彼得雷烏斯（David Petraeus，時任中央情報局局長）向情婦洩露機密情報的醜聞。[17]《高客網》也是第一家組成工會的主要數位媒體公司。[18]

然後是來自矽谷的放任主義者、億萬富翁彼得・提爾（Peter Thiel）。據報導，提爾為了報復《高客網》先前關於他的性傾向的一篇報導，資助了退休職業摔跤手胡爾克・霍根（Hulk Hogan）的誹謗訴訟，後者也曾是《高客網》先前報導所揭露的對象。這樁訴訟案最終迫使《高客網》宣告破產。正如一位前《高客網》主編明言，該新聞網站的倒閉，只因「一個富人秘密地花費數百萬美元，為的就是惡意搞垮它」，顯示「這個世界根本無自由可言，只有權力和金錢」。[19] 除了提出有關新聞自由受威脅的令人不安的問題，《高客網》事件還展示美國新聞業在億萬富翁和企業面前的無能為力。金錢利益愈來愈多地決定什麼是可發表的，什麼是我們可以在媒體上看到和說的。[20] 新聞業需要大量資源和機構支持，但好的新聞業不可避免地會激怒權勢者。可以想像，《高客網》發生的事情也可能發生在任何媒體——尤其是規模較小的獨立組織，無法獲取抗告訴訟所需的資金。這一不平等狀況預示著一個恭順新聞業與無敵權勢者的暗黑未來。而在傳統媒體中，經濟疲軟的跡象也同樣嚴峻。

傳統報紙

近年來，美國報紙產業經歷劇烈下滑，但其中某些發展態樣已經發生數十年之久。雖然多年來美國日報的總數相對穩定，但因為大型報業集團一一收購，獨立報紙的數量從一九五五到一九八五年已減少近百分之五十。[21] 這種大型報業集團早在十九世紀後期即已引起關注，當時是由富裕個人或家族擁有並控制了大多數主要雜誌和報紙。然而，大約從一九六五到二〇〇五年，媒體所有權愈來愈多地轉移到已擴展轉型為上市公司的大型報業集團。[22] 從家族企業轉變成為上市公司，報紙的價值也隨之增加，而這又激勵所有者將股份出售給大型報業集團以獲取高額利潤。[23] 這些報業集團在收購過往獨立的報業公司後迅速擴張，例如甘尼特（Gannett）是最大的報業集團之一，擁有《今日美國報》和另外一百多家日報。24

私人公司還可決定不強調利潤，但上市公司在法律上有義務使股東價值最大化。再者，到一九九○年代，投資者愈來愈期待短期報酬。追求強勁的季度收益的壓力不斷增加，導致公司削減成本以增加利潤，而不是爲了長期的新聞編採能力進行再投資。25 這種對商業價值的關注往往與新聞業的專業標準、民主關懷，以及對當地社區的承諾相衝突。某些報紙透過不同的所有權結構，設法減輕這些商業壓力。例如，《華盛頓郵報》一九七一年上市後，長期擁有該報的葛蘭姆家族繼續控制有表決權的股票。同樣，《紐約時報》多年來一直保持兩層級股權結構（two-tiered stock ownership structure），使蘇茲伯格家族擁有一定程度的控制權。26 此類保障措施可以緩衝新聞機構的商業壓力，使新聞媒體出版商得以吸收短期損失與避免採取削減成本的措施。因此，在某些情況下，私有產權（private ownership）可能會將新聞機構從華爾街的獲利要求中解放出來。27

然而，私有產權也可能使媒體面臨與上市公司相同的壓力。除了隱密的政治動機和缺乏透明度的問題外，這種所有權結構的貪婪可能遠遠超過其他模式。證據甲（Exhibit A，譯按：法律用語，當庭出示的主要證據）是增長最快的媒體所有權形式之一：私募股權投資公司（private equity firm）。七個這樣的投資集團（譯按：亦即New Media/GateHouse、Digital First Media、CNHI、tronc/Tribune、BH Media Group、Civitas Media、10/13 Communications等私募股權投資集團）即擁有了一千多家美國報紙（占美國所有報紙的近百分之十五）。28 美國十大報紙所有權人裡，現在有一半是這類投資集團，包括正在與甘尼特報業集團合併以創建報業「超級集團」（megachain）的New Media/Gatehouse，以及惡名昭彰的 Digital First Media，後者習於收購並榨乾報紙資產。[29] 正如《美國保守派》（American Conservative）副主編丹尼爾・岸（Daniel Kishi）所指出的，這些大型報業集團的不在場所有權人（absentee owners）的決策，「不再反映長期可持續性，而是尋求將短期投資報酬最大化。」[30]

因爲他們主要效忠對象是股東，不是當地社區，這些投資公司大可積極併購，然後讓已陷入困境的報業公司繼續失血，最後收割離開。《國家雜誌》一篇文章揭露，對沖／避險基金 Digital First Media 的所有者、華爾街金融巨鱷蘭德爾・史密斯（Randall Smith）收購且銷毀了全美各地的數十份地方報紙，以積累他花費在佛羅里達州棕櫚灘的十六座豪宅上的五千七百萬美元。這篇文章認爲，這些公司應該被稱爲「禿鷹基金」（vulture funds），因爲它們的目標是「以最低價投資」破產和陷入困境的公司。在想方設法「榨取最大利潤，從削減成本到以高利率收回債務。……當牠們飛走尋找下一個機會時，留在牠們身後的只剩一堆白骨。」[31] 報紙經濟學家肯・達克特（Ken Doctor）指出，Digital First 的大股東奧爾登全球資本（Alden Global Capital）正在「破壞」地方新聞業，因爲它在二〇一七會計年度實現了高達百分之十七的營業利潤率，以及近一點六億美元的利潤——遠超過同業的獲利水準。[32]《華盛頓郵報》報導稱，該對沖基金的「僱傭兵戰略」（mercenary strategy）首先削減攝影師、記者和編輯人力，然後賣掉報紙的不動產，包括他們的辦公大樓和印刷廠。[33]

二〇一八年春季，這種掠奪行爲最終導致《丹佛郵報》記者對其所有權人 Digital First 發起「公開抗爭」。[34] 他們發表一篇勇敢的社論，指責對沖基金管理不善，哀嘆「新聞編輯室的分崩離析」已導致「政治利益對迴聲室媒體（echo-chamber outlets）進行大量投資，而這些媒體只從偏頗角度進行報導，卻讓忠於傳統新聞價值但僅存空殼的新聞編輯室在極度混亂情勢中只能發出微弱聲響。」如果新聞媒體的所有權人將利潤視爲唯一目標，該社論繼續說道，「品質、可靠和問責性都會受到影響。」因此，「全國各地社區」的「正本清源之道」需要的是「新聞媒體所有權人致力於爲讀者、觀眾和用戶服務」。假如正如許多人所認爲的那樣，《丹佛郵報》很快就會變成「枯骨」，那麼「一個重要政治區域的主要城市將發現本地連一家報紙也沒有。」[35]

曾經看似誇大的恐懼，現在已成爲鮮明的現實。二〇〇九年，在《落磯山新聞》關閉之前，丹佛市有大約六〇〇名平面媒體記者。在最近一輪裁員之後，該市只剩不到七十名記者。[36] 展望未來，丹佛的情況會是一個案例研究，展示當社會將新聞編輯室視爲貶值商品、而非基本公共服務時會發生什麼。過去幾十年裡，這些所有權趨勢不斷升級，進一步降低報紙對它應該服務的當地社區的責任感。這種情況在未來幾年可能只會惡化，因爲投資公司知道報紙沒有長期盈利的未來，將繼續讓它們失血至死。二〇一九年初，Digital First 這家私募股權投資公司還試圖收購甘尼特報業集團，引起各界撻伐。[37]

過去這十年間，廣告收入迅速下降，主導商業模式崩潰，報紙的高利潤時代戲劇性地終結。對於一個直到最近還賺大錢的產業來說，這是一個驚人的下跌。在一九八〇年代和一九九〇年代，大多數大型報業公司的利潤率都超過了百分之二十；廣告收入穩步攀升至二〇〇〇年代。事實上，直到二〇〇五年左右，報業公司的利潤都還相當可觀，保持著百分之二十到百分之三十——有時高達百分之四十——的利潤率。[38] 但由於美國報紙大約百分之八十的總收入依賴廣告，因此它們特別容易受到特定類型的市場波動和失靈的影響。[39] 這種結構上的脆弱性（structural vulnerability），有助於解釋爲何美國報業比許多國際同業承受更嚴重的打擊。

死於沒完沒了的削減成本

雖然幾家備受矚目的報紙倒閉事件受到最多關注，尤其是在少數碩果僅存還有兩家當地報紙的城市，但新聞業危機已經傷害所有的報紙。《紐約時報》和《華盛頓郵報》等主要的全國性報紙已經觸底反彈，甚至近幾年轉虧為盈。[40]確實，《紐約時報》、《華盛頓郵報》和《華爾街日報》這三巨頭繁榮的同時，幾乎所有其他報紙都仍然陷入困境，貧富之間的鴻溝很明顯。[41]中型城市、社區報紙及華盛頓和紐約以外的大都會地區，發行量較小的報紙多年來都持續流失其有償發行量。[42]隨著發行量下降，破產數攀升，在全國前一百家報紙中，已有二十二家在二〇〇五至二〇一五年間申請破產。[43]

許多在十五年前發行量是全國排名前百大的報紙已經完全停止出版、或是與其他報紙合併、或是減少送報到府、或是只剩網路版，只留下少數員工。結果，包括伯明翰、克利夫蘭、底特律和匹茲堡在內的美國主要城市的居民不再有每天送報到府的報紙。當報紙停止印刷業務而只剩網路版時，它們的大部分讀者就會消失；或者至少是讀者注意力消失了，因為它們的劣化產品被迫與無數線上內容創作者競爭。比方說，一項針對英國綜合性報紙《獨立報》的研究發現，在轉型為網路報之後，讀者閱讀其內容的總時間減少百分之八十一，這意味著線上報紙讀者和印刷報紙讀者的閱讀習慣有顯著差異。[44]一個相關的問題是，美國報紙在轉型為網路報之後，它會立即遭遇到仍然顯著的數位鴻溝問題（我將在下一章中回來討論這一點）。一項研究發現，在擁有百年歷史的小鎮報紙關閉後，居民在近用新的純數位替代品時面臨著許多問題，最終該報只好屈服於公眾壓力並重新印刷紙質版。[45]報紙的數位轉型也導致它們發布的訊息品質下降。媒體研究學者薇琪・梅爾（Vicki Mayer）主持的一項研究，追蹤《皮卡尤恩時報》減少送報到府服務之前與二〇一一年轉型爲純線上報紙之後的內容發現，該報網路版包含更多軟新聞（soft news），而且報導中包含的消息來源數量較少。[46]

減少送報到府或只剩網路版的報紙數量，未來幾年無疑地會增加，破產案例也會增加。二〇一七年，知名報紙如阿拉斯加最大報紙和西維吉尼亞州的一家獲獎報紙紛紛破產。[47]最近，賓州擁有一百五十年歷史的《雷丁鷹報》申請破產保護。[48]沒有證據顯示報紙破產和轉型爲純網路版的趨勢正在放緩；所有證據證明，它一直在加速。[49]長期觀察新聞媒體發展的尼曼新聞實驗室主任約書亞・班頓（Joshua Benton）敏銳地指出，「過去十年不是大規模關閉，而是大規模縮小。」[50]雖然到目前爲止實際關閉情況相對溫和，但他觀察到，每年「幾乎每份日報都變得更小——新聞編輯室更小、預算更小、印刷量更小、頁數更少。……報紙之死，死於沒完沒了的削減成本。」他認爲，隨著每日印刷報紙訂戶轉向數位管道，不久的將來不可避免地會看到財務預測表上的「印刷成本」線和「印刷收入」線發生死亡交叉。到那時，班頓指出，「該是永遠停止印刷機的時候了。」報紙將會面臨只做網路版或是完全關閉的選擇。

許多報紙透過大舉裁員來因應這些經濟壓力。美國新聞編輯協會估計，從二〇〇五到二〇一五年，新聞產業就業人數下降近百分之四十。[51]二〇一六年，該組織宣布停止估計失業人數。同樣，勞工統計局發現，自二〇〇一年以來，報紙出版商流失了半數以上的員工。[52]

新聞業消亡的另一個備受詬病的兇手是《克雷格列表》及其免費分類廣告模式，它單槍匹馬地消滅了報紙的主要收入來源。然而，這個對報紙商業模式的打擊，只是彰顯一個更深層次的問題，亦即報紙商業模式早就存在的結構性脆弱。即使《克雷格列表》從未存在過，報紙也根本沒有可靠的商業模式，因爲讀者和廣告商都已轉移到線上。其中數位廣告收入，相較之下只有印刷版收入的一小部分，絕大多數被轉移到線上平台（online platforms）和搜尋引擎，它們掌握著通往原生新聞內容的連結。谷歌和臉書等壟斷網路公司愈來愈成爲消費者獲取這些新聞內容的入口。這種「雙頭壟斷」（duopoly）現在正掌握約百分之八十五的數位廣告收入。[53] 自二〇〇〇年以來，報紙產業每年損失數百億美元的廣告收入，可以肯定地說，這些現金流（revenue streams）已經一去不復返了。

報業公司試圖透過無情地削減成本來彌補收入損失，但尚不清楚還有多少需要削減。削減成本是一種短期策略，會帶來長期負面後果。媒體經濟學家肯・達克特指出，作爲一項總體戰略，削減成本的措施會造成惡性循環：「隨著出版商減少印量、刪減版面和頁數，他們等於是削弱自己的價值主張，同時也會失去最好、最忠誠、也願意多付費的客戶：印刷版報紙訂戶。」隨著報紙品質不斷下降，用更多的廣告、通稿和鬆散的人情趣味新聞塡充頁面，讀者的購報動機隨著時間推移而減弱。達克特警告說，「即使是幾十年的忠誠訂戶也在取消訂閱。」[54] 有證據證明這一點：調查資料顯示，美國讀者已經察覺到報紙產業的縮編趨勢，並且相應地不再爲這些服務付費。比方說，皮尤研究中心二〇一三年的一項研究發現，百分之三十一的受訪者表示，由於新聞和訊息品質下降，他們已棄用特定新聞媒體。[55]

這種死亡螺旋似乎沒有盡頭。正如我在本書導論所指出的，在展示每日發行量、廣告收入和新聞編輯室人力均較上一年度大幅減少的數據後，皮尤研究中心二〇一六年得出結論：該產業可能已經跨越了「一個無法折返的點」。[56] 如果新聞業的崩潰眞的迫在眉睫，這是一個値得全國討論的嚴肅社會問題，但這樣的討論並未發生。與此同時，商業新聞業特有的深層結構性病態正以各種崩壞方式顯現，在在都對民主不利。

新聞業退化的徵兆

隨著其商業模式緩慢但必然地走向崩壞，一些症狀變得愈來愈明顯，特別是一些新聞機構還在加倍投資不斷挫敗的廣告收入模式。這些問題分為幾類：與新型態的有害廣告相關的特定社會危害；新聞沙漠和新的城鄉鴻溝出現；以及新聞勞動的整體不穩定。

●數位廣告的危害

新聞機構繼續找尋能夠最大化廣告收入的方式，即使其有效性變得愈來愈令人懷疑。這種對愈來愈難掌握的利潤的無休止追求，助長了「點擊誘餌」、對新聞績效指標（news metrics）的盲目信仰，以及其他導致新聞業更加向下沈淪的做法。點擊誘餌的興起讓人想起與一百二十五年前的黃色新聞類似的問題。鑽研該時期歷史的著名歷史學家指出，當時記者想方設法將新聞故事「寫成『書面誘餌』（written bait），以便吸引公眾接收廣告。」[57] 當前的類似做法，反映著數位新聞媒體以吸引用戶注意力與產生廣告收入的方式來客製化內容。[58]

最近的研究指出，商業新聞機構正在依賴社群媒體——尤其是臉書來觸達閱聽眾。[59] 愈來愈多的壟斷網路公司如谷歌和臉書，成為新聞消費者的入口。[60] 這種轉變深刻地重塑著新聞業。新聞業對臉書的過度依賴，產生一些令人特別不安的後果。在接受哈佛大學肖恩斯坦媒體、政治和公共政策研究中心的訪問時，媒體學者西瓦・維迪亞納坦（Siva Vaidhyanathan）指出：「編輯和設計師不斷根據什麼報導方式在臉書能奏效來做決策，因此他們以迎合臉書演算法和用戶行爲的方式來選擇圖像、撰寫標題。」根據維迪亞納坦的說法，「記者愈是迎合臉書，……臉書愈是成爲新聞業的統理機制。」與此同時，他指出，記者餵養著正在切斷他們生存命脈的巨獸。雖然臉書賺了大部分的錢，但「新聞媒體爲臉書創造更多內容，有時還得付廣告費給臉書以推廣其內容。這一切都太荒謬了！」[61] 維迪亞納坦和其他批評者指出，這種剝削關係遍及新聞勞動和內容的各個方面——從媒體工作的本質到記者如何框架一個新聞故事。記者幾乎本能地意識到，某些新聞故事和圖像比其他的更適合在臉書上吸引注意力。臉書作爲數百萬讀者唯一入口的地位，迫使記者因爲面臨嚴重的工作不安全感，只得依據點擊誘餌的標準來客製化報導。此外，編輯透過不斷地告知記者他們的報導在臉書上的表現來強化這種不健康的依賴，甚至記者在螢幕上就看到即時的績效指標。一些新聞編輯室甚至展示壁掛式數據儀表板——本質上是記分牌，顯示特定新聞報導的社群媒體績效指標，營造出一種對 Chartbeat、Parse.ly 或谷歌分析（Google Analytics，簡稱 GA）等平台提供的閱聽人績效指標的不正常痴迷。[62] 這些發展積極鼓勵記者產製有爭議與羶色腥的內容，以促使更多人參與和爭論這些爭議內容，從而產生更多廣告收入，但這些收入的大部分流向臉書，而不是創造這些內容的記者。[63]

線上新聞媒體愈來愈依賴這些績效指標，以持續取得有關特定新聞在社群媒體上的績效表現的回饋。儘管這種不斷的評量對新聞報導產生不利影響，但一些觀察家樂觀地表示，這種做法讓記者更能夠適應和回應觀眾需求——從某種意義上說促進了新聞民主化。然而，另有人指出，使用新聞績效指標可能會給記者增添壓力並影響士氣。媒體社會學者凱特琳・彼得（Caitlin Petre）認爲，這些績效指標生動地體現日益強烈的商業壓力正以深刻的方式重構著新聞編輯室。她發現，這些閱聽眾分析數據提高新聞工作者的生產力，但同時排除了其他類型的評量，例如推進社會使命的規範性目標——這些並不容易測量。[64]另一些分析揭示，這些績效指標如何迫使記者迎合讀者一時的奇思妙想，最終將觀眾視爲非政治性的娛樂尋求者，而不是民主社會的參與公民。一項關於新聞網路績效指標倫理學的研究，系統性地展示了這種基於市場的新聞走向如何優先考慮軟新聞，將消費者選擇與民主需求混爲一談，並且將觀眾參與化約爲一種商業交易。該研究最後提醒我們，「新聞業服膺的目的，高於且超越它直接面對的商業閱聽眾。」[65]

數位廣告導致新聞業向下沈淪，不僅限於追求點擊誘餌和吸引眼球；比彈出式廣告（pop-up ads）擾人的持續轟炸更棘手的，是新聞機構經常使用欺騙性和侵入性的廣告形式。「原生廣告」（native advertising）一詞有時與「品牌行銷新聞」（branded journalism）和「贊助內容」混用，已成爲《Buzzfeed》等新興數位媒體和《大西洋月刊》等傳統雜誌的收入支柱。這些做法模糊了新聞和廣告之間的界限，從最無害的「資訊型廣告」（infomercial）到更有問題的各種企業宣傳。新聞機構過往與外部廣告公司合作，而當前的媒體公司則愈來愈常在內部製作廣告，以便更好地與新聞內容搭配。在特定品牌的要求下，《BuzzFeed》內部的「BuzzFeed 創意」（BuzzFeed Creative）部門（該公司的主要收入來源）致力於創造與其新聞內容相仿的客製化視頻/影音和列表式廣告。[66]隸屬於《紐約時報》的內容製作工作室 T Brand Studio 被揭露的事實顯示，廣告商不斷促使《紐約時報》「以更深入、更複雜的方式與新聞編輯室協調」，而且該報正在與廣告商合作客製化內容，但「未對讀者透明地交代這些檯面下交易。」[67]

在某些方面，所謂「原生廣告」與商業廣告一樣古老。《一九一二年報紙宣傳法》（*Newspaper Publicity Act of 1912*）是針對不實訊息的首波政策鬥爭之一，聚焦於報紙刊載的「僞裝廣告」（disguised advertisements）。[68] 早期的商業廣播電台在特定公司贊助的固定節目中秘密地爲產品做廣告（因此稱爲「肥皂劇」），有時甚至會播出模仿廣播新聞形式的廣告。[69] 儘管如此，隨著媒體公司尋求新的收入來源，關於廣告限制的可接受規範近年來發生劇烈變化。新聞編輯部門和廣告部門之間的倫理屏障，曾被比喻爲政教分離和大肆吹噓的「中國長城」，雖然並不完美，但這種概念一夕間崩塌了。

要了解這種轉變發生的有多快，可想想二〇〇九年春季發生的一起事件。《洛杉磯時報》製作一個NBC節目《南國》（Southland）的頭版廣告，卻以類似於新聞的形式刊出，引起巨大爭議。當時，讀者廣泛嘲笑這一決定，視之爲美國主要知名報紙的一次令人震驚的舉動。《紐約時報》報導稱，它「引發關於報紙可以在多大程度上取悅廣告商的問題。」[70] 從今天的後見之明看來，它預示了未來。短短幾年之間，這種做法已成爲新常態，媒體機構模糊了新聞和廣告間的界限，企業甚至創建了自己的媒體渠道。《華盛頓郵報》報導稱，「包括波音、通用電氣、百事可樂、美國運通和威訊無線在內的數十家公司正在成爲自己的出版商，創造和傳播『內容』，包括文章、視頻/影音、照片，毫無違和感地出現在傳統報紙、雜誌或電視節目。」文章指出，這種新型出版「不僅模糊了新聞和產品推廣之間的界限，它幾乎抹除了界限。」文章引用威訊無線發言人的話說：「我們不再認爲我們的工作是公關人員。我們將自己的工作視爲和新聞業競爭的出版商。」[71] 威訊無線設立的短命的（譯按：只存活一個多月）仿新聞媒體（faux news outlet）——《SugarString》，正是企圖將它的「品牌出版」

（brand publishing）矇混成一個專注科技新聞的網站，儘管據稱它禁止簽約寫手討論諸如網路中立和政府監控等議題。[72]

這些日益普遍的廣告形式存在著嚴重問題。[73] 他們故意模糊新聞和廣告之間的區別，而區別通常只用小字體表示。然而，研究一致表明，大多數讀者沒注意到這些區別文字，並且不知道正在閱讀的是廣告驅動的內容。[74] 對不實訊息、公眾信任和社會責任的倫理關切日益突出，尤其是當原生廣告變得愈來愈普遍。媒體研究學者瑪拉・愛因斯坦（Mara Einstein）對這一過程進行廣泛研究，她發現線上新聞媒體中的「隱蔽銷售」（covert selling）現在很猖獗。[75] 另一位直言不諱的評論家鮑勃・加菲爾德（Bob Garfield）指出，原生廣告相當於「浮士德式的交易」，只不過是「為垂死的舊產業（和病態的新產業）注入急需現金的最新花招。」[76]

二〇一五年，FTC 短暫地審視這類做法，但除了提供指導方針和呼籲加強自律之外，幾乎沒有採取任何具體行動。[77] 原生廣告的捍衛者認爲，只要內容好、訊息豐富或有趣，讀者通常不在乎內容的來源。儘管有這種自圓其說，混淆新聞內容的來源——宣傳的一個明顯特徵，對於民主社會來說總是危險的。欺騙是這類型廣告的本質。確定適當的標準或是否應該允許此類廣告存在，需要來自公眾的監督和辯論。

就像之前的印刷媒體一樣，線上媒體繼續面臨各種類型的市場審查制度，這些審查源於廣告商對新聞內容和評論的影響。當《Buzzfeed》下架一篇批評多芬（Dove）廣告活動的文章時，這種長期存在的緊張關係終於浮出水面。管理階層下架這篇文章，因爲它違反多芬母公司聯合利華的預期利益，而聯合利華是《Buzzfeed》的主要廣告客戶。編輯判定該篇批評文章的「語氣」不對。[78] 這起「多芬門」（Dovegate）事件證明，所謂完全不必害怕廣告客戶會影響數位新聞業的說法是不符事實的。除了誤導讀者之外，原生廣告可能會微妙地使媒體內容總體上偏向親企業的敘事。

多芬事件因爲它的公開審查而引人注目，但廣告客戶和新聞機構之間日益融洽的關係已導致不易引起注意的自我審查和編輯決策，扭曲了圍繞重大、爭議性議題的公共話語／論述。記者可能學會不去做抵觸新聞機構商業利益的報導。隨著廣告和新聞營運之間的區別繼續模糊化，行銷業務部門對新聞報導的影響愈來愈大，我們可以期待未來會有更多這樣的爭議。數位新聞的經濟變遷應該迫使記者以及整個社會，就新聞和廣告之間不斷變化的關係進行一場嚴肅對話。

依賴侵入性的行爲跟蹤和監控的廣告，比上述這些令人不安的做法在倫理層面上更加可議。我與電腦科學家蒂姆·李伯特（Tim Libert）的一項研究發現，新聞機構是將其數位內容讀者暴露給第三方廣告商和數據掮客（data brokers）的罪魁禍首之一。我們發現，瀏覽新聞相關網站讓讀者遭受的跟蹤次數是其他網站的兩倍多，平均有十九家第三方廣告商，而在非新聞網站上則有八家第三方廣告商。[79]在我們進行研究的那一天，《紐約時報》讓讀者很可能是在不知情的情況下遭受四十四家第三方廣告商的跟蹤。[80]

這個隱形的跟蹤網絡經常在網路用戶訪問新聞網站時捕獲他們的個人資料，讓許多公司透過監控其讀者訪問的網頁來創建關於消費者輪廓的檔案（consumer profiles）。雖然這些網站有許多可能是無害的，但有些可能不是，而且監督幾乎不存在。我們發現，在某些情況下，新聞網站會將讀者個資洩露給 Experian 和 Acxiom 等數據經紀公司。這些公司出售個人資料並將人們捆綁到消費者「細分類目」中，類別從「權力菁英」和「美國皇室」到「小鎮淺口袋」和「城市倖存者」。[81]如果沒有要求揭露和透明度的適當監管，這些公司可隨心所欲且有效地使用消費者數據。儘管這些公司通常聲稱不出售「可辨識個人身分的資料」，但我們有充分理由擔心「匿名」數據可能與其他資料（例如電子郵件地址）相結合，從而指認出眞實姓名。除了違反個人隱私保護之外，這種數據操縱（data manipulation），還可用於針對特定人口統計，並且歧視少數群體和其他弱勢群體。儘管如此，絕大多數讀者在不知不覺中進行這些交易，通常爲了「免費」閱讀新聞而犧牲自己的隱私。[82]

李伯特和我將這種由監控資助的新聞業（surveillance-funded journalism）比喻爲一輛載滿跟蹤器的邪惡「小丑車」，長驅直入地駛進你的客廳，讓排成一列的行銷人員跳出來，並且在你閱讀線上新聞的時候競相偷窺你在看什麼。[83] 一些讀者安裝廣告攔截軟體來保護自己。回應讀者的自衛行動，出版商譴責廣告攔截軟體是「不合倫理的」，甚至認爲攔截廣告等同於偷竊內容；因爲若不允許自己受到廣告影響，讀者等於沒有爲新聞「付費」。互動廣告公司的執行長聲稱「廣告攔截等於是搶劫」，可能會導致「網路末日」。儘管如此，據報導有百分之二十六的用戶正在屏蔽廣告。[84] 爲了試圖阻止廣告攔截軟體，新聞業發動了一場無法取勝的與讀者之間的戰爭。

隨著新聞機構開發出更隱蔽和精緻的方法，例如根據他們的情緒來瞄準閱聽眾，未來這種不合乎倫理的廣告可能會變得更加陰險。[85] 數據／資料科學家正在爲新聞出版商設計具預測力的演算法，其基礎是能夠引發「愛、悲傷和恐懼感的文章，表現明顯優於沒有這種情緒的文章」。[86] 隨著愈來愈多的新聞媒體根據「心理」、而非人口統計資料來客製化廣告，哥倫比亞大學陶氏數位新聞中心主任艾蜜莉・貝爾（Emily Bell）正確地指出，「基於情緒和態度的定向廣告所產生的影響，仍然令人毛骨悚然。」[87] 這些做法再次表明，數位廣告產業應該得到更嚴格的管制監督。

儘管所有證據顯示數位廣告模式不可持續，但近年來許多新聞機構卻加倍投資於這個失敗的收入策略。有時，媒體公司似乎已從廣告支持的新聞業（advertising-supported journalism）轉變成新聞業支持的廣告業（journalism-supported advertising）。雖然一些新聞機構試圖減少對數位廣告收入的依賴，但這些做法仍是持續發生的問題，需要公眾討論和監管介入。鑑於行為廣告（behavioral advertising）和監控已成為商業網際網路的核心商業模式，若新聞業的未來與這種毫無原則的做法掛鉤，顯然是大有問題的。

新聞勞動的不穩定

隨著新聞機構削減成本並追逐不斷減少的廣告收入，日益撙節緊縮的舉措不僅意味著工作機會的減少，也意味著收入更低、福利更少（如果有的話）。隨著對志工和臨時工愈來愈依賴，新聞勞動條件不斷惡化。在這些情況影響下，新聞編輯室要求記者用更短的時間和更少的資源做更多的事情。迪恩・斯塔克曼（Dean Starkman）將這種新聞工作比作「倉鼠轉輪」（hamster wheel），而其他人則將其稱為新聞業的「倉鼠化」（hamsterization），意指新聞工作者必須不斷承擔更多的數位勞動。這種日益不穩定的情況，伴隨著各種各樣的新方法，包括更多地依賴自由撰稿人、實習生或甚至機器人，分階段地淘汰許多全職記者。[88] 與此同時，商業顧問和媒體專家建議新聞機構更加靈活、精實和高效。以放任主義思想為本，亦即認定市場是絕對可靠的，政府在改善社會問題方面沒有角色可以扮演，這些話語／論述掩蓋了經濟困境和工作條件惡化的物質現實。

新聞勞動的臨時化（casualization of journalistic labor），也造就許多半自雇性質的新聞工作者，他們必須花費大量時間來尋找短期的寫作零工。傳播學者妮可・科恩（Nicole Cohen）所說的「創業新聞學」（entrepreneurial journalism）已成爲許多苦苦掙扎的自由撰稿人的唯一選擇。她寫道，圍繞這一現象的討論「促進了這樣一種觀念，即有進取心的個別記者透過自我品牌塑造和自我雇用和學習適應、靈活和自給自足的實踐，爲自己打造職業生涯。」[89] 這種對短期任務和計件工作的日益依賴，帶給記者在合約方面的許多新挑戰，因爲這些合約往往會貶低他們的勞動價值並剝奪他們作品的著作權保護。[90]

在國際新聞業中，新聞勞動的臨時化與不穩定也愈來愈普遍。當新聞機構解散駐外採訪據點並縮減對國際新聞報導的投資時，它們必須更依賴很少得到機構和財務支持的特約記者和自由撰稿記者。[91] 我們對中東和世界其他危險戰區的了解，大部分來自勇敢親赴衝突前線的自由撰稿記者和攝影記者。然而，這種新聞工作變得愈來愈困難和危險，每年都有許多記者被俘、受傷或遇難。[92] 詹姆斯・佛利（James Foley，譯按：美國知名戰地記者）被斬首即爲其中一個特別可怕的不幸案例，引起很多公眾關注，但有個脈絡很少被討論：佛利是一名在極不穩定條件下工作的自由撰稿記者。[93]

由於傳統新聞業沒有明確的職涯道路，許多可能投身記者職業的人或前記者紛紛轉向公共關係或其他類型的企業傳播工作，通常有更好保障和更高薪水。就在十年前，公關人員與新聞記者的人數比例已經是驚人的三比一，到了二〇一四年，此一比例陡升至五比一，最近的數據更達到六比一。這一點很難怪罪在記者頭上，因爲他們的平均收入只是公關人員的三分之二。[94]

與許多社會弊病一樣，這些不斷惡化的記者工作條件對有色人種和女性的影響尤其深刻。[95] 比方說，對主要報紙的多項不平等研究發現，新聞媒體員工裡的男性和女性、白人和有色人種之間，存在著明顯的薪酬差距。以《紐約時報》爲例，女性薪資平均是男性薪資的百分之九十一，而有色人種員工薪資是白人員工的百分之八十八。[96] 女性媒體中心的另一項研究發現，稿件署名也存在明顯的性別差異，男記者撰寫了百分之六十九的署名新聞稿（美聯社和路透社）、百分之六十的線上新聞，以及百分之五十九的紙媒新聞。[97] 因此，更強有力的公共利益保護，包括那些鼓勵新聞媒體反映它們所服務社區的人口結構的機制，可以減少這些種族和性別鴻溝。

近年來，愈來愈多的記者，尤其是那些在數位新聞媒體工作的記者，已經加入工會，試圖抵制上述這些不平等趨勢。在過去幾年中，《赫芬頓郵報》、《Salon》、《Slate》、《Daily Beast》、《Intercept》、《Root》、《Vice》、《Vox》等數位媒體都組了工會，總共有超過二千名新聞工作者加入。[98] 自二〇一五年以來，新聞媒體工作者已在大約三十個數位新聞網站和少數傳統新聞媒體贏得公司對自主工會的認可；[99] 他們透過傳統和新組織策略的結合，實現了這一目標。[100] 這些趨勢源於新聞勞工行動主義（labor activism in newsrooms）的悠久歷史，可以追溯到一九三〇年代的報業記者工會。當時和現在一樣，工會是反對商業邏輯的重要堡壘，這些商業邏輯將新聞業商品化，並將工人視爲轉輪上的倉鼠，被迫追求不可能達成的利潤目標。

公共服務新聞的喪失與新聞沙漠的興起

隨著商業壓力繼續掏空媒體機構，對於有價值的特定類型新聞喪失的關切變得更爲敏銳。這些不斷擴大的報導落差或「新聞沙漠」通常會影響州和地方層面的新聞採訪路線（news beats），導致整個地理區域及其特定政策問題的報導付之闕如。[101] 北卡羅萊納大學新聞和數位媒體經濟專家潘妮洛普・繆斯・阿伯納西（Penelope Muse Abernathy）檢視各種來源的資料發現，自二〇〇四年以來，約有一千八百家地方報紙關閉或合併，導致美國有一大片地區鮮少被報導。[102] 她持續追蹤這些新聞沙漠的擴張情形發現，（截至二〇一八年，）美國有一百七十一個郡沒有當地報紙，全國將近一半的郡只有一份報紙（通常是週報）。[103] 再者，她指出，倖存下來的報紙大多由精簡人力後的少數核心員工經營，幾乎難以維持本質上已是「幽靈報紙」（ghost newspaper）的當地媒體。[104]

此外，研究顯示，即使是所謂的本地新聞，也往往根本不是本地新聞。由菲利普・拿波里（Philip Napoli）主持的一項對全國社區報紙的大型研究顯示，地方新聞媒體刊載的報導中只有百分之十七是眞正發生在該報所在地的事件。[105] 這些新聞報導中有一半以上來自其他地方，通常由美聯社等通訊社提供。拿波里發現，本地電視新聞通常只是重新利用最初由母公司電視網所製作的內容。該研究還發現本地電視新聞總體上缺乏實質內容，只有百分之五十六的本地新聞報導是在回應社區的關鍵訊息需求，例如關於當地基礎設施和犯罪的報導。相反地，很多報導都集中在運動賽事和名人八卦，只有百分之十一的新聞報導可被視爲本地製作、原創、針對實質公共利益的新聞報導。研究人員在爲期一週時間內所調查的一百個社區中，有二十個沒有得到本地新聞報導，十二個沒有得到原生新聞報導，八個沒有得到回應社區關鍵訊息需求的報導。[106] 這些調查結果，與有關州議會採訪記者人數驚人流失的研究一致，比方說，二〇一四年有百分之八十六的地方電視台在該州州議會廳未派駐任何記者。[107]

另一個破壞性的趨勢是報紙華盛頓分社的解散。埃里卡・馬丁森（Erica Martinson）於二〇一八年九月十一日被解僱時，是《安克拉治每日新聞》華盛頓分社的唯一記者。馬丁森報導有關國會通過的聯邦法律將如何影響阿拉斯加州民眾的重大新聞，包括代表阿拉斯加州的國會議員是否投票贊成一項可能導致該州工作機會流失的法案。整個阿拉斯加州最後一位還在華盛頓報導政治新聞的記者，僅剩下公共電台記者麗芝・魯斯金（Liz Ruskin）。在聽到埃里卡・馬丁森被解僱的消息後，魯斯金說靠她自己永遠無法「取代該州具歷史地位的報紙（譯按：《安克拉治每日新聞》）的觸達範圍」。[108]

當新聞業消亡時，很難清楚確定哪些內容沒有被報導，以及我們的社會正在失去哪些內容。但是，重要記者和整個新聞團隊失去工作的無數案例顯示了他們的不可取代，尤其是在最需要他們的危機時刻。例如，二〇一八年秋天，佛羅倫斯颶風在南卡羅萊納州與北卡羅萊納州登陸時，《羅利新聞觀察家報》（*Raleigh News Observer*）僅存空殼。十九年前因報導弗洛伊德颶風獲獎無數且入圍普立茲獎的同一家報社，在又一次的佛羅倫斯颶風侵襲之際，已流失相當於它在一九九九年的百分之七十五的記者人力。採訪人力下降到這個程度，極大程度地限制了記者報導這場颶風及其災害的能力。[109]

即使在紐約市等大城市也出現類似的新聞赤字。在《每日新聞》於二〇一八年七月裁掉一半的新聞編採人力後，偌大的布魯克林區不再每天見報。正如《大西洋月刊》所報導的那樣，儘管一群鬥志旺盛的社區記者試圖報導該區，但他們的努力並無法替代由專職跑線記者報導該區新聞。《每日新聞》倒閉後的一個月，著名的《村聲》雜誌也關閉網路版（前一年已先停止發行紙質版）。二〇一七年十一月，《Gothamist》和《DNA info》的所有者、億萬富翁喬・里基茨（Joe Ricketts）在這兩家新聞媒體員工投票通過組織工會後，幾天內就關掉了這些媒體。[110]

小城鎮和大城市的地方新聞面臨的經濟挑戰之一，特別是當它們被削減開支和進一步縮編人力之後，是它們除了當地之外通常缺乏足夠多的閱聽眾可以支持地方報導。然而，缺乏獲利能力不應決定其存廢。地方記者扮演著極其重要的「見證人」角色，有他們在各地負責從事新聞報導，實在是一件有利於整體社會的事。尤其在涉及經常缺乏制度性支持和政治代表的邊緣化群體（marginalized populations）時，光是有記者到現場，就足以改變地方政府的運作方式，使他們更能受到來自於公眾的問責。這種「觀測者效應」（observer effect），有助於記者爲弱勢群體發聲。[111] 由於存在諸如警察暴行、不公平住房政策、健康和安全，以及其他極其重要的訊息等議題，這類報導對當地社區，尤其是那些歷來被剝奪權利的社區來說，是極其珍貴的。

鑑於新聞赤字對有色人種社區和社會經濟地位較低社區的影響特別大，這些關切尤其令人有感。媒體研究者亞歷克斯·威廉斯（Alex Williams）研究一種他稱爲「新聞紅線」（news redlining）的現象，亦即新聞鴻溝反映著原本即存在的經濟和種族不平等。[112] 同樣地，另一項研究發現，「新聞鴻溝」（journalism divides）類似於「數位鴻溝」的模式，亦即低收入群體、有色人種社區和農村地區在獲取可靠的本地新聞方面，處於相對不利的地位。[113] 其他學者也發現貧困社區存在類似的訊息不平等，這意味著爲低收入美國民眾服務的「問責新聞」在數量和品質方面皆較低，導致他們更容易被蒙蔽。[114] 最終，這些鴻溝不僅反映原本存在的不平等，而且還會強化和複製它們。

雖然愈來愈多的美國民眾無法近用優質新聞業，但那些負擔得起的人卻很容易取得。這種不斷擴大的差距，在政策報導方面特別明顯。在資金短絀的報紙正在裁撤華盛頓分社的時候，專業的行業出版物與僅供會員使用的利基型媒體（niche outlets）也在美國首都蓬勃發展。這些出版物依賴那些願意付費數千美元訂閱的菁英客戶——通常是公司和律師事務所。《華盛頓月刊》的一篇文章指出，這些高品質訊息被隔絕在付費牆後面，而大多數美國民眾的電視和手機螢幕上雖有看似無處不在的政治新聞，卻幾乎從未關注權力實際上如何運作。眞正報導權力的新聞包括「政府的日常內部運作——國會、政府和獨立監管機構的緩慢而穩定的政策發展過程，以及這些政策是如何執行的。」這類新聞報導應該是每位民眾的投票參考資訊，但它只供應給付得起高額訂閱費用的人，而對其他人來說則變得愈來愈可望而不可即。這篇文章以一個令人沮喪的觀察做出結論：「華盛頓的政策新聞業（policy journalism）正在蓬勃發展；只是它不爲你而寫，而你可能永遠也不會有機會閱讀它。」[115]

儘管存在所有這些問題和不公不義的情況，報紙繼續在整個美國媒體系統中扮演至關重要的角色，即使市場已經重創報紙產業。隨著廣告支持的新聞業逐漸崩壞，即使是最具創業精神的新創公司也難以找到可獲利的新商業模式。然而，無論公共服務新聞業是否有利可圖，民主仍然有賴於它。十多年來，這種困境驅使人們急切地尋找新聞業資金來源的替代方案。

廣告收入模式的替代方案

早在二〇一一年——現代新聞業危機已經發生好幾年之際——羅伯特・麥契斯尼與我彙整了各方見解，旨在了解新聞業危機並提出解決方案。從這本題爲《最後一位記者請關燈》（*Will the Last Reporter Please Turn out the Lights*）的書裡，浮現了四種模式：**付費牆**（paywalls）；**公民新聞**（citizen journalism）；來自**仁慈億萬富翁**、**基金會或非營利組織的支持**；以及**公共媒體**。其中許多領域是重疊的，例如，非營利模式也可以爭取付費會員、基金會支持，或是由公民負責營運，而且這些模式本身都已經發生蛻變和演化。很少人現在仍然認爲（網誌或社群媒體形式的）公民新聞可以充分取代舊形式的傳統新聞業；現在，在付費牆模式之外討論各種「會員模式」（membership models）也有其合理性。不過，上述這四種分類整體上來說仍然相當穩定。我將在本章以下小節中逐一討論每個模式。

付費牆

付費牆是設置在網路用戶和新聞機構線上內容之間的障礙。[116] 要近用這些數位內容，用戶必須付費訂閱。雖然大多數報紙在過去十年間才開始實驗這種模式，但《華爾街日報》於一九九七年就已推出第一個付費牆。儘管這一早期舉措大獲成功，至少部分是因爲它爲菁英讀者提供專業財經新聞，但許多新聞媒體對推出付費牆一事有所猶疑，擔心會因此流失線上讀者和數位廣告收入。二〇〇九年，作家大衛・西蒙敦促（譯按：所有、特別是全國性）新聞媒體擁抱這種模式，他認爲若不這樣做，報紙勢必會面臨「需要付費的專業新聞被慢慢地勒斃」。[117]

自從現代新聞業危機在十多年前爆發以來，愈來愈多的報紙轉向這種數位訂閱模式，以彌補不斷減少的廣告收入。隨著連續幾年都被宣布爲「付費牆元年」，至少有一位評論者將付費牆稱爲產業生存的「孤注一擲」，也有許多分析家將數位訂閱模式視爲報紙生存的最後機會。[118] 各種類型的出版物——從《紐約時報》等大型全國性報紙到羅德島《紐波特每日新聞》等小型報紙，愈來愈多地推出付費牆。迄今爲止的紀錄顯然是憂喜參半，數位訂閱拯救整個美國報紙產業的證據並不是很樂觀。[119] 大多數設置付費牆的報紙發現數位訂閱收入不足以抵消紙質版廣告的龐大損失。儘管《紐約時報》等全國性報紙在數位訂閱收入方面取得龐大收益，但大多數美國報紙仍依賴其他收入來源。[120]

最終說來，對一些利基型新聞媒體、主流雜誌和大型全國性報紙來說，付費牆似乎在不同程度上發揮作用。然而，對於大多數地方型和區域型媒體，付費牆最多只能在它們尋找新收入來源的過程中提供一部分的解決方案。理想情況下，雖然記者的勞動理當獲得合理報酬，但不能因爲這樣就控管線上內容，或是鼓勵已然過度商業化的媒體系統變本加厲。此外，付費牆帶來幾個經常被忽略的規範性問題：它們減少自由流通的新聞所產生的正面外部性；它們剝奪了無法負擔數位訂閱費用者的權利；它們將新聞業視爲一種商品、而不是公共服務，從而進一步將商業價值融入到新聞編採過程當中。[121]

付費牆/數位訂閱模式的其他變體採用更靈活的支付方案，但都有相同的概念弱點，亦即無法取得足夠收入，例如，仰賴加密貨幣來支持新聞的**區塊鏈模式**（BlockChain model），但最著名的例子是引發狂熱和期待的公民媒體公司（Civil Media Company），在二〇一八年秋季因爲未能吸引足夠客戶而以失敗告終。[122] 在新聞業未來相關討論中定期重現的另一種模式是「小額支付模式」（micropayments model），有時被稱爲「iTunes 模式」或「Spotify 模式」，允許讀者爲新聞故事計次付費。[123] 儘管有某種直覺上的合理性，但該系統似乎不太可能在市場上成功，因爲很難讓新聞故事足夠吸引人，以至於人們願意爲一次性的閱讀體驗付費，而且與音樂不同的是，應該不會有很多人爲了重複使用而購買新聞報導。到目前爲止，這種模式的成功案例很少。

「辦活動」模式（The "events" model）可能被認爲是這個主題的另一種變體。近年來，一些引人注目的新聞機構開始販售以知名記者現場討論熱門議題爲賣點的特別活動門票。（《紐約客》雜誌舉辦的）「紐約客節」（New Yorker Festival）產生可觀收入，「在地人座談會」更是這一策略最突出的例子之一。[124] 如果可以免費開放，這些活動有助於促進對重要問題的討論。但賣門票這種做法也引發棘手的倫理問題，因爲它可能變質爲一種影響力的兜售。除了與富人和權勢人物過於親近之外，此類活動還可能將重要政治問題的討論從公共領域推向菁英的私人論壇。[125] 比方說，《華盛頓郵報》在二

○○九年受到很多批評，當時的發行人凱瑟琳・韋茅斯（Katharine Weymouth）試圖在她自宅舉行的私人晚宴上向賓客出售旗下記者的專訪。126

對商業成功的無休止追求，導致新聞機構爲了利潤而犧牲原則，並將新聞視爲產品而不是公共產財或基本服務。再者，這些收入模式的許多支持者至少默認地以爲，還有新的獲利方程式等著被發現。媒體產業和整個美國社會尚未認識到商業模式鼎盛時期的巨額利潤已經一去不復返。幸運的是，另有一些主要的替代方案更多地寄望於非市場機制的支持（non-market-based support）。

●公民新聞和群眾募資

曾經被稱爲「公民新聞」模式的熱潮已經有所消退，或蛻變爲其他變體。早期的表述強調網誌和社群媒體，甚至更早的**獨立媒體中心**（Indymedia centers）的口號是「成爲主流媒體」（be the media），但現今這種模式通常意味的是**群眾外包**（crowdsourcing，或譯：眾包）和**群眾募資**（crowdfunding，或譯：眾籌）。127 曾幾何時，一些公民新聞擁護者甚至認爲這些新模式將取代專業新聞機構，從而不再需要後者。克雷・薛基、尤查・班克勒（Yochai Benkler）和其他群眾外包模式的早期擁護者認爲，可以利用網路來取代專業新聞業，但隨著早期圍繞網路民主承諾的一些烏托邦式言論，這種觀點已經褪色。128 雖然網誌和其他公民新聞計畫已經做出、也將繼續做出重要貢獻，但當前重點不再是取代專業記者，而是更多地尋找幫助補充和資助現職記者的方法。129 雖然主要是實驗性的，群眾募資模式繼續引人注目，也有一定的發展前景。130

一家成功的群眾募資報刊已經存在數十年，它是位於英國牛津的《新國際主義者》。該刊已成爲世界上最大的媒體合作社之一，擁有三千四百六十七名包括讀者、作家和支持者的共同辦報人（co-owners），他們購買股份作爲群眾募資活動的一部分，募集近九十萬美元。[131] 許多媒體觀察家希望，有愈來愈多的新聞機構能夠採用這種模式。從《聖地牙哥之聲》分拆出來的**新收入中心**（New Revenue Hub）正試圖協助小型媒體建立自身的會員模式。[132]

群眾募資模式的一個變體是「會員模式」，收入來自於向會員收費。儘管該模式的細節可能有別，但該模式的擁護者指出，它不像付費牆模式那麼生硬和帶有交易的性質。會員經常可以看到自己購買了特定的公民願景，在某些情況下甚至參與了新聞媒體報導類型的治理與選擇。其中的思考邏輯是，只要有一定數量的人對某種特定類型新聞有足夠強烈的支持意願，他們會願意補貼其他人閱讀這些新聞。一個引人注目的例子是荷蘭新聞平台《De Correspondent》，該平台於五年前（譯按：二〇一三年）開始發起群眾募資活動，倡議「不打破」（unbreak）新聞（譯按：此處一語雙關，強調不以瑣碎的即時突發新聞爲該媒體特色），致力於深度、分析報導。目前擁有超過六萬名成員，它仍然頑強地維持無廣告的營運方式。[133]

它的美國版《The Correspondent》最初受到熱情支持者的歡迎。早期支持者、媒體專家傑伊・羅森（Jay Rosen）甚至在《每日秀》上與特雷弗・諾亞（Trevor Noah）討論這個創刊計畫。然而，這個實驗也證明，這種模式需要的高度讀者信任，也可能是它最大的弱點。二〇一九年春天爆發了一場爭議，當時該新聞媒體在美國發起廣泛的募款活動，但實際上並不會在美國設置分社。激烈爭論在推特和其他網路平台上到處可見，許多早期支持者，甚至是該媒體的首位美國員工，都覺得被背叛了。[134]

儘管如此，會員模式值得繼續試驗。羅森正確地指出，該模式從未聲稱是靈丹妙藥；它可以成爲答案的一部分，但還需要「信任、透明度和豐厚的媒體素養」。若它成為多管齊下的方法之一，羅森認為它會發揮最大潛力。他舉了一個相當具有說服力的例證：因為將付費訂閱、捐款贊助、會員模式和來自慈善基金會的贊助相結合，英國《衛報》依舊處在可持續發展的狀態。[135]

富有的贊助者

由於大多數商業計畫都以失敗告終，許多媒體機構將希望寄託在慈善的億萬富翁、非營利組織和基金會身上。勞倫・鮑威爾・賈伯斯（Laurene Powell Jobs）、傑夫・貝佐斯、克雷格・紐馬克（Craig Newmark）等富裕贊助者已經投入數百萬美元支持媒體機構和相關倡議。一些令人興奮的非營利性新創事業也紛紛出現，[136] 例如 eBay 創始人皮耶・歐米迪亞（Pierre Omidyar）已將數億美元投入新聞相關計畫，例如適用稅法 501(c)(3) 條款的非營利組織 First Look Media，支持《Intercept》網羅葛倫・葛林華德（Glenn Greenwald）和傑瑞米・斯卡希爾（Jeremy Scahill）等人組成的調查記者團隊。歐米迪亞承諾提供數億美元以確保該新聞網站的編輯獨立和自主性。歐米迪亞網絡（Omidyar Network）還捐款數百萬美元給國際調查記者聯盟（ICIJ），後者因為「巴拿馬文件」調查報導而轟動一時。

另一個有趣的計畫在二〇一六年初啟動。當時，費城媒體網（簡稱 PMN）——包含兩家費城當地報紙和一家新聞網站的所有者蓋瑞・藍菲斯特（Gerry Lenfest）將 PMN 捐贈給藍菲斯特新聞研究所，後者是一個擁有二千萬美元捐款的非營利組織。這種獨特的結構，從技術上講是一個「公益公司」（public benefit corporation，一種法人機構，它激勵新聞媒體對社會產生有益影響，同時維持營利性質），並且讓 PMN 可以保持編採獨立性。[137] 它允許新聞機構保留自己的獨立董事會，同時允許該研究所尋求捐款以募集資金。這種混合模式（hybrid model，其所有權結構是非營利性質，但以營利性質經營）使其新聞編採免受商業壓力，[138]該模式使新聞機構自由地對新聞編輯室進行再投資，而不是將所有利潤分配給股東。雖然仍處於實驗階段，但藍菲斯特新聞研究所獨特的組織結構已經產生一些重要成果：《費城詢問報》的調查記者團隊人力幾乎翻倍，從七名記者增加到十三名記者；創建了一個新的爲期兩年的藍菲斯特研究員計畫，將年輕的有色人種記者引進《費城詢問報》新聞編輯室；對費城和賓州首府哈里斯堡的許多調查報導計畫有所貢獻，其中包括一個前景可期的、名爲「Spotlight PA」的協作報導（collaborative reporting）。[139]

隨著報紙商業前景黯淡的趨勢愈來愈明顯，其他人可能會選擇類似路線。許多觀察家——包括我自己長期以來一直倡議新稅法，以鼓勵報紙轉型爲非營利或低營利機構。然而，儘管美國國稅局愈來愈多地批准尋求成爲非營利組織的新聞媒體機構（因此，根據稅法501(c)(3)所載，可以獲得慈善捐款和特殊租稅保護），而且過去相當長的等待批准時間也已逐漸縮短，但一些老牌報紙並沒有選擇這條路。[140]這種情況可能最終會改變。《鹽湖城論壇報》是首家尋求轉型爲非營利機構的傳統報紙，成爲一種由捐款支持其營運的「社區資產」。這首先需要獲得聯邦政府批准，在新的非營利機構屬性下，社區董事會可能將接手管理該報。[141]如果有更多報紙跟進，消除商業壓力並讓新聞媒體治理回歸社區，那麼將可使陷入困境的報紙產業大大受益。

這些實驗表明，僅靠市場力量無法支持具有適當水準的新聞業。事實上，從利潤最大化的壓力中解放出來，非營利媒體機構將比其商業同行更具優勢。與利潤導向的媒體相比，非營利組織傾向於將更高比例的資源用於新聞營運。[142]理想情況下，它們可以更加關注被忽視的地區和議題，包括在地報導、州議會報導，以及犀利的、勞力密集的調查報導，這類新聞愈來愈稀缺。一些擁護者將這種模式視為失敗的營利模式的理想解毒劑。查爾斯・劉易斯（Charles Lewis）是公共誠信中心（Center for Public Integrity）的創辦人，該中心是美國歷史最悠久的非營利調查新聞機構之一，他也是非營利新聞研究所（簡稱INN）的共同創辦人。他認為，隨著商業模式的崩塌，這些非營利新聞組織將激增。[143] 證據顯示，非營利新聞組織數量確實在增加當中，尤其是非營利性質的數位新聞網站。

INN在二〇一八年秋季進行的一項廣泛研究發現，這些非營利新聞機構的年收入為三點二五至三點五億美元，合計聘用員工達三千名，其中包括二千二百名記者。這個「INN指數」也證實非營利新聞機構比其商業同行擁有更大優勢（數位媒體的優勢更大，因為它們的生產成本明顯低於印刷媒體），非營利組織可以將更多收入用於編務。根據這項研究，這些網站將三分之二的資源用於報導和編輯，而傳統報紙大約只投入百分之十五至百分之二十。[144] 該研究報告的結論是，這些新創事業「為公共服務新聞業的未來創造了一個集體孵化器，找到分享知識、讓人們參與公民生活並強化社區的新方法。」[142]

還有許多新聞企業是由基金會捐贈資金和其他非市場來源資助的例子，而且長期存在。主要例子包括擁有在英國具領導地位的《衛報》的史考特信託（Scott Trust），以及擁有《坦帕灣時報》且支持事實查核機構PolitiFact的非營利性新聞教育和培訓中心——波因特學院（Poynter Institute）。類似的非營利模式或由非營利組織擁有的營利性企業，以各種形式存在於各地，包括隸屬於第一基督教會的《基督教科學箴言報》；新罕布夏州曼徹斯特市的《Union Leader》；康乃狄克州新倫敦市的《The Day》；《德拉瓦州新聞》；以及阿拉巴馬州的《安妮斯頓之星》。其他長期存在的非營利新聞機構的例子包括《哈潑雜誌》、《華盛頓月刊》、《消費者報告》、《Ms. Magazine》和《瓊斯母親》（*Mother Jones*）。

正如我將在第五章詳細討論的，福特基金會和其他大型資助機構在創建美國公共廣電方面曾扮演關鍵角色。最近，《ProPublica》和《The Marshall Project》等由基金會資助的新聞組織蓬勃發展，贏得普立茲獎和其他聲譽卓著的新聞獎項。《ProPublica》甚至進一步擴展並創建「在地報導網絡」，這是一個與地方媒體協力合作的計畫，已經產製令人印象深刻的報導作品，專注於地方民眾迫切需要的關於州議會的報導。二○一七年，這家非營利組織推出了《ProPublica Illinois》，這是設立於芝加哥的調查報導媒體，專注於揭露伊利諾州發生的不法行爲。[146] 另一個受到頌揚的例子是《德州論壇報》，它的資金來源是包括基金會支持、付費會員、辦活動和企業贊助的混合模式。這些機構——以及一些較小的新創事業如《聖地牙哥之聲》和《MinnPost》，已經存在了十多年，依賴付費會員和慈善支持的混合模式，甚至更早的計畫如公共誠信中心和調查報導中心，都是可行的非營利模式的例證。

最近在城市中出現一些本地新聞計畫，例如芝加哥的《City Bureau》、紐約的《City》，以及費城的《Resolve》，後者是一個協作報導計畫，產製以經濟正義爲重點的「費城破產」協作報導計畫。[147] 其他有趣的實驗在小社區中尋找新聞缺口。例如，《社區影響報》（*The Community Impact Newspaper*）關注媒體資源豐富的大都市以外的地區，包括休斯頓、奧斯汀和達拉斯等地。[148]《The Daily Yonder》自二○○七年起由一家非營利媒體和倡議組織在網路上推出，涵蓋對美國農村社區具重要性的一些議題。[149] 另有兩個值得關注的在地新聞合作社計畫，一個是由湯姆・斯蒂茨（Tom Stites）長期在麻薩諸塞州黑弗里爾市創立的「榕樹計畫」（Banyan Project），一個是設置在新澤西州的「資訊特區」（Info Districts）計畫。[150]

另一個值得注意的倡議是「爲美國而報導」（Report for America，簡稱RFA），這是一個由史蒂文・沃爾德曼（第二章介紹過的 FCC 報告的撰寫人）共同創立的非營利新聞組織，受到美國青年團（AmeriCorps）和「爲美國而教」（Teach for America）的啟發。初步試辦階段已經在阿帕拉契地區設置了幾名記者，RFA 規劃到二〇二二年將一千名記者部署到人手不足的地方新聞媒體（截至二〇一九年，大約有六十家）。[151] RFA 是頗有發展前景的模式之一，其治理結構在捐助者和記者之間設置了雙重防火牆（雙方都不知道哪些資金將用於哪些特定報導）。[152] 然而，關於被居民視爲外人的 RFA 記者能否與當地社區建立信任，尤其是當他們的服務合約只有一年或兩年時，問題仍然存在。[153] 另一個前景看好的模式是「美國新聞計畫」（American Journalism Project，簡稱 AJP），這是一個「風險慈善組織」，專注於重建地方新聞業並幫助民間新聞機構實現自我可持續發展。AJP 由《德州論壇報》和非營利新聞組織《Chalkbeat》的早期創辦人共同設立，迄今已募資四千二百萬美元，並且爲促進非營利新聞業建立清晰且有說服力的願景。[154] 此外，大學也逐漸更多地參與製作在地原生新聞（original local journalism）。[155]

儘管所有這些實驗以及許多其他實驗很有發展前景，而且很迫切地被需要，但相對於問題的範疇而言，它們仍然太微小。來自基金會和仁慈億萬富翁的支持，並不是結構性危機的系統性解決方案。此外，依靠這些資源進行新聞營運會使新聞業面臨一些特殊危險，例如，捐款通常難免帶有對該筆資金將用於支持哪一種新聞的隱含期望，即使是善意的捐助者通常也會關注某些問題而忽視其他問題。媒體學者羅德尼・班森（Rodney Benson）的研究表明，依靠慈善基金會支持可能會將非營利新聞媒體置於「捐款附帶的特定條件和績效指標」之下，包括日落條款和預期可展現的影響力。[156] 這種關係很少能爲陷入困境的新聞機構提供長期的財務保障。此外，這類捐款可能會導致新聞學者安雅・希夫林（Anya Schiffrin）所說的成爲基金會捐助方的「媒體俘虜」（media capture），因爲他們對新聞媒體的支持係受到特定議題牽引。[157] 透過定義新聞業的「邊界」，這些慈善基金會也正以微妙的方式形塑著「慈善新聞業」（philanthro-journalism）。[158] 一些評論家和學者正確地質疑這種新聞在實踐中何異於商業化新聞，以及它是否主要也在爲菁英服務。[159] 但也許最重要的是，一些分析顯示，根本也沒有足夠多的慈善捐款可以寄望。二〇一四年皮尤研究報告指出，美國媒體機構得自於年度慈善捐款和資本投資僅爲一點五億美元，約占新聞所需的整體財務支持的百分之一。[160] 慈善捐款的數額近年來可能有所增長，但若要更有系統性地支持美國新聞業卻需要數百億美元。

最後，雖然新聞業的基金會支持模式有許多值得逐案評估的成功範例，但這種模式也引起嚴肅關切。充其量，億萬富翁和基金會可以挽救單一新聞媒體或創建一些新的媒體，但這並不能解決正在摧殘整個新聞業的系統性問題。此外，支持新聞業的所謂「仁慈億萬富翁模式」（benevolent billionaire model）不免讓人懷疑，並非所有億萬富翁都是仁慈的——有些人可能別有用心、或有政治盤算和利益衝突。最明顯的例子是賭場大亨和保守派活動家謝爾登・阿德爾森（Sheldon Adelson），他於二〇一五年收購了內華達州最大報紙《拉斯維加斯評論報》。他起初對此收購案諱莫若深，代表他出面的人據報導曾經向該報工作人員施壓，要求正面報導阿德爾森及其盟友。[161] 過去聲名狼藉的新聞大亨如威廉・倫道夫・赫斯特和羅伯特・麥考密克，經常將他們的報紙武器化，用來推動極右翼的政治主張，包括對阿道夫・希特勒讚譽有加。顯然，如果新聞媒體成爲億萬富翁的玩物，許多潛在危險就會浮現。

新聞業的財務弱點，讓它容易成爲商業和政治利益的俘虜。儘管該產業近年來迅速貶值，但報紙仍然握有顯著的政治權力，因此成爲有政治野心的富裕政客覬覦的囊中物。隨著企業「贊助內容」（sponsored content）和億萬富翁支持的新聞灌入專業新聞業留下的眞空，類似透過秘密付費就能讓廣播電台播放特定歌曲的「賄賂社會」（payola society）不無可能成形，媒體系統當中的不平等病症也勢必愈來愈積重難返。在這個被數位鴻溝和各種新聞紅線損壞的媒體地景裡，富人和公司可以暢所欲言，但其他所有人全都受到市場力量的審查。

班森和我將這種形構稱爲「寡頭壟斷媒體模式」（oligarchy media model）。162 儘管有時相對仁慈，但這些富裕贊助者很少是爲了向社會各階層提供新聞。鑑於媒體所有者的階級利益很少與工人階級和窮人一致——他們的商業模式傾向於排除不容易變現/貨幣化的閱聽眾或議題，從而造成報導具有特定偏向（特別是仍然依賴廣告商的媒體，它們通常會偏重對高收入群體有吸引力的內容）。不思如何強化與那些得不到充分服務的讀者互動，這些億萬富翁擁有的新聞機構反而可能更加優待社經地位較高的群體，以及和新自由主義經濟政策較合拍的觀點，從而實際上加劇經濟和種族鴻溝。這種趨勢並不令人意外，因爲從高度階層化的經濟體系受益最多的人不太可能關注不平等的結構性根源。指望富裕贊助者資助一種對抗現狀、挑戰菁英階層的異議新聞業，是不切實際的。再者，富人和權勢者出於一時衝動的捐助，並未讓他們就此成爲可靠的公共話語/論述的統理者。163

●公共媒體

非營利模式的弱點，讓我們想到最少被討論、政治上最令人擔憂的模式：公共媒體選項，它依賴的是某種形式的非市場補貼。在美國，若提出實施公共媒體補貼的政策，通常會被認為政治上不可行而遭摒棄，但正如第一章所討論的，這個想法有著悠久而豐富的歷史。美國政府一直賦予新聞業某種特殊地位，並且經常協助它抵銷新聞產製和流通的成本，這可以追溯到美國建國初期的郵政和印刷補貼。從那時起，從廣電頻譜的免費奉送到網際網路的誕生，一切都有賴於大規模的公共補貼。然而，媒體補貼如今在很大程度上卻被視為非常地不美國（un-American）。在這方面，美國及其媒體系統在民主國家當中是獨特的，因為全球所有主要民主國家的媒體組織都受益於大量的政府補貼；[164] 再者，自由之家（Freedom House）等知名組織一直將這些擁有受補貼媒體系統的國家評為新聞自由程度比美國更高的國家。[165]

我在第五章再回來討論公共補貼，此刻只需說商業報紙一百五十年來依賴廣告的收入模式已經注定完蛋，而且沒有明顯可見的替代方案。但我們為什麼要關心這事？報紙還重要嗎？

新聞業危機的社會影響

在討論政策不作為導致這場危機惡化的原因之前，值得考慮一下為什麼新聞業對自治和健全的民主社會很重要。雖然不言自明的是沒有資訊暢通的政體就不可能實現民主，但已有愈來愈多的經驗研究證明我們仍然需要公共服務新聞、尤其是地方新聞的實際原因。我在本節簡要地整理這些研究，它們證明與新聞業消亡相關的明顯具體效應。這些研究提供了一個發人深省的觀點，即當在地新聞消失時社區會發生什麼。超越抽象的民主理論，它們強調爲何我們應該將新聞業危機視爲公共政策問題。

長期研究顯示，失去本地新聞業會導致知情選民變少。然而，近年來，學者們開始詳細說明這種下降對當地社區和一般民主社會產生的廣泛而重大的負面影響。[166] 這些研究普遍表明，隨著本地新聞的付之闕如，公民參與程度也會下降。在一項經常被引用的研究中，李・謝克（Lee Shaker）發現西雅圖和丹佛的公民參與程度（例如參加公民團體或聯繫當地民意代表）都同樣在失去該城市的兩家主要報紙之後顯著下降。[167] 同樣的，一些研究顯示，當地報紙關閉會導致選民參與度降低。例如，分析報紙二〇一〇年中期選舉報導發現，居住在缺乏選舉報導地區的選民不太知道怎麼選賢與能，最終也較不可能投下神聖一票。[168] 另一項研究指出，缺乏新聞報導社區的選民不太記得該選區民意代表的名字，因此也較難向他們問責；再者，這些民意代表也較少在該選區走動，較少提供選民服務。[169]

經濟學家馬修・金茲科（Matthew Gentzkow）和他的合著者發現，「報紙對政治參與有強大的正面影響」，讀報這件事可以動員多達百分之十三原本不投票的人前往投票。[170] 他們後來在另一項研究發現的一個長期歷史趨勢顯示，失去地方媒體與較低的選民投票率之間存在關聯。[171] 另一項關於市長選舉的研究發現，報紙的衰落與競選地方公職人數減少和當地政治競爭減少有關。[172] 研究也顯示，居住在新聞沙漠地區的選民更傾向於根據全國新聞、而不是地方新聞來投票，從而只能遵循「黨派思維」投票，導致社會的兩極對立情勢惡化。[173]

儘管如此，失去當地新聞業還有許多難以量化的社會成本。如上一章所述，新聞業的正面外部性爲整個社會帶來巨大的貨幣價值，以及其他無法計算的好處，尤其是調查報導讓當權者被迫必須負起責任，以及採訪報導新穎和重大訊息。雖然有時難以確定，但有充足證據顯示，當新聞業消失的時候，受益最大的是當權者，而且腐敗會增加。歷史學家和社會學家保羅・斯塔爾（Paul Starr）彙整廣泛的社會科學研究證明，當地新聞媒體的消失與政治腐敗的興起之間存在關聯。他觀察到，「報紙一直是我們監督政府的耳目，是我們對私心濫權的監督，是我們公民的警報系統。」[174] 最近的一項研究發現，報紙關閉增加了地方政府擴大借貸成本與對納稅人基金管理不善的可能性，這可能是因爲缺乏公眾監督所致。[175] 失去當地報紙記者對市政府的監督，導致市政府開支增加、赤字增加，並且造成當地納稅人蒙受重大損失。[176]

失去新聞業的代價昂貴，強而有力報導的存在則對整個社會有經濟上的助益。根據媒體經濟學家傑伊・漢密爾頓（Jay Hamilton）計算，報紙在調查報導上花費的每一塊錢，可以透過改變公共政策與防杜浪費和腐敗而爲納稅人省下數百元。[177] 有個鮮明例子就發生在幾年前，當時《瓊斯母親》雜誌曾就所費不貲的調查報導需求而直接向讀者尋求捐款支持。其後，它關於私人監獄的獲獎調查報導作品，經過爲期四個月的明察暗訪，揭露囚犯的殘酷勞動條件，促使美國司法部宣布終結私人監獄，並且獲得廣泛的讚譽和社會效益。[178] 但這個報導也給《瓊斯母親》造成重大經濟損失：製作成本爲三十五萬美元，但該報導賺到的網站横幅廣告收入只有五千美元。[179] 理想情況下，新聞機構不該因爲無利可圖而放棄這種社會重大新聞，但這正是商業媒體目前面對的誘因結構。

調查報導直接爲社會省下成本的另一例證，發生在《每日新聞》記者胡安・岡薩雷斯（Juan Gonzalez）揭露一群私人電腦顧問涉嫌非法回扣與利用人頭浮報薪資費用，該事件被美國曼哈頓檢察官普列特・巴拉拉（Preet Bharara）稱爲「紐約市史上最大、最無恥的詐欺犯罪」。[180] 讀到岡薩雷斯的揭露報導後，巴拉拉立即追捕罪魁禍首，迫使該計畫的主要承包商向紐約市返還五億美元。調查報導揭露不法行爲和公共健康威脅的另一個例子是弗林特水汙染危機。弗林特供水鉛汙染達到危險水準，首先由社運團體揭發，接著由一名任職美國公民自由聯盟的調查記者孤身揭露報導而引起公眾注意。[181]

這些只是其中的幾個例子，時間和勞動密集的新聞業爲社會帶來顯著與往往無法估量的效益。然而，如此巨大的正面外部性，卻很少被納入關於新聞業的要求、需要和成本的經濟計算當中。調查報導的減少尤其令人不安，因爲美國整個媒體生態系統都仰賴報紙的新聞報導。其他新聞媒體如無線廣播電視、有線電視、網誌和社群媒體很少產製原生新聞，而是聚焦於政治評論和各種形式的娛樂內容。就這些媒體討論的硬新聞而言，通常最初來自於報紙新聞。即使是漫不經心的觀察者也會注意到，主要的幾個有線新聞節目通常是看當天報紙新聞標題而做的即興演出。然而，報紙做爲整個媒體生態系統「新聞來源」的重要作用卻經常被低估。

透過對二〇〇九年某一週巴爾的摩市媒體生態的詳盡分析，皮尤研究中心的一份報告記錄了這種對報紙新聞的依賴。透過追蹤新、舊媒體——從網誌和推文到廣播新聞和報紙，研究人員發現當地民眾接觸到的很多新聞都不是原生報導。研究顯示，其中百分之八十的新聞先前已有其他媒體報導過，而且有超過百分之九十五的原生新聞是由舊媒體產製的，尤其是《巴爾的摩太陽報》。[182] 這種對報紙原生新聞報導的依賴現象，其他研究也有類似發現。[183]

鑑於地方新聞在整個新聞媒體生態系統中特別重要，這些趨勢令人不安。學術研究、民調和各種調查一致顯示：與全國性新聞媒體相比，大多數讀者對當地新聞媒體的信任程度要高得多。[184] 透過當地新聞，社區得以保持連結並了解他們的後院——尤其是當地學校、政府和其他關鍵機構和基礎設施發生了什麼。他們依靠當地新聞來了解環境品質、他們呼吸的空氣和飲用的水是否安全，以及誰爲了什麼競選當地公職。然而，恰恰是這種新聞業正在迅速消失。如果我們的社會想要鼓勵這種報導，我們必須找到支持它的方式。

定義話語/論述和數據中的危機

上面討論的這些研究意味著，新聞業危機繼續惡化，已經對民主社會產生負面影響——即使整個美國媒體生態系統繼續依賴著傳統新聞業。儘管如此，在二〇〇九年危機之後，由於缺乏政策回應，新聞媒體結構改革的緊迫感逐漸減弱。與此同時，正如本章所示，情況只會惡化。末期的苦難從不擇手段的廣告商到私募股權公司的掠奪，就像投機取巧的寄生蟲以垂死的野獸爲食。面對崩壞的新聞系統卻缺乏政策回應是不可原諒的。隨著歷史性的經濟不平等和迫在眉睫的環境災難，當下迫切需要一個無所畏懼的新聞業來揭露社會問題的根源，並且爲如何解決這些問題提供熱烈辯論的空間。

在我們設計出一個鼓勵這種新聞業的媒體系統之前，我們必須對阻礙我們這樣做的結構性限制有所認識。到目前爲止，我已經討論困擾美國營利性新聞媒體的各種商業壓力，以及隨之而來的話語/論述俘虜。我現在轉向一些損害當今新聞業的政策失敗和結構性威脅，尤其是數位基礎設施（digital infrastructures）遭到壟斷控制的問題。

第四章

數位基礎設施的壟斷控制

二〇一八年初，數以百萬計的美國人見證了一場企業權力被追究責任的罕見奇觀。數月以來，臉書涉及擴散虛假訊息和外國干涉二〇一六年美國大選等證據確鑿的內情，包括政治諮詢顧問業者劍橋分析公司（Cambridge Analytica）嚴重侵犯用戶隱私，國會讓臉書執行長馬克・扎克伯格（Mark Zuckerberg）連續兩天接受拷問的畫面在全國電視上轉播。[1] 扎克伯格在聽證會上仍然態度閃躲，而且不懂技術的政客向他提出的問題有時顯得荒唐可笑。儘管如此，醜聞的公開曝光引發一場姍姍來遲的關於壟斷權力、它對社會的有害影響，以及政府是否該阻止它等問題的討論。

這些持續不斷的爭論，讓公眾開始注意到網路評論家早已知悉的某些事實：臉書的商業模式依賴一個龐大的監控機器，該公司一貫追求利潤更甚於民主原則，其執行長馬克・扎克伯格與十九世紀末期的強盜男爵無異，該公司長期以來無視透明度和問責制。美國人終於意識到壟斷力量的新鍍金時代已經降臨，迫使政策制定者必須爲「反壟斷」等舊觀念賦予新意。

雖然用戶可能曾經將臉書視爲社會的一股正向力量，但美國公眾愈來愈認爲該公司是一個不負責任的壟斷企業。而且，與所有壟斷企業一樣，臉書不惜一切代價保持其主導市場地位，並在盡可能合法（有時是非法）情況下賺到最多錢。二〇一八年十一月，《紐約時報》揭發臉書如何聘請聲名狼藉的公關公司，用反猶陰謀論來抹黑其政治對手。[2] 在持續不斷的譴責報導中，該公司仍維持損害控制模式，從道歉之旅到防禦性地指責《紐約時報》具有反臉書偏見等，無所不包。[3]

與此同時，人們愈來愈意識到臉書不受監管的權力會危及民主，這促使兩黨達成非常罕見的共識，即政府必須介入處理平台壟斷問題。監管科技公司的概念，直到前一段時間似乎都還無法想像，但現在即使是許多共和黨的決策者也認爲它們已經變得太過強大，以至於政府必須介入干預。有愈來愈多公眾意識到，數位壟斷所產生的影響遠遠超過臉書本身。擴展到更廣泛的媒體領域，當前這個時刻爲結構性改革提供了難得機會。就連以不願爲公司造成的社會問題承擔責任而臭名昭著的扎克伯格現在也承認，臉書應該受到監管。[4]但什麼樣的監管可以解決這些問題？作爲一個社會，我們能做什麼來激勵——不，是要求強大的訊息壟斷企業維護公共利益並爲民主服務，而不僅僅是爲了利潤追求？當反民主行爲融入臉書的DNA時，這個目標還能實現嗎？

要回答這些問題，必須直面平台壟斷對新聞業的影響。壟斷所有權對健全的新聞媒體系統構成廣泛的結構性威脅，其影響包括從對網路近用/接取的控制到新聞媒體的觀點多樣性等方面。本章關注新聞和訊息系統的壟斷問題，並說明爲什麼媒體所有權問題仍然重要。本章也檢視一些媒體政策失敗，例如核准媒體併購和廢除網路中立性保護，是如何導致這個問題的。最後，它考量臉書在不實訊息生態中扮演的核心角色，以及如何阻止它繼續作惡的可能監管方式。本章最後提出關於哪些政策有助於新聞媒體機構民主化的簡要討論。

為什麼媒體所有權很重要

在數位媒體崛起之初，技術/科技烏托邦主義者認爲，數位媒體的能供性和「網絡社會」的興起將拉平全世界的權力層級。但美國和全球政治的最新發展，加上愈來愈多的經驗研究顯示，這只是一廂情願的想法。物質和結構因素包括媒體機構和訊息系統的所有權和組織方式，極大程度地影響媒體系統的開放性和多樣性，無論該媒體系統是透過印刷、廣播或線上方式運作。這種類型在美國尤其如此，企業雙頭壟斷和寡頭壟斷（oligopolies）主導著大多數媒體產業。媒體壟斷無論是像臉書這樣的新數位巨頭，抑或是康卡斯特這樣的舊媒體集團，對美國和全球的政治文化和通訊基礎設施都擁有巨大影響力。

媒體所有權結構分為幾個類別，[5] 包括水平整合（horizontal integration，意指對類似媒體產品的所有權）、垂直整合（vertical integration，意指對媒體生產和流通不同階段的所有權）和對角整合（diagonal integration，意指對不同媒體事業的交叉所有權）。正如我們在前一章看到的，不同的所有權結構依賴於特定的控制系統。無論公司是由家族、股東、私募股權或是公眾所有，這些結構都會影響包括從訊息多樣性到媒體影響效應在內的許多關鍵議題。此外，愈來愈多學術研究成果顯示，媒體所有權和控制權的差異（例如，是否集中化、商業化，或是屬於公共產權），會導致媒體內容上的差異，對民主具有重要意涵。[6]

這三種訊息/傳播壟斷類型，在我們的媒體系統中隱約可見：新聞和娛樂媒體、電信與平台。[7] 每種類型的壟斷都會給新聞業和整個民主社會帶來特定的危險、傷害和脆弱性。多年來，許多學者記錄了少數公司如何主宰美國媒體地景，尤其是新聞和娛樂媒體。班・貝格迪恩（Ben Bagdikian）在一九八〇年代開始引起人們對媒體壟斷的關注，當時他發現五十家公司控制了美國大部分媒體系統；到二〇〇〇年代，控制美國大部分媒體系統的公司家數從五十家下降到六家。[8] 同樣，二〇一八年《財星》雜誌指認有六家在美國大部分媒體系統中占主導地位的大型媒體集團：康卡斯特、AT&T、哥倫比亞廣播公司（簡稱CBS）、維亞康姆傳媒集團、二十一世紀福斯和迪士尼。[9] 在迪士尼與福斯結合案發生後，這份名單變成「五巨頭」，而且CBS和維亞康姆傳媒集團也正在認眞討論結合的可能性。當然，這些引人注目的指標值得仔細審查，因爲它們可能會忽略重要的區別，而且有時依賴的判準模糊。再者，即使舊媒體公司繼續主導媒體市場，臉書、谷歌、微軟、Netflix、亞馬遜和蘋果等新公司也在這一領域迅速崛起，因爲它們收購了一些內容公司。尤其是 Netflix 和亞馬遜，它們正在成爲娛樂媒體巨頭。[10]

儘管如此，隨著具有知名度和豐沛資源的傳統新聞媒體巨頭繼續主導線上流量，許多舊的所有權模式已轉移到新的數位媒體上。在十年前出版的一本書中，媒體學者馬修・辛德曼（Matthew Hindman）發現，極少數新聞媒體網站主宰著數位內容市場，並且斬獲絕大多數用戶的關注。此外，辛德曼還發現一種「長尾」現象，許多新聞網站很少或幾乎沒有流量，而且令人驚訝的是很少有網站占據中間位置。[11] 最近的研究繼續顯示，傳統新聞機構主導著媒體地景，只有少數具有重要性的獨立新聞網站出現。[12] 截至二〇一八年，新聞和政治網站的大部分線上流量高度集中在主流新聞機構，或是依賴其內容的新聞聚合器。[13] 這項研究在過去十年或多或少保持不變的一個重要發現是，在某些方面，線上新聞媒體市場正變得比傳統媒體更加集中化。

儘管來自社群媒體、無數網站和有線電視頻道的媒體資源似乎呈爆炸式增長，但少數媒體渠道掌控了大多數美國人的注意力。主張美國媒體系統的商業性質對塑造我們的新聞和政治具有腐蝕性的影響，政治科學家馬修・瓜迪諾（Matthew Guardino）綜合最近的研究指出，少數公司在美國主宰了一般人對新聞的注意力。這些數據顯示，觸達率最廣、新聞消費者注意力市場占有率最大的公司是臉書、時代華納（現爲 AT&T 集團旗下事業）和新聞集團（News Corp）。根據一項研究，美國在「訊息不平等」方面領先其他工業國，其中「只有一小部分人口有機會實際接觸由不同公司擁有與經營的多重新聞來源」。這項研究還顯示，美國人承受非常嚴重的「訊息貧困」（information poverty）問題，研究者將其定義爲「僅依賴一個新聞來源或根本不接觸任何新聞的人口比例」。14

不管共和黨或民主黨執政，新聞媒體都逐漸變得愈來愈集中化，但川普政府執政時期迎來歷史性的併購狂熱（儘管川普政府的司法部對時代華納與AT&T的結合案確實曾經不成功地表達過反對意見）。即使他的政府促成了這種集中化，但川普總統卻操弄公眾對媒體壟斷的不信任情緒，他透過推特攻擊「亞馬遜《華盛頓郵報》」並威脅啟動反壟斷調查。15 儘管川普的動機令人懷疑，可能是爲了回擊《華盛頓郵報》對政府的負面報導，但他點出一個合理的擔憂：隨著亞馬遜在多個產業取得可觀的市場占有率，《華盛頓郵報》發生嚴重利益衝突的可能性顯著增加；至少，這讓該報有保護其發行人的經濟利益的誘因。事實上，一些來自意識形態光譜另一端的批評者認爲，這種權力關係有助於解釋何以《華盛頓郵報》強烈地批評當時的總統候選人伯尼・桑德斯的政策主張。16

當我們考慮到一大批右翼媒體對著孤立的閱聽人提供不實訊息方面的作用時，新聞媒體壟斷在宣揚某種意識形態的危險力量變得益發明顯。尤查・班克勒等人一項具開創性的研究發現，福斯新聞、《極限新聞》（*Newsmax*）、《每日傳訊》、《布萊巴特新聞網》（*Breitbart*）等媒體組成了一個與新聞媒體系統其他部分隔絕的**右翼迴音室**。線上社群和社群媒體平台所助長的陰謀論，與福斯新聞台等保守媒體（福斯在新聞媒體當中一直擁有最高的臉書用戶參與度）之間的共生關係，創造了一個「宣傳回饋迴圈」（propaganda feedback loop），導致即使是最離譜的極右翼陰謀論也能夠被無限地放大。17

在任何一個晚上，即使漫不經心的觀察者也會注意到福斯新聞不間斷地報導無證移民構成的想像的威脅和人爲製造的「邊境危機」，而不是報導實際存在、但可能對川普總統和其他強大利益產生負面影響的社會問題。這種散布恐懼的言論轉移了人們對無數不平等現象的注意力，汙染整個國家的政治話語／論述，使得民主公共領域難以實現。這種有毒的媒體生態，卻有助於推進對川普有利的極右翼話語／論述。一個健全的新聞和訊息系統必須找到方法來遏制和對抗不實訊息的腐蝕性擴散，而這些措施不能僅局限於損害發生之後的事實查核。

關鍵的傳統新聞媒體部門值得特別關注，因爲人們特別依賴它們獲取訊息。例如，根據皮尤研究中心的數據，數以千萬計的美國人——百分之三十七的成年人依靠當地廣播電視獲取新聞。[18]儘管近年來廣播電視觀眾穩步下降，對媒體機構的信任度整體下降，但人們對當地新聞媒體的信任度仍然較高。波因特學院的一項調查發現，有百分之七十六的不同政治光譜的美國人對當地電視新聞「非常」或「相當」信任。[19]然而，在過去的二十年裡，地方電視台的所有權愈來愈集中在少數幾家公司手上。這種整合進一步削弱當地的節目製作，並且限制了人們在當地新聞媒體上看到、聽到的多元觀點和聲音。

一個臭名昭著的例子是美國最大的地方電視台所有者：立場右翼的辛克萊廣播集團。由於旗下許多電台都集中在搖擺州，該公司已經悄悄地積累巨大的政治影響力。二〇〇四年，辛克萊廣播集團播出宣傳紀錄片《被盜的榮譽》中的部分畫面，該片錯誤地攻擊民主黨總統候選人約翰・凱瑞（John Kerry）的越戰服役記錄。辛克萊廣播集團的執行主席大衛・史密斯（David Smith）以宣揚布希政府的政策而聞名，他也是川普政府的親密盟友。據報導，史密斯在總統競選期間面告川普：「我們在這裡傳達您的訊息。」[20]根據各種報導，川普女婿賈里德・庫什納（Jared Kushner）與辛克萊廣播集團主管階層達成一項私人協議，對川普和其他競選官員進行一系列獨家專訪。作爲專訪的交換，辛克萊廣播集團同意在沒有任何負面評論的情況下播出這些專訪。[21] 辛克萊廣播集團還因爲強迫各地附屬電台在新聞廣播中播放被稱爲「必播內容」（must- runs）的保守派評論而得到負評。這種做法繼續有增無減，即使在醜聞發生之後，例如前川普幕僚、經常上辛克萊廣播集團節目的政治評論員鮑里斯・艾普斯坦（Boris Epshteyn）爲川普政府辯護，他稱在美墨邊境使用催淚瓦斯對付移民婦孺是爲了擊退「外敵的嘗試入侵」。[22]

雖然強制新聞媒體播出「必播內容」，等於是不顧電台的編輯獨立性，並且對民主構成嚴重威脅，但辛克萊廣播集團繼續訴諸更加陰險的做法。二〇一八年四月，體育新聞網站《Deadspin》製播一段影片，其中匯集數十位新聞主播都在照本宣科唸著同一段腳本：「一些媒體成員利用他們的平台來推動自己的個人偏見和議程，以準確控制人們的想法。這對我們的民主是極其危險的。」這段視頻/影音在網上瘋傳並引起公眾嘩然，促使喜劇演員約翰・奧利佛（John Oliver）諷刺地說：「沒有什麼比數十名記者被迫一遍又一遍地照稿唸著『我們珍視獨立媒體』更像是被洗腦的邪教信徒一樣。」[23]

這種強迫當地媒體複製政治訊息的做法尤其陰險，因爲其腳本從未揭露原始來源。大多數偶然看到當地電視台新聞主播發表右翼觀點的觀眾通常不會懷疑，這些觀點其實是由看不見、具有特定政治利益和效忠對象的的廣播壟斷企業在遠處所主導的。當地電視主播並未穿著印有辛克萊廣播集團字樣的T恤，也未表明這些預先包裝的內容是由公司總部編寫的。正如媒體評論家傑伊・羅森敏銳地指出：「這些地方電視台將自己宣傳爲ABC、CBS、NBC（譯按：美國三大電視網）的附屬機構，並利用當地主播的信譽來展示自己作爲社區的一部分，但其實是位於巴爾的摩市的辛克萊廣播集團總部強迫播放這些擁護川普的節目。」[24]

辛克萊廣播集團願意扮演意識形態黨派機器的表態沒有白費——至少一開始是這樣。它與論壇媒體公司（Tribune Media Company）結合的願望是個公開秘密，但許多分析家懷疑辛克萊廣播集團能否獲得監管部門批准。在川普的 FCC 主委阿吉特・派伊被任命後，FCC 立即開始進行政策調整，似乎是爲辛克萊廣播集團量身定做。在川普執政的頭幾個月，FCC 主動採取監管反轉措施（regulatory rollbacks），例如，據報導，派伊批准辛克萊廣播集團主管階層稍早前提出的對空殼公司鬆綁的要求，並放棄過往嚴格審查所謂「副車」（sidecar）或「聯合銷售協議」（joint sales agreements）的政策規定，這些協議允許廣播公司經營競爭電台的新聞業務。這些看似微妙的政策變化，讓辛克萊廣播集團這樣的媒體巨頭得以保持對同一市場多家新聞媒體和電台的控制。[25]

另一項戲劇性的政策反轉是 FCC 廢除長期存在的跨媒體所有權規定，該規定禁止一家公司在一個城鎮同時擁有電視、廣播電台和一家報紙。它還取消地方電視所有權限制，該規定禁止媒體公司在同一城市擁有四大電視台中的兩家〔有時稱爲「雙頭壟斷規則」（duopoly rule）〕。[26] FCC（譯按：在二〇一七年）還廢除了所謂的「主要製播室規則」（main-studio rule），該項規則要求本地電台在當地維持實體性的存在。如果沒有這種保護規定，像辛克萊廣播集團這樣的商業媒體巨頭大可從遠方遙控營運地方電台，從而罔顧當地的聲音和關切。[27] FCC 主委派伊還有意廢除媒體所有權上限規則（media ownership cap），該規則確保任何一家公司不得擁有全國總和觸達率超過百分之三十九以上的電台，但這項鬆綁政策還需要國會同意。

然而，FCC 最惡劣的迎合是恢復**超高頻**（Ultra-High Frequency，簡稱 UHF）**折扣**的政策。由於訊號較弱，該政策在計算時將 UHF 電台的收聽率折算為其他電台的一半。在美國的廣播頻率從類比系統轉換為數位系統後，該規則顯然已經過時，這也是前任 FCC 主委湯姆・惠勒（Tom Wheeler）之所以廢除 UHF 折扣政策的原因。重新恢復此一政策完全不具說服力的論據或技術/科技原理，特別是對透過有線系統接收電視頻道訊號的絕大多數美國人來說，UHF 沒有意義。但在現有的所有權上限規則限制下，辛克萊廣播集團永遠不可能與論壇媒體公司合併。FCC 主委派伊重新恢復適用該規則，從而讓辛克萊廣播集團得以隱瞞其實際市場占有率，並且看起來一直保持在可被接受的限制之內。

如果此一結合案順利完成，辛克萊廣播集團將可觸達超過百分之七十的美國家庭（它目前的觸達率是百分之三十九）。然而，出乎所有人意料，派伊主委突然改弦易轍，在該案審議過程後期撤回他的支持，導致該集團主宰美國廣播市場的野心受阻。咸信在 FCC 放寬所有權限制之後，如果該集團沒有一再誤導 FCC 有關它分拆特定市場電台的作為，這筆交易幾乎篤定會成功。[28] 儘管這一反常舉措，但 FCC 對大型結合案一路開綠燈，以及它廢除地方新聞市場交叉所有權禁令的作法，可能會加速許多地方只剩一家當地的新聞媒體，導致當地記者減少，以及當地媒體呈現的聲音和觀點多樣性減少。

監管的政治與監管俘虜

我們如何監管傳播系統及其所有權結構，對新聞媒體和新聞業有著深遠影響。從關於郵政系統的早期辯論到每一種新的通訊傳播媒介（包括電報、電話和廣播）的建立，政府政策一直對媒體機構和新聞實踐具有重大影響。所謂政府是不受歡迎的闖入者之說，實際上是一種自由主義者的幻想：從頻譜管理到版權保護，再到網路治理，政府總是參與其中，儘管通常有利於大型媒體公司。

眞正的問題是政府應該如何參與。雖然這與市場原教旨主義的神話相違背，但網際網路本身在很大程度上是政府創造出來的。雖然主流的矽谷敘事傾向於將網路的誕生描繪成車庫修補匠、天才少年和大無畏企業家創造的產物，但實際上，網際網路主要是軍費開支、國家科學基金會和公共研究機構等大規模公共補貼發展起來的。這種資金來源不足爲奇：政府具有承擔長期、資本密集型科技計畫的優勢，而鑑於本質上的短期財務風險，私部門通常會避免投資這些計畫。

抹除政府在發展新聞媒體系統方面的關鍵角色，暗指市場是技術/科技創新和民主進程的唯一驅動力的這種常見的歷史謬誤，錯誤地認定國家是健全新聞業的障礙，或是完全在該領域缺席。僅舉幾個例子，例如公共利益監管、媒體所有權限制與反壟斷法的執行（或缺乏）等廣泛議題，政府政策在媒體系統的設計、擁有和營運方面扮演關鍵角色。若無視於此一事實，等於是將媒體系統定位爲超越人類能動性範疇的東西。

市場放任主義者通常將派伊擔任 FCC 主委時進行的那種介入描述爲「解除管制」（deregulation）；然而，重新管制（reregulation）才是這個親產業議程更準確的稱呼。目前的 FCC 正在積極重組媒體系統，爲的是企業利益而非公眾利益。因此，FCC 主委派伊一直在努力滿足有線電視業者和電信公司長期以來的政策願望清單。這些行徑差不多等於是監管俘虜（regulatory capture）的教科書定義，亦即政府機構透過內化它應該監管的產業的商業邏輯和價值體系，從而喪失應有的獨立性。[29]

導致監管俘虜的一個關鍵因素是 FCC 與主要媒體產業之間經常令人痛心的旋轉門。幾十年來，

FCC人員直接從轉任職於他們先前負責監管的公司。[30] 媒體改革組織自由傳媒學社的一項分析發現，一九八〇至二〇一八年期間在FCC任職的二十七位委員和主委當中，至少有二十三人曾爲他們原先監督產業裡的公司及遊說團體工作。[31] 前FCC委員邁克爾・考普斯委員是其中的一個例外，他是一位致力於參與多個媒體改革組織的公益行動者。比較典型的是前FCC主委邁克爾・鮑威爾（Michael Powell）的生涯軌跡。[32] 自離開FCC以來，鮑威爾擔任有線電視產業頂級遊說團體**全國有線電視暨電信協會**（簡稱NCTA）的總裁兼執行長，公開大膽地倡議對電信產業有利的政策。在另一個令人震驚的案例中，前FCC委員梅雷迪思・阿特維爾・貝克（Meredith Atwell Baker）在投票核准康卡斯特與NBC大型結合案的幾個月後離職轉任康卡斯特的頭號說客。[33] 她現在是無線通訊產業協會（簡稱CTIA）的總裁兼執行長。

監管俘虜是整個美國政府的常態。《資本主義的神話》一書作者強納森・坦伯（Jonathan Tepper）在《美國保守派》雜誌上撰文，譴責聯邦交易委員會和司法部這兩個監管企業併購的主要機構已淪爲監管俘虜。坦伯指出，這些機構現在是「高薪經濟學家和律師的旋轉門，他們唯一的目標是照顧他們的企業客戶，而不是選民、消費者、工人、供應商和競爭。」[34] 儘管許多人認爲尊重企業權力是共和黨的主要立場，但旋轉門確實是兩黨共業。歐巴馬政府時期曾任職於聯邦交易委員會和司法部的前官員當中，現在有許多都在爲他們不久前還在監管的公司遊說。[35]

國會也屈服於類似動態——因爲國會議員依賴競選捐款，這使他們特別容易受到聯邦遊說（federal lobbying）的直接影響，聯邦遊說可是一個在二〇一七年價值三十三點七億美元的產業。[36]《紐約時報》專欄作家托馬斯・埃德薩爾（Thomas Edsall）恰當地描述了這個影響力機器（influence machine）：「華盛頓遊說界的上層經常對立法程序行使事實上的否決權，主導著國會的政策制訂過程，爲兩黨提供競選資金，並爲退休和敗選的眾議員和參議員提供報酬豐厚的就業機會。」[37]擔任國會助理的短暫時間裡，我親眼目睹不斷湧現的企業代理人在國會大廈穿梭、擠進重要的辦公室、在重要聽證會外排隊。這些和藹可親的使者通常不會帶著一整箱的現金去賄賂立法者，但他們透過電話、電子郵件和辦公室拜會來強化他們的微妙影響。[38]他們的交流得到了政治捐輸和報復等不可言說的力量的加持。

與此同時，國會的旋轉門變得愈來愈活躍。《華盛頓郵報》報導稱，在金融危機使美國經濟瀕臨深淵十年後，大約百分之三十的立法者和百分之四十曾協助起草《多德—弗蘭克法》（*Dodd-Frank Act*）（一部關鍵的經濟法規）的高級幕僚任職或代表金融業工作。[39]其他國家的政策制定者和公民正確地將產業和政府監管機構之間的這種水乳交融視爲腐敗，但這在美國卻是標準程序。儘管對這些不合時宜的政治實踐的批評愈來愈多，但需要進行重大改革才可能改變它們。[40]與此同時，媒體報導稱臉書和谷歌在二〇一八年分別在政府遊說上花費了數千萬美元，卻幾乎沒有引起公眾討論。[41]

這些權力關係對媒體政策很重要，因爲隨著時間的推移，企業對主要監管機構和政府其他領域的影響助長了更廣泛的意識形態與話語/論述的俘虜現象，這我已在第二章討論過。在一大票的右翼智庫和準學術機構撐腰下，這個企業放任主義框架將市場力量視爲不可侵犯的，並且將媒體機構的積極監管和公共治理視爲「禁區」。[42]它創造了媒體學者德斯·弗里德曼（Des Freedman）所說的「媒體政策緘默」（media policy silences）——話語/論述的微妙轉變，「另類選項被邊緣化，與此主流有所衝突的價值觀被去正當化，敵對利益不受肯認。」[43]我們如何定義「公共利益」等關鍵政策原則，以及政府在維護這些原則方面的角色轉化，塑造了我國媒體系統的根本設計。這些政策話語／論述，以及它們背後的權力結構，引領我們走到今天的這步田地：任由媒體壟斷所擺布。

媒體壟斷權力

現在幾乎所有主要經濟部門都出現獨占和寡頭壟斷，美國人慢慢意識到他們現在生活在一個新的鍍金時代（a new Gilded Age）。[44] 壟斷力量的興起極大地重組了媒體和電信市場。例如，康卡斯特和特許通訊公司（Charter Communications）（收購時代華納有線電視公司）這兩家大公司主導了有線電視市場。康卡斯特和時代華納有線電視公司實際上在二〇一四年初試圖結合，當時許多評論者認爲該結合案會順利通過，但這筆交易在公眾強烈反對下最後以失敗告終。行動通訊市場由四家（很快將成爲三家）業者主導：威訊電信和 AT&T 共同擁有近百分之七十的市場占有率，而其餘兩家公司 T-Mobile 和 Sprint 正在進行結合當中（譯按：該案已於二〇二〇年四月完成結合，Sprint 下市，共用 T-Mobile 品牌）。這些公司共同控制百分之九十八的行動通訊服務市場。[45] 這些公司通常協同行動，不相互競爭而是以卡特爾寡頭壟斷（cartels）的方式運作，其中每家公司都爲自己開闢一個可以維持其區域壟斷地位的特定市場。[46]

雖然電信壟斷企業開始受到監管機構的更多檢視，尤其是在它們收購內容公司的時候，但這種檢視尚未轉化爲有意義的監管。AT&T 在與時代華納合併後，現在擁有HBO、華納兄弟、CNN，並持有 Hulu 的股份；康卡斯特擁有NBC Universal（旗下擁有自由派傾向的有線電視新聞頻道 MSNBC）和夢工廠影業；威訊電信擁有Yahoo!、AOL、Tumblr 和《赫芬頓郵報》。水平整合讓少數公司得以控制訊息的物理渠道，而垂直整合讓同樣這些公司得以控制生產和傳播訊息的供應鏈的不同環節。[47]

垂直的媒體所有權結構對民主構成特殊威脅。當擁有管道的同一家公司也產製和控制經由這些渠道所流通的內容時，就會出現許多潛在危害，而這些危害可能損害消費者權益以及訊息系統的品質。垂直整合爲反競爭和反消費者行爲創造了結構性脆弱和不正當的誘因。例如，AT&T 可以優先傳輸自家的節目和內容（自從它與時代華納合併以來，節目和內容已經大大擴展的投資組合），這種措施將不利於競爭對手的節目和內容，並阻止其他網路和有線電視公司接取它們。[48] 隨著網路服務提供商（簡稱ISP）開始提供網路內容和應用程式，它們愈來愈有誘因涉及這類流量歧視行爲（traffic discrimination）。垂直整合會產生重大利益衝突，因爲這些提供商既是數據、訊息和內容的渠道，又是其中很多內容的擁有者和產製者。

在反壟斷記者薩莉・哈伯德（Sally Hubbard）所說的「平台特權」（platform privilege）裡，谷歌和亞馬遜等壟斷企業同樣存在誘因，以優先於競爭對手內容和服務的方式對待自家內容和服務。[49] 哈伯德舉了一個例子：谷歌利用它在手機作業系統中的壟斷地位排除手機應用程式競爭。正如她所指出的，二〇一八年，因爲谷歌要求使用安卓系統的手機製造商僅預先安裝谷歌的應用程式，歐盟執委會對谷歌處以五十億美元的罰款。由於有超過百分之八十的智慧型手機使用安卓系統，谷歌這一要求有效地確保了該公司在行動搜尋領域的持續壟斷地位。[50] 前一年，歐盟執委會因爲谷歌在搜尋結果中壓制競爭對手的訊息，而對谷歌處以二十七億美元的罰款。[51] 近年來，谷歌一直在其搜尋結果優先呈現自家的評論、地圖、照片和旅行預訂服務，同時排除這些市場的競爭對手。[52] 這些違規行爲吻合谷歌反覆出現的模式，亦即利用其壟斷權力損害消費者權益。

儘管垂直整合的媒體結合案會導致明顯且可預見的問題，但它們在美國通常可以獲得自由通行證。儘管水平所有權集中（horizontal ownership concentration）通常面臨嚴格的監管審查，但法院通常在只附加薄弱的結合條件下同意垂直整合。這極大地促進了康卡斯特等媒體集團的發展，康卡斯特於二〇一一年與NBC—環球合併。[53] 這些案例中，傳統思維是垂直整合在提高效率的同時還可維持競爭，透過提供更好、更具創新性及可負擔的產品和服務來造福消費者。然而，在ISP和內容生產商之間垂直整合的情況下，這類媒體併購會減少競爭，而且通常不會導致價格降低（事實上，這些公司大可利用其擴展的內容產品組合來爭取提高有線電視價格）。

壟斷損及消費者利益，因爲它會扼殺創新（透過併購競爭對手）、抬高價格（從別無選擇的消費者身上榨取更多財富），並且促使政府政策向公司利益傾斜（透過競選政治獻金影響政治）。舉一個明顯的例子來說明後面這個問題，魯柏・梅鐸（Rupert Murdoch）透過在世界各個民主國家直接形塑對他有利的媒體政策，尤其是在所有權限制方面，過去數十年間打造了他的全球媒體帝國。[54] 這些機關算盡的陰謀詭計，對包括美國、英國和澳洲在內的許多國家的文化、政治和民主前景產生了巨大的不利影響。

壟斷行爲也會破壞民主理想，透過它所偏愛的預先包裝好的、公式化的節目，而不是與特定社區產生共鳴的本地製作內容。這種反競爭行爲導致內容提供商減少、價格上漲、訊息流動減少，以及服務品質下降，從而損害了消費者權益。當只有少數公司擁有如此巨大的文化和政治權威時，這種安排顯然也帶來政治問題。[55] 過度集中化的媒體權力，無論是垂直的還是水平的所有權整合，導致具壓迫性的政治勢力和寡頭更容易主宰一個國家的媒體系統。[56]

新古典經濟學普遍認爲市場需要競爭才能有效運行。[57] 但如果沒有適當的監管保護，占主導地位的市場參與者可能會濫用他們對產量和價格的控制，阻止新的競爭者進入市場。因此，政府通常透過兩種方法防止壟斷形成：透過法規限制反競爭行爲或透過反壟斷法阻止併購。然而，在美國，數十年的新自由主義政策剝奪了這些法律法規的權力。除了對利潤和政治權力的追求之外，各種經濟因素也促使媒體市場趨於集中，包括——如第二章所述——製作原創內容的高昂固定成本（額外製作拷貝的邊際成本趨近於零）。此外，電信的高固定成本推動該產業走向規模經濟，爲公司覬覦大市場創造了動力。此外，不斷擴大的通訊傳播網絡（無論電話系統還是社群媒體）的「網絡效應」帶來的正面外部性，也促進了規模更大公司的發展。最後，商業媒體向閱聽眾和廣告商出售服務這一事實激勵了整合，原因很簡單：閱聽眾愈多，廣告收入就愈多。[58] 這些巨大的經濟激勵使得僅透過競爭法極不可能阻止媒體市場集中。此外，當通訊傳播公司的首要忠誠是對股東和利潤要求時，公共利益保護很難維持，也幾乎沒有動力來維護它們。儘管如此，媒體政策的作用是要求通訊傳播公司遵守公共服務原則，例如普遍和負擔得起的訪問、透明度和其他民主問題。

最終，媒體所有權問題關乎權力。德斯・弗里德曼提醒我們，媒體所有權賦予除了利潤之外的各種「媒體權力」。這些範圍從公然的，例如像魯柏・梅鐸這樣的媒體大亨利用編輯控制權來設定政策議程，並將媒體所有權轉化爲政治影響，到更幽微的「權力菁英」過程，這些過程加強上層階級之間的聯盟，並溫和地引導話語/論述以「再現社會既得利益的敘事並使之合法化」。[59] 由於這些以及更多原因，媒體所有權辯論通常是民主社會中最具爭議的政策鬥爭之一。如何解決這些衝突，攸關新聞業的健全與否。[60]

關於媒體所有權的政策之戰

媒體所有權模式既不是天生自然，也不是不可避免的，而是源於明確的媒體所有權政策，但這些政策通常很少有公眾的參與或同意。在美國，許多關於媒體所有權的政策鬥爭都集中在FCC監管作爲上，在此期間，政府通常會以促進企業利益而非公共利益的方式進行干預。除了少數例外，自一九四〇年代以來FCC允許美國新聞媒體系統變得更加商業化和集中化。[61] 一些原本可望成爲打破無線廣播媒體集中化的另類選擇，例如有線電視和衛星通訊等，也受到類似的商業利益的控制。更糟糕的是，雷根時代的FCC放棄了一些旨在防杜媒體遭受不當商業壓力的公共利益保護措施，包括公平原則。一九八〇年代的媒體政策恣意追求鬆綁監管措施，而這一政策特徵在後來的共和黨和民主黨政府一再獲得延續，美國FCC在二〇〇三年放寬媒體所有權限制政策即爲例證。[62]

FCC並不是唯一推動媒體併購熱潮的政府部門，美國國會也提供了幫助。證據甲是《一九九六年電訊傳播法》，這是對具有里程碑意義的《1934年傳播法》的第一次重大改革。該法據稱是爲了改革美國數位時代的媒體政策，在國會兩黨大力支持下通過，比爾・柯林頓總統將其簽署爲法律。該立法以市場激勵措施取代結構管制（structural regulations），取消對有線電視費率的管制，也取消了關鍵的廣播所有權限制，導致大規模整合和所有權集中度提高，尤其是在廣播媒體領域。[63]《一九九六年電訊傳播法》取消了單一集團在全國掌控最多不得超過四十家電台的所有權上限，這使得媒體巨頭**清晰**

頻道（Clear Channel）在全國各地收購了一千二百多家電台，主導大多數主要市場，從而限制了公共電波的觀點多樣性。64

隨著媒體所有權變得更加集中，商業壓力愈來愈大，導致新聞編採的成本削減和投資減少。雖然難以證實媒體所有權結構和媒體內容之間的確切因果關係，但長期以來，學者們一直認爲所有權集中和缺乏競爭導致地方新聞、調查報導和國際新聞減少；較少基於事實的批判性報導；以及更同質的格式、瑣碎的內容，以及立場更加偏倚的報導。65 許多人認爲媒體所有權的集中限制了新聞媒體的觀點多樣性，而相關研究繼續證實了這一點。例如，埃達・漢普萊希特（Edda Humprecht）和弗蘭克・埃瑟（Frank Esser）在對六個國家／地區的線上新聞媒體的比較分析發現，雖然關連性並不總是簡單明晰，但媒體所有權無疑地會影響觀點多樣性，而且強大公共服務媒體對多樣性有顯著的正面影響。66 另一項關於媒體所有權的重要研究發現，媒體所有權集中度增加，會導致全國、而非地方政治的新聞報導增加。67 值得注意的是，這種所有權變化也導致新聞報導的意識形態傾向顯著地向右移動，但收視率僅略有下降。這意味的是，在政治新聞全國化和兩極分化的趨勢中，（新聞媒體的）供給面角色相當重要，而這對於地方民選官員缺乏問責和民眾的兩極分化皆產生了負面影響。換句話說，是上層（供給面）的變化導致閱聽眾的轉變，而不是相反。

數位媒體系統的蓬勃發展，帶來一種去中心化和「提供高度選擇的媒體環境」的表象，但實際上這些內容通常來自於少數幾個大型媒體集團，它們產製了大部分我們看到聽到的線上內容。雖然隨著時間的推移，數位媒體技術／科技使得媒體所有權模式變得更加複雜化，模糊了特定媒體產業部門的集中度，但更大的圖像仍然相對穩定，對極端媒體集中度的擔憂仍然存在。改革者的一個主要擔憂是，即使進一步的媒體整合和聯合可能會降低成本、提高效率，並且產生短期紅利（主要是給所有權人和股東），但從長遠來看，它會導致原生、深度的新聞和訊息減少，以及創意較為貧乏的娛樂媒體。

與許多其他民主國家不同，美國沒有強有力的媒體多樣性保護措施來維持多元系統，儘管其反壟斷傳統可以追溯到建國之初。民主國家通常假定有一個多元和多樣化的社會存在，並且要求它的媒體系統具有類似特徵。廣泛多元的媒體有助於保證訊息、評論和文化內容的自由流通——所有這些都有助於知情公民、民主參與和消費者選擇。[68] 然而，提供多樣化的文化、政治和訊息內容在商業上通常不可行，因此此類內容的產製量仍然不足。由於市場在這方面經常失靈，因此需要政策來確保**異質媒體系統**（heterogeneous media systems）的存在與運行。

在我們概述基本媒體政策原則的報告中，羅伯特·皮卡德（Robert Picard）和我認為，一個健全的媒體系統需要的內容具有三個相互有所重疊的特徵：多元性（pluralism）、多種類（variety）和多樣性（diversity）。[69] 多元性是指媒體系統提供的思想和觀點的廣度，多種類指的是媒體內容文類和類型的組合，而多樣性是指特徵和形式上的差異。媒體所有權的集中化威脅著這三者。大多數民主國家都提倡各種形式的媒體多樣性，以確保民眾獲得廣泛的訊息來源。[70] 第一章談過最高法院著名的美聯社判例，它曾宣告民主社會有維持基於「多樣和對立的來源」的媒體系統的獨特需求。[71] 對這一原則的承諾，必須讓社會所有成員都能接觸到不同想法，形成自己的意見，創建自己的媒體，並且看到和聽到他們自己的聲音和觀點獲得媒體再現。因此，媒體多樣性需要有多重的、具獨立性與自主性的媒體渠道，能夠再現多元的政治和意識形態立場，也能再現首都和最大城市以外的地區的特有文化和族群觀點。[72] 採用結構性的或是基於內容的取徑，民主社會可以確保不同地區、文化和社會群體，特別是少數群體和其他邊緣群體的媒體再現，而不論其性別、性傾向、年齡、能力、族群、種族、國族、語言或收入。[73]

許多民主國家透過旨在促進競爭的政策鼓勵多元性和多樣性，包括所有權上限規定、對弱小企業的直接和間接補貼，以及其他的重分配措施（redistributive measures）。[74] 不幸的是，美國媒體政策很少符合這些原則，大量證據顯示 FCC 的媒體所有權政策不成比例地損及少數群體的媒體所有權，尤其是廣播媒體。[75] 監管機構可以使用多種政策工具來鼓勵新業者進入媒體市場。皮卡德和我提出了幾個選項，例如促成更獨立的地方、區域和全國性媒體的出現；對於在我國營運的外國媒體企業提出增加本國自製內容的要求；並且以智慧財產權法律和租稅手段鼓勵多樣化的內容。

然而，對傳播系統私人投資的市場激勵措施最終也只能做到這個程度。一個健全的混合媒體系統還需要包含非商業元素的「結構多樣性」（structural diversity）——我在本書的結語中將對此做更多討論。雖然所有權和內容監管是維護多樣化媒體系統的核心問題，但對根本的必要基礎設施（如寬頻接取）的控制也很重要。

新聞業的寬頻問題

很多時候，關於新聞業未來的問題忽視了支持新聞媒體產製和接取的必要基礎設施。新聞業的數位轉向創造了新的潛力，以及新的問題。雖然它在某些情況裡降低了進入網路的門檻，增加擁有網路接取（internet access）的用戶選擇，但它也創造了新形式的歧視和審查、高度的虛假／不實訊息、廣泛的企業和國家監控，以及其他危害，這些結構性脆弱（structural vulnerabilities）對數位新聞業的未來有著深遠影響。有關數位基礎設施政治的問題與所有權、控制權和不平等相關的網路中立性等數位媒體政策，應成爲有關新聞業未來的討論核心。

例如，網路接取貧乏是一個基礎設施問題，對數位新聞媒體具有嚴肅影響。根據二〇一五年FCC的數據，近五分之一的美國家庭仍然缺乏寬頻網路。FCC最近的報告試圖掩蓋這個問題，聲稱百分之九十二的美國人擁有寬頻接取，但有充分理由對此說法存疑。[76] 例如，微軟二〇一八年的一項研究澈底駁斥了FCC的報告，令人難以置信的是還有高達百分之五十的美國人缺乏寬頻接取。[77] 關於什麼才算是「寬頻」，以及接取（access）與採用（adoption）、可用性（availablity）與可負擔性（affordability）之間的重要區別，存在著重要的爭論。儘管如此，美國各州數據繼續顯示令人不安的樣態，意味著數位鴻溝在美國仍然是一個嚴重的社會問題，而這也將對新聞業的未來具有嚴峻影響。[78] 此外，這些鴻溝是更廣泛的系統性種族歧視的一部分，不成比例地傷害了有色人種居住的社區。[79]

高昂的成本和缺乏接取，是美國數位鴻溝持續存在的主要因素。這些問題源於這樣一個事實，即大多數美國人遭受當地壟斷市場的支配，在挑選ISP時幾乎沒有任何選擇可言，只能被迫繼續承受著昂貴且低劣的服務。[80] 根據FCC的估計——FCC以誇大家戶寬頻市場的競爭程度而臭名昭著——百分之四十二的美國人住在只有一家寬頻服務提供商的社區。蘇珊·克勞福德（Susan Crawford）將這些情況稱爲「俘虜市場」（captive markets），剝奪用戶的權利，而這些用戶儘管對ISP不滿卻無法更換供應商。[81] 在這些俘虜市場之外的其餘網路用戶，大多數也居住在僅有兩家ISP可供選擇的社區。[82]

由於這些以及更多原因，與其他先進經濟體相比，美國的寬頻向來以劣質著稱。如果採100 Mbps（而不是當前美國的 25 Mbps 爲標準）的全球高速網路標準，美國只有百分之十五的用戶擁有可選擇多個提供商的寬頻接取條件。[83] 因爲 FCC 認可這麼低的標準，導致 ISP 拒絕對其老舊基礎設施的投資，例如拒絕將其線路從銅纜升級爲光纖。在許多情況下，對這些網路速度的實際測量表明，它們甚至達不到這個微不足道的 25 Mbps 標準，這幾乎無法維持當今的數據使用水準。隨著更多數據密集型應用的出現，以及媒體愈來愈多地轉向視頻/影音內容發展，這些基礎設施層面的政策失誤將愈來愈阻礙美國人近用新聞媒體，以及記者產製新聞的能力。寬頻市場使消費者和民主參與處於不利地位，但它以豐厚利潤回報了網路服務壟斷企業。[84] 與世界各地的網路用戶相比，大多數美國人爲較慢的網路連接支付更多費用。在美國主要城市，速度從 25 Mbps 到50Mbps 的網路方案的平均每月價格從六十四點九五美元（紐約市）到六十九點九八美元（洛杉磯）不等。與此同時，倫敦的網路用戶平均每月支付二十四點七七美元就能享受相同的網路速度。[85] 瑞典和挪威網路用戶可以使用世界上最高的平均速度，每月支付費用卻比美國普通網路用戶少百分之三十。[86] 韓國的大多數居民擁有三個主要的高速 ISP 可供選擇，而且每月只需支付不到三十美元的費用即可獲得堪稱全球最高速的寬頻服務。[87] 這些差異源於各國的寬頻市場競爭政策迥異。如果從公共利益監管到反壟斷措施的政策保護付之闕如，像康卡斯特和威訊電信這樣的網路服務壟斷企業就可以對用戶予取予求地榨取壟斷租金，遠超過競爭市場通常允許的程度。[88] AT&T、特許通訊、康卡斯特和威訊電信等公司透過併購、與潛在競爭對手結合，以及避免彼此直接競爭等手段，包括透過大衛・伯曼（David Berman）和我所說的「寬頻卡特爾」（broadband cartel），主導了美國的寬頻接取市場。

美國寬頻政策在另一個關鍵領域與民主世界的大部分地區不同：缺乏網路中立性保護。所謂「網路中立性」，意指防止 ISP 干擾接取線上通訊或不合理地歧視某些類型內容的保障措施。伯曼和我在關於網路中立性的歷史和政治的專書中指出，與美國形成鮮明對比的是，自二〇〇一年以來，歐盟已強制要求既有業者與競爭對手共享其網絡基礎設施。[89] 歐盟以外，許多經濟合作暨發展組織（簡稱 OECD）國家也享有開放接取政策（open access policies），這是一種維持健全寬頻市場的方法。二〇一七年，川普任內的 FCC 廢除網路中立性保護政策之後，美國再次淪爲全球民主國家中的異類。

失去網路中立性的一個明顯危害是，ISP 可以賦予特定種類的網路流量某種優先權（回想一下前面關於垂直整合的討論），從而允許它們從網路用戶和內容提供商那裡榨取更多的錢。雖然它們現在可以合法地向用戶收取更多訪問特定類型內容（例如高畫質視頻／影音串流）的費用，但未來更有可能的情況是 ISP 業者未來可能直接強制要求內容創造者付費。在一個沒有網路中立性的世界中，這種「付費使用」（pay-to-play）的數位版圖將使那些願意且能夠爲**快車道特權**付費的網站吸收「付費取得優先權」（paid prioritization）的成本。然而，最終，可能會以更少選擇和更高費用的形式承受這些成本的是廣大的網路用戶。

當壟斷企業主導網路市場時，若再失去網路中立性是所有情況中最糟的，因爲這將允許**寬頻卡特爾**擁有相對於消費者和內容提供商的巨大優勢。這些情況將使網路用戶毫無反制力，無法抵制阻止或降低他們拜訪偏好網站和接取應用程式的 ISP 業者。垂直整合特別令人擔憂會出現這種情況，因爲 ISP 業者對網路接取的控制愈來愈強，這會促使它們以圖利自家相關服務的方式來歧視競爭對手的內容和應用程式。如前所述，當媒體集團擁有數據和訊息的渠道，並且擁有在特定市場裡透過其渠道和線路傳輸的許多內容時，就會出現重大利益衝突。這種垂直整合讓 ISP 業者藉由降低競爭對手流量的優先權限，同時優先提供較佳流量給自家內容，從而嚴重損害與其競爭的內容生產商。例如，AT&T 現在可以優先提供其擁有內容的網路流量（例如視聽串流 HBO 電影），從而犧牲透過其網路管線傳輸訊號的其他競爭媒體。

網路服務提供商透過限制在其網路設施上流通的內容，以及對消費者設定昂貴的接取條件等手段來利用其壟斷力量，對數位新聞媒體具有深遠影響。任何參與媒體產製工作的人，尤其是可能引起既得利益者不悅的新聞記者都應該關注**後網路中立**（**post-net-neutrality**）的制度，因爲已不再有法律手段可用來制裁企業的線上審查。川普治下的 FCC 使網路對所有媒體內容產製者不再友善，但其中風險最大的還是專業紙媒記者與獨立記者，尤其是那些使用視頻／影音的記者，他們無力支付高昂費用來確保網路服務提供商不會把他們的內容降級爲數位「慢車道」。這些政策議題，應該成爲有關新聞媒體未來的對話中的核心關切所在。

在法庭、國會、各州和街頭，重新恢復網路中立性的鬥爭仍在繼續。但即使有網路中立性這種必要、但非充分的保護，健全新聞媒體系統的未來也因企業掌控網路而受到威脅。我們更需要的是由人民擁有與控制的**公共寬頻服務**，從社區、市政府、州政府和全國層次的公共寬頻，而不是少數大型公司擁有和控制的商業寬頻服務。爲低收入美國人提供網路補貼，同時允許社區自建屬於自己的寬頻服務，可能會擴展對線上新聞媒體的近用。[90] 美國大約有七百五十個社區已經存在許多令人興奮的在地寬頻計畫（local broadband initiatives），但企業在背後推波助瀾的各州法律卻透過阻礙或徹底禁止市政府公營網路服務等方式，阻止已在二十六個州廣泛進行的（市政府公營網路服務）實驗。[91]

如果我們眞的要保護新聞業的未來，我們必須考慮採取必要政策干預措施來維持一個自由流通和可靠的新聞媒體系統。這將需要確保有速度夠快與可負擔的全國「基線連接性」（baseline connectivity），並且可提供全國範圍內普遍使用。然而，在我們開始這個方案之前，我們必須先解決不受監管的企業權力所造成的更大威脅，尤其是新平台壟斷的威脅。

面對新的數位壟斷

本章開頭我有提到臉書。在討論潛在的解決方案之前，値得花點時間了解一下這種新型通訊傳播公司，亦即**平台壟斷**（platform monopoly）。[92] 在某些方面，它一點也不新鮮。從一開始，谷歌和臉書等數位壟斷企業就鼓勵消費者和監管機構將它們視爲一種全新品種，一種「不作惡」和「快速行動、打破陳規」的公司。在這些公司最初崛起的過程中，太多的評論者被矽谷精神所惑。當馬克・扎克伯格和他的同行告訴我們網路超越監管範圍，它本質上是民主的，以及所謂良善的科技公司是這個重要通訊傳播系統的最佳裁決者時，太多的人保持沉默或是呼應這類說法。然而，臉書及其同類並沒有超越政治經濟學的規律，而是像任何古老的壟斷企業一樣行事，爲了維持巨額利潤而不惜一切代價。由於遲遲不啟動反壟斷法和監管保護措施，是我們允許臉書濫用其權力在先，而現在也是我們在承擔其後果。

在其他方面，平台壟斷者所擁有的權力是前所未有的。[93] 對於數以百萬計的用戶而言，尤其是在全球南方地區（the global South），臉書就等於是網路，它在某些情況下甚至充當免費 ISP 業者（例如僅限於接取臉書的Free Basics計畫）。[94] 隨著臉書在全球範圍內獲取巨額財富，它產生了巨大的負面外部性。它不僅對用戶數據處理不當、濫用市場力量、傳播危險的不實訊息和宣傳、便利外國干預，以及甚至在二〇一六年大選前夕合謀且高度涉入川普的競選活動。[95] 它也在破壞菲律賓等地的選舉穩定和促進緬甸的種族清洗方面，扮演了關鍵角色。[96] 考慮到臉書在世界各地造成的累積損害，以及平台壟斷與其數十億用戶之間的權力不對稱狀況，我們需要一份新的社會契約。儘管缺乏萬靈丹式的政策解決方案，當前這個有更多審視和公眾關注的時刻提供了一個難得的、很可能是稍縱即逝的機會，現在可以就哪些干預措施最適合解決問題來進行全國（和國際）辯論。最終，不實訊息是一個結構性問題；其解決，需要的也是結構性改革。

很難一語道盡臉書壟斷權力的社會危害，尤其是對我們新聞和訊息系統的危害。作爲演算法驅動的**全球總編輯**（global editor）和超過二十億用戶的**新聞守門人**（news gatekeeper），臉書對世界大部分訊息系統擁有前所未有的權力。在民眾愈來愈多地透過該平台獲取新聞的美國，臉書在二〇一六年總統大選的角色受到該有的審視。此外，與谷歌一樣，臉書正在襲奪大部分的數位廣告收入，並使提供高品質新聞和訊息的機構陷入飢饉狀態，而且這些臉書希望協助其查核不實訊息的新聞機構正陷入生存困境當中。整個新聞業，尤其是地方新聞，正日益受到臉書和谷歌雙頭壟斷的威脅，近年來這兩家公司共同襲奪了美國所有數位廣告收入增長的百分之八十五，留給新聞媒體業者的已所剩無幾。[97] 根據一項研究顯示，這兩家公司控制著整個線上廣告市場的百分之七十三。[98] 與此同時，這些公司在擴散不實訊息方面扮演著特大號的角色。

幾個世紀以來，各種形式的不實訊息和宣傳一直侵害著社會，但現在駐留在壟斷平台上的強大媒體力量，可以說已經對民主治理構成一個獨特挑戰。[99] 隨著公眾對臉書提供不實訊息並從中獲利的關切增加，人們對臉書技術/科技和設計的批評也愈來愈多，但這種商業模式的核心問題值得更多審視。[100] 虛假/不實訊息四處橫流，是媒體壟斷的症狀，因爲它完全受利潤追求支配且不受監管。臉書不是邪惡的；它只是受到不必被問責的商業邏輯控制下的一種訊息系統的自然產物。儘管面臨罰款和威脅，尤其是在歐洲，臉書幾乎沒有採取任何有意義的行動來解決仇恨言論和不實訊息問題。在美國，技術官僚的話語/論述主導了討論，其所建議的補救措施通常涉及**媒體素養**（media literacy）和**用戶責任**（user responsibility）的結合。當然，其重點是將責任推給用戶，而不是強調臉書應該被問責。避免需要修正其商業模式的結構性改革，臉書在假裝積極主動的同時轉移責任，例如透過引入新的演算法和監管特定的廣告網絡。該公司也將標記假新聞的責任推卸給公眾和第三方，例如 Snopes（已終止合作夥伴關係）、美聯社，甚至是明顯具有黨派色彩的網站，包括現已解散的《標準週報》和極右翼的《每日傳訊》，而將事實查核的責任透過眾包（crowd-sourced）和外包（outsourced）的方式轉移出去。[101]

儘管有令人信服的論點，臉書被問責的方式應該比照與媒體公司相關的法律要求和社會責任規範，但馬克・扎克伯格長期拒絕承認臉書不僅僅是一家技術/科技公司——除了在法庭上，臉書試圖宣稱它也擁有（通常專爲媒體出版商保留的）第一修正案權利。然而，在公開場合，臉書代表堅持主張該公司不是出版商，從而規避媒體出版商通常必須承擔的責任。[102] 臉書對新聞業造成的破壞效應及其對隱私的侵犯，是完全站不住腳的，但在我們診斷出不實訊息問題的結構根源之前，潛在的解決方案仍不得而知。[103] 歷史告訴我們，若僅是透過道德譴責壟斷企業而期待它從善如流，成效是令人存疑的。

歷史上，美國政府制定了各種法律和政策來遏制壟斷力量，特別是在具有「自然壟斷」發展傾向的產業部門。104 這種安排承認特定產業（尤其是通訊傳播系統系統等網絡產業）有朝向大型集中化實體發展的傾向，部分原因是布建此類系統的固定成本相當高，部分原因是經營效率更高。與公用事業公司類似，此類公司通常提供核心服務或基礎設施——例如電力、交通系統和水。因爲它們的維護成本很高，但對公共利益必不可少，所以許多國家會保護這些服務不受市場力量的影響。作爲分拆壟斷企業的替代手段，政府也可能會使用監管誘因和懲罰措施（regulatory incentives and penalties）來防制它們濫用市場力量（market power）。105 但臉書已經設法擺脫這種安排。它不必受到政府的嚴格監管或監督，而監管機構也未曾要臉書承擔壟斷企業被期望做到的那些具體承諾和義務。

一個反例是政府對 AT&T（又名：貝爾系統）的處置方式，其電話網絡在二十世紀初取得類似的支配地位。爲了防止政府監管（包括政府放話威脅要接管其網絡設施），AT&T 同意退出一個相關市場（電報），與大多數非 AT&T 系統互連，大量投資於研發（貝爾實驗室），維持合理費率（尤其是本地電話通話服務），並且協助促進電信普及服務。政府的這些干預措施並沒有解決與 AT&T 壟斷相關的所有問題，但確實爲社會創造了許多實實在在的好處。除了阻止 AT&T 進入新興的電腦產業外，一九五六年它與美國政府達成的一項協議裁決（consent decree），迫使這家電話壟斷企業必須免費共享它的所有專利。一些歷史學家將 AT&T 這種被政府強迫爲之的慷慨稱譽爲重大技術/科技創新，例如電晶體就是 AT&T 龐大的技術專利組合之一。這些由 AT&T 免費授權的專利，爲後來研發半導體和運算、數據通訊及軟體產業的其他重大進步創造了必要條件。106

這個歷史前例，與當今的平台壟斷情況不完全相同，AT&T 是一家控制實際電話線路的共同載具，但這個例子有助於思考迫在眉睫的反壟斷訴訟威脅可能帶來的讓步。在一九八〇年代最終被分拆之前，AT&T 在各個方面都同意剝離其投資組合的關鍵組成部分，從根本上改變其商業作法，以抵消社會成本和負面外部性。AT&T 也不是政府利用其反壟斷權力來促進創新的唯一例子。再舉一個鮮明的例子：如果美國司法部在一九九〇年代沒有干預微軟，阻止其在網路瀏覽器市場（以及其他領域）的反競爭行爲，微軟本可迫使電腦製造商只安裝它擁有的搜尋引擎，而今天的谷歌可能就不存在。[107]

長期以來，反壟斷法和促進競爭法一直保護競爭並鼓勵創新，但這種取徑需要重新框架關鍵的政策辯論，並且擴大對於「什麼是可能的」的政治想像。近年來，反壟斷保護愈來愈欲振乏力，用作家喬納森・泰珀（Jonathan Tepper）的話來說，反托拉斯機關「對一個又一個的結合案開綠燈」。他繼續說道，「原本旨在保護競爭的監護人，如今已經成爲壟斷企業的啦啦隊長。……反托拉斯法並不是處於休眠狀態，而是被應該執行它的人主動地故意破壞掉了。」[108] 經過多年的沉寂，現在愈來愈多的人呼籲重振反托拉斯法，以因應新的平台壟斷。比方說，政府可以強制臉書分拆它擁有的特定企業，例如 WhatsApp、Messenger 和 Instagram。就谷歌而言，可能被迫分拆 DoubleClick、YouTube 和 AdMob。反壟斷措施應該始終作爲一種有公信力的威脅，但它只是針對臉書壟斷權力的幾種潛在政策介入手段之一。在歐洲，監管機構正試圖通過實施旨在保護用戶隱私的新政策，以彌補早期允許臉書設定自己條款的政策失誤。歐盟新的《一般資料保護規範》（簡稱 GDPR）確保二十八個歐盟國家／地區的網路用戶理解並同意他們的數據／資料被蒐集，無論這些數據／資料在哪裡存儲和處理。GDPR 還保證允許歐盟公民可要求永久刪除其線上個人數據的「被遺忘權」（right to be forgotten），以及允許用戶下載資料並將其遷移到其他地方的「數據/資料可攜權」（**right to data portability**）。109

歐洲的其他干預措施，試圖讓社群媒體平台對其網站發布的內容及其商業行爲負責。例如，德國通過了一項《臉書法》，允許對未能控管仇恨言論的大型社群媒體平台處以罰款。平台公司如果未能在二十四小時內刪除可識別的仇恨言論，恐將面臨五千萬歐元罰款。110 自二〇一七年以來，歐盟因谷歌的各種瀆職行爲而三度處以罰款，最近一次是對不公平廣告行爲罰款十七億美元。111 臉書也因反托拉斯、仇恨言論和違反數據保護的行爲而一再面臨來自歐洲國家的罰款和威脅。112

美國在對抗數位壟斷方面落後於歐洲，但有出現更多的懲罰措施的跡象。儘管在許多批評者看來，美國的處罰相對較輕，但 **FTC** 已針對臉書侵犯隱私的行爲祭出五十億美元罰款，113 美國也正在討論其他可能採取的監管干預措施，包括聯邦選舉委員會制定的禁止黑錢集團（**dark money groups**）和外國政府投放政治廣告的規則；改革《一九九六年通訊傳播端正法》（*Communications Decency Act of 1996*）第二百三十條，該條款使互動式電腦服務免於爲用戶生成內容（以及此類內容的刪除）承擔法律責任；要求演算法和數據/資料蒐集完全透明；並要求保障數據/資料可攜性和互操作性（**interoperability**）。許多這些潛在的干預措施不太可能被頒布實施，有些措施可能會產生自己的問題，但關於它們的討論也說明，政策制定者手上是有一整套監管工具可用以約束肆無忌憚的壟斷企業。

早期的政策失敗已經產生可怕後果，但現在解決問題還爲時不晚。臉書的力量並非源於神奇的技術/科技或市場的天才，所有的社會都面臨著如何治理其通訊傳播基礎設施的政治決策，而且對世界上大部分地區而言，臉書已成爲一個關鍵的通訊傳播基礎設施。臉書的技術並非不容質疑的存在；它的演算法是人創造出來的。臉書在二〇一八年突然調整演算法，將朋友和家人分享的內容置於新聞出版商的內容之上，已充分證明了這一點。[114] 臉書也非超出監管範圍的企業。再者，由於其賺取的巨額利潤，臉書可以將資金投入新聞業（我在本書結語部分再回來討論這點），並且僱用大量的審查人員和編輯（且爲它的員工提供更好的工作條件）。[115]

臉書的辯護者反駁說，臉書與內容相關的問題太大而無法解決。這些辯護者說，要求一家公司監管全球二十三億用戶分享的內容是不合理的。雖然這個問題確實不僅僅是臉書需要解決的，但我們不能讓製造問題的公司逍遙法外。民主社會必須確定臉書的社會責任以及如何履行這些責任。國際草根團體、由獨立專家組成的監督機構、由記者、技術專家和公共倡議者組成的獨立委員會，應設計監督手段並幫助監督和審視臉書的行爲，同時向臉書施壓，使其更加透明和負責。這些由下而上的討論，應該在包含多元組成人士的參與下，在國際上公開進行。公共治理（public governance）應該是它必須追求的最終目標。

社群媒體從來都不是「免費的」。我們在內容、數據/資料、勞動和注意力方面爲此付出昂貴代價。正如一句老話所說的：如果你可以免費獲得什麼，那麼你很可能就是那個產品本身。但即使在今天，許多用戶也還不了解這種交換的眞實本質，以及線上隱私保護的嚴重匱乏。調查數據顯示，當人們對臉書與廣告商共享其個人訊息的程度有所了解時，大多會對這種關係感到不舒服。[116] 與此同時，其他研究則顯示，用戶對這些使用條款感到無奈，因爲他們覺得無力改變這種權力關係。[117]

爲了回應人們對臉書許多違規行爲的日益關注，#DeleteFacebook 運動已經出現，尤其是在美國。雖然簡單地退出臉書並刪除個人帳號的行動很誘人，但這種個人主義的、消費者反制的取徑無法促進制度性的變革，後者通常有賴於集體行動。鑑於這家社群媒體公司擁有的巨大網絡效應（網絡規模的擴大使它對用戶更具價值，而且用戶退用的成本更高），不太可能期望用戶會大規模地退出臉書。相反地，更可能的結果是臉書的持續擴張，特別是因爲世界各地許多人都依賴臉書進行基本通訊傳播活動。要想約束規模如此大的公司權力，需要的是系統性改革，而不是個人行動，而且如此龐大的方案需要的是集體行動和有意義的政策干預。

要做的事：拆解、監管或退出市場？

臉書和其他平台壟斷企業，如亞馬遜、谷歌和蘋果，已經在世界媒體和政治上掌握了太多權力。審視它們的權力需要結合反壟斷、監管，以及創造一些公共的替代方案。美國的政治想像往往局限在個人自由和消費者權利的層次，但我們大可超越這種貧乏的願景，改從**社會民主傳統**中汲取靈感，重新將新聞和訊息視爲公共財，不應白白交給不受監管的壟斷企業腐蝕性商業主義之手，我將在下一章回到這個主題。

數位媒體的新社會契約必須確保公眾對通訊傳播系統的控制，並爲維持民主社會的公共基礎設施提供經費支持。我們尤其需要能夠關注在地問題，並且能夠問責有權勢者的新聞業。任何新的安排都應保護內容創造者和個人用戶（即那些實際從事生產勞動、讓臉書從中獲利的人）。最重要的是，這份新契約必須優先考慮社會的民主需求，而不是優先考慮平台壟斷所追求的利潤最大化。這樣做，是朝向重組全球媒體系統，以及防制有權無責的訊息壟斷再次出現所必須踏出的一步。但我們如何到達那裡？我們是否會重蹈覆轍，施加自律要求，但往往執行不力，並且隨著時間的推移而可能會被削弱？或是我們應該將臉書的壟斷權力置於真正的公眾監督之下，並且實施某些重分配措施？

幸運的是，在參議員伊麗莎白・華倫（Elizabeth Warren）等政治人物和開放市場研究所（Open Markets Institute）等倡議團體推動下，過去幾年裡已捲動了一場日益壯大的反壟斷運動。[118] 在知識層面，這場運動受益於愈來愈多的共識，即必須採取措施應對集中化的企業權力，尤其是新技術／科技壟斷企業。這也恰逢針對矽谷網路公司的「技術／科技抵制」（techlash）氛圍日益增長。近年來出現一場激烈的辯論，存在於兩個主要陣營之間——其中一方主要是左翼的，但包括來自不同政治派別的人，圍繞著有時被稱爲傑佛遜式（Jeffersonian）或新布蘭戴斯式取徑（neo- Brandeisian approach），它強調的是打破壟斷企業，另一方則是有利於受監管壟斷企業的漢密爾頓式取徑（Hamiltonian approach）。[119]

新布蘭戴斯式取徑（以最高法院法官路易斯・布蘭戴斯的名字命名）聚焦於拆解高度集中化的市場力量，並且鼓勵競爭、特別是透過反托拉斯措施。該框架指導著美國日益壯大的反壟斷運動，其主要目標是將壟斷企業沿著結構軸線分拆爲更小的單位，從而創造一個較爲分散化的經濟環境，由無數的企業相互競逐消費者的青睞。[120] 反壟斷運動者正確地將芝加哥學派的反托拉斯分析，特別是與羅伯特・博克（Robert Bork）等保守派經濟學家和法律學者相關的分析，視爲導致我們走上過度壟斷之路的知識典範。博克比其他人都更有影響力地將反壟斷重新導向爲所謂的「消費者福利標準」（consumer welfare standard），據稱該標準旨在最大限度地提高消費者利益，但不太關心失業和保護小企業等公共利益問題。[121] 在雷根政府時期，這種取徑躍爲主導典範，只要公司承諾（產品或服務在併購後）不漲價，政府就願意許可其併購。監管機構較少關注其他的與集中化政經權力有關的眾所周知的問題，這導致需要付出驚人社會成本的集中化產業。[122]未來的歷史學家會將會感到困惑，何以這種典範曾經蔚為主流。

因此，新布蘭戴斯式的政府介入，是及時且必要的糾正。幾十年來，美國的反托拉斯執法一直走在錯誤的道路上，造成了災難性的後果。儘管許多小型業者之間保持激烈競爭的理想很有吸引力，但既有的反壟斷模式有一個限制是它無法直接挑戰美國通訊傳播系統的商業基礎。許多反壟斷運動者傾向於審視壟斷規模和缺乏競爭，而不是支撐它們的商業價值和關係。這種批評傾向於忽視媒體系統是否應該由市場關係來治理，或是對它們是否應該盡可能完全脫離市場的關鍵問題置之不理。畢竟，可以合理地假設，我們所有與媒體相關的問題都不能簡單地透過縮小規模和增加更多依賴監控型廣告（surveillance advertising）、傳播低品質內容和不夠重視民主價值的商業渠道來解決。換言之，臉書同時是一個資本主義問題，而不僅僅是一個壟斷問題。[123]

新布蘭戴斯主義者自認他們與漢密爾頓式取徑相反，後者更傾向支持集中化。這一立場，部分基於這樣一種觀念，亦即規模和範疇帶來的更高效率，可能會為工人和消費者創造利益。根據這種觀點，進步的漢密爾頓主義者願意接受大型企業的存在，因為更容易組織工會，也更容易監管。在這種受監管的壟斷企業（regulated monopoly）典範中，大政府可以作為一種對抗大資本過度（the excesses of big capital）的反制力量。新布蘭戴斯主義者則批評漢密爾頓主義者的立場過於幼稚和妥協。他們的擔憂是可以理解的，監管而不是粉碎壟斷，可能會鞏固且進一步合法化企業權力的集中化。新布蘭戴斯的「大就是壞」的觀念，或者，正如布蘭戴斯所說的「巨頭的詛咒」（the curse of bigness），受益於一種直覺的正義共鳴。此外，打破托拉斯的訴求具有民粹式的吸引力，既與豐富的歷史有所聯繫，又能夠在政策辯論當中顯得自己更基進，或者至少是更進步的。但事實上，新布蘭戴斯式取徑在某些方面是一種保守立場；它將公平有序的市場視爲新聞媒體的適當監管者。換句話說，它假設商業系統其實可以很好地爲民主服務，只要我們適當地管理它們。

一些分析家已經開始論稱，反托拉斯是必要的，但它在設計服膺民主目標的媒體系統方面是不充分的。[124] 這些批評者認爲，不應該是二擇一，而應該是二合一。甚至完全屬於新布蘭戴斯陣營的主要分析家也認爲**該計畫應該是在**「拆解和監管」之外，[125] 還有第三條路。這兩種取徑都缺乏針對市場未能支持公共財的系統性批判。無需被問責的壟斷權力既是這一結構性問題的促成因素，也是其症狀，我們需要尋找嚴重影響我們數位新聞和訊息系統的「監控資本主義」（surveillance capitalism）的結構性替代方案。[126] 我們需要的是**公共選項**。

尋找結構性的替代方案

要釐清新聞業面臨的結構性問題，不僅需要理解媒體所有權和控制權問題是新聞業未來的核心，而且政府必須發揮更積極的作用。在美國進行這種對話尤其具有挑戰性，多年來，企業放任主義典範一直主導著政策辯論，而**第一修正案絕對主義**阻礙了政府對新聞機構進行干預。儘管如此，如果我們澄清什麼是利害關係以及需要哪些政策干預來保證公共服務新聞業的可行系統，我們就可以推進辯論。新聞業面臨的許多威脅，從壟斷權力的擴散到我們整個決策機構的監管俘虜，都是需要結構性解方的結構性問題。這些解方必須包括遏制壟斷，並盡可能減少商業主義對新聞業的影響。

媒體所有權的過度集中，凸顯了美國媒體失靈的結構性本質。不負責任的新聞業源於商業壓力，是這種壓力將特定類型的新聞報導置於其他新聞報導之上，而不是少數壞記者或新聞機構瀆職所致。例如，臉書設計其演算法以鼓勵其用戶參與平台上的內容，因爲這是銷售精準／定向廣告（targeted ads）並增進企業利潤的行爲。作爲平台用戶，我們更有可能接觸具有情感吸引力的內容——如果某事激怒、嚇唬我們或娛樂我們。因此，臉書精準的演算法獎勵那些激起情緒的內容——主流新聞媒體透過強調政治衝突來製造憤怒。消費者跟蹤和分析鼓勵廣告商和新聞媒體將精力集中在量身定制的點擊誘餌上，而不管故事的眞實性如何。最後，商業邏輯，特別是透過廣告收入實現利潤最大化的需求，推動了當代數位新聞的發展；終究是媒體系統的商業性質促成並放大了不實訊息。

一個充斥點擊誘餌的新聞媒體系統，顯然不是設計核心全球訊息系統的最佳方式。回到我在本章前面的觀察，也許眞正的問題是，何以我們曾期望這樣一個商業化、以利潤爲導向的系統會出現任何不同的東西？何以我們曾經假設臉書的行爲會與歷史上任何其他壟斷企業不同？這個反覆出現的盲點只是又一次的提醒，如果我們不了解商業媒體系統的邏輯；或者換句話說，如果我們不了解資本主義對媒體系統的影響，我們總是會一直被唯利是圖的壞蛋的惡行劣跡驚嚇到。

德斯．弗里德曼（Des Freedman）質疑所謂社群媒體提供基進的權力重分配的觀點，他說得很清楚。弗里德曼認爲，鑑於現在已有的壓倒性證據，早期對網路的烏托邦式願望尚未實現，「數位經濟，就像『類比』經濟一樣。……同樣朝向集中和整合，同樣趨向於圈地和保護私有財產。」[127] 所謂數位媒體會以某種方式超越這些資本主義律令的想法，始終是一種意識形態假設，而不是經驗假設。

我們現在正在收穫這種神奇思維的苦果。

難道我們只能重複這些相同的錯誤和樣態嗎？我們是否必須再次看到，商業利益浪費了新媒體技術／科技的民主潛力？有沒有辦法擺脫這種典範？我們能想像一個以民主邏輯爲指導原則的通訊傳播系統嗎？在下一章中，我將援引歷史和國際案例來討論當下由壟斷主導的商業體系的替代基礎設施可能是什麼。其中一種替代模式——其實也是一種舊模式——是公共媒體選項。

第五章

美國媒體例外主義和公共選項

想像一下，試著從另一個維度向訪客描述美國的新聞媒體系統。在指出媒體對我們民主生活方式的重要性之後，您將不得不解釋這個系統的主要資金來源是向經常不知情的媒體消費者出售廣告。然後，您將不得不描述我們的主要媒體機構如何由少數人（主要是富裕白人）擁有和控制，他們透過向觀眾提供訊息和娛樂來積累財富。最後，您必須解釋我們新聞媒體系統的整體價值如何大部分取決於收視率、點擊次數，以及所有者和投資人的獲利能力。

如果我們從頭開始設計一個媒體系統，一個基於服務於民主需求、而非私人利益的媒體系統，美國模式將不是我們的首選。事實上，正如我之前的著作所表明的，現行制度更多地反映媒體公司的策略勝利，而不是美國公民的願望。[1] 我們現在把媒體現狀中的很多部分視為理所當然，但其實它們是先前鬥爭的直接結果，而在這些鬥爭中，商業利益在關鍵時刻戰勝了民主關懷。這種商業共識的持久遺產造成劇烈影響。我們在美國所繼承的這套制度與整個民主世界大多數國家的制度截然不同。接下來，我將剖析這種「美國媒體例外主義」（US media exceptionalism），並討論它對新聞業未來的影響。本章其餘部分探討商業化系統的一種最可行的替代方案：公共媒體。

美國媒體例外主義

根據三個觀察指標，美國媒體系統確實獨樹一格。[2] 首先，本質上是寡頭壟斷或雙頭壟斷的少數公司主宰著美國的媒體系統。如我們在第四章看到的，這種樣態存在許多產業部門，包括社群媒體、搜尋引擎、網路接取、有線電視、數位廣告、行動電話服務和新聞媒體的許多部分。其次，美國媒體系統只受到基於公共利益保護的輕度監管。先前的監管措施，例如公平原則，要求廣播電視媒體以平衡方式呈現關於重要議題的多元意見，已被棄用幾十年了。[3] 第三，美國媒體系統大部分是商業性的，具替代性的公共媒體則處在資金不足狀態。在大多數情況裡，這種商業主義依賴廣告收入。如前所述，與世界各地的許多同業不同，美國報紙在過去一個世紀裡非常依賴廣告。直到最近，廣告平均仍占其總收入的百分之八十以上。[4]

民主國家在其媒體系統中經常面臨上述這些問題當中的一個或兩個，但（像美國這樣的）完美三重奏實屬罕見。美國的制度是民主國家中的異類，提供了一個案例研究，學者可以從中觀察很大程度上並未緩解的商業壓力對新聞實踐的影響。專業倫理（例如堅持報導眞相，以及將廣告與新聞分開）、組織工會（例如第一章討論的報業記者工會的努力）和一些基於公共利益的監管法規（例如上述適用無線廣電媒體的公平原則），長期以來一直試圖保護新聞媒體免受商業主義的不當影響。但近年來，這些具有緩衝作用的保護機制已被完全拆除或顯著削弱。由此產生的不受約束的商業主義，已使美國媒體與其他國家的媒體系統涇渭分明。[5] 然而，最顯著的區別是缺乏強大的公共媒體系統。公共媒體可以爲可靠訊息提供基準，並在市場無法支持足夠水準的新聞產製時充當安全網。美國對公共媒體的支持微乎其微，自成一派。

與幾個工業化國家的比較，即足以顯示美國例外主義的程度。[6] 日本、英國和北歐國家在支持公共媒體的人均支出從五十美元到一百美元不等，而美國政府每年配置給公共媒體的人均支出約爲一點四美元。即使加上地方和州政府提供的微薄資金，人均支出總額仍然不到四美元。如圖 5.1 所示，美國是全球主要民主國家中的唯一例外，她在公共媒體系統上的投資支出如此微不足道，差一點就無法在這張圖表中顯示。

近年來，由於共和黨人試圖完全取消政府對公共媒體的資助，美國公共媒體面臨可能貧上加貧的威脅。[7] 想到本章稍後將討論的研究證實強大的公共媒體系統可帶來可觀的社會利益，美國卻一直未對這樣一個至爲重要的系統提供適當的資金支持，尤其令人沮喪。美國公共媒體系統從未發揮其民主潛力，但其民主承諾仍在。鑑於美國新聞業面臨各種挑戰，現在是重新評估公共媒體價值的大好時機。在我們設計一個新系統之前，我們必須從錯誤和最佳實踐中吸取教訓與經驗，包括我們過去的和世界各地的。因此，有必要簡要回顧一下美國公共媒體的歷史，重新審視創建非商業媒體系統的初衷。我首先概述美國人民何以繼承了如此商業化的媒體系統，以及如此貧乏的公共媒體系統。

廣電媒體的社會民主願景

如果不先將社會民主的替代方案**去正當化**，美國的商

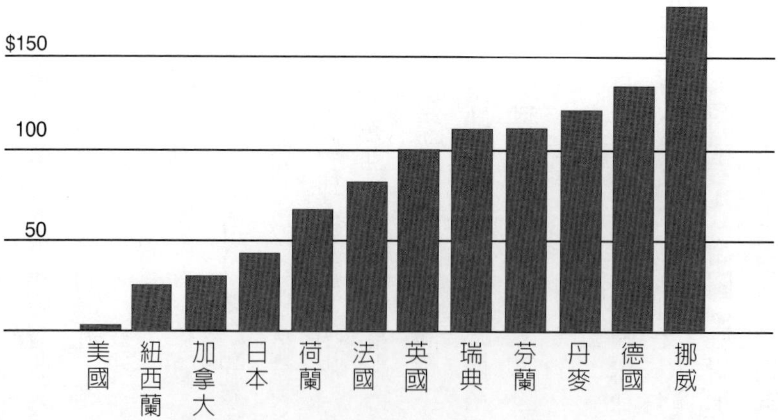

圖5.1　公共媒體投資的人均支出（單位：美元）
資料來源：*The Conversation, CC-BY-ND*

業模式就不可能取得勝利。[8] 在許多方面，美國公共廣電就是這種失落的替代方案的遺跡。很少美國人熟悉「社會民主」（social democracy）這個詞，也少有人知道社會民主不斷地挑戰縱容美國商業媒體系統的企業放任主義的漫長歷史。將這些意識形態根源追溯到戰後幾十年的基本辯論，對於了解早年廣播電視的政治抗爭如何塑造整個美國媒體系統具有指導意義。

我用「社會民主」一詞來指涉一個特定意識形態方案，它將媒體系統的公共服務使命置於盈利目標之上。[9] 這種觀點強調社會利益更甚於財產權，評量一個媒體系統的角度是根據它是否使整個社會受益，而不是它如何爲享有特權的少數群體提高個人自由和利潤。正如前幾章所討論的，在大多數社會民主主義的版本裡，都非常看重兩個規範性的前提：同等珍視積極自由與消極自由的價值，也同樣支持普遍權利與個人財產權。換句話說，社會民主提升一種積極自由，它重視與公眾、觀眾和社區有關的集體權利的程度，至少與放任主義和古典自由主義中最珍視的個人自由一樣多。爲了對抗不受管制的資本主義的寡頭傾向，這種意識形態正當化以平等主義方式重新分配資源的**行動主義國家**（activist state）。社會民主初衷關乎一個政策是否良善或合乎正義，而非它是否有利潤或有效率。[10]

此外，社會民主假設某些服務和基礎設施特別容易受到各種市場失靈的影響，並且至關重要，無法與市場波動掛鉤。因此，社會民主提倡一種混合的系統，將教育等基本服務視爲需要補貼和特殊保護其免受商業壓力所迫的公共財，有時甚至讓它們完全脫離市場的影響。一個社會民主方案旨在透過投資關鍵基礎設施和制度如醫療保健、圖書館和學校來支持公民社會。[11]

雖然美國媒體系統的許多商業基礎在一九三〇年代即已建立，但定義民主社會之媒體角色的社會契約仍在不斷變化，尤其是商業媒體虧欠公眾什麼，以及政府應該如何監督商業媒體落實這些義務的問題，直到一九四〇年代才拍板定案。最終，政策制定者偏離了媒體治理的社會民主模式，轉而鼓勵輕度管制的寡頭壟斷體系，而後者愈來愈受到利潤律令的支配。這種模式不將新聞媒體視爲公共財，而主要將其視爲私人財產和商業商品，這一商業邏輯爲我們當前的新聞業危機鋪平了道路。第一修正案的企業俘虜則進一步庇護了媒體公司免受監管干預。[12] 成形於戰後的一九四〇年代，這種邏輯仍然繼續束縛著有關支持新聞業的潛在改革的大部分討論。然而，這種美國媒體系統的企業友善觀點，其實是在過去這幾十年才成爲常識的。

但是，儘管社會民主的媒體取徑是「未走過的路」，但這一願景從未完全消失。儘管存在惡意的抹紅、企業遊說和其他形式的政治脅迫，但「不同的媒體系統是可能的」這種想法仍然存在。儘管他們的大部分倡議到一九四〇年代末都以失敗告終，但改革者繼續倡議結構性變革。他們的努力，最終催生了替代美國商業媒體系統的唯一主要機構。

美國公共廣電的興衰

美國奇怪的媒體系統如何形成的歷史可能始於《一九六七年公共廣電法》（*1967 Public Broadcasting Act*）之前的三十多年。[13] 在整個美國公共廣電前史——當時通常被稱爲「教育廣播」（educational broadcasting），展開意識形態鬥爭，讓爭取成立公共媒體的最初願望成爲焦點，尤其是那些尋求爲企業主導、商業模式創建結構性替代方案的較爲基進的分支。回顧並重振過往那些爲主流商業媒體模式創建替代方案的論點，可見過往存在著一種如今幾乎已被遺忘的社會民主理想，它清楚地認識到市場驅動的媒體系統並無法滿足民主社會的所有傳播需求。

關於其早期政治歷史的學術研究展示了公共廣電的各種願景，包括對「公眾」如何被想像的根本差異。[14] 其中浮現的一個相關批評是對於公共廣電和電視節目隱含文化菁英主義，以及它較少呈現攸關低收入家庭的議題。[15] 許多這些歷史中反覆出現的一個主題表明，公共廣電的最初理想是個失落的許諾。[16] 雖然其中一些論點闡明投資創建強大的公共媒體系統的根本理由，但這個隱含意識形態的方案——公共廣電源於與商業價值直接對立的社會民主願景，在現有的歷史書寫中並未得到足夠明確的表述。[17] 在下文中，我梳理了這些早期嘗試建立公共廣電系統背後的一些隱性意識形態目標。這樣做，我們可知曾經失去了什麼——以及還可能得到什麼。

一九三〇和一九四〇年代錯失的機會

在美國無線廣播的早期歲月，曾經就民主社會中廣播媒體的基本性質和規範基礎展開嚴肅討論。教育工作者和社會運動者組成的強大聯盟開始爭取許多國會議員支持一個將大量無線電頻譜用於非商業、教育目的廣播系統。然而，這些討論在一九三〇年代初期之後開始逐漸減少。當時，商業廣播公司及其在國會的盟友成功地消解諸如《一九三四年瓦格納——哈特菲爾德法案》（*1934 Wagner-Hatfield Act*）之類的無線廣播改革努力，該法案本來準備為非營利廣播保留百分之二十五的無線電頻率。[18] 但根據後來立法通過的《一九三四年通訊傳播法》（*Communications Act of 1934*），國會在很大程度上支持的是商業模式，而不是教育工作者和其他改革者所倡議的替代方案。

因此，強大的公共廣播系統並沒有像在大多數民主國家那樣在美國廣播電台的早期歷史扎根。

相反地，美國媒體地景被包括CBS和NBC在內的大型廣播網的寡頭壟斷主導。同一批商業既得利益者接著又壟斷FM調頻廣播和後來的電視。這個現在看似不可避免的結果並非沒有爭議。倡議教育廣播和其他非商業替代方案的草根組織，到一九四〇年代仍持續活躍。例如，像廣播教育研究中心（Institute for Education by Radio）這樣的群體仍然致力於媒體改革，從一九三〇到一九五三年在俄亥俄州立大學舉行關於教育廣播的年度會議。無線廣播改革運動的一個要角是紐約市公共廣播電台WNYC前總監莫里斯・諾維克（Morris Novik）。[19] 諾維克協助成立全國教育廣播協會（簡稱NAEB），有時被認為是「公共廣播」（public broadcasting）一詞的發明者；一直到一九八〇年代，他都持續倡議支持公共廣播。[20] 另一個特別活躍的教育工作者群體來自威斯康辛大學，也與廣播電台WHA有密切關係，該廣播電台號稱是「美國最老的電台」。[21] 該群體與美國教育辦公室合作創建了FM調頻教育廣播研究所，該研究所每年夏天都舉辦為期兩週的會議，聚焦於開發教育節目，FCC員工有時也會參加。

即使廣播在一九四〇年代日益商業化，媒體改革者仍繼續倡議非商業性的替代方案。透過主要參與者的視角看待這段歷史，有助於闡明一九四〇年代開始出現的社會民主願景。這種對廣播媒體的教育潛力有所期待的理想主義以及對商業廣播的普遍懷疑，出生於英國、後來歸化美國的政策倡議者查爾斯・西普曼（Charles Siepmann）或許是最佳代言人。身為一九三〇年代BBC的節目總監，他透過關注其他地區和方言、嘗試新的節目模式，以及推廣以公共服務為導向的生動廣播節目，不遺餘力地將英國廣播的吸引力擴展到倫敦以外的地區。西普曼受BBC啟發的、關於媒體的教育角色的社會民主假設，也反映在一九四〇年代中期他撰寫的那份引起爭議的FCC《藍皮書》（Blue Book）報告。由於西普曼的報告要求廣播電台投入一定時間比率製播本地、實驗性和無廣告節目，商業廣播公司極力反對，斥之爲「粉紅書」（pink book，譯按：粉紅色是左翼的代表色），並指責西普曼和他在 FCC 的盟友是秘密的社會主義者，試圖「BBC 化」（BBC-ize）美國的廣播電台。[22]

儘管被這樣抹紅，西普曼依舊歷數十年不斷地推動非商業性的教育廣播。西普曼一九四六年出版的《無線電廣播的第二次機會》（*Radio's Second Chance*）一書啟發了戰後媒體改革的一些努力。他認爲，調頻廣播提供我們一個新機會去建立一個更爲公共利益導向的媒體。（此時，AM 調幅廣播已被幾家大型媒體公司澈底商業化。）該書強調，廣播應該主要是一種公共服務，而不僅僅是廣播公司和廣告商的利潤積累系統。該書感嘆，這些商業既得利益者已讓美國人民以爲他們應該感謝商業廣播公司提供娛樂節目。[23]

西普曼經常重申他對商業廣播的批評，以及公共替代方案的必要性。在兩次著名的（譯按：伊利諾大學）阿勒頓會議廳研討會的第一場演講中——廣播歷史學家喬什・謝潑德（Josh Shepperd）將該場會議描述爲「如何在美國建構『公共廣電』基礎設施的首度沉穩表述」，西普曼將教育廣播電台視爲完全不同於商業廣播電台的公共服務。[24] 他論稱，「我們必須假定我們的職能與商業廣播電台是有區別的。」在說明兩種廣播類型之間的許多差異時，西普曼引用了電影和小說《廣告員》（*The Hucksters*）（該部電影與小說對廣告商和商業廣播產業有嚴厲批評），強調商業廣播對觀眾進行本質上的剝削。在西普曼看來，商業廣播的這些缺失提供了教育廣播電台「贏得非商業廣播聽眾的大好機會」。也就是說，他認爲教育廣播的作用是讓聽眾得以接觸更廣泛的節目，從而拓寬聽眾對廣播的想像。[25]

一九四〇年代為教育廣播奮鬥的另一位關鍵政策人物是克利福德・杜爾（Clifford Durr），他是來自阿拉巴馬州蒙哥馬利市的進步派 FCC 委員。[26] 一九四〇年代杜爾任職 FCC 期間，他熱情地支持教育廣播。他經常對「廣播的教育潛力」充滿熱情，儘管他也痛苦地意識到它還未能兌現的承諾。[27] 杜爾仍然堅信，節目品質優於商業廣播的教育廣播最終將成為美國廣播的主導模式。他預測，「如果有幾個好的開始，很多其他的電台都會跟進，那麼在五、六年內，將有足夠多的節目播出，為整體廣播全景留下深刻印記。」杜爾的計畫是逐步在高等教育機構推動成立一些營運成功的 FM 調頻廣播電台，因為一般學院或大學應該有能力負擔其營運成本。[28]

為了建立商業廣播的公共替代方案，杜爾和他在 FCC 的其他媒體改革者三管齊下。首先，他們試圖保留專門用於非商業和教育用途的廣播頻率。一九四五年，在教育工作者的大力支持下，杜爾和其他進步派的 FCC 委員成功地預留了二十個頻道的 FM 調頻廣播頻段給教育廣播。其次，他們試圖透過指定大量時間專門用於製播「有營養的」（"sustaining"）（非商業）節目，而不是「接受商業贊助」（"sponsored"）的節目，從而在商業系統中另闢蹊徑，這也是 FCC《藍皮書》報告的核心目標之一。[29] 雖然最終沒有成功，但 FCC 的努力還是促使廣播電台提供更多的公共服務節目。[30]

第三種方法是在進步派的政策制定者和草根運動者之間建立辯證關係。FCC 試圖組織教育工作者，而教育工作者也遊說並與 FCC 建立關係，經常邀請 FCC 人員參加大學會議和研討會。[31] 作為這種關係的一部分，FCC 也邀請教育工作者在公開聽證會上作證。某一次在 FCC 所有委員出席的為期一天半的聽證會，美國國家教育協會（NEA）與 FCC 和美國教育辦公室合作，動員了近三十名來自教育機構和協會的代表。正如一位研究此一行動主義的歷史學家所描述的：「起草決議；準備證詞；證人已入座就位，而且問卷已分發。」[32] 帶著證物和證據，教育工作者請求提供額外頻率給教育廣播使用。FCC 工作人員甚至協助指導這些教育工作者在聽證過程中該說些什麼。

正如這些努力所表明的，教育工作者在一九四〇年代的媒體改革運動中組成了一支充滿激情的隊伍。這些改革者主要以中西部公立規模不小的授田大學（land-grant institutions）爲基地，他們堅持要求將很大一部分無線電波用於教育目的，因爲商業廣播公司顯然不致力於製播教育內容。到一九四〇年代中期，商業廣播公司已經擠掉大多數非商業廣播電台，教育電台的數量從一九二〇年代開始急遽下降。[33] 儘管如此，隨著教育廣播公司在一九四〇年代後期在 FM 調頻廣播中站穩腳跟，改革努力最終取得了成功。杜爾描述他對廣播未來的悲觀情緒是如何消除的，因爲教育工作者「似乎已經意識到廣播的機會，一些已經開播的大學電台有一流的表現。」正如杜爾所寫，「幾十個或者最好是上百個在 FM 調頻上營運的優秀大學電台可能無法解決（與商業主義有關的）所有問題，但它們肯定會提供巨大幫助。」[34]

然而，當杜爾在 FCC 的任期於一九四八年結束時，爭取非商業廣播的努力遭受重大打擊。隨著反共的歇斯底里席捲華盛頓，杜爾堅守原則，拒絕接受杜魯門總統要求的忠誠誓言計畫（loyalty oath program），並且婉拒連任提名。在離開之前，杜爾稱讚各地教育廣播電台讓他意識到「好的廣播值得爲之奮鬥」。他的臨別建議是讓其他 FCC 委員接受同樣的遊說，並「讓一個強大的組織和一個或多個天使投入一些資金。」然而，他警告說，改革者還需要與某個 FCC 委員一起制定內部戰略，「他可以一直掌握委員會的脈搏，並在情況生變時讓你知道。你能用來阻止商業男孩的，除了善意還是善意。」[35] 各地教育廣播電台懇求他留下來一起戰鬥，幫助「人們試著想像廣播可能的樣子，而不是它現在的樣子。」[36] 但杜爾在抹紅和黑名單的狂潮中離開了華盛頓，其餘大多數的**新政擁護者**（New Dealers）也是如此。[37] 當時的一位進步人士對同樣逃離華盛頓的 FCC 首席經濟學家達拉斯・史麥塞（Dallas Smythe）說，這感覺就像一次「出埃及記」。[38]

這段政治鎮壓的歲月對美國媒體系統造成的持久影響——正如它對美國的許多核心系統所做的那樣——普遍被低估了。左翼行動主義者在全國各地的社會運動中被清除，進步的政策制定者被趕下台。[39] 隨著政治地景的這種戲劇性轉變，許多改革派希望創建一個商業化程度較低的媒體系統的願望落空。代之而起的是美國媒體的「戰後和解」，其特點是三個相互重疊的假設，即新聞媒體應該：保持輕度監管；堅持第一修正案的消極自由概念（新聞自由賦予媒體產製者和所有者的個人權利，甚於更廣大的公眾集體權利）；並實踐主要由產業定義的社會責任觀。[40] 儘管如此，改革運動者和教育工作者繼續推動非商業替代方案，從未完全放棄他們對媒體的願景。

美國媒體系統商業影響力的一個例外是杜爾的接替人選，弗里達・亨諾克（Frieda Hennock），她是第一位擔任 FCC 委員的女性。作爲教育廣播的堅定擁護者，亨諾克在爲各地教育電視保留二百四十二個頻道這個政策上發揮了重要作用，這是 FCC 在一九五二年《第六次報告和命令》的一部分，一次眞正意義重大的公共利益的勝利。[41] 在此期間，教育廣播也取得了一些雖小但明顯的增長：到一九五二年，有九十多個 FM 調頻教育廣播電台。然而，其中許多是向校園社區廣播的低功率電台，而且仍然受到商業收購的持續威脅。此外，此類撥款用於教育，但不一定用於非商業節目。[42] 儘管如此，這些電台讓另類模式得以一直存續至一九六〇年代，繼之而起的全國性的公共廣播系統終於獲得實現。

建立公共廣電系統

儘管在一九四〇年代遭遇挫折，反對商業主導媒體系統的媒體改革努力仍在繼續。正如艾莉森・帕爾曼（Allison Perlman）指出的，一九五〇年代是教育廣播非常關鍵的時代。這是一個充滿不確定性和實驗性的時期，出現了各式各樣的電台和節目，爲公共廣電奠定基礎。隨著教育工作者和草根行動主義者繼續推動替代方案，許多基金會在一九六〇年代也加入這一事業（福特基金會更早在一九五〇年代即開始）。福特基金會委託查爾斯・西普曼——他曾爲 FCC 撰寫命運多舛的《藍皮書》報告，後來擔任紐約大學新設的傳播系的系主任，指導一項關於校園電視效能的大型研究。[43]他提供諮詢建議給全國教育電視中心（National Educational Television Center，簡稱 NET）並對其使命留下持久的印記，NET 當時投入爲美國教育和公共廣播進步願景的奮鬥。正如媒體歷史學者米歇爾・希爾姆斯（Michele Hilmes）所說，西普曼做了戲劇性的介入，呼籲產製更好的節目，而不是「商業節目的拙劣複製品」。[44]

基於西普曼的建議，NET 成爲一個集中的全國節目製作中心。西普曼還爲 NET 撰寫一份題爲《教育電視：一個電視網的藍圖》的報告，呼籲每天播放兒童節目、新聞和批評，並且每週播放各種國際媒體的多元文化節目與科學和文化紀錄片。除了這些主題之外，西普曼還提議每週製播名爲《民主的未竟之業》的全年節目，該節目特色將會是紀錄片，此一構想深受 CBS 著名製片人佛瑞德・弗蘭德利（Fred Friendly）早期作品啟發。[45]

對公共廣電最有力的呼籲，來自於卡內基教育電視委員會。該委員會由紐約卡內基基金會於一九六五年成立，它調查教育廣播的狀況，並且推廣普及了「公共電視」的觀念。它採用與早期呼籲公共廣播類似的主題，並於一九六七年發布《公共電視：行動計畫》報告。[46] 該報告開宗明義地指出，其所提議的公共廣電節目「對商業贊助而言通常不經濟」，應該成為「最終將公共電視帶給所有美國人民的綜合系統」的一部分。「總體上將成為美國文化中一個新的基本制度」的地方電台，將提供「應該觸達全國所有地區，而且個別上足以回應當地社區需求的節目」。除其他事務外，該報告鼓勵實驗，並且稱讚公共廣電是「在自由社會中用以自由交流觀念的工具」。

《一九六七年公共廣電法》在很大程度上擁抱了這些社會民主主題，並預示了一個新系統，該系統將「構成全國所有公民的替代的電信服務來源之一」。該法也宣告：「鼓勵開發涉及創意風險的節目，以及滿足未得到服務和服務不足的觀眾，尤其是兒童和少數群體需求的節目，符合公共利益。」整份報告（譯按：《公共電視：行動計畫》）都強調對多樣性的承諾——無論是內容類型，或是在消費和產製該內容的人。該報告還強調所有美國人都能夠近用這些節目的必要性。[47] 在將其簽署為正式法律時，詹森總統發表了高調的講話稱，雖然「有來自我們政府的支持」，公共廣電「將會被謹慎保護，免於政府或政黨的控制。它將是免費的，它將是獨立的——它將屬於我們所有人。」他把《一九六七年公共廣電法》與《一八六二年摩利爾法》（*1862 Morrill Act*）相提並論，後者「在每個州保留一些屬於人民的土地以設立公立的授田大學（land-grant colleges）。所以今天我們重新奉獻原本就屬於所有人的一部分電波，將它們奉獻於所有人的啟蒙用途。」[48]

儘管有這些崇高的理想，美國公共廣電的故事大體上一直是衰落的，主要是因為它有基本設計上的致命缺陷。儘管《一九六七年公共廣電法》複製了卡內基委員會最初藍圖的社會民主願景，但有一個關鍵細節不同：財源模式。卡內基報告很清楚，成功與否取決於適當充分的經費，委員會建議應該來自於一個信託基金，由高達百分之五十的電視機製造商的電視機消費稅支持——本質上是一項與BBC財源模式有共通之處的重大保證補貼（源於每個觀看電視的人都必須支付的執照費）。不此之圖，《一九六七年公共廣電法》最後定案的是公共廣電資金將取決於國會撥款，而這使其容易受到經常的預算鬥爭和政治攻擊。

廣播歷史學家羅伯特・艾弗里（Robert Avery）認爲，儘管是二十世紀下半葉最重要的傳播立法，但財源結構不適當的致命缺陷，以及缺乏獨立和自主的董事會，阻礙了公共廣電充分實現它的民主潛力。[49]事實上，由於缺乏一個永久和安全的聯邦資助來保護公共廣電免受政治攻擊——這是獨立信託基金可以保證的——美國公共電視PBS歷來一直受制於國會惡鬥。這種依賴使其陷入經費匱乏和政治受限的困境，特別是在它如何反映和服務多元公眾方面。[50]可以預見的是，公共廣電在製作能吸引跨種族和跨階級觀眾的節目時，一直飽受經費不足與政治顧慮之苦。[51]

然而，即使在這些相當大的限制下，正如歷史學家羅利・奧萊特（Laurie Oullette）和艾莉森・帕爾曼的著作所示，至少在一九六〇年代末和一九七〇年代初的相對短暫的期間裡，另類的進步軌跡的可能性是顯而易見的。在早期，公共電視（大部分仍然由NET製作）確實製播了關於貧困和民權等主題的犀利、甚至是較爲基進的節目。[52]《偉大的美國夢機器》（*The Great American Dream Machine*）經常諷刺國會議員，並以斯杜茲斯・泰克爾（Studs Terkel）等左翼人物爲特色（譯按：該節目有一個由芝加哥傳奇記者斯杜茲斯・泰克爾主持的固定單元，他通常在酒吧裡和背景多元的庶民討論政治或各類議題）。另一個節目《納德報告》（*The Nader Report*）以拉爾夫・納德（Ralph Nader）爲特色，聚焦消費者權利和陰暗的企業行爲。一些節目質疑美國對古巴和其他地區的干預，似乎對共產主義領導人表示同情。在公共電視上播出的紀錄片探討社會問題，例如窮人的困境，並且卯上銀行等強大機構。就連當時的兒童教育節目《芝麻街》也更加基進和更具行動主義特質，願意處理與階級和種族有關的棘手問題，並經常邀請像皮特・西格（Pete Seeger）這種具有進步色彩的來賓上節目。[53] 這種對基進政治的更明顯的承諾（帶有許多內在的緊張局勢），與依賴於基金會和薄弱的公共補貼的資助模式並不吻合——廣播歷史學家喬什・謝潑德恰如其份地指出，這種模式「不會資助異議」（did not fund dissent）。[54] 這種基進的節目不出所料地招致保守派的強烈反彈，而這種反彈也永遠不會太仁厚。

另一個阻礙早期美國公共廣電系統的重大緊張關係，來自於教育廣播電視網絡內部的權力傾軋。有點弔詭的是，自上而下和中心化程度更高的NET，這個位於紐約的全國教育電視重鎮，製作了更進步和更公開的政治節目。[55] NET 有時被更保守的地方電台指責，特別是在南方，說它有左翼偏見和文化菁英主義。[56] 由於後來被 PBS 取代，後者承擔全國規劃和節目發行的主要角色，NET 的影響力逐漸減弱。然而，在福特基金會的支持下，它持續製作節目，一直到一九七〇年代。對於許多最初對公共廣電的基進潛力抱持樂觀期待的進步行動主義者來說，NET 是高標——一個可能做到什麼程度的典範。資深廣播人、前 NET 總裁詹姆斯・戴（James Day）將 PBS 描述爲一個「步履蹣跚」的媒體，「它在美國電視廣播中的地位已被公共政策故意地邊緣化」，並被國會「有效地閹割了」。[57]

公共廣播電台（它在最後一刻被添加到《一九六七年公共廣電法》裡）內部的鬥爭可能沒有那麼明顯，但我們看到社會民主希望所繫的類似遺產被推遲了。大型的授田大學和小型社區廣播電台對教育廣播的教學和意識形態目的之理解截然不同。[58] 較小的電台——最終合併爲全國社區廣播聯盟（簡稱NFCB）——最初被排除在公共廣播協會（簡稱CPB）的資助基準之外。這在非商業廣播的運動中造成了相當大的摩擦，特別是因爲較小的電台通常植根於當地社區，而這些通常更具行動主義傾向的電台認爲較大的教育電台是現有公共廣播結構的受益者。[59]

儘管更建制化的教育電台在公共廣播系統中勝出，基進和社區廣播的進步遺產留存至今。一個重要的另類公共模式是太平洋廣播網（Pacifica Radio network），它最早崛起於一九四〇年代的媒體改革抗爭運動中。一九四九年，在查爾斯・西普曼等改革者的啟發下，和平主義者劉易斯・希爾（Lewis Hill）在加州柏克萊創辦了太平洋廣播電台（簡稱KPFA-FM），作爲一個無廣告、非營利、由聽眾資助的電台。最終，太平洋電台擴展成一個小型的廣播電台網絡，持續放送至今。儘管經常面臨巨大的經濟壓力，太平洋電台代表一種更加獨立和公開的社區廣播政治模式。[60]另一個例子是低功率調頻廣播（low power FM broadcasting，簡稱LPFM），它出現於二〇〇〇年代初，全國各地設立了數百家超本地（hyper-local）、非商業的廣播電台，以反映過去未獲適當服務的社區的不同文化和聲音。[61]

持續的政經挑戰

公共廣電在一九七〇年代受到愈來愈多的政治攻擊，特別是來自尼克森政府的攻擊，威脅要切斷所有資助。[62]尼克森將那些參與其中的人視爲製作「極左」節目（尤其是NET製作的那種節目）的政治顛覆份子，所以他想方設法阻礙他們的運作。[63]紐特・金瑞契（Newt Gingrich）和其他保守派政客延續這一傳統，因爲公共廣電被他們認定爲帶有自由主義偏見。在二〇〇〇年代初的布希政府期間，共和黨籍CPB董事長肯尼思・湯林森（Kenneth Tomlinson）密切監視並指控比爾・摩爾斯（Bill

Moyers）的節目有特定政治傾向，並且迫使PBS播放較保守的內容。

由於政府資助金額永遠不確定，公共廣電開始依賴其他來源包括企業贊助。從原生廣告（native advertising）到「增強承銷」（enhanced underwriting）——基本上都是廣告，美國公共廣播電視愈來愈模糊商業和非商業媒體之間的區別。例如，全國性的NPR平台、區域性的NPR和公共電視台與被稱作「贊助銷售團隊」的**全國公共媒體**（National Public Media，簡稱NPM；譯按：此一組織由NPR、PBS和波士頓的公共廣播電台WGBH合資擁有）密切合作，為贊助商提供各種原生廣告服務。[64]在其網站上，NPM吹噓他們的產品與NPR內容的「客製化原生整合」（custom native integrations），承諾贊助商「可以擴大其品牌一致性」。他們向客戶保證：「從客製化網站到屢獲殊榮的全方位體驗，我們可以將您的贊助擴展到NPR最獨特的數位體驗之中。」[65]

這種對企業贊助日益增長的經濟依賴，變成了一個惡性循環：隨著公共媒體與商業媒體愈來愈難以區分，PBS愈來愈難以證明它應該獲得聯邦政府資助的合理性。然而，財務壓力迫使公共媒體在尋求企業資金時變得更具創業精神。《芝麻街》是四十年來最著名的公共電視節目之一，其遭遇的困境彰顯了這一趨勢。二〇一五年，該節日的新劇集首先在付費有線電視頻道HBO播出。[66]熟悉的替代方案——依靠聽眾和觀眾的支持——迫使公共廣電媒體以類似於商業廣電的方式，最大限度地擴大他們的觀眾群，導致從製播本地節目轉向同質性更高的節目模式。[67]川普總統給美國公共廣電施加了更多的經濟和政治壓力，一再（未能得逞地）推出提議取消聯邦資助的預算案。[68]儘管存在這些挑戰，但調查數據始終顯示出民眾對公共廣電的高度熱情，這意味的是美國人民實際上可能接受增加資助經費支持的論點。[69]當前公共廣電面臨的威脅正在引起公眾的關切，但長期來說是否足以拯救它仍不清楚。[70] 理想情況下，倡議者應超越守勢，闡明在數位時代強化和重塑公共媒體的願景。我們甚至希望，美國的公共媒體系統仍然可以實現其最初的理想。

世界各地的公共媒體補貼

對於擴大公共媒體的提議，一個普遍的反應是指出公共廣電的重大缺陷，以此證明該模式永遠不會成功。這樣的論點將是什麼（在這種情況下，資金不足的系統）與必須始終是什麼混為一談。他們認定在商業系統之外，〔正如瑪格麗特・柴契爾（Margaret Thatcher）曾在不同脈絡下所說的〕「別無其他選擇」（"there is no alternative"）。但是我們從自己的歷史和世界各地的許多例子中都知道，公共的替代方案確實是有的。長期以來，民主社會一直維持著公共補貼的媒體系統。除了維持充滿活力的公共廣電系統之外，許多國家，尤其是西歐和北歐國家，還直接或間接地補貼報紙。例如，挪威依靠國家補貼來減輕報紙商業壓力、抵消競爭的影響，並且防止報紙壟斷。[71] 世界各地還存在許多其他種類由國家支持的新聞媒體，而廣泛的國際媒體政策要求政府採取積極作為以確保媒體多樣化。[72] 這些國際比較為美國政策制定者提供可能值得參考的經驗，尤其是在新聞業危機惡化，以及新聞缺乏社會安全網的情況變得如此明顯的當下。

具有安全網的媒體系統的主要示例，可以在英國找到。二〇一六年，BBC 開始投入相當資源來支撐英國陷入困境的新聞業。它在全國各地的新聞機構中部署了大約一百五十名「地方民主記者」（"local democracy reporters"），以幫助彌補失去的工作機會，並在與其他媒體分享報導的同時專注報導地方政治。[73] BBC 支持英國新聞產業的方式，還包括爲媒體的地方新聞提供可近用的數位內容，並且和各種新聞提供者共享新聞報導。這些協作計畫包括大規模的「地方新聞夥伴關係」、「地方民主報導服務」和「新聞中心」（news hub），讓它的新聞合作夥伴可以近用 BBC 擁有的視頻／影音和音頻／聲音素材。[74]

最近，BBC 提議成立一個新的慈善機構，即**地方民主基金會**（Local Democracy Foundation），它將接管並擴大稍早的民主報導計畫。BBC 基金會將與科技公司和其他潛在貢獻者合作，資助區域性的公共利益新聞，以報導地方政府會議和其他可能不會被報導的事件。迄今爲止，這種合作模式共計已產出超過五萬則新聞報導，許多媒體觀察家希望這些計畫能夠繼續擴大。然而，該計畫也面臨指責，說是此模式強化了市場集中度，因爲它將絕大多數記者配置給由三個主要區域出版商所擁有的地方報紙。[75] 較小的出版商指控 BBC 打算讓負債累累的大型出版商利用納稅人的錢來補貼它們先前的謀利做法，但正是這些做法導致該計畫試圖解決的新聞業危機。[76] 儘管如此，在市場完全無法支持民主所需要的新聞業的時候，該計畫提供了一種可能有助益的措施。

由於他們有由史考特信託基金擁有的《衛報》，英國人對報紙的**非市場支持機制**並不陌生。[77] 在一次引人注目的演講中，工黨領袖傑瑞米・柯賓（Jeremy Corbyn）認爲，除了擴大和改革 BBC，英國政府還應制定重分配措施來支持新聞業。注意到法國和比利時新聞出版商已與谷歌談判達成協議，他認爲英國也應該強迫「從我們每次搜尋、分享和按讚獲利的數位壟斷企業」付錢給一個獨立的「公共利益媒體基金」（public interest media fund）。[78] 六個月後，一份關於英國新聞媒體未來的詳細報告——《凱恩克羅斯評估報告》（*Cairncross Review*），同樣呼籲設立一個新機構來監督「對公共利益新聞媒體的直接資助，用公共資金支持地方民主的報導。」[79]

加拿大也在尋求顯著的新聞補貼，這反映在政府預算裡的三項重要改革。首先，它修正了加拿大稅法，允許設立非營利性新聞組織——相當於美國的 501(c)(3) 新聞企業，以及對這些機構捐款可以享有抵稅優惠，這些在以前都是不被允許的。其次，加拿大政府專門爲新聞機構（營利性和非營利性）提供可退稅的租額抵免，用以抵消新聞勞工成本。哪些組織符合資格，以及費用的百分比，將由獨立的記者委員會決定。第三，它爲個人訂閱符合資格的數位新聞媒體提供了百分之十五的稅額抵免，媒體資格由獨立委員會審議決定。加拿大政府在五年內共撥款五點九五億加幣，即每年約九千萬美元。[80]這一慷慨補貼是加拿大政府在當年稍早時候向新聞業承諾的五千萬加幣（相當於三千八百萬美元）的加碼挹注。[81]這些提議遭致相當多的合理批評，尤其是來自那些認爲這些補貼有利於不該被補助的大報的小型新聞出版商——儘管存在這些缺陷，它們已經開啟關於支持新聞業的公共政策干預的重要且持續的對話。

澳洲也在考慮新聞補貼政策。二〇一二年，政府的《芬克斯坦報告》（*Finkelstein Report*）考察了澳洲媒體和媒體監管的狀況。[82]該報告調查了世界各國政府爲加強**公共服務新聞業**而部署的廣泛的媒體補貼和其他監管干預措施。雖然這份報告後來淡出人們的視野，但最近澳洲政府與民間都有人開始呼籲對數位平台課稅和其他形式的補貼，用以幫助支持新聞業。[83]魯柏・梅鐸出於不那麼高尚的原因，公開表態支持這些干預措施。但隨著澳洲新聞業危機的惡化，它們也開始獲得更多公眾支持。

歐洲、馬來西亞和韓國等許多其他國家正在考慮類似的新提案來補貼陷入困境的新聞媒體。瑞典存在著一種更長期的地方新聞業的資助模式，[84]四十多年前當報紙出現危機時，瑞典政府借鑒挪威的新聞補貼模式，開始對報紙廣告徵稅。它創設一個由獨立機構管理的基金，該機構支持陷入生存困境的報紙，避免報紙破產。政府利用這些補貼來支持規模較小的報紙並拓寬新聞話語／論述的範圍。目前，一個名為新聞業補貼委員會（Press Subsidies Council）的政府行政機構根據發行量和收入為特定城市或地區主要報紙以外的報紙分配資金。[85] 儘管這些補貼占報紙總收入的比例相對較小，但它們成功地維持了規模較小的省級報紙的營運，並且避免只剩一報紙的城鎮數量增加。[86] 減稅和發行補貼（distribution subsidies）也為瑞典報紙提供經濟援助。[87] 雖然這些計畫最初因為導致報紙更加依賴國家而引起爭議，但隨著時間的推移，瑞典公民已經接受它們在維護媒體多元化的必要性。

二〇〇九年，法國保守派總統尼古拉・薩科齊（Nicolas Sarkozy）提議讓每個年滿十八歲的年輕人免費訂閱一年該國主要報紙，並且為所有高中生免費訂閱報紙。在為法國陷入困境的報業提供七點八億美元的一整套計畫的請求中，薩科齊強調國家有責任「確保獨立、自由和多元化的新聞媒體的存在」，[88] 政府將提供報紙發行補助的經費增加達九倍，並且倍增其年度紙媒廣告經費。經過三個月的研究，薩科齊宣布法國將把每年對報刊發行補助的經費從一千零五十萬美元增加到九千萬美元，每年額外增加二千六百五十萬美元用於購買印刷出版品的廣告，並暫停課徵部分出版品的稅費。[89]

在歐洲其他國家，不同文化和所有權類型使他們的報紙產業發展得更好。例如，德國報紙出版商協會將該國更健全的新聞業（閱讀率達七成人口）歸因於結構差異，並指出大多數德國報紙由與當地社區有密切聯繫的家族或小企業所有，[90] 而這頗能代表許多歐洲國家的報紙系統。即使它們在經濟上沒有蓬勃發展，但由於盈利預期較低和商業壓力較小，危機感也會有所降低。與美國同業相比，歐洲新聞機構在股票市場上交易的可能性較小。雖然這些國家的報紙產業也受到網路影響，但它們並沒有下降得那麼嚴重，因爲它們從未像美國報紙那樣商業化。[91] 然而，儘管其新聞業危機更加嚴重，但美國在透過公共政策做出回應方面繼續落後於其他民主國家。世界各地存在的許多公共媒體補貼模式有助於拓寬美國可以做些什麼的社會想像。與此同時，一些實驗開始扎根。

新公共媒體系統的潛在財源模式

緩慢但篤定的是，即使美國也開始接受非市場實驗，包括公共媒體補貼（public media subsidies）。比方說，新澤西州州議會在二〇一八年通過一項法案，捐贈五百萬美元給「公民訊息聯盟」（Civic Information Consortium），這是一個創新的非營利組織，其任務是幫助振興當地媒體。該聯盟最初由媒體改革組織自由傳媒學社提議，並在兩年的草根倡議和社區參與中獲得進一步發展。其主要目標是資助旨在滿足新澤西州居民訊息需求的新聞計畫，尤其是在現有服務短缺的社區、低收入社區和有色人種社區。該聯盟旨在提高傳統和新創新聞媒體的數量和品質，並支持媒體素養和公民參與計畫。[92] 最初的五百萬美元後來減少爲二百萬美元，鑑於過去十年新聞產業承受的災難性損失，這只是杯水車薪。儘管如此，它還是一個意義重大的概念證明，亦即州政府可以在財務上支持本地新聞業。

另有一個有趣的案例，這次是公共媒體直接出手援助新聞機構——發生在二〇一八年，紐約市公共廣播電台 WNYC 協助復甦了一個地方新聞網站。在匿名捐助者的資助下，該電台收購了已解散的新聞網站《Gothamist》，並推動將它在華盛頓和洛杉磯的分支網站與當地公共廣播電台整合。[93] WNYC

並不孤單；全國各地的公共媒體電台愈來愈多地與當地新聞機構和民間社會團體合作，轉型成爲當地的多媒體中心（multimedia hubs）。除了傳統的廣播和電視廣播媒體之外，這些合作還經常產生各種數位印刷媒體（digital print media）——從文字紀錄稿到獨立報告。愈來愈多的公共媒體直接購買數位印刷新創公司。這種現象的例子包括費城公共廣播電台WHYY收購《Billy Penn》，科羅拉多公共廣播電台收購《Denverite》，KPCC收購《LAist》，WAMU收購《DCist》，以及WNET收購《New Jerse Spotlight》。[94] 這種模式——地方公共媒體成爲當地社區的「台柱機構」（anchor institution，譯按：台柱機構是指扎根在地方的非營利機構，與當地共存共榮，並且在當地經濟與公共生活中扮演重要角色）——可望在未來幾年得到擴展。[95]

一位前阿拉斯加公共電台的記者提醒我們，《一九六七年公共廣電法》明確指出，當地公共電視台和廣播電台是「寶貴的在地社區資源」，應該「透過社區節目和延伸節目，處理全國關切與解決在地問題」。[96] 美國公共媒體系統現在包括一千多個地方電台，每個電台的執照都由當地非營利組織、社區團體或教育組織如學院或大學持有。這些電台扎根當地社區，並與它們所服務的人保持著密切聯繫。例如，我曾經在那裡擔任廣播節目製作人的伊利諾州厄巴納的公共廣播電台WILL，長期以來以「公共媒體」自許，並與當地居民保持著密切連結。

毫無疑問，此類公共媒體實驗將繼續進行，但要使它們能被普遍近用並擴大到全國層次，我們首先必須解決如何爲公共媒體的擴展買單的老問題。這有多種選項存在。最明顯的一種是，美國大可改弦易轍，加入民主世界其他國家的行列，資助一個強大的公共媒體系統。美國可以糾正早年的錯誤，保證給予公共媒體長期財政支持，並且讓公共媒體預算免受國會撥款程序的掣肘。設立一個公共媒體的永久信託機構，將使它免受政治壓力的影響，並爲其長期規劃提供足夠的穩定性（我在結語那一章會再回來闡述這個論點）。

更大的預算也將允許美國公共媒體系統試驗新節目模式並增加其能量、多樣性和觸達範圍。若有更充足的資金基礎，我們可以擴大公共媒體的定義，不僅包括 PBS 和 NPR，還包括低功率調頻（LPFM）廣播電台和其他社區電台、有線電視公用頻道（public-access cable television）、獨立社區新聞網站，以及其他地方媒體。透過將它們轉變爲多媒體中心，這些既有機構可以整合它們的集體資源（正如一些機構已經在這麼做），就地方新聞和調查報導進行合作，因爲崩壞中的商業報紙已不再勝任這些報導任務。

其他創意提案也可能在沒有政府直接補貼的情況下啟動創新形式的公共媒體。其他國家的政策制定者已經提出其中一些計畫，例如人們可以使用消費券爲他們選擇的媒體提供財務支持。[97] 其他人從既有美國機構中汲取靈感，例如提議建立一個類似美國青年團的、政府補貼的新聞就業計畫，或創設一個政府研發基金來鼓勵創新的、多平台的新聞業模式。[98] 還有一些人創造不增加政府支出情況下的補貼，例如透過重新分配原先用於國際廣播的基金、向商業廣電業者課徵使用公共頻譜的費用、實施相當於隨每月電話帳單徵收的普及服務附加捐；或對手機、電腦和其他設備課徵小額消費稅。[99]

一個更加雄心勃勃的計畫是將現有的公共基礎設施，如郵局和公共圖書館，轉變爲當地社區媒體中心。除了提供公共網路接取，成爲市政府公營寬頻網絡的一部分，這些空間還可以透過各種印刷、數位和音頻媒體幫助促進當地的新聞報導。[100] 二〇〇〇年代初期的獨立媒體中心（簡稱 Indymedia）實驗可以作爲一個可能的參照模式，但這些社區媒體中心將得到公共資助並從當地社區獲得各種形式的支持，而不是完全依賴志工，這點在過去一直是Indymedia模式面臨的主要挑戰。[101]

強大的公共機構透過與商業媒體競爭並迫使它們更加負責、多樣化和訊息豐富，從而使整個媒體系統受益。推進此類論點需要一種意識形態敘事，即強調民主價值觀、但同時明確批評商業媒體在提供社會足夠新聞和訊息方面的局限性。然而，重大障礙仍有存在，甚至許多認爲必須採取措施拯救新聞業的美國人，尤其是記者本身，也擔心政府參與意味著政府控制。因此，值得強調的是，政府爲健全媒體系統提供必要的結構支持，並不等同於政府對媒體內容的控制。事實上，支持新聞業的公共政策應該在意識形態和觀點上保持中立。

當前的新聞業危機提供了一個難得機會，可以用以重振美國公共廣電，並將其重新定位爲致力於跨多個平台進行本地新聞編採和公共服務報導的新媒體系統。要爲這個新系統創造必要的政治支持，第一步是重啟有關公共媒體補貼的討論。

公共媒體補貼：像蘋果派一樣是美國傳統

美國政治話語／論述中的一個核心信條堅持，接受國家資助的媒體補貼政策與美國價值觀嚴重背道而馳。然而，正如本書前面所討論的，歷史證據駁斥了這一假設。各種媒體補貼不僅在美國傳統中根深柢固，而且歷史記錄顯示，新聞補貼政策與美國和全球的民主社會完全兼容並蓄——事實上，它們與更強大的民主呈現正相關。儘管如此，關於新聞補貼政策的誤解在美國仍然普遍，阻礙了對其優點的理性政策辯論，而且無視於舊的新聞補貼模式（即廣告收入）的內爆。

以郵政補貼為例，學者們計算過，如果當代的郵政補貼與《一七九二年郵局法》中的水準相同，那麼它們將達到數十億美元。[102] 根據已故法律學者埃德溫・貝克的計算，即使在二十世紀初，郵政補貼仍高達八千萬美元，以今天的幣值計算，相當於約六十億美元。[103] 自《一九七〇年郵政重組法》（*Postal Reorganization Act of 1970*）制定以來，這些補貼一直持續減少。事實上，整個郵政系統都受到保守派的攻擊，他們拒絕接受經費不一定需要自籌的傳統共識。儘管如此，這些補貼仍然存在，從自由派的《國家雜誌》到保守派的《國家評論》（*National Review*）等主要政治刊物仍然依賴它們。然而，在大眾話語／論述中，這些政府撥款很少被理解為媒體補貼。

規模宏大的美國國際廣播機制，是另一種在政策討論中通常不會提及的補貼。近年來，廣播理事會〔Broadcasting Board of Governors，簡稱 BBG，現已改名為美國國際媒體署（US Agency for Global Media）〕獲得近八億美元，用於營運美國之音（Voice of America，簡稱 VOA）和自由歐洲電台等媒體（現在年度預算接近七億美元）。[104] 出於對政府宣傳的擔憂，《一九四八年史密斯－蒙特法》（*1948 Smith-Mundt Act*）禁止美國之音等國際廣播服務直接向美國觀眾廣播。[105] 然而，二〇一三年國會修正了原始法律，讓這些廣播服務可以在美國境內播出。[106] 雖然被政府俘虜的可能性值得謹慎對待，而且我們必須始終警惕地保持適當的保護措施，美國可以考慮將如此大規模的媒體補貼重新用於支持地方公共服務媒體。[107]

美國最為人所知的媒體補貼，當然是她的公共廣電系統。目前，聯邦政府每年以大約四點四五億美元的水準資助 PBS。相較之下，政府在國防部的公關預算平均每年花費六點二六億美元，並且僱用了大約二千名媒體工作者。[108] 從歷史上看，美國也曾積極補貼其他國家的媒體系統建設。[109] 就在反動派抹紅那些倡議在美國建立更加面向公眾的媒體系統的媒體改革者的時刻，美國占領軍正忙著在日本和德國構建強大的公共媒體——後來分別成為NHK和ARD的公共廣電系統。

然而，在過去十年中，新聞業補貼的政策建議已經慢慢湧入主流話語/論述。例如，二〇一〇年，哥倫比亞大學校長李・布林格（Lee Bollinger）在《華爾街日報》發表題為〈新聞業需要政府幫助〉的評論文章。[110] 大約在同一時間，其他法律學者認為新聞補貼是合憲的，也符合美國歷史和國際標準。[111] 詹姆斯・柯倫（James Curran）將這種初步反應描述為「公共改革主義」（public reformism），它呼籲加強公共媒體以維持私營部門無法再支持的新聞業。[112] 愈來愈多證據顯示，公共媒體系統提供顯著的社會效益，這進一步證明這種因應新聞業危機的取徑是合理的。

愈來愈多的學術研究表明，與商業媒體相比，公共媒體傾向於呈現更廣泛的聲音和觀點。相關學術研究成果顯示，公營媒體和政府補貼的私營媒體對政府的批評不亞於未被補貼的私營媒體。[113] 與直覺相反，其中一些研究顯示，與有公共補貼媒體系統的民主國家相比，在以商業媒體系統為主的自由民主國家，國家實際上在塑造新聞方面發揮更大的影響力。例如，丹尼爾・哈林（Daniel Hallin）指出，比較分析顯示「非常強烈的證據顯示，新聞補貼不會導致記者膽怯」，瑞典媒體甚至在導入公共補貼後變得異議色彩更加濃厚。[114]

另一項比較分析顯示，其他民主國家的公共電視比美國的市場驅動模式更關注公共事務和國際新聞，在這些領域培養更多的公共知識，鼓勵更高層次的新聞消費，並且縮小了經濟優勢和弱勢公民之間的知識鴻溝。[115] 其他研究顯示，強大的公共媒體系統與更高的政治知識和其他社會利益相關，包括有更高的投票率和民主參與。[116] 研究還顯示，與商業新聞機構相比，公共媒體往往更加獨立、意識形態更多元，並且更可能對主導政策立場持批評立場。[117] 研究顯示，廣受歡迎的BBC是無可匹敵的國際新聞來源，它展示了一種比美國系統表現更佳的獨立性。[118] 另一些學者更是盛讚北歐公共媒體模式，有人稱之爲「媒體福利國家」（media welfare state）。[119]

總體說來，這些研究顯示，公共媒體傾向於製作更高品質的國際報導，並且更可能提供爲有色人種、女性、弱勢語言和少數民族社區，以及營利性媒體經常忽視的其他群體和地區服務的節目。[120] 研究發現，接觸公共電視新聞的人具有更高的社會信任度、對社會有更吻合事實的看法，並且比較不會有極端主義的觀點。[121] 比方說，一項關於移民態度的研究發現，商業新聞比公共新聞包含更多關於移民的擅色腥式報導，而且消費較多商業新聞的人對移民持有較負面和不平衡的看法。[122] 其他研究顯示，與商業廣電相比，公共廣電媒體的公共事務報導和嚴肅新聞的品質較高。有一項研究的結論是，在不受市場力量和政府干預的前提下，公共補貼的廣電媒體表現「明顯『優於』其商業對手。」[123]

本書第二章討論的「市場失靈」概念是理解公共媒體補貼必要性的核心。爲了正當化公共政策干預，尤其是在市場原教旨主義仍占主導地位的美國政策制定者當中，闡明市場失靈的理由是關鍵。由於商業媒體偏愛以娛樂爲主的低品質訊息節目，以無爭議的、通常缺乏想像力的內容觸達廣泛的閱聽眾，由此產生的媒體產品不利於少數／弱勢群體的再現，而且可說是避免了製播風險較大、更具創新性的節目。埃德溫・貝克等學者更進一步論稱，基於廣告的媒體系統會導致不平等、內容扭曲、市場言論審查、媒體所有權集中及其他有害結果。[124] 基於類似的假設，民主社會長期以來一直以市場失靈作爲投資公共廣電系統的理由。[125]

如果在美國更好地理解商業媒體的系統性市場失靈，可能會更有力地推動公共媒體塡補報紙產業崩壞所造成的眞空。在沒有意識形態約束的情況下，當前的歷史關頭可以爲構建致力於公共服務的具自主性的新公共媒體系統創造機會。這樣的計畫可能會被判定爲到院前死亡，尤其是在共和黨人當中。我們可能還記得，在與歐巴馬總統的總統辯論中，當時的候選人米特・羅姆尼（Mitt Romney）曾說過，即使他喜歡大鳥（譯按：PBS 兒童節目《芝麻街》裡的知名角色），他也會削減對 PBS 的補貼。[126] 但是，儘管共和黨菁英的言辭激烈，來自各個不同政治領域的民意調查數據——確實表現出對公共廣電的高度支持，尤其是自由派，但在保守派中甚至也達到令人驚訝的高水準。[127] 我們需要利用這種受歡迎程度來擴大公共媒體，以免爲時晚矣。

邁向新的公共媒體系統

爲了維繫美國民主，我們需要資助另類的媒體基礎設施，該基礎設施與引發當前新聞業危機的商業壓力有所區隔。這個媒體系統可以容納商業和非商業模式；理想狀態是一個混合媒體系統，使獲利服從於民主律令，並且能夠更好地承受市場波動。一個完全商業化的系統，因專注於優化廣告收入和極大化利潤的系統，在結構上很脆弱，不足以滿足民主需求；再加上解決市場集中度和極端商業主義方面的政策失敗，這些結構性缺陷在美國產生了一個特別容易受到全面新聞業危機影響的新聞媒體系統。任何改革方案的目標，都應該是從垂死的商業媒體系統的蹂躪中拯救公共服務新聞業。

資助美國新聞業，需要發生我們對媒體基本性質的思考上的典範轉移。由於美國新聞業長期以來一直依賴廣告收入（新聞是其主要交易的副產品），因此廣告這種資助模式通常被視爲理所當然，從而限制了我們對可以或應該做什麼的想像。例如，最近提出的一些改革方向側重於確保新聞機構從社群媒體平台和搜尋引擎產生的廣告收入中獲得公平的分潤比率。128 這些改革不僅微不足道，而且完全沒有解決極端商業主義的根本問題。新聞媒體從一開始就不應該這麼依賴廣告收入，而在美國早就有人倡議以非商業方法來培養自由和異議媒體。如果沒有公共服務新聞，民主本身就會很脆弱地受到低劣的不實訊息媒體文化的影響。

愈來愈多的證據顯示，僅靠私人資本再也無法完全支持專業新聞業，但新稅法可以幫助商業新聞機構轉變爲新的低營利和非營利所有權結構（已在本書第三章中討論）。這些非營利機構的誘因結構與推動商業新聞的機構有著根本不同——通常更側重於產製公共服務新聞。儘管如此，雖然應該接受這些私人的、非營利的模式，但單靠租稅政策調整並不能使這些渠道變得可行。許多媒體仍然必須依靠訂閱、捐款、廣告和其他收入來支維持開銷。它們仍然受制於市場力量的支配，即使它們沒有面臨同等程度的商業壓力。

歸根結柢，增加公共媒體的公共資金是應對新聞業危機最可靠的系統性方法。鑑於最近報紙倒閉和破產事件頻發，以及商業廣播和電視新聞的大片荒原，這場危機需要民主決定的公共政策干預。現在是建立一個與市場隔絕的永久性公共新聞媒體系統的時候了。當前的危機爲重申新聞界的公共服務使命提供了機會。消除利潤壓力可以將新聞編輯室從企業主手中解放出來，並將它們帶回社區。不應允許媒體集團和私募股權公司將新聞機構視爲純粹的商品。那些不願意長期投資高品質新聞的人，如果有序地退出媒體業務，既可以爲公眾服務，也可以保護自己的利益底線。簡而言之，我們必須從壞媒體老闆手中拯救好資產。公共政策有助於促進這種轉變。

可以肯定的是，社會民主取徑不能解決媒體的所有問題。資金充足的公共媒體系統如果不能解決結構性改革問題，很可能會重現困擾美國公共廣播和電視的種族歧視、階級主義和菁英主義問題。解決這些問題需要的不僅僅是支持現有媒體組織或複製菁英新聞實踐，例如過度依賴官方消息來源。即使是最著名的公共媒體系統 BBC，也充滿了菁英主義傾向和根深柢固的結構問題。129 許多持續的專業文化問題需要時間在眞正的公共媒體系統中重新調整。

新的公共媒體系統必須積極尋找並包容歷史上被邊緣化的群體、聲音和想法。正如我們在第一章中看到的，傳統自由主義常常擁護觀念市場，而沒有認識到預先存在的結構性不平等，特別是在階級、性別、性傾向和種族方面。理想情況下，這種新制度將比自由主義更基進；它將深入到權力的根源，無情地審查占主導地位的假設和制度。以新聞編採和國家之間的強大防火牆作爲其存在的先決條件，無論哪一黨執政，這種公共媒體系統必須與強大利益保持對立。

歸根究柢，振興美國媒體有賴於聯邦政策驅動的全國性對策。如果我們在沒有意識形態盲點的情況下面對政府和媒體之間不斷演化的關係，那麼社會民主取徑的媒體政策似乎非常合理。太多人認定這樣的模式在美國永遠不可能得到壯大機會。更強大的公共媒體系統沒有扎根的這一事實證明，美國商業廣播業者和出版商在一九三〇年代和一九四〇年代取得了政治勝利，因爲其後出現的商業體系代表的是企業菁英共識的勝利，而不是公共利益。

當然，所有公共媒體補貼都應基於完全透明、問責制度，以及眾多保障措施和防火牆的原則，以確保它們不會成爲受制於國家的工具。但正如歷史記錄所示，許多先進民主國家，也包括歷史上不同時期的美國，都成功地採取新聞補貼政策，並沒有因此滑向極權主義。當我們評估當前的新聞業危機時，我們必須回顧歷史，重新審視未曾走過的路，並且考慮走上這條路。說服達到臨界大眾（critical mass）的美國人民接受社會民主取徑來因應當前新聞業危機是一場艱難的政治鬥爭。但是，面對如此嚴峻的危機，我們根本沒有退縮到意識形態舒適區的奢侈。

結語

我們需要的媒體

如今商業新聞業的崩壞已是無可爭辯的事實。但作為一個社會，我們還沒有正視這一切意味著什麼。沒有任何可以拯救新聞業的新商業模式等著被發現，也沒有任何純粹利潤導向的模式可以解決美國各地日益嚴重的新聞沙漠問題。商業新聞媒體是否曾經完全符合社會的民主需求是值得懷疑的，但現在非常明顯的是，市場無法支持民主所要求的新聞，尤其是地方、國際、政策和調查報導新聞。

過去十年，報紙收入和讀者人數急遽下降，美國新聞工作者人數減少近半。眞正的新聞業正在消失，不實訊息正在蔓延，而我們的公共媒體系統——理想情況下可以為市場無法支持新聞界提供安全網——與全球同業相比仍然相當貧困。新聞業面臨的經濟威脅——從依賴廣告的商業模式的崩解到臉書和谷歌等平台壟斷企業的支配——構成了我們新聞媒體系統的結構性危機。但這場危機也是澈底重塑新聞業的機會。

如果我們承認創業解決方案就在不遠的轉角處，如果不再寄望神奇的技術／科技解決方案或市場靈丹妙藥，我們就可以開始更積極地尋找非市場的替代方案。這樣做的同時，我們可以大膽想像數位時代的新公共媒體系統，該系統將民主置於利潤之上。一種不懈地發微掘隱，而且勇於直面當權者的新聞業。一個可以精準聚焦於氣候變遷、極度不平等、大規模監禁和其他迫切的社會問題的訊息系統。問題是我們該如何設計這樣的一個系統？

歷史為這種另類的新聞業提供了短暫的一瞥——揭露腐敗、改變政策並造福整個社會的調查報導。時不時地，我們會接觸到講述我們在其他情況下永遠不會看到聽到的故事和聲音。但長期以來，這些時刻都是例外。美國媒體系統的歷史，是充滿錯誤再現、排斥和持續市場失靈的歷史。但它並非——也不是——必須是這樣。另一種媒體系統是可能的，一種更符合民主治理和所有人都可近用的媒體系統。這一願景的最大障礙是對**什麼是可能的**抱持狹隘觀點。我們必須拓寬我們的政治想像。

如果我們願意認識到新聞業未來面臨的問題根源——即對愈來愈難以實現的利潤的不懈追求，我們就可以開始解決危機。如果我們找到方法將猖獗的商業主義造成的結構性威脅降至最低，我們實際上可能實現這種新的新聞業。但我們必須首先考慮實現這一願景所需的策略框架和政策。最重要的是，我們必須將新聞業視為民主賴以生存的基本公共服務，而且是一種**核心基礎設施**。[1]

民主基礎設施

我們在學校都學到，一個掌握充分資訊的知情社會（informed society）是自治社會的基石，需要新聞自由。然而，作為一個社會，我們很少反思維持健全新聞系統所需的基礎設施和政策。今天，當我們依靠新聞業來保護我們免受不實訊息和腐敗的侵害時，新聞業正處於結構性危機當中。新聞業的制度性支持正在崩塌，在迫切需要可靠訊息和據實報導的時候，整個地區和議題都沒有被報導。這場危機對特定社區和弱勢群體造成了不成比例的傷害。

愈來愈多的學術文獻記錄了訊息稀缺、不實訊息泛濫和新聞沙漠興起所造成的負面社會影響。正如我們在第三章看到的，研究顯示那些無法近用可靠新聞來源的人對政治的了解較少，公民參與度較低，而且不太可能投票。此外，這些社區更加兩極化，地方政府的腐敗程度也愈來愈高。許多證據表明，這些問題在未來幾年內只會更加惡化。新聞業的喪失和猖獗的不實訊息是需要結構性解方的結構性問題。更重要的是，它們是需要政策干預的社會問題。

隨著公眾愈來愈關注新聞和訊息系統誠信度遭遇的威脅，現在是考慮爲數位時代重新定位美國新聞業改革的好時機。雖然公共媒體系統並不是解決所有通訊傳播病症的萬靈丹，但它可以爲健全的訊息生態系統提供堅實基礎。愈來愈多的證據表明，公共媒體有利於強化政治知識和民主參與，也比較鼓勵具多樣性和獨立性的新聞報導。此外，公共媒體系統以規範性承諾爲指導原則，以確保所有社會成員都能近用訊息和通訊傳播系統。

眞正的社會包容意味著社區不僅能接收高品質的新聞，而且還深入參與新聞產製過程本身。社區成員應參與治理過程，有權組織自己的新聞編輯室，並在**參與式新聞**（participatory journalism）中參與協作。新聞產製過程中的社區參與是創設新型新聞業的最佳方式，也是一種能被問責與値得信賴的新聞業。考量這些關切和強調，我們必須解決以下問題：新的公共媒體系統會是什麼樣子？在美國建立這樣的制度需要什麼樣的政策、話語/論述和政治？在某些關鍵面向，我們曾經有過這樣的機會，關於過往成功和失敗的歷史知識具有指導意義。從過去的政策鬥爭和媒體危機中汲取的教訓，包括在美國長達數十年的構建公共廣電系統的運動，對我們制定前進的道路有諸多啟示。

應對新聞業危機的政策取徑

通往不實訊息社會的道路是由**政策失敗**鋪就的。我們今天面臨的許多與媒體相關的挑戰——不實訊息、不受問責的壟斷、公共性不足的新聞業，實際上都是老問題。唐納德．川普的當選，是美國核心系統、尤其是媒體系統內部更深層次的制度潰爛的病症，而不是病因。我認爲，這些長期存在的結構性病態是媒體政策長期失敗的直接結果，長期的政策行動和不作為導致當前訊息系統的危機。由於美國未能維持**公共服務新聞業**，此一失敗為不實訊息和低品質的新聞報導創造了沃土。未能保持開放和民主運作的通訊傳播基礎設施限制了公眾近用可靠訊息和民主參與的機會。隨著時間的推移，未能阻止對美國訊息系統關鍵部門的壟斷控制也造成了廣泛危害，包括新聞被過濾、媒體多樣性匱乏與極端商業主義。這些層層疊疊的政策失敗維持著一種由商業律令引起「系統性的市場失靈」（systemic market failure），讓這場美國媒體實驗的大部分因此沈淪。

任何渴望民主的社會都必須確保可靠新聞和訊息系統的存在。這需要將新聞業危機當作一個主要的**社會問題**，也因此是個**公共政策問題**。要將美國媒體系統轉變為民主力量，需要制定強有力的政策方案來規範或打破訊息壟斷，創造商業新聞媒體的公共替代方案，並賦予媒體工作者、消費者和社區參與和創設屬於自己的媒體的權力。

前進之路：去商業化新聞業

除了實現這些替代方案所需的政治和政策之外，將非商業願景作為長期規範目標本身就是一個值得努力的方案。當然，移除商業律令的影響力並不能解決所有與新聞相關的問題。移除商業對新聞業的影響後，深刻鑲嵌其中的文化取向、階層等級和常規慣例，無論在新聞編輯室內部或是整個社會都將繼續存在。儘管如此，**去商業化**是邁向民主化的重要第一步。去除商業價值（強調羶色腥的、衝突驅動的、吸引人們注意廣告的瑣碎新聞）與增加**公共價值**（強調高品質的訊息、不同的多元聲音和觀點，以及面對權力集中和社會問題的報導），從而促進一種普遍可及、關注多元文化和社會脈絡的新聞。

從市場驅動的新聞業的灰燼中拯救非營利模式，遠遠超越對從未存在過的黃金時代的懷舊。該方案不是要尋找正確的商業模式來維持現狀或重振充滿不平等和歧視的過去。任何重塑新聞業的道路都必須承認，市場是它的破壞者，而不是救世主。商業主義是這場危機的核心，消除它才可能會帶來變革。與當今新聞媒體面臨的其他風險相比，市場的破壞沒有引起同樣程度的警覺。雖然新聞業的外部威脅包括壓迫性的國家政府、閱聽眾和技術／科技的變化，但市場構成攸關存亡的挑戰。因此，我們應該完全讓新聞產製免除市場影響，或是至少將商業壓力降到最低。[2]

已故社會學家埃里克・奧林・賴特（Eric Olin Wright）為我們留下了一個有用的提綱，有助於社會思考新聞業**去商業化**和創設眞正的公共媒體系統的可能性。賴特是構想「眞實烏托邦」（real utopias）的重要思想家，他為想像不同的社會世界提供了詞彙。他提出了四種創造資本主義替代／另類方案的一般模式，每一種都基於不同的抵抗邏輯：**砸碎**（smashing）、**侵蝕**（eroding）、**馴服**（taming）、**逃離**（escaping）。[3] 在評估了這四種取徑後，賴特提出，隨著時間的推移，侵蝕和馴服資本主義關係的策略提供了最好的變革機會。一方面，我們可以推動對現有制度的改革，極大地改善人們的日常生活（馴服），另一方面，我們可以創造逐漸取代商業模式的替代結構（侵蝕）。我們可以應用這種馴服和侵蝕資本主義關係的策略願景，將我們的媒體系統從商業邏輯中解放出來。有五種有助於此類方案的一般取徑：

- 建立「公共選項」（即非商業／非營利，由公共補貼支持），例如資金充足的公共媒體機構和市政府公營寬頻網絡。

- 打破/防止媒體壟斷和寡頭壟斷，以鼓勵多樣性並減少追求利潤極大化行爲。
- 藉由公共利益保護和公共服務義務（例如確保社會的資訊需求）來監管新聞媒體。
- 透過促進新聞編輯室組織工會、促進員工掌握所有權的機構和合作社，以及維護保護新聞業不受商業營運影響的專業準則等手段來實現員工控制。
- 促進新聞編輯室由社區擁有、監督和治理，並強制要求對多元背景的公眾負責。

雖然社會應該同時追求所有這些取徑，但最可能成功的馴服和侵蝕商業媒體的方式是創設一個眞正的公共媒體系統，該系統可以迫使營利性媒體承擔更多責任，並爲系統性市場失靈提供一個結構性替代方案。

創設新的公共媒體系統

如果我們同意非營利機構是有益的但還不夠，那麼公共媒體系統是非常必要的。我們應該坦率地講清楚，任何這種提供新聞的全國性網絡都需要龐大資源。在美國，提議對新聞媒體進行大規模公共補貼的想法通常會立即引來兩種反對意見，一是擔心公共補貼的系統會成爲政府喉舌，二是認定它所費不貲。

在整本書中，我一直在強調媒體補貼並不是朝向極權主義的滑坡。事實上，全球民主國家已經想出好辦法，既能建立強大的公共媒體系統，同時又能兩全其美地享受令美國感到慚愧的民主成果。儘管如此，獨立於政府俘虜之外當然是合理的關切。任何公共媒體系統的一個絕對前提是它必須與政府（以及其他的強大勢力）隔絕開來。無論資金來源如何，一個關鍵要求是一旦資金進入信託就切斷所有以前的聯繫。所有捐贈都必須清除任何機構或個人的附帶條件，以確保新聞業完全獨立於任何資助者或政府實體。這些捐贈應該遵循前面提到的「雙盲」過程：沒有人確切地知道他們的錢在資助什麼樣的新聞，也沒有任何受資助者會知道他們的資金是誰給的。這種政治自主性必須與經濟獨立性掛鉤——換言之，要有足夠的資金和資源，否則這個新系統只會重演早期公共廣電的錯誤，再次創設了一個容易受到政經壓力影響的脆弱系統。

爲新的公共媒體系統奠定堅實基礎，將會需要投入數百億美元。這可能看起來很多，但相對於問題的規模和類型——與公共衛生、常備軍隊和其他不可討價還價的開支條件相當的第一等需求，這個金額其實只是剛好而已，特別是如果我們將缺乏健全新聞媒體系統對社會造成的龐大機會成本納入考慮。美國人很少質疑政府爲國家生存所需行動花費的成本，例如公共教育和其他核心系統和基礎設施。一個有效的新聞系統與這些事務一樣必要，因此我們不該要求政府預算不得資助新聞業，因爲這其實是一種充滿意識形態的立場，卻冒充成一種擇善固執的現實主義。一個可持續的新聞系統不是奢侈品；它是**必需品**。與第二章中討論的典型優點類似，新聞業不是一種「想要」，而是一種「需要」。我們應該相應地對待它，每年從國庫中提取三百億美元的預算——與近幾十年來透過的大規模減稅和軍事預算相比，根本是微不足道。[4]

雖然直接來自美國財政部的有保證的年度預算是支持新公共媒體系統的理想方式，但第二種選項是由多種收入來源支持的大型**公共媒體信託基金**。正如第五章所討論的，有許多可能方式爲該信託提供資金。最重要的是，這種財政支持不應成爲任由國會撥款程序擺布的政治足球，而是可能依賴基金會和慈善家的慈善捐款、既存的補貼，以及其他來源。不受任何強大勢力的影響，這種信託應該是公開營運且維持免於政府影響的自主性。雖然個人也可以捐款給這個信託基金，但這麼大規模的計畫需要大型資助者。其他可能的資金來源（已在本書第五章提及）包括對電子產品和設備徵收的消費稅、消費券、重新分配國際廣播補貼（價值數億美元）的用途，以及頻譜拍賣收入（價值數百億美元）。爲公共媒體系統提供資金的另外兩種主要方法是對平台壟斷企業徵稅，以及讓基金會集中資源作爲「孵化器／育成中心」（incubators），培養扶植未來可成爲公共媒體系統一部分的新創媒體。

平台壟斷並非破壞數位新聞業的系統性市場失靈的唯一原因，但臉書和谷歌無疑地加劇了這場危機。具有悲劇性的諷刺意味的是，正是這個雙頭壟斷致使它們寄望對透過其平台擴散的不實訊息進行事實查核的新聞機構陷入飢饉狀態。爲了抵消它們造成的損害，這些公司可以投入資助地方新聞、調查報導、政策報導和民主所需要的其他類型的報導，無論這麼做是否對壟斷企業有利可圖。到目前爲止，谷歌和臉書已經在相當於公共關係倡議的層面上支持新聞業。谷歌已承諾在三年內爲其新聞計畫投入三億美元（不及谷歌二〇一七年利潤的百分之一）。就臉書而言，它啟動了一個總值三百萬美元的新聞業「加速器」（accelerator）（約占該公司二〇一七年收入的百分之零點零零七），以幫助十到十五家新聞機構使用臉書平台建立數位訂閱機制。它還啟動了一個名爲 **Today In** 的計畫來匯集美國各地社區的本地新聞，但這在發現許多地區已經完全沒有本地新聞時遇到了問題。[5] 這些努力還遠遠不夠。

作爲新監管取徑的一部分，**重分配營收**（redistributing revenue）可以處理壟斷權力未被問責與公共服務新聞業淪喪的雙重問題。臉書和谷歌（擁有 YouTube）應該資助它們同時從中獲利與受它們荼毒的產業。這些公司可以爲其收入繳納百分之一的名義「公共媒體稅」（public media tax），這將爲新聞信託基金帶來可觀的收入。根據它們二〇一七年的淨收入，這樣的稅收將從臉書產生一點五九三四億美元，從谷歌／字母公司（Alphabet）產生一點二六六二億美元。兩者合計，這二點八五九六億美元將大大有助於爲獨立新聞業提供資金，特別是如果與其他隨著時間推移而積累的慈善捐款相結合的話。媒體改革組織**自由傳媒學社**提出的一個類似的、更具企圖心的計畫要求更廣泛地對**數位廣告**徵稅，每年可能爲公共服務新聞業帶來二十億美元的收入。[6]

這些公司當然負擔得起這樣的成本，因爲它們目前繳納的稅款非常少。[7] 近年來，歐盟執委會建議對數位公司的營收課徵百分之一至百分之五的新稅。**英國媒體改革聯盟**（Media Reform Coalition）和全國記者工會（National Union of Journalists）都提議將此類稅收專門用於公共服務新聞業。迄今爲止，這些倡議都還沒有成功，但反映人們愈來愈意識到數位壟斷企業的不正當財富積累、新聞業的持續退化，以及不實訊息的興起之間的關連。[8] 如果我們要授予平台壟斷企業對我們重要的通訊傳播基礎設施如此不可思議的權力，**新的社會契約**必須保護民主社會免受傷害。

另一種支持公共媒體的可能性是我在本書中一直提到的觀念，讓私人基金會發揮其孵化新媒體模式的歷史作用。正如我們在第五章中看到的，福特、卡內基、麥克阿瑟和許多其他基金會在塑造美國公共廣電的過程中曾發揮關鍵作用。它們可以在創設下一個公共媒體系統時發揮同樣重要的作用，尤其在其早期發展階段。一旦新的公共媒體系統建立並展示其效用之後，隨著對私人基金會的依賴減少，公共資金可能會增加。這將類似於一九六〇年代後期美國公共廣電的發展，但當時和現在的一個關鍵區別是主要基金會——尤其是卡內基基金會，鼓勵政府介入並資助這些基礎設施。無論如何，這次我們應該禁止新的公共媒體系統接受自願性的企業捐款，以避免贊助帶來的交換條件，並且確保我們不會重蹈覆轍。

鑑於結合私人慈善捐款和公共補貼所提供的永久支持，資金充足的全國性新聞服務可以幫助保證優質新聞的普及近用。這種新聞業的「公共選項」可以解決商業媒體的特有問題，這些問題使得我們的訊息系統在面對危機時顯得特別脆弱。

真正的公共媒體系統長怎樣？

爭取一個眞正獨立的公共媒體系統的戰鬥，並不止於資金層面。一旦我們爲這些新的新聞空間創造了結構性的條件，我們就必須確保它們保持眞正的公共與民主。因此，我們必須建立適當的結構，以確保這些機構由記者和公眾代表控制，以由下而上、透明的方式運作，並且和參與其中的在地社區不斷對話。簡單的說，這些新聞媒體必須與它們所服務的社區高度連結與整合。

我們可以想像這個方案由多個層級所構成：**資金層**（funding layer：這個公共媒體系統將如何在財務上維持？）、**治理層**（governance layer：如何分配資源與如何民主地做出這些決定？）、**確認層**（ascertainment layer：如何確定訊息需求？）、**基礎設施層**（infrastructure layer：我們如何確保訊息的發行和接取，包括普及寬頻服務？），以及**參與層**（engagement layer：如何確保當地社區參與產製自己的新聞並貢獻自己的聲音和故事？）。雖然行政上可以透過集中化的機制分配資源，但代表社區的當地媒體機構應該因地制宜地做出治理決策。聯邦層級和州層級的委員會負責規劃應該如何部署資源，以因應新聞沙漠、滿足特殊傳播需求，並專注於解決新聞報導中的差距（例如，圍繞選舉、不平等、全球暖化和其他特定社會需求和問題）。

實現這一系統將需要一個由政策專家、學者、技術專家、新聞記者和公共倡議者組成的**公共媒體聯盟**，專門從事與上述這些層級相關的工作。最重要的是，每一層級都必須讓當地社區參與進來。研究者琳賽・葛林—巴柏（Lindsay Green-Barber）提醒我們，「參與式新聞業」（engaged journalism）必須「尊重公眾，並將公眾納入其過程和實踐中」。最後，她總結道，這種新聞是關於反映鮮活現實、滿足訊息需求，以及「培養和傾聽**整個社區**的訊息來源，而非只是在利基部門或權力上層」（粗體字強調部分是原文如此）。[9] 一個相關計畫是「解方新聞業」（solutions journalism），它聚焦於解決社會問題，同時凸出在地發聲和基層消息來源。[10]

簡單說，我們的目標應該是創設一個強大且資金充足的媒體系統，該系統是眞正公共的，專爲我們的數位時代而設計，以民主、而非市場爲驅動力。無論最終採取何種形式，構建可存續的非商業模式都將是一個漫長而艱難的過程。繁花落盡，但實驗將繼續下去。從商業新聞是死路一條的前提出發，我們可以重新調整關於新聞業未來的疲勞對話。它讓我們能夠更大膽、更有創意地思考。將記者從商業限制中解放出來，將會讓他們有機會實踐最初引導他們從事這一行的技藝。換句話說，它會讓記者成爲記者。這意味著他們應該在媒體機構的所有權和治理中占有一席之地。至少，記者需要強大的工會來保護勞動條件，並且促使新聞編輯室民主化。除了這個基線，一個眞正的公共媒體系統應該包括由員工經營的合作社（worker-run cooperatives）及其他形式的集體所有制。記者與當地社區的密切對話應該主導他們所做的報導。

歸根結柢，公共媒體意味的是媒體機構的**公共產權/所有權**（public owernship）。[11] 這需要的是一種社會民主典範，將第四階級視爲反制集權的不可或缺的力量。任何名副其實的進步議程都必須爭取一個**異議新聞媒體**，以提供關於社會問題的正確訊息，挑戰強大的既得利益，並爲再現不足的聲音和社會另類願景開闢論壇。美國媒體系統充斥著明顯的不平等——它反映了階級和種族分歧，正如它使它們持久常存一樣。但如果有對的結構條件存在，新聞業反過來也可以成爲推動社會正義和基進變革的力量。

讓媒體從利潤律令和商業壓力中解脫出來，並不能解決新聞業的所有問題，但那是一個必要的起點。如果不補貼非商業媒體，就不可能支持生產成本高但很難獲利的新聞。如果完全交給市場機制，那些無法吸引廣告商和富人興趣的新聞故事將無人敘說。而任何能引起廣告商注意的事情，從有線電視上嘩眾取寵的主播名嘴到線上的點擊誘餌都可能被放大。商業新聞價值習於支持社會現狀，它們很少挑戰它。市場力量常常被視爲自由新聞業和自由人民的保證。這種虛假民粹主義式「給人們自己想要的東西」的神話，將有權力的人和有利可圖的事物予以自然化，並將持異議反對立場的新聞視爲一種危險的異常現象。地方新聞業的消亡，應該成爲眾所周知的煤礦坑裡的金絲雀。這是一個明顯的徵兆，顯示我們需要一個深入市場言論審查的根源的**基進媒體方案**。否則，我們將面臨這樣一個未來：市場機制壓倒眞正的新聞業，少數幾家企業決定我們聽到什麼（新聞）故事。

重新定義這場辯論

當前的危機可能會推動新的新聞模式的大膽試驗。如果社會只將新聞視為一種商品，那麼盡一切可能實現利潤極大化就是合理的。但是，如果我們將新聞業視為主要的公共服務，那麼我們應該盡量減少市場壓力，將新聞產製還給當地社區，並使公共媒體永續存在，就像我們在社會中為博物館、公園、圖書館和學校保留永久空間一樣。長期以來，商業限制一直為新聞業的特定聲音和觀點製造障礙。新聞業的公共服務使命與其盈利動機一直處於緊張關係。事實上，制定倫理準則和專業標準的計畫本身，就是為了防範新聞業被商業優先所淹沒。

不幸的是，這些先前的教訓不是被忽視，就是被遺忘。今天，我們正在見證這些緊張關係已經無以復加，商業新聞業長期存在的結構性矛盾達到了頂峰。然而，有正面的跡象顯示，美國社會正逐漸意識到商業新聞業的這些缺陷，用當代的說法，並不是系統裡的一個小漏洞，而是其根本特性。然而，我們對這場危機的分析仍然非常貧乏。在美國，我們將市場對新聞業的影響——就像我們看待市場對幾乎所有事物的影響一樣，當作是我們無法控制的一種不可避免的自然力量，或者至少是一種民主願望的公開表達。

這種「市場本體論」同時也將市場對新聞業施加的暴力**自然化**，並排除了替代模式的可能性。最終，這種對市場的忠誠確保社會不去嘗試對重大社會問題採取嚴肅的公共政策回應。按照這個邏輯，如果公眾（或者更確切地說，廣告商、投資者和媒體所有者）不支持某些類型的新聞，我們就必須讓它們消亡。如果我們按照類似的商業邏輯來設計我們的公共教育，那麼這種立場固有的荒謬性就會變得明顯：如果學生選擇不支付公民課程的費用，那麼該課程將停止。或者考慮學術勞動：如果學者的期刊文章沒有獲得足夠的點擊或按讚數，他們必須放棄他們的研究課題。雖然應用於社會其他領域似乎很荒謬，但這種野蠻邏輯正在光天化日之下扼殺新聞業。

所有民主理論和基本原則——包括第一修正案本身，都假設一個蓬勃發展的新聞系統。第四階級目前的崩壞是一個深刻的社會問題，迫切需要公共政策干預。沒有發生這樣的干預，既源自於話語／論述俘虜，也源自於監管失敗。關於數位新聞民主潛力的討論往往忽視我們傳播系統的政策根源和規範基礎。對技術／科技解放的持久信念阻礙了可能阻止企業俘虜核心訊息系統的公共政策。這種話語／論述取向至少部分解釋了何以美國社會一開始就允許平台壟斷，受無情的「監控資本主義」所驅動，使其獲得如此巨大且不負責任的權力，[12] 也有助於解釋對持續的新聞業危機的微小政策反應。這些政策失敗導致媒體系統退化，爲各種不實訊息的蓬勃發展創造了沃土。

前方的路

由於市場無法滿足我們所有的訊息需求，基於公共媒體的社會民主願景的政策計畫將促進以下政策：削弱壟斷力量、建置公共利益保護、移除商業壓力、並且構建公共基礎設施。在各州和地方層級，我們可以努力支持建立社區寬頻服務和地方新聞計畫的政策方案。爲了獲得靈感，我們可以回顧過往的實驗——從市政府公營報紙到以合作社模式營運的電話網絡，來想像這些非營利性實驗的未來可能面貌。

該政策方案的其他要素有助於聯邦層級的長期轉型，由下而上的草根社會運動驅動，以創設一個全國性的新公共媒體系統。現在是爲仍然占主導地位的放任主義典範創造反敘事和基進替代方案的時候了。正是在這樣的黑暗政治時刻，我們應該設想和規畫一個更加開明的未來。新聞業危機以及新聞和訊息系統的商業化和企業壟斷是重大的社會問題，它們屬於政策領域，因此也屬於政治領域。

長期以來，美國社會一直在爭論什麼樣的新商業模式可能支持新聞業。太多聰明人習慣於看不到資本主義對新聞業的腐蝕性影響，誤診了這個問題，因爲他們沒有看到其內核是商業主義。我們應該且必須釐清這場危機的結構性根源，擴大對潛在未來的政治想像，找到替代方案，並幫助擘劃讓它們獲得實現的道路。最重要的是，我們必須向前看，而不是向後看。懷念報紙報導的黃金時代，或懷念沃爾特・克朗凱（Walter Cronkite）告訴我們「事情就是這樣」的三大電視網的時代，都無法讓我們更接近民主所需的那種公共媒體系統。我們的目標必須是重塑新聞媒體，而不是支持舊的商業模式。我們的重點應該放在新聞業的未來，而不是報紙或任何其他特定媒體的困境。如果我們將新聞業從商業律令中解脫出來，創造一個眞正的公共替代方案，我們還大有機會能夠設計出一個爲民主服務的媒體系統。

謝辭

任何的寫書計畫都是一項集體努力，對於一項跨越十年的寫書計畫尤其如此。我不可能感謝每一位多年來與我就新聞業未來，以及爲什麼它對民主很重要等課題進行有意義對話的人。我首先要感謝我的朋友兼導師鮑勃・麥契斯尼（Bob McChesney）教授，他是我在研究生期間效法的理想學者兼行動主義者。鮑勃總是鼓勵我從結構和歷史的角度來理解我感興趣的媒體和民主。二〇〇七年夏天，當我完成論文時，鮑勃讓我爲他共同創立的媒體改革組織自由傳媒學社開展一個名爲「拯救新聞業」（Save Journalism）計畫的研究。從那個時候開始，我一直在研究這個問題。

我要感謝的其他重要導師是約翰・尼祿內和丹・席勒，他們對我的思想產生了深遠影響，而且貫穿全書。我對商業媒體的結構性失敗和需要替代選擇的興趣，可以回溯至攻讀碩士學位期間與華盛頓大學的蘭斯・班奈特（Lance Bennett）教授共處的歲月。我的著作也追隨已故的埃德溫・貝克教授的研究傳統，他總是慷慨地與我談論媒體、市場和民主。

一些閱讀和評論本書初稿特定章節或部分章節的朋友和同事應該被特別感謝。這些善心人士人包括羅德尼・班森、邁克爾・考普斯、德斯・弗里德曼、Aske Kammer、馬克・勞埃德、艾莉森・帕爾曼、羅伯特・皮卡德、李・謝克、謝潑德、Briar Smith 和 Joe Turow。我特別感謝慷慨地閱讀整本書稿並提供非常有用回饋的幾位：克里斯托弗・阿里、傑伊・漢密爾頓、Audra Wolfe 和克雷格・艾隆（Craig Aaron）。克雷格・艾隆和我、以及喬什・斯特恩斯（Josh Stearns）於二〇〇九年共同撰寫了一份題爲《拯救新聞》的報告，當時正值當代新聞業危機的初期，當時的我擔任自由傳媒學社的研究員（我現在是該組織的董事會成員）。從新聞業對民主的好處，再到地方新聞的新模式，我繼續從喬什・斯特恩斯的睿智見解中受益。

我還要感謝一個由朋友和同事構成的強大知識社群，他們一路鼓勵我，提供道義支持、建議，以及偶爾的酒水招待：Sarah Banet-Weiser、Jack Bratich、Kevin Coe、傑夫・柯恩、Christina Dunbar-Hester、Susan Douglas、羅伯特・恩特曼、布雷特・蓋瑞、Natalie Fenton、Oscar Gandy、John Gastil、Tom Glaisyer、Ted Glasser、Ellen Goodman、Larry Gross、Bob Hackett、Jayson Harsin、David Hesmondhalgh、理察・約翰、Marwan Kraidy、Chenjerai Kumanyika、Marie Leger、Yph Lelkes、Jessa Lingel、Steve Livingston、Robin Mansell、Carolyn Marvin、Rick Maxwell、薩沙・梅因拉斯、Lee McGuigan、Mark Miller、Tony Nadler、Russ Newman、約翰・尼科爾斯、Kaarina Nikunen、Matt Powers、Monroe Price、Manuel Puppis、Craig Robertson、班・史考特、Inger Stole、Tom Streeter、Sharon Strover、西瓦・維迪亞納坦、Janet Wasko、楊國斌（Guobin Yang）和Barbie Zelizer。親愛的朋友Jonathan Evans、Joe McCombs和Noah Rahm幫助我保持「接地氣」的狀態。我們伊薩卡社區的許多朋友值得特別感謝，尤其是Jenny Mann和Guy Ortolano。我還要感謝Aaron Sachs邀請我協助指導我們兒子的四年級籃球隊，這是寫書過程最後階段的完美療癒。我感謝賓州大學安娜堡傳播學院出色的同事和出色的員工，他們爲批判研究提供了一個友善環境。我特別要感謝我們的前任院長Michael Delli Carpini和現任院長John Jackson，他們是社會正義工作的堅定支持者。與我的好友Todd Wolfson共事是一種特殊的榮幸，他與我共同主持新設立的媒體、不平等和變遷研究中心。與我們出色的計畫經理Briar Smith一起，我們在我撰寫本書的最後階段正式啟動了該中心，我很高興有機會在未來幾年將我

們的研究投入到各種行動主義當中。

多年來，如果沒有安娜堡許多才華橫溢的研究生的一流研究幫助，我不可能完成這本書：Doug Allen、大衛・伯曼、Lauren Bridges、Zane Cooper、Nick Gilewicz、Antoine Haywood、Jenn Henrichsen、Sanjay Jolly、蒂姆・李伯特、Chloé Nurik、Paul Popiel，以及亞歷克斯・威廉斯。Chloé 在校對整本書、編輯我所有的註腳，以及提供敏銳的回饋等方面，值得特別致謝。Paul 還仔細閱讀了整本書，並幫助我完成了無數的研究任務。我與 Alex、Paul、蒂姆及大衛合作了各種寫作計畫——例如，大衛・伯曼和我合著了一本於二〇一九年秋季出版的關於網路中立性的書——我在這些著作中引用了前述研究當中的一部分。我在政治經濟學課上的研究生特別值得感謝，他們在修習該課程的過程閱讀了幾章這本書的早期草稿。

我在先前寫過的文章、專章和論文中汲取這本書的點點滴滴，在註釋中我有一一敍明。我特別感謝Katrina vanden Heuvel 邀請我爲《國家雜誌》撰寫幾篇關於媒體政策和新聞政治的文章，這讓我得以形成一些在本書中進一步發展的論點。我也有幸在二〇一八至二〇一九年間參加了 SSRC 研究虛假訊息歷史的工作小組，這讓我得以發表本書的一些關鍵論點。我非常感謝牛津大學出版社的好朋友們，尤其是我的編輯 Angela Chnapko。從我第一次聯繫她的那一刻起，Angela 就非常支持這個寫書計畫，而且她冷靜而自信地指導我完成專書出版的許多階段。

每個工作的父母都知道要平衡自己的職業生涯和其他一切是多麼困難，我很幸運有一個充滿愛的家庭，它可以容忍我的寫作義務，而且也讓我完全忘記了工作，能夠專注於重要的事情。我要感謝我姐姐一家人——Lara、Steve、Willow 和 Ryan——以及我妻子的大家庭，尤其是 Julilly Kohler、Chuck

和 Jean Hausmann，以及 Issa Kohler-Hausmann，這些年來在我咆哮或絮叨著關於媒體政策的細節時，他們都非常支持我，逗我開心。我感謝我那女英雄般的母親Kay Pickard，我欠她一切。我感謝我的兩個寶貝孩子 Zaden 和 Lilia（他們再三向我確認在這本書裡會提到他們的名字），因爲他們每天都在提醒著我何以這個世界值得爲之奮鬥。

我將這本書獻給我的生命伴侶和最親密的朋友茱莉（Julilly Kohler-Hausmann）。除了是一位慈母和愛妻之外，茱莉還擁有敏銳的智慧，而且她對本書的評論意見非常寶貴。我和她談了很多年這些事情，她的清晰思維讓我自己的思考變得更好，她在這個瘋狂世界的陪伴也讓我變成一個更好的人。我很感激在人生路上有她相伴。

最後，我希望這本書能以某種方式致敬並幫助那些每天在困難重重之中仍繼續奮鬥的新聞記者和行動主義者，他們告知、培力我們，他們也在創造我們所迫切需要的媒體。他們的戰鬥，也是我們的戰鬥。（譯按：作者在本篇謝辭提及的人名，除了本書正文中曾出現過的中文譯名外，餘皆保留英文，未再另譯爲中文。）

註釋

導論：被商業主義踐踏的民主

1 Andrew Tyndall, “Campaign 2016 Coverage: Annual Totals for 2015,” *Tyndall Report, December* 21, 2015, http://tyndallreport.com/comment/20/5773/.

2 Nicholas Confessore and Karen Yourish, “$2 Billion Worth of Free Media for Donald Trump,” *New York Times,* March 15, 2016, https://www.nytimes.com/2016/03/16/up-shot/measuring-donald-trumps-mammoth-advantage-in-free-media.html; Mary Harris, “A Media Post-Mortem on the 2016 Presidential Election,” *MediaQuant*, November 14, 2016, https://www.mediaquant.net/2016/11/a-media-post-mortem-on-the-2016-presidential-election/; Robert Schroeder, “Trump Has Gotten Nearly $3 Billion in Free Advertising,” *MarketWatch, May 6*, 2016, http://www.marketwatch.com/story/trump-has-gotten-nearly-3-billion-in-free-advertising-2016-05-06.

3 Thomas Patterson, N*ews Coverage of the 2016 Presidential Primaries: Horse Race Reporting Has Consequences* (Cambridge: Shorenstein Center on Media, Politics and Public Policy, 2016), https://shorensteincenter.org/news-coverage-2016-presidential-primaries/; Thomas Patterson, “Harvard Study: Policy Issues Nearly Absent in Presidential Campaign Coverage,” *The Conversation,* September 20, 2016, https://theconversation.com/harvard-study-policy-issues-nearly-absent-in-presidential-campaign-coverage-65731.

4 Duncan Watts and David Rothschild, “Don t Blame the Election on Fake News. Blame It on the Media,” *Columbia Journalism Review*, December 5, 2017, https://www.cjr.org/analysis/fake-news-media-election-trump.php.

5 我已在先前著作處理過這些問題當中的一部分，例如，參見：Victor Pickard, “Media and Politics in the Age of Trump,” *Origins: Current Events in Historical Perspective* 10, no. 2 (2016), https://origins.osu.edu/article/media-and-

politics-age-trump.

6 Victor Pickard, “Media Failures in the Age of Trump,” *Political Economy of Communication* 4, no. 2 (2017): 118–122.

7 Jonathan Mahler, “CNN Had a Problem. Donald Trump Solved It,” *New York Times*, April 4, 2017, https://www.nytimes.com/2017/04/04/magazine/cnn-had-a-problem-donald-trump-solved-it.html.

8 Eliza Collins, “Les Moonves: Trump s Run Is Damn Good forCBS, ” *Politico*, February 29, 2016, https://www.politico.com/blogs/on-media/2016/02/les-moonves-trump-cbs-220001.

9 Amy Chozick, “Why Trump Will Get a Second Term,” *New York Times*, September 29, 2018, https://www.nytimes.com/2018/09/29/sunday-review/trump-2020-reality-tv.html.

10 Craig Silverman, “This Analysis Shows How Viral Fake Election News Stories Outperformed Real News on Facebook,” *BuzzFeed News*, November 16, 2016, https://www.buzzfeed.com/craigsilverman/viral-fake-election-news-outperformed-real-news-on-facebook?utm_ term=.kyNMQ7pa8#.uqEVNx5kd.

11 Jeffrey Gottfried and Elisa Shearer, “News Use across Social Medial Platforms 2016,” *Pew Research Center*, May 26, 2016, http://www.journalism.org/2016/05/26/news-use-across-social-media-platforms-2016/.

12 Mathew Ingram, “Sorry Mark Zuckerberg, but Facebook Is Definitely a Media Company,” *Fortune*, August 30, 2016, http://fortune.com/2016/08/30/facebook-media-company/.

13 Sally Hubbard, “Fake News Is a Real Antitrust Problem,” *Competition Policy International*, December 19, 2017.

14 Ken Doctor, “Newsonomics: The Halving of America s Daily Newsrooms,” *NiemanLab*, July 28, 2015, http://www.niemanlab.org/2015/07/newsonomics-the-halving-of-americas-daily-newsrooms/

15 Penelope Abernathy, *The Rise of a New Media Baron and the Emerging Threat of News Deserts* (Chapel Hill:

UNC Center for Innovation and Sustainability in Local Media, 2016), http://newspaperownership.com/wp-content/uploads/2016/09/07.UNC_RiseOfNewMediaBaron_SinglePage_01Sep2016-REDUCED.pdf.

16 Victor Pickard, "Being Critical: Contesting Power within the Misinformation Society," *Communication and Critical/Cultural Studies* 10, no. 2–3 (2013): 306–311.

17 Michael Barthel, "State of the News Media 2016: 5 Key Takeaways," *Pew Research Center*, June 15, 2016, http://www.pewresearch.org/fact-tank/2016/06/15/state-of-the-news-media-2016-key-takeaways/#.

18 Anthony Nadler, "Nature s Economy and News Ecology: Scrutinizing the News Ecosystem Metaphor," *Journalism Studies* 20, no. 6 (2019): 823–839.

19 C.W. Anderson, Emily Bell, and Clay Shirky, *Post-Industrial Journalism: Adapting to the Present* (New York City: Tow Center for Digital Journalism, 2012), https://archives.cjr.org/behind_the_news/post_industrial_journalism_ada.php.

20 晚近聚焦在這類規範性問題的著作包括以下幾種：C. Edwin Baker, *Media, Markets, and Democracy* (New York: Cambridge University Press, 2002); Michael Schudson, *Why Democracies Need an Unlovable Press* (Cambridge: Polity, 2008); Clifford Christians et al., *Normative Theories of the Media: Journalism in Democratic Societies* (Champaign: University of Illinois Press, 2009); Mike Ananny, *Networked Press Freedom: Creating Infrastructures for a Public Right to Hear* (Cambridge: MIT Press, 2018). Daniel Kreiss and J.S. Brennen, "Normative Models of Digital Journalism," in *The SAGE Handbook of Digital Journalism, ed.* T. Witschge, C. W. Anderson, David Domingo, and A. Hermida (Los Angeles: Sage, 2016), 299– 314; Barbie Zelizer, *What Journalism could be* (Malden, MA: Polity Press, 2017).

21 Dan Schiller, "The Legacy of Robert A. Brady: Antifascist Origins of the Political Economy of Communications," *Journal of Media Economics* 12, no. 2 (1999): 89–101.

22 關於媒體政治經濟學的典律詮釋，參見：Vincent Mosco, *The Political Economy of Communication*, 2nd ed. (London: Sage,2009); Robert McChesney, *Communication Revolution: Critical Junctures and the Future of Media* (New York: New Press, 2007); Oscar Gandy, "The Political Economy Approach: A Critical Challenge," *Journal of Media Economics* 5, no. 2 (Summer 1992): 23–42.

第一章　美國新聞自由與失敗的歷史根源

1 我會在第五章回來談這種「美國媒體例外主義」。

2 John Locke, *The Second Treatise of Government: And a Letter Concerning Toleration* (Mineola: Courier Corporation, 1956).

3 David Held, *Models of Democracy*, 3rd ed. (Cambridge: Polity, 2006).

4 這些自由通常假定爲主要適用於白種、擁有資產的特定階級。

5 John Milton and John Hales, *Areopagitica* (Oxford: Clarendon Press, 1886).

6 John Stuart Mill, *On Liberty*, 4th ed. (London: Longmans, Green, Reader, and Dyer, 1869).

7 Mill, *On Liberty*, 101.

8 Abrams v. United States, 250 U.S. 616, 630 (1919).

9 Philip Napoli, "The Marketplace of Ideas Metaphor in Communications Regulation," *Journal of Communication* 49, no. 4 (1999): 151– 169.

10 Sam Lebovic, *Free Speech and Unfree News: The Paradox of Press Freedom in America* (Cambridge: Harvard University

Press, 2016), 17– 25. 約翰・達倫・彼得斯指出，「觀念市場」一詞被普遍使用的時刻剛好與「大眾傳播」一詞同步，也寓意著媒體市場愈來愈集中的事實，參見：John Durham Peters, “ The Marketplace of Ideas : A History of the Concept,” in *Toward a Political Economy of Culture: Capitalism and Communication in the Twenty-First Century*, ed. Andrew Calabrese and Colin Sparks (Lanham: Rowman & Littlefield, 2004), 65– 82.

11 Fred Siebert, Theodore Peterson, and Wilbur Schramm, *Four Theories of the Press: The Authoritarian, Libertarian, Social Responsibility and Soviet Communist Concepts of What the Press Should Be and Do* (Urbana: University of Illinois, 1956), 70.

12 針對這種自由主義模式的批評，例如，參見：Nancy Fraser, “Rethinking the Public Sphere: A Contribution to the Critique of Actually Existing Democracy,” in *Habermas and the Public Sphere*, ed. Craig Calhoun (Cambridge: MIT Press, 1992), 109– 142.

13 Sue Curry Jansen, “Market Censorship Revisited: Press Freedom, Journalistic Practices, and the Emerging World Order,” *Annals of the International Communication Association* 17, no. 1 (1994): 481– 504.

14 Thomas Jefferson, “Thomas Jefferson to Edward Carrington, 1787,” in *The Writings of Thomas Jefferson: Containing his Autobiography, Notes on Virginia, Parliamentary Manual, Official Papers, Messages and Addresses, And Other Writings, Official and Private*, vol. 6, ed. Andrew A. Lipscomb and Albert Ellery Bergh (Washington, DC: The Thomas Jefferson Memorial Association, 1903), 57.

15 Thomas Jefferson, “Thomas Jefferson to Lafayette, 1823,” in Lipscomb and Bergh, eds., *The Writings of Thomas Jefferson*, vol. 15, 491.

16 James Madison, “James Madison to W.T. Barry,” in *The Founders Constitution*, vol. 1, ed. Philip Kurland and Ralph

Lerner (Chicago: University of Chicago Press, 1987), 103– 109.

17 Potter Stewart, "Or of the Press," *Hastings Law Journal* 26 (1974): 631– 638; Steven Shiffrin, *What's Wrong with the First Amendment?* (New York: Cambridge University Press, 2016), 126– 127.

18 庫克（Timothy Cook）編有一本極佳的書籍，對這些問題有所著墨。詳見，特別是：Charles Clark, "The Press the Founders Knew," in *Freeing the Presses: The First Amendment in Action*, ed. Timothy Cook (Baton Rouge: Louisiana State University Press, 2005), 33– 50.

19 班杰明・富蘭克林本人在一篇文章中曾表達此一觀點，詳見："An Apology for Printers," in *The Political Thought of Benjamin Franklin*, ed. Ralph Ketcham (Indianapolis: Bobbs-Merrill, 1965). The essay and related arguments are discussed in Cook, Freeing the Presses, 8.

20 Robert Martin, *The Free and Open Press: The Founding of American Democratic Press Liberty, 1640– 1800* (New York: NYU Press, 2001). See especially pp. 10– 11, 163.

21 Cook, *Freeing the Presses*, 8. 同樣的，憲法學教授阿馬爾（Akhil Reed Amar）有過很具說服力的論證：第一修正案的原始目的是爲了維持一個健康的多數意見的公共領域（a healthy majoritarian public sphere），而非主要是保護少數意見免於霸道政府的侵害。詳見：Akhil Reed Amar, *The Bill of Rights: Creation and Reconstruction* (New Haven: Yale University Press, 1998).

22 Richard John, *Spreading the News: The American Postal System from Franklin to Morse* (Cambridge: Harvard University Press, 1995), 38.

23 同上註。頁47– 48.

24 同上註。頁30.

25 一個明顯的反例是美國南北戰爭期間的邦聯郵政系統，因爲被嚴格要求在財務上自負盈虧，結果證明是一場災難。詳見：John Anderson, "Money or Nothing: Confederate Postal System Collapse during the Civil *War,*" *American Journalism* 30, no. 1 (2013): 65– 86.

26 Geoff Cowan and David Westphal, "The Washington- Madison Solution," in *Will the Last Reporter Please Turn Out the Lights?: The Collapse of Journalism and What Can Be Done to Fix It*, ed. Robert McChesney and Victor Pickard (New York: The New Press, 2011), 133– 137.

27 關於建立這個郵政系統的重大歷史意義，詳見：Robert McChesney and John Nichols, *The Death and Life of American Journalism: The Media Revolution That Will Begin the World Again* (New York: Nation Books, 2011), 121–126; Theda Skocpol, "The Tocqueville Problem: Civic Engagement in American Democracy," *Social Science History* 21, no. 4 (1997): 455– 479; Richard Kielbowicz, *News in the Mail: The Press, Post Office, and Public Information, 1700–1860s* (Westport: Greenwood Press, 1989).

28 Winifred Gallagher, *How the Post Office Created America* (New York: Penguin Books, 2016).

29 Gerald Baldasty, *The Commercialization of News in the Nineteenth Century* (Madison: University of Wisconsin Press, 1992), 5.

30 John Nerone, *The Media and Public Life: A History* (Cambridge: Polity Press, 2015), 111。這個新的商業模式通常被稱爲「便士報業」（the "penny press"），不過尼祿內對此模式做了更精細的分析。

31 同上註。另見：Juan Gonzalez and Joseph Torres, *News For All The People: The Epic Story of Race and the American Media* (New York: Verso, 2011).

32 James Curran and Jane Seaton, *Power Without Responsibility: The Press and Broadcasting in Britain*, 2nd ed., London:

Methuen, 1985, 34– 39。另見：James Curran, *Media and Democracy* (New York: Routledge, 2011), 153– 167.

33 C. Edwin Baker, *Advertising and a Democratic Press* (Princeton: Princeton University Press, 1994), 3。由於廣告商導致媒體報導偏頗，埃德溫．貝克認定「是廣告商，而不是政府，成為當前美國媒體內容的主要審查者」（p. 99）。

34 Randall Sumpter, "Think Journalism s a Tough Field Today? Try Being a Reporter in the Gilded Age," *The Conversation*, October 4, 2018, https://theconversation.com/think-journalisms-a-tough-field- today-try-being-a-reporter-in-the-gilded-age-103420. 另見：Randall Sumpter, *Before Journalism Schools: How Gilded Age Reporters Learned the Rules* (Columbia: University of Missouri Press, 2018).

35 Louis Pérez, "The Meaning of the Maine: Causation and the Historiography of the Spanish-American War," *Pacific Historical Review* 58, no. 3 (1989): 293– 322。對此一歷史論點的強烈駁斥，參見：C.W. Anderson, Leonard Downie Jr., and Michael Schudson, *The News Media: What Everyone Needs to Know* (New York City: Oxford University Press, 2016).

36 W. Joseph Campbell, *Yellow Journalism: Puncturing the Myths, Defining the Legacies* (Westport: Praeger, 2001), 179.

37 Margaret Blanchard, "Press Criticism and National Reform Movements: The Progressive Era and the New Deal," *Journalism History* 5, no. 2 (1978): 33– 37, 54– 55; Marion Marzolf, *Civilizing Voices: American Press Criticism, 1880– 1950* (New York: Longman, 1991); Robert McChesney, *The Problem of the Media: US Communication Politics in the Twenty-First Century* (New York: Monthly Review Press, 2004); Robert McChesney and Ben Scott, eds., *Our Unfree Press: 100 Years of Radical Media Criticism* (New York: The New Press, 2004); Amy Reynolds and Gary Hicks, *Prophets of the Fourth Estate: Broadsides by Press Critics of the Progressive Era* (Los Angeles, CA: Litwin Books, 2011).

38 James Weinstein, *The Decline of Socialism in America, 1912– 1925* (New York: Vintage Books, 1969), 85.

39 學者如坎貝爾（W. Joseph Campbell）等人不認為黃色新聞和建制報業之間存在著任何清晰的區別，他們提出證據說明黃色新聞與菁英報紙的內容和形式緊密交織在一起，即使在黃色新聞的風潮停歇之後亦然。

40 關於這段歷史的討論，可見於：Elliott Shore, Talkin *Socialism: J.A. Wayland and the Role of the Press in American Radicalism, 1890– 1912* (Lawrence: University Press of Kansas, 1988); John Nerone, *Violence Against the Press: Policing the Public Sphere in US History* (New York: Oxford University Press, 1994)。有關洛杉磯和爆炸事件的背景資料，參見：Marshall Berges, *The Life and Times of Los Angeles: A Newspaper, a Family, and a City* (New York: Atheneum Books, 1984).

41 轉引自：Robert Gottlieb and Irene Wolt, *Thinking Big: The Story of the Los Angeles Times, Its Publishers, and Their Influence on Southern California* (New York: Putnam Publishing Group, 1977), 51.

42 Louis Adamic, *Dynamite: The Story of Class Violence in America* (New York: Viking Press, 1931), 203.

43 民間流傳的說法將這個詞的起源歸功於泰迪・羅斯福（Teddy Roosevelt），他曾在一次著名演講中將這些調查記者比喻為保羅・班揚故事中的一個以「搗蛋」（"muck-rake."）著稱的人物。參見：Teddy Roosevelt, "The Man with the Muck-Rake," speech given in Washington, DC, April 14, 1906, *American Rhetoric,* https://www.americanrhetoric.com/speeches/teddyrooseveltmuckrake.htm.

44 See Nerone, *The Media and Public Life*, 136– 141.

45 John Dewey, "Our Unfree Press," in *Common Sense*, vol. 4, 1935, 6– 7.

46 本段引用的這些話都出自杜威，參見：Dewey, "Our Unfree Press," 6– 7.

47 Walter Lippmann, *Liberty and the News* (New York: Harcourt, Brace and House, 1920), 75– 76.

48 同上註。頁4–5. 關於李普曼的媒介批評，相關討論參見：Robert McChesney "That Was Now and This is Then," in McChesney and Pickard, *Will the Last Reporter Please Turn Out the Lights?* 151–161.

49 Upton Sinclair, *The Brass Check: A Study of American Journalism* (Pasadena: Upton Sinclair, 1919).

50 同上註。頁234.

51 上面引述的這些話可見於：Margaret Blanchard, "Press Criticism and National Reform Movements: The Progressive Era and the New Deal," *Journalism History* 5, no. 2 (1978): 33–37。關於這個時期的其他具有代表性的批評者，參見：Henry George Jr., *The Menace of Privilege: A Study of the Dangers to the Republic from the Existence of a Favored Class* (New York: The Macmillan Company, 1906); James Edward Rogers, *The American Newspaper* (Chicago: University of Chicago Press, 1909); Charles Edward Russell, "These Days in American Journalism," *The International Socialist Review* 12, no. 4 (October 1911): 210–216; Edward Alsworth Ross, *Changing America: Studies in Contemporary Society* (New York: The Century Co., 1912).

52 Oswald Garrison Villard, "Press Tendencies and Dangers," *Atlantic Monthly*, January 1918, 63–64.

53 Hamilton Holt, *Commercialism and Journalism* (Boston: Riverside Press, 1909), 34.

54 Will Irwin, *The American Newspaper* (Ames: The Iowa State University Press, 1969), 30.

55 James Rorty, *Our Master's Voice: Advertising* (New York: The John Day Company, 1934).

56 關於當時新聞業的批評，相關討論可見於：McChesney and Scott, *Our Unfree Press*。關於一九三〇年代的其他具有代表性的媒體批評，未在此處討論，參見：Leo Rosten, *The Washington Correspondents* (New York: Harcourt, Brace and Company, 1937); Alfred McClung Lee, "Violations of Press Freedom in America," *Journalism Bulletin* 15, no. 1 (1938): 19–27; Silas Bent, *Newspaper Crusaders: A Neglected Story* (New York: McGraw-Hill Book Company, 1939).

57 Harold Ickes, *America s House of Lords: An Inquiry into the Freedom of the Press* (New York: Harcourt, Brace and Co., 1939), viii.

58 George Seldes, *Freedom of the Press* (Indianapolis: The Bobbs-Merrill Company, 1935); George Seldes, *Lords of the Press* (New York: J. Messner, Inc., 1938).

59 George Seldes, “To All Our Faithful Subscribers,” *In Fact*, October 2, 1950. George Seldes Papers, Penn Libraries, University of Pennsylvania, Philadelphia, PA。我要感謝克里斯．西馬格里奧（Chris Cimaglio）分享這些材料給我。

60 Randolph Holhut, “The Forgotten Man of American Journalism: A Brief Biography of George Seldes,” Brasscheck.com Historical Archive, n.d., http://www.brasscheck.com/seldes/bio.html.

61 史東曾談及塞爾德斯的影響，可見於布萊恩．馬夸德（Bryan Marquard）和羅伯特．格申（Robert Gershon）在紀錄片中的訪談，詳見：“You Can t Print That,” December 29, 1982, https://www.youtube.com/watch?v=yXAyitQ0Xsg

62 Stephen Ward, *The Invention of Journalism Ethics*, 2nd ed. (Montreal: McGill-Queen s University Press, 2004), 242–243; Gerald Baldasty, *E.W. Scripps and the Business of Newspapers* (Urbana: University of Illinois Press, 1999), 4– 8. 有趣的是，斯克里普斯也持反廣告的立場。

63 Marzolf, *Civilizing Voices*, 154.

64 George Marion, *The “Free Press”: Portrait of a Monopoly* (New York: New Century Publishers, 1946), 20.

65 當時被討論的另一種實驗是慈善捐款支持的報紙（endowed newspaper）。關於此一模式及非營利性和其他結構性替代模式的概述，參見：Denise DeLorme and Fred Fedler, “Endowed Newspapers: A Solution to the Industry s Problems?” *Journal of Humanities and Social Sciences* 2, no. 1 (2008): 1– 14; Victor Pickard, “Can Government Support the Press? Historicizing and Internationalizing a Policy Approach to the Journalism Crisis,” *Communication Review*

14, no. 2 (2011): 73– 95; Victor Pickard and Josh Stearns, "New Models Emerge for Community Press," *Newspaper Research Journal* 32, no. 1 (2011): 46– 62.

66 " Adless Newspaper Dies; Higher Cost of White Paper Causes End of Chicago Publication," *New York Times*, July 7, 1917; Duane Stoltzfus, *Freedom from Advertising: E.W. Scripps s Chicago Experiment* (Urbana: University of Illinois Press, 2007); Paul Milkman, P*M: A New Deal in Journalism, 1940–1948* (New Brunswick: Rutgers University Press, 1997).

67 George Dunlop, "A Municipal Newspaper," *National Municipal Review* 1, no. 3 (July 1, 1912): 441– 443. 另見：Mila Maynard, "A Municipal Paper," *Appeal to Reason*, December 23, 1911.

68 George Dunlop, "A Publicly Owned Newspaper," *Public* 15, no. 749 (1912): 758– 762.

69 Robert Davenport, "Weird Note for the Vox Populi: The Los Angeles Municipal News," *California Historical Society Quarterly* 44, no. 1 (1965): 3– 15.

70 James Melvin Lee, *History of American Journalism* (New York: Garden City Publishing, 1923), 410– 412.

71 "A Newspaper Owned by the People," *La Follette s Magazine*, May 18, 1912, 7.

72 Ibid, 7.

73 "The Municipal Newspaper Idea Cannot Be Killed," *Los Angeles Municipal News*, April 9, 1913.

74 同上註。

75 Bryan Lee Ellsworth, "Los Angeles Kills City Newspaper," *Town Development*, Vol. 8– 10, 20– 21, May 1913.

76 某些版本的市政府公營報紙至今猶存，政府實體創造它們自己的網站，並用以傳播訊息，但這些網站通常不包括新聞報導或政治評論。例如，參見：Detroit's outlet, *The Neighborhoods*, http://theneighborhoods.org/.

77 參見，特別是：Ben Scott, *Labor s New Deal for Journalism— The Newspaper Guild in the 1930s* (PhD diss., University of Illinois, 2009).

78 Nathan Godfried, *WCFL: Chicago s Voice of Labor, 1926–78* (Urbana: University of Illinois Press, 1997), 205– 208.

79 上述這段話出自：Scott, "Labor s New Deal for Journalism," 4. 另見：McChesney and Scott, *Our Unfree Press*, 20–22. 他們引述《哈潑雜誌》一篇廣泛被討論的文章，該文指控「所謂報紙記者自由的浪漫傳說…已成一場騙局。」Isabelle Keating, "Reporters Become of Age," *Harper's*, April 1935.

80 Herbert Harris, *American Labor* (New Haven, CT: Yale University Press, 1938), 173, 185, 轉引自：McChesney and Scott, *Our Unfree Press*, 20.

81 Scott, "Labor s New Deal for Journalism."

82 McChesney and Scott, *Our Unfree Press*, 20.

83 Sam Lebovic, *Fighting for Free Information: American Democracy and the Problem of Press Freedom in the Totalitarian Age, 1920–1950* (PhD diss., University of Chicago, 2010), 20; 另見：477, 493– 494

84 我會在後面章節中更深入地討論這些觀念，詳見：Victor Pickard, *America s Battle for Media Democracy: The Triumph of Corporate Libertarianism and the Future of Media Reform* (New York: Cambridge University Press, 2015), 136– 143. 另見：Victor Pickard, "Laying Low the Shibboleth of a Free Press: Regulatory Threats against the American Newspaper Industry, 1938– 1947," *Journalism Studies* 15, no. 4 (2014): 464– 480.

85 Nikki Usher, "Resurrecting the 1938 St. Louis Post-Dispatch Symposium on the Freedom of the Press: Examining Its Contributions and Their Implications for Today," *Journalism Studies* 11, no. 3 (2010): 311– 326. 另見：Lebovic, *Free Speech and Unfree News*, 1– 2.

86 Confidential Memorandum to Assistant Attorney General Arnold, "The Newspaper Industry," Hugh Baker Cox Papers, American Heritage Center, University of Wyoming, Laramie, WY. (prepared by Irene Till), #3128, Notebook 5, August 3, 1938.

87 McChesney, *The Problem of the Media*.

88 Confidential Memorandum to Assistant Attorney General Arnold, 1938.

89 下面這段話轉引自：United States v. Associated Press, 52 F. Supp. 362, 372 (S.D.N.Y.1943).

90 Associated Press v. United States, 326 U.S. 1 (1945).

91 同上註。

92 "Survival of a Free, Competitive Press: The Small Newspaper, Democracy's Grass Roots." Report of the Chairman to the Members of the Committee of the Special Committee to Study Problems of American Small Business, United States Senate, January 2, 1947. 另見："Monopoly Strangling Free Press, Senate Report Says," *Guild Reporter*, February 14, 1947, 5.

93 "Senate Body Probes Small Paper Newsprint Squeeze," *Guild Reporter*, November 8, 1946, 8.

94 Ward, *The Invention of Journalism Ethics*, 244.

95 同上註。頁243.

96 例如，參見：Michael Schudson, *Discovering the News: A Social History of American Newspapers* (New York: Basic Books, 1978).

97 例如，歷史學者如丹・席勒（Dan Schiller），傑拉德・波達斯蒂與理察・卡普蘭（Richard Kaplan）等人都同樣強調邁克爾・舒德森（Michael Schudson）所忽視的結構性因素。參見：Dan Schiller, *Objectivity and the News: The*

Public and the Rise of Commercial Journalism (Philadelphia: University of Pennsylvania Press, 1981); Gerald Baldasty, *The Commercialization of News in the Nineteenth Century* (Madison: University of Wisconsin Press, 1992); Richard Kaplan, *Politics and the American Press: The Rise of Objectivity, 1865– 1920* (Cambridge: Cambridge University Press, 2002). 對舒德森的歷史詮釋進行批判檢視的論文，參見：Dan Schiller, "Journalism and Society," *Communication Research* 7, no. 3 (1980): 377– 386.

98 Nerone, The *Media and Public Life*, 180– 183. 更廣泛的專業化方案還與社論、通訊稿和城市編輯組織定位的結構轉型有關，參見：John Nerone and Kevin Barnhurst, "US Newspaper Types, the Newsroom, and the Division of Labor, 1750– 2000," *Journalism Studies* 4, no. 4 (2003): 435– 449.

99 Curran, *Media and Democracy*, 1, 9.

100 關於哈欽斯委員會，我曾做過詳細討論，參見：Pickard, *America s Battle for Media Democracy*, 152– 89. 另見：Victor Pickard, " Whether the Giants Should Be Slain or Persuaded to Be Good : Revisiting the Hutchins Commission and the Role of Media in a Democratic Society," *Critical Studies in Media Communication* 27, no. 4 (2010): 391– 411.

101 埃德溫．貝克（C. Edwin Baker）曾經指出，該委員會的總報告「提供了最有影響力的關於新聞業表現目標的現代論述，」而且是「美國歷史上最重要、半官方與政策導向的大眾傳媒研究。」參見，分別是：Baker, Media, *Markets, and Democracy*, 154; C. Edwin Baker, *Media Concentration and Democracy: Why Ownership Matters* (Cambridge: Cambridge University Press, 2007), 2.

102 Zechariah Chafee, Comment to chapter IV, (n.d.), Robert M. Hutchins Papers, Joseph Regenstein Library, University of Chicago, Chicago, IL, Box 8, Folder 1.

103 Siebert, Peterson, and Schramm, *Four Theories of the Press*。關於這本書的批判性評價，參見：John Nerone, ed., *Last*

Rights (Urbana: University of Illinois Press, 1995).

104 Robert Horwitz, "Broadcast Reform Revisited: Reverend Everett C. Parker and the Standing Case," *Communication Review* 2, no. 3 (1997): 312.

105 Robert Picard, *The Press and the Decline of Democracy: The Democratic Socialist Response in Public Policy* (Westport: Greenwood, 1985).

106 Victor Pickard, "Revisiting the Road Not Taken: A Social Democratic Vision of the Press," in *Will the Last Reporter Please Turn Out the Lights?*, ed. McChesney and Pickard, 174– 184.

107 例如，參見：Lance Bennet, *News: The Politics of Illusion*, 10th ed. (Chicago: University of Chicago Press, 2014).

108 Norman Solomon, *War Made Easy: How Presidents and Pundits Keep Spinning Us to Death* (Hoboken: John Wiley & Sons, Inc., 2004).

109 例如，參見：Kevin Coe et al., "No Shades of Gray: The Binary Discourse of George W. Bush and an Echoing Press," *Journal of Communication* 54, no. 2 (2004): 234– 252.

110 Lance Bennett, "Toward a Theory of Press-State Relations," *Journal of Communication* 40, no. 2 (1990): 103– 125.

111 轉引自：Norman Solomon, "Announcing the P.U.-litzer Prizes for 2004," *Fair*, December 17, 2004, https://fair.org/media-beat-column/announcing-the-p-u-litzer-prizes-for-2004/. 另見：Srinivas Melkote, "News Framing during a Time of Impending War: An Examination of Coverage in the *New York Times* Prior to the 2003 Iraq War," *International Communication Gazette* 71, no. 7 (2009): 547– 559.

112 Jeff Cohen, *Cable News Confidential: My Misadventures in Corporate Media* (Sausalito: Polipoint Press, 2006).

113 另一個在時間上不是太久遠的例子是 ABC 在二〇〇二年取消比爾・馬厄（Bill Maher）主持的談話節目《政治不

正確》（*Politically Incorrect*）。

114 Todd Gitlin, *The Whole World Is Watching: Mass Media in the Making and Unmaking of the New Left* (Berkeley: University of California Press, 1980), 7.

115 Robert Entman, "Framing: Toward a Clarification of a Fractured Paradigm," *Journal of Communication* 43, no. 4 (1993), 52.

116 例如，參見：William Gamson, "News as Framing: Comments on Graber," *American Behavioral Scientist* 33, no. 2(1989): 157– 161; Zhongdang Pan and Gerald Kosicki, "Framing Analysis: An Approach to News Discourse," *Political Communication* 10, no. 1 (1993): 55– 75; Douglas M. McLeod and Benjamin H. Detenber, "Framing Effects of Television News Coverage of Social Protest," *Journal of Communication* 49, no. 3 (1999): 3– 23; Gaye Tuchman, *Making News* (New York: The Free Press, 1978).

117 George Donohue, Phillip Tichenor, and Clarice Olien, "A Guard Dog Perspective on the Role of Media," *Journal of Communication* 45, no. 2 (1995): 115– 132. 另見：Dan Hallin, *The Uncensored War* (Berkeley: University of California Press, 1989).

118 Lance Bennett et al., "Managing the Public Sphere: Journalistic Construction of the Great Globalization Debate," *Journal of Communication* 54, no. 3 (2004): 437– 455.

119 Todd Gitlin, "Prime Time Ideology: The Hegemonic Process in Television Entertainment," *Social Problems* 26, no. 3 (1979): 251– 266。德斯・弗里德曼也強調商業媒體這種自相矛盾的本質：它經常表現出霸權的一面，但它有時又對進步政治和改革持開放態度。參見：Freedman, *The Contradictions of Media Power*.

120 Edward Herman and Noam Chomsky, *Manufacturing Consent: The Political Economy of the Mass Media* (New York:

Random House, 2010), esp. xii, 1– 2.

121 Edward Herman, "The Propaganda Model Revisited," *Monthly Review*, July 8, 1996, https://monthlyreview.org/2018/01/01/the-propaganda-model-revisited/.

122 Victor Pickard, "The Violence of the Market," *Journalism* 20, no. 1 (2019): 154– 158.

123 Victor Pickard, "Rediscovering the News: Journalism Studies Three Blind Spots," in *Remaking the News: Essays on the Future of Journalism Scholarship in the Digital Age*, ed. Pablo Boczkowski and C.W. Anderson (Boston: MIT Press, 2017), 47– 60.

第一章　早發的危機與錯失的機會

1 US Congress, Senate Committee on Commerce, Science, and Transportation, *The Future of Journalism*, 111th Cong., 1st sess., 2009, 1– 2.

2 同上註。頁28.

3 同上註。

4 同上註。

5 關於此一論點的摘要，參見：Jeff Jarvis, "The Link Economy v. the Content Economy," *BuzzMachine*, June 18, 2008, https://buzzmachine.com/2008/06/18/the-link-economy-v-the-content-economy/.

6 Clayton Christensen, Michael Raynor, and Rory McDonald, "What is Disruptive Innovation," *Harvard Business* Review 93, no. 12 (2015): 44– 53.

7 US Congress, House Judiciary Committee, Subcommittee on Courts and Competition Policy, *A New Age for Newspapers: Diversity of Voices, Competition, and the Internet* 111th Cong., 1st sess., 2009.

8 埃德溫・貝克所做的證詞，後來重新收錄在這本書中：Robert McChesney and Victor Pickard, eds., *Will the Last Reporter Please Turn Out the Lights? The Collapse of Journalism and What Can Be Done to Fix It* (New York: The New Press, 2011), 128– 130.

9 Pickard, *America s Battle for Media Democracy*, 216– 219.

10 David Davies, *The Postwar Decline of American Newspapers, 1945–1965* (Westport: Praeger, 2006); James Baughman, " Wounded but Not Slain : The Orderly Retreat of the American Newspaper, 1945– 2000," in *The History of the Book in America*, vol. 5, ed. David Paul Nord, Joan Shelley Rubin, and Michael Schudson (Chapel Hill: University of North Carolina Press, 2009), 119– 134.

11 Laura Frank, "The Withering Watchdog" *Exposé: America s Investigative Reports*, 2009, https://www.thirteen.org/wnet/expose/2009/06/the-withering-watchdog.html

12 Christine Haughney, "New York Times Company Sells Boston Globe," *New York Times*, August 3, 2013, https://www.nytimes.com/2013/08/04/business/media/new-york-times-company-sells-boston-globe.html.

13 Anthony Ha, "Another Study Shows Craigslist is Killing Newspapers," *Venturebeat*, May 22, 2009, https://venturebeat.com/2009/05/22/another-study-shows-that-craigslist-is-killing-newspapers/.

14 Robert Seamans and Feng Zhu, "Responses to Entry in Multi-Sided Markets: The Impact of Craigslist on Local Newspapers," *Management Science*, 60, no. 2 (2013): 265– 540.

15 Jack Shafer, "Don t Blame Craigslist for the Decline of Newspapers," *Politico*, December 13, 2016, https://www.politico.

com/magazine/story/2016/12/craigslist-newspapers-decline-classifieds-214525.

16 紐奧爾良後來重新又擁有了一家日報，雖然它流失了許多記者：Keith Kelly, "Entire New Orleans Times-Picayune Staff Axed after Sale to Competitor," *New York Post*, May 3, 2019, https://nypost.com/2019/05/03/entire-new-orleans-times-picayune-staff-axed-after-sale-to-competitor/.

17 Edmund Andrews, "Greenspan Concedes Error on Regulation," *New York Times*, October 23, 2008, https://www.nytimes.com/2008/10/24/business/economy/24panel.html.

18 本小節內容取自：Victor Pickard, "The Return of the Nervous Liberals: Market Fundamentalism, Policy Failure, and Recurring Journalism Crises," *Communication Review* 18, no. 2 (2015): 82– 97.

19 The Newspaper Revitalization Act, Pub. L. No. S. 673 (2009), https://www.congress.gov/bill/111th-congress/senate-bill/673/text。另見卡定參議員的報紙投書文章："A Plan to Save Our Free Press," *Washington Post*, April 3, 2009, A33.

20 例如，參見：The Knight Commission on the Information Needs of Communities, *Informing Communities: Sustaining Democracy in the Digital Age* (Washington, DC: The Aspen Institute, 2009), http://www.knightcomm.org/read-the-report-andcomment; Leonard Downie Jr. and Michael Schudson, "The Reconstruction of American Journalism," *Columbia Journalism Review*, 2009, https://archives.cjr.org/reconstruction/the_reconstruction_of_american.php.

21 Victor Pickard, Josh Stearns, and Craig Aaron, *Saving the News: Toward a National Journalism Strategy* (Washington, DC: Free Press, 2009), https://www.freepress.net/policy-library/saving-news-toward-national-journalism-strategy.

22 關於這些討論活動的細節，參見：https://www.ftc.gov/news-events/events-calendar/2009/12/how-will-journalism-survive-internet-age.

23 Federal Trade Commission, *Potential Policy Recommendations to Support the Reinvention of Journalism* (Discussion Draft) (Washington, DC: Federal Trade Commission, 2010), https://www.ftc.gov/sites/default/files/documents/public_ events/how-will-journalism-survive-internet-age/new-staff-discussion.pdf.

24 關於媒體當時攻擊該份報告的概述和提要，參見：Adam Thierer, "FTC Draft Plan to Save Journalism Drawing Scrutiny; Raising Concern," *Technology Liberation Front, June* 4, 2010, https://techliberation.com/2010/06/04/ftc-draft-plan-to-save-journalism-drawing-scrutiny-raising-concern/.

25 有關邁克爾．考普斯委員的政策原則之深度報告（以下引述考普斯的段落，有許多即是出自於這份報告），參見：Victor Pickard and Pawel Popiel, *The Media Democracy Agenda: The Strategy and Legacy of FCC Commissioner Michael J. Copps* (Evanston: Benton Foundation, 2018), https://www.benton.org/sites/default/files/Copps_ legacy.pdf.

26 Michael Copps, "Remarks of FCC Commissioner Michael J. Copps Walter Cronkite Awards Luncheon" (Los Angeles: USC Annenberg School for Communication and Journalism, April 26, 2011).

27 Steven Waldman, *Information Needs of Communities: The Changing Media Landscape in a Broadband Age* (Washington, DC: Federal Communications Commission, 2011), https://transition.fcc.gov/osp/inc-report/The_ Information_ Needs_ of_ Communities.pdf. The report initially was called the "Future of Media Inquiry."

28 我自己參加了這些在紐約大學的非正式聚會當中的一場，時間是二〇〇九年的十二月八日，當天恰好是埃德溫．貝克教授辭世的日子。

29 Waldman, Information Needs of Communities, 362.

30 同上註。頁40.

31 同上註，頁57.

32 同上註，頁6.

33 同上註，頁397.

34 同上註，頁6.

35 同上註，頁9.

36 本段落當中所引述的內容，皆出自於同上註，頁9.

37 同上註，頁345.

38 同上註。頁125– 26. 另見：Christopher Ali, *Where Is Here? An Analysis of Localism in Media Policy in Three Western Democracies* (PhD. diss., University of Pennsylvania, 2013), 258.

39 Waldman, *Information Needs of Communities*, 347– 348. 涵蓋公平原則漫長歷史的分析，參見：Victor Pickard, "The Strange Life and Death of the Fairness Doctrine: Tracing the Decline of Positive Freedoms in American Policy Discourse," *International Journal of Communication* 12 (2018): 3434– 3453.

40 Steven Waldman，與作者的親身通訊，March 21, 2019.

41 Waldman, *Information Needs of Communities*, 290– 293.

42 Steven Waldman, "New Rules on Political Ads: How to Mine Them," *Columbia Journalism Review,* May 4, 2012, https://archives.cjr.org/united_states_ project/new_rules_on_political_ads_how.php. 另見：Steven Waldman, "Local TV Stations Rally to Oppose Media Transparency," *Columbia Journalism Review*, January 26, 2012, https://archives.cjr.org/behind_ the_ news/local_ tv_ stations_ rally_ to_ opp_ 1.php.

43 Waldman, *Information Needs of Communities*, 345– 346.

44 例如，參見：Baker, *Media, Markets, and Democracy*.

45 Philip Napoli and Lewis Friedland, "US Communications Policy Research and the Integration of the Administrative and Critical Communication Research Traditions," *Journal of Information Policy* 6 (2016): 58.

46 Michael Copps, "Statement of Commissioner Michael J. Copps on Release of FCC Staff Report The Technology and Information Needs of Communities." (Washington, DC: Federal Communications Commission, June 9, 2011), https://www.fcc.gov/document/commissioner-copps-statement-release-staff-report.

47 考普斯提出了一個相當關鍵的論點，亦即政府對積極自由的承諾，受到政府支持的基礎設施所保證，這在法理學中是有充分根據的。他引用了聯邦最高法院一九六九年的紅獅案（Red Lion）裁決，該裁決宣告：「第一修正案的目的是保護不受拘束的觀念市場。」*Red Lion Broadcasting Co. v. Federal Communications Commission*, 395 U.S. 367 (1969). 本段落引述內容出自於：Michael Copps, "Commissioner Michael J. Copps s Remarks at New America Foundation a Conversation on The Future of The Media: Is the Public Interest Bargain Dying?" (Washington, DC: New American Foundation, June 15, 2011). 另見：Pickard and Popiel, *The Media Democracy Agenda.*

48 Michael Copps, "What About the News? An Interest in the Public," in McChesney and Pickard, *Will the Last Reporter Please Turn out the Lights?* 289– 298.

49 "FCC Report Falls Far Short of Real Solutions," *Free Press*, June 9, 2011, https://www.freepress.net/news/press-releases/free-press-fcc-report-falls-far-short-real-solutions?akid=2573.8753264.zonjD5&rd=1&t=4。自由傳媒學社後來發布了一份更加詳細的正式聲明："Bold Analysis, Weak Solutions: Rethinking the Recommendations in the Federal Communications Commission Report on the Information Needs of Communities," *Free Press*, June 2011, http://conference.freepress.net/sites/default/files/fp-legacy/Bold_Analysis_Weak_Solutions.pdf.

50 Ryan Blethen, "FCC s Timid Recommendations Won t Do Much to Boost Journalism," *Seattle Times*, June 17, 2011,

http://old.seattletimes.com/html/opinion/2015352755_ ryan19.html.

51 Rick Edmonds, "FCC Media Report Shows How Interest in Government Subsidies for Local Journalism Fizzled," *Poynter*, June 10, 2011, https://www.poynter.org/news/fcc-media-report-shows-how-interest-government-subsidies-local-journalism-fizzled .

52 Amy Schatz, "FCC Backs Away From Aiding Media," *Wall Street Journal*, June 8, 2011, https://www.wsj.com/articles/SB10001424052702304432304576371832982095722.

53 Eric Alterman, "The FCC s New Local Focus: Too Little, Too Late?" *Huffington Post*, June 17, 2011, https://www.huffingtonpost.com/eric-alterman/the-fccs-new-local-focus-_b_878625.html.

54 Adam Thierer, "Initial Thoughts on the FCC Future of Media Report," *Technology Liberation Front*, June 9, 2011, https://techliberation.com/2011/06/09/initial-thoughts-on-the-fcc-future-of-media-report/.

55 Robert McDowell, "Statement of Commissioner Robert McDowell. Re: Information Needs of Communities, GN Docket No. 10-25" (2011), https://apps.fcc.gov/edocs_ public/attachmatch/DOC-307492A1.pdf. 另見：Christopher Ali, *Media Localism: The Policies of Place* (Champaign: University of Illinois Press, 2017).

56 John Eggerton, "FCC Commissioning New Study on Information Needs of Public," *Broadcasting and Cable*, February 6, 2012, https://www.broadcastingcable.com/news/fcc-commissioning-new-study-information-needs-public-59785.

57 關於學者們如何執行此一研究案的相關脈絡說明，參見：Napoli and Friedland, "US Communications Policy Research," 41– 65. 另見：Ali, *Media Localism*, 120– 121. 我所做的分析也受益於和馬克．勞埃德（Mark Lloyd）在二〇一九年六月三日的親身通訊。

58 Lewis Friedland et al., "Review of the Literature Regarding Critical Information Needs of the American Public," FCC,

July 16, 2012, https://transition.fcc.gov/bureaus/ocbo/Final_ Literature_ Review.pdf. 劉易斯．弗里德蘭（Lewis Friedland）擴展了此一概念，詳見：Lewis Friedland, "America s Critical Community Information Needs," in *The Communications Crisis in America, and How to Fix It*, ed. Mark Lloyd and Lewis Friedland (New York: Palgrave Macmillan, 2016), 3– 16.

59 關於此一事件的詳細紀錄，參見：Mark Lloyd, "The Battle Over Diversity at the FCC," in *Media Activism in the Digital Age*, ed. Victor Pickard and Guobin Yang (London: Routledge, 2017), 87– 95.

60 同上註。頁87.

61 有關此一研究的相關解析，參見：Lewis Friedland, "The Real Story Behind the FCC s Study of Newsrooms," *Washington Post*, February 28, 2014, https://www.washingtonpost.com/news/monkey-cage/wp/2014/02/28/the-real-story-behind-the-fccs-study-of-newsrooms/?noredirect=on&utm_term=.a5eeba7e20b7.

62 Tim Cavanaugh, "FCC to Police News Media, Question Reporters in Wide-Ranging Content Survey," *Daily Caller*, October 30, 2013, http://dailycaller.com/2013/10/30/fcc-to-police-news-media-question-reporters-in-wide-ranging-content-survey/.

63 Brendan Sasso, "Republicans Claim FCC Working on Fairness Doctrine 2.0, " *Hill*, December 11, 2013, http://thehill.com/policy/technology/192774-republicans-claim-fcc-working-onfairness- doctrine-20; House of Representatives, "Committee Leaders Urge FCC to Suspend Work on Fairness Doctrine 2.0," December 10, 2013, https://www.benton.org/headlines/committee-leaders-urge-fcc-suspend-work-%E2%80%9Cfairness-doctrine-20%E2%80%9D.

64 Pickard, "The Strange Life and Death of the Fairness Doctrine."

65 Ajit Pai, "The FCC Wades Into the Newsroom," *Wall Street Journal*, February 10, 2014, https://www.wsj.com/articles/

the-fcc-wades-into-the-newsroom-1392078376.

66 Lloyd, "The Battle Over Diversity at the FCC," 94。還應該指出的是，這些攻擊已經變得太過普遍。在 FCC 任職期間，勞埃德曾經遭受〔廣播脫口秀節目主持人〕格倫・貝克（Glenn Beck）和其他右翼分子的惡毒抹紅。

67 Julian Hattem, "FCC Pulls Plug on Press Study," *Hill*, February 21, 2014, http://thehill.com/policy/technology/198943-fcc-kills-contested-press-study#ixzz2xhLPOeyQ.

68 Friedland, "The Real Story Behind the FCC's Study of Newsrooms," 2014.

69 Brett Gary, *The Nervous Liberals: Propaganda Anxieties from World War I to the* Cold War (New York: Columbia University Press, 1999).

70 Pickard, "The Return of the Nervous Liberals," 2015.

71 Des Freedman, *The Contradictions of Media Power* (London: Bloomsbury, 2014), 70.

72 關於此「意識形態方案的形構，我曾有所討論，詳見：Pickard, *America s Battle for Media Democracy*.

73 Núria Almiron, *Journalism in Crisis: Corporate Media and Financialization* (Cresskill: Hampton Press, 2010); Victor Pickard, "Can Government Support the Press? Historicizing and Internationalizing a Policy Approach to the Journalism Crisis," *Communication Review* 14, no. 2 (2011): 73– 95; Hsiang Iris Chyi, Seth Lewis, and Nan Zheng, "A Matter of Life and Death? Examining How Newspapers Covered the Newspaper Crisis, " *Journalism Studies* 13, no. 3 (2012): 305– 324; Ignacio Siles and Pablo Boczkowski, "Making Sense of the Newspaper Crisis: A Critical Assessment of Existing Research and an Agenda for Future Work," *New Media and Society* 14, no. 8 (2012): 1375– 1394; Barbie Zelizer, "Terms of Choice: Uncertainty, Journalism, and Crisis," *Journal of Communication* 65, no. 5 (2015): 888– 908.

74 C.W. Anderson, Emily Bell, and Clay Shirky, *Post-Industrial Journalism: Adapting to the Present* (New York: The Tow

Center for Digital Journalism at Columbia University, 2012).

75 Yochai Benkler, "A New Era of Corruption?" *New Republic*, March 4, 2009, https://newrepublic.com/article/61997/correspondence-new-era-corruption.

76 關於商業敘事的觀點，參見：Alan Mutter, "Mission Possible? Charging for Web Content," *Reflections of a Newsosaur*, February 8, 2009, http://newsosaur.blogspot.com/2009/02/mission-possible-charging-for-content.html; 關於技術/科技敘事的觀點，參見：Jeff Jarvis, "My Testimony to Sen. Kerry," *BuzzMachine*, April 21, 2009, https://buzzmachine.com/2009/04/21/my-testimony-to-sen-kerry/.

77 Charlie Terry, "A Perfect Storm for the Demise of Journalism . . . or for the Rebirth of the Journalist," *EContent*, June 5, 2009, http://www.econtentmag.com/Articles/Column/Guest-Columns/A-Perfect-Storm-for-the-Demise-of-Journalism--or-for-the-Rebirth-of-the-Journalist-54373.htm.

78 另見：Victor Pickard, Josh Stearns, and Craig Aaron, *Saving the News: Toward a National Journalism Strategy* (Washington: Free Press, 2009).

79 Pablo Boczkowski, *Digitizing the News: Innovation in Online Newspapers* (Cambridge: MIT Press, 2004); McChesney and Nichols, *The Death and Life of American Journalism*。關於二〇〇〇年代初期的一些失敗的嘗試，參見：C.W. Anderson, *Rebuilding the News: Metropolitan Journalism in the Digital Age* (Philadelphia: Temple University, 2013); Nikki Usher, *Making News at the New York Times* (Ann Arbor: University of Michigan Press, 2014); David Ryfe, *Can Journalism Survive? An Inside Look at American Newsrooms* (Cambridge: Polity Press, 2012).

80 我曾闡釋這些概念，詳見：Pickard, "The Return of the Nervous Liberals."

81 例如，參見：the introduction to Boczkowski and Mitchelstein, *The News Gap*.

82 Clay Shirky, "Newspapers and Thinking the Unthinkable," March 13, 2009, http://www.shirky.com/weblog/2009/03/newspapers-and-thinking-the-unthinkable/.

83 Jacob Hacker and Paul Pierson, *Winner-Take-All Politics: How Washington Made the Rich Richer— and Turned Its Back on the Middle Class* (New York: Simon and Schuster, 2010), 43.

84 以下兩節的部分內容摘自：Pickard, America s Battle for Media Democracy, 212– 231; Robert Picard and Victor Pickard, *Essential Principles for Contemporary Media and Communications Policymaking* (Oxford: Reuters Institute for the Study of Journalism, 2017), https://reutersinstitute.politics.ox.ac.uk/sites/default/files/research/files/Essential%2520Principles%2520for%2520Contemporary%2520Media%2520and%2520Communications%2520Policymaking.pdf. 另見：Victor Pickard, "Social Democracy or Corporate Libertarianism? Conflicting Media Policy Narratives in the Wake of Market Failure," *Communication Theory* 23, no. 4 (2013): 336–355; Victor Pickard, "The Great Evasion: Confronting Market Failure in American Media Policy," *Critical Studies in Media Communication* 31, no. 2 (2014): 153– 159.

85 Baker, *Media, Markets, and Democracy*, 8; James Hamilton, *All the News That s Fit to Sell: How the Market Transforms Information into News* (Princeton: Princeton University Press, 2004), 8–9; Pickard, Stearns, and Aaron, *Saving the News*, 1–9; McChesney and Nichols, *The Death and Life of American Journalism*, 101– 3; Paul Starr, "Goodbye to the Age of Newspapers (Hello to a New Era of Corruption)," *New Republic*, March 4, 2009, https://newrepublic.com/article/64252/goodbye-the-age-newspapers-hello-new-era-corruption; Pickard, *America's Battle for Media Democracy*, 212– 231.

86 Paul Samuelson, "The Pure Theory of Public Expenditure," *Review of Economics and Statistics* 36, no. 4 (1954): 387–389; Paul Trogon, "Public Goods," in *Handbook of Public Sector Economics*, ed. Donijo Robbins (Boca Raton: Taylor & Francis, 2005). 有關公共財和私有財，以及它們與新聞商品化的關係之討論，參見：Terhi Rantanen, *When News*

Was New (Hoboken: Wiley-Blackwell, 2009), 60– 63.

87 Richard John and Jonathan Silberstein-Loeb, eds., *Making News: The Political Economy of Journalism in Britain and America from the Glorious Revolution to the Internet* (Oxford: Oxford University Press, 2015).

88 此一例子轉引自：Jacob Hacker and Paul Pierson, *American Amnesia: How the War on Government Led Us to Forget What Made America Prosper* (Simon & Schuster, 2016)。他們書中的一個關鍵論點是，教育和其他公共財的公共投資對健全的民主社會至關重要。

89 將「殊價財」予以概念化的第一個研究是：Richard Musgrave, *Theory of Public Finance: A Study in Public Economy* (New York: McGraw-Hill, 1959), 13–15。後續研究，特別是用以指涉新聞媒體的研究，包括：Ali, *Media Localism*; Des Freedman, *The Politics of Media Policy* (Cambridge, UK: Polity Press, 2008), 8– 10; Pickard, *America s Battle for Media Democracy*, 213– 214。比較一般性的應用，另見：Wilfried Ver Eecke, *An Anthology Regarding Merit Goods: The Unfinished Ethical Revolution in Economic Theory* (West Lafayette: Purdue University Press, 2007).

90 Christopher Ali, "The Merits of Merit Goods: Local Journalism and Public Policy in a Time of Austerity," *Journal of Information Policy* 6, no. 1 (2016): 107.

91 Karol Jakubowicz, "Public Service Broadcasting in the Information Society," *Media Development*, 2, 1999, 46– 47.

92 Stuart Cunningham, Terry Flew, and Adam Swift, *Media Economics* (London: Palgrave Macmillan, 2015).

93 John and Silberstein-Loeb, *Making News*.

94 Karen Donders, *Public Service Media and Policy in Europe* (Basingstoke: Palgrave Macmillan, 2011); Robert Picard et al., "Platform Proliferation and Its Implications for Domestic Content Policies," *Telematics and Informatics* 33, no. 2 (2016): 683– 692.

95 例如，參見：Robert Picard, "The Challenges of Public Functions and Commercialized Media," in *The Politics of News: The News of Politics*, ed. Dora Graber, Denis McQuail, and Pippa Norris (Washington, DC: Congressional Quarterly Press, 2007), 211–229; James Curran, *Media and Democracy* (New York: Routledge Press, 2011).

96 Patrick Barwise and Robert Picard, *What If There Were No BBC Television? The Net Impact on UK Viewers* (Oxford: Reuters Institute for the Study of Journalism, February 2014), https://reutersinstitute.politics.ox.ac.uk/sites/default/files/2017-06/What%20if%20there%20were%20no%20BBC%20TV_0.pdf.

97 Pickard, *America s Battle for Media Democracy*.

98 例如，參見：Francis Bator, "The Anatomy of Market Failure," *Quarterly Journal of Economics* 72, no. 3 (1958): 351–379; Joseph Stiglitz, "Markets, Market Failures, and Development," *American Economic Review* 79, no. 2 (1989): 197–203; Steven Medema, "The Hesitant Hand: Mill, Sidgwick, and the Evolution of the Theory of Market Failure," *History of Political Economy* 39, no. 3 (2007): 331– 358; John Taylor, *Principles of Microeconomics*, 5th ed. (New York: Houghton Mifflin, 2007).

99 Pickard, *America s Battle for Media Democracy*, 214.

100 Freedman, *The Politics of Media Policy*, 8– 9.

101 Victor Pickard, "Neoliberal Visions and Revisions in Global Communications Policy from the New World Information and Communication Order to the World Summit on the Information Society," *Journal of Communication Inquiry*, 31, no. 2 (2007): 118– 139.

102 Mark Cooper, "The Future of Journalism: Addressing Pervasive Market Failure with Public Policy," in McChesney and Pickard, *Will the Last Reporter Please Turn out the Lights?* 320– 339; Robert Picard and Steven Wildman, eds.,

Handbook on the Economics of the Media (Cheltenham: Edward Elgar Publishing, 2015).

103 Robert Picard, "Evidence of a Failing Newspaper under the Newspaper Preservation Act," *Newspaper Research Journal* 9, no. 1 (1987): 73– 82; Martin Koschat and William Putsis, "Who Wants You When You re Old and Poor? Exploring the Economics of Media Pricing," *Journal of Media Economics* 13, no. 4 (2000): 215– 232.

104 參見：C. Edwin Baker, *Advertising and a Democratic Press* (Princeton: Princeton University Press, 1994).

105 參見：Baker, *Media, Markets, and Democracy*, 9; Robert Picard, *The Economics and Financing of Media Companies*, 2nd ed. (New York: Fordham University Press, 2011).

106 在第五章裡，我將討論其他民主國家已經付諸實施的各種形式的新聞補貼政策。例如，參見：Paul Murschetz, ed., *State Aid for Newspapers: Theories, Cases, Actions* (Berlin: Springer-Verlag, 2013).

第二章 商業主義如何導致新聞業向下沉淪？

1 Mark Jurkowitz, "The Growth in Digital Reporting," *Pew Research Center*, March 26, 2014, http://www.journalism.org/2014/03/26/the-growth-in-digital-reporting/#fn-42285-1.

2 Jeffrey Alexander, Elizabeth Breese, and María Luengo, *The Crisis of Journalism Reconsidered* (New York: Cambridge University Press, 2016), xiii– xiv.

3 Jessica Toonkel, "Newspapers Aim to Ride Trump Bump to Reach Readers, Advertisers," *Reuters*, February 16, 2017, https://www.reuters.com/article/us-newspapers-trump-campaigns-analysis/newspapers-aim-to-ride-trump-bump-to-reach-readers-advertisers-idUSKBN15V0GI。應該指出的是，包括時論雜誌和《ProPublica》等非營利媒體在內的各種出

版物也經歷了這種上漲行情。

4 本章所討論的數據由皮尤研究中心、美國報業協會（現已改名爲：新聞媒體聯盟）、美國新聞編輯協會和其他來源提供。

5 本章部分內容摘自我先前文章所討論過的一些研究，包括：Victor Pickard, “Structural Collapse: The American Journalism Crisis and the Search for a Sustainable Future,” in *What Is Sustainable Journalism? Integrating the Environmental, Social, and Economic Challenges of Journalism,* ed. Peter Berglez, Ulrika Olausson, and Mart Ots (New York: Peter Lang, 2017), 351– 366; Victor Pickard, “Digital Journalism and Regulation: Ownership and Content,” in *The Routledge Handbook of Developments in Digital Journalism Studies*, ed. Scott Eldridge and Bob Franklin (New York: Routledge, 2018), 211– 222.

6 Amy Mitchell et al., “Newspapers: By the Number,” in *The State of the News Media 2012* (Pew Research Center, 2012), http://stateofthemedia.org .

7 Ken Doctor, “Newsprint Tariffs Gone, Print s Heavy Boot Remains,” *Newsonomics*, September 3, 2018, http://newsonomics.com/newsonomics-newsprint-tariffs-gone-prints-heavy-boot-remains/.

8 Michael Barthel, “5 Facts about the State of the News Media in 2017,” *Pew Research Center*, August 21, 2018, http://www.pewresearch.org/fact-tank/2018/08/21/5-facts-about-the-state-of-the-news-media-in-2017/.

9 Rani Molla and Shira Ovide, “New Media Shares Old Media s Roof,” *Bloomberg*, May 23, 2016, https://www.bloomberg.com/gadfly/articles/2016-05-23/new-media-interlocked-with-old-media-it-wants-to-disrupt.

10 Rani Molla and Peter Kafka, “Here s Who Owns Everything in Big Media Today,” *Recode*, April 3, 2019, https://www.recode.net/2018/1/23/16905844/media-landscape-verizon-amazon-comcast-disney-fox-relationships-chart.

11 Dean Starkman, "The Ever-Expanding Media Giants," *Traffic Magazine*, September 28, 2016, http://traffic.piano.io/2016/09/28/the-ever-expanding-media-giants/.

12 Matthew Hindman, *The Myth of Digital Democracy* (Princeton: Princeton University Press, 2008).

13 Mathew Ingram, "Media s Complicated Relationship with VC Funding," *Columbia Journalism Review*, November 27, 2017, https://www.cjr.org/analysis/venture-capital-funding-vice-buzzfeed.php; Matthew Garrahan and Shannon Bond, "Vice, BuzzFeed and Vox Hit by Changes in Digital Media Industry," *Financial Times*, February 21, 2018, https://www.ft.com/content/482dc54a-1594-11e8-9376-4a6390addb44; Cale Guthrie Weissman, "BuzzFeed Layoffs Could Be a Huge Bellwether for Digital Media," *Fast Company*, November 29, 2017, https://www.fastcompany.com/40501711/buzzfeed-layoffs-could-be-a-huge-bellwether-for-digital-media.

14 Jeremy Barr, "Vox Media Laying Off Around 50 Staffers," *The Hollywood Reporter*, February 21, 2018, https://www.hollywoodreporter.com/news/vox-media-laying-around-50-people-1086869.

15 Laura Hazard Owen, "In the Latest Sign Things Really Are Dire, BuzzFeed is Laying Off 15 Percent of Its Staff," *NiemanLab*, January 24, 2019, http://www.niemanlab.org/2019/01/in-the-latest-sign-things-really-are-dire-buzzfeed-is-laying-off-15-percent-of-its-staff/.

16 Victor Pickard, "When Billionaires Rule: Gawker and the Future of Journalism," *Jacobin*, August 29, 2016, https://www.jacobinmag.com/2016/08/gawker-peter-thiel-news-media-fourth-estate/.

17 Adrian Chen, "Gawker was a Great Place to Become a Journalist," *New Yorker*, June 13, 2016, https://www.newyorker.com/news/news-desk/gawker-was-a-great-place-to-become-a-journalist; Max Read, "A Flowchart of the Petraeus Affair s Love Pentagon, from the Shirtless FBI Agent to Chuck Klosterman," *Gawker*, November, 13, 2012, http://gawker.

com/5960202/a-flowchart-of-the-petraeus-affairs-love-pentagon-from-the-shirtless-fbi-agent-to-chuck-klosterman.

18 Jana Kasperkevic, “Gawker Becomes First Digital Media Company to Unionize,” *Guardian*, June 4, 2015, https://www.theguardian.com/media/2015/jun/04/gawker-media-union-writers-guild.

19 Tom Scocca, “Gawker Was Murdered by Gaslight,” *Gawker*, August 22, 2016, http://gawker.com/gawker-was-murdered-by-gaslight-1785456581.

20 新的《高客網》重新上線：Todd Spangler, “Gawker Set to Relaunch Under New Owner Bryan Goldberg,” *Variety,* September 11, 2018, https://variety.com/2018/digital/news/gawker-2019-relaunch-bryan-goldberg-1202936710/.

21 Elizabeth MacIver Neiva, “Chain Building: The Consolidation of the American Newspaper Industry, 1953– 1980,” *Business History Review* 70, no. 1 (1996): 1– 42; Alex Williams and Victor Pickard, “The Costs of Risky Business: What Happens When Newspapers Become the Playthings of Billionaires?” (Minneapolis, MN: Association for Education in Journalism and Mass Communication, 2016).

22 有關所有權歷史趨勢的概述，參見：Penelope Muse Abernathy, “The Debate over the Change in Media Ownership and the Public s Interest,” http://newspaperownership.com/additional-material/newspaper-ownership-debate/.

23 John Soloski, “Collapse of the US Newspaper Industry: Goodwill, Leverage and Bankruptcy,” *Journalism* 14, no. 3 (2013): 309– 329.

24 我們討論了不同報紙所有權模式的優缺點，參見：Rodney Benson and Victor Pickard, “The Slippery Slope of the Oligarchy Media Model,” *The Conversation*, August 10, 2017, http://theconversation.com/the-slippery-slope-of-the-oligarchy-media-model-81931.

25 John Morton, “Talking Wall Street Blues: As Recent Events Emphasize, Money Trumps Ethics on the Street,” *American*

Journalism Review* 24, no. 6 (2002): 64；另見：Philip Meyer, *The Vanishing Newspaper: Saving Journalism in the Information Age* (Columbia: University of Missouri Press, 2004).

26 Matthew Ingram, "The Sulzberger Dynasty Tightens Its Grip on the New York Times," *Fortune*, October 19, 2016, http://fortune.com/2016/10/19/sulzberger-nyt/.

27 Benson and Pickard, "The Slippery Slope of the Oligarchy Media Model."

28 Penelope Abernathy, *The Expanding News Desert* (Chapel Hill: UNC Center for Innovation and Sustainability in Local Media, 2018), https://www.usnewsdeserts.com/reports/expanding-news-desert/.

29 同上註。 在本書即將出版之際，大型報業集團GateHouse 即將收購甘尼特，這將創建一個規模驚人的報業集團，擁有美國六分之一的日報。Ken Doctor, "It s Looking like Gannett will be Acquired by GateHouse— Creating a Newspaper Megachain like the U.S. has Never Seen," *NiemanLab*, July 18, 2019, https://www.niemanlab.org/2019/07/newsonomics-its-looking-like-gannett-will-be-acquired-by-gatehouse-creating-a-newspaper-megachain-like-the-u-s-has-never-seen/.

30 Daniel Kishi, "It Still Bleeds, but It No Longer Leads," *American Conservative*, December 3, 2018, https://www.theamericanconservative.com/articles/it-still-bleeds-but-it-no-longer-leads/ 另見：Matt Crain, "The Rise of Private Equity Media Ownership in the United States: A Public Interest Perspective," *International Journal of Communication* 3 (2009): 208– 239.

31 本段落所有引述內容皆出自以下來源：Julie Reynolds, "How Many Palm Beach Mansions Does a Wall Street Tycoon Need?" *Nation*, September 27, 2017, https://www.thenation.com/article/how-many-palm-beach-mansions-does-a-wall-street-tycoon-need/.

32 Ken Doctor, "Alden Global Capital Is Making So Much Money Wrecking Local Journalism It Might Not Want to Stop Anytime Soon," *Newsonomics*, May 5, 2018, http://newsonomics.com/newsonomics-alden-global-capital-is-making-so-much-money-wrecking-local-journalism-it-might-not-want-to-stop-anytime-soon/.

33 Jonathan O Connell and Emma Brown, "A Hedge Fund s Mercenary Strategy: Buy Newspapers, Slash Jobs, Sell the Buildings," *Washington Post*, February 1, 2019, https://www.washingtonpost.com/business/economy/a-hedge-funds-mercenary-strategy-buy-newspapers-slash-jobs-sell-the-buildings/2019/02/11/f2c0c78a-1f59-11e9-8e21-59a09ff1e2a1_ story.html?utm_ term=.7085f2892cc6.

34 Sydney Ember, "Denver Post Rebels against Its Hedge-Fund Ownership," *New York Times*, April 7, 2018, https://www.nytimes.com/2018/04/07/business/media/denver-post-opinion-owner.html.

35 Denver Post Editorial Board, "As Vultures Circle, the Denver Post Must Be Saved," *Denver Post*, April 6, 2018, https://www.denverpost.com/2018/04/06/as-vultures-circle-the-denver-post-must-be-saved/.

36 Margaret Sullivan, "Is This Strip-Mining or Journalism? Sobs, Gasps, Expletives Over Latest Denver Post Layoffs," *Washington Post*, March 15, 2018, https://www.washingtonpost.com/lifestyle/style/is-this-strip-mining-or-journalism-sobs-gasps-expletives-over-latest-denver-post-layoffs/2018/03/15/d05abc5a-287e-11e8-874b-d517e912f125_ story.html?utm_ term=.4e503a12e2e5。這個數字不包括近幾年湧現的幾家小媒體。

37 Associated Press, "Company Known for Deep Cost-Cutting Offers to Buy Gannett," *New York Times*, January 14, 2019, https://www.nytimes.com/aponline/2019/01/14/us/ap-us-newspapers-shrinking-industry.html.

38 Robert Picard, "US Newspaper Ad Revenue Shows Consistent Growth," *Newspaper Research Journal* 23, no. 4 (2002): 21– 33; Robert Picard, "Shifts in Newspaper Advertising Expenditures and Their Implications for the Future of

Newspapers," *Journalism Studies* 9, no. 5 (2008): 704– 716.

39 Rodney Benson, *Shaping Immigration News: A French-American Comparison* (New York: Cambridge University Press, 2013).

40 Jaclyn Peiser, "New York Times Co. Reports $24 Million Profit, Thanks to Digital Subscribers," *New York Times*, August 8, 2018, https://www.nytimes.com/2018/08/08/business/media/new-york-times-earnings-subscriptions.html; Monica Nickelsburg "Washington Post Profitable and Growing for Two Years under Jeff Bezos Ownership," *GeekWire*, January 9, 2018, https://www.geekwire.com/2018/washington-post-profitable-growing-two-years-jeff-bezos-ownership/.

41 Keach Hagey, Lukas Alpert, and Yaryna Serkez, "In News Industry, a Stark Divide Between Haves and Have-Nots," *Wall Street Journal*, May 4, 2019, https://www.wsj.com/graphics/local-newspapers-stark-divide/.

42 Rick Edmonds et al., "Newspapers: Stabilizing, but Still Threatened," State of the News Media, *Pew Research Center*, July 18, 2013, http://www.pewresearch.org/topics/state-of-the-news-media/.

43 這些數字的出處如下： Williams and Pickard, "The Costs of Risky Business."

44 Neil Thurman and Richard Fletcher, "Are Newspapers Heading Toward Post-Print Obscurity? A Case Study of the Independent s Transition to Online-Only," *Digital Journalism* 6, no. 8 (2018): 1003– 1017.

45 Nick Mathews, " Life Is Harder : The Perceived Impact of a Newspaper Closure on a Community," Paper presented at the Association for Education in Journalism and Mass Communication, August 2019.

46 S.L. Alexander, Frank D. Durham, Alfred Lawrence Lorenz, and Vicki Mayer, *The Times-Picayune in a Changing Media World: The Transformation of an American Newspaper* (Lanham, MD: Lexington Books, 2014). 另見： Dean Starkman, "Tracking Digital-Era News Quality Declines," *Columbia Journalism Review*, January 14, 2014, https://archives.cjr.org/

the_ audit/tracking_ news-quality_ declines.php.

47 Jeannette Lee Falsey, “How Alaska s Largest Newspaper Went Bankrupt,” *Columbia Journalism Review*, November 10, 2017, https://www.cjr.org/business_ of_ news/alaska-daily-news-bankruptcy.php; Niraj Chokshi, “A West Virginia Newspaper Won Journalism s Top Award. Now It s Filed for Bankruptcy,” *New York Times*, February 2, 2018, https://www.nytimes.com/2018/02/02/business/media/west-virginia-newspaper-charleston.html.

48 Emily Rolen, “Reading Eagle Newspaper s Owner Files for Bankruptcy after 150 Years in Business,” *PhillyVoice*, March 21, 2019, https://www.phillyvoice.com/reading-eagle-newspaper-bankruptcy/ 。俄亥俄州楊斯敦市最近也失去了當地一家有一百五十年歷史的報紙。

49 有關已經關閉、僅存網路版，或是減少送報到府的報紙的最新清單，參見：“Newspaper Death Watch” http://newspaperdeathwatch.com.

50 本段落引述內容的出處如下：Joshua Benton, “What Will Happen when Newspapers Kill Print and Go Online-Only? Most of That Print Audience Will Just... Disappear,” *NiemanLab*, September 26, 2018, http://www.niemanlab.org/2018/09/what-will-happen-when-newspapers-kill-print-and-go-online-only-most-of-that-print-audience-will-just-disappear/.

51 Rick Edmonds, “ASNE Stops Trying to Count Total Job Losses in American Newsrooms,” *Poynter*, September 9, 2016, https://www.poynter.org/business-work/2016/asne-stops-tryting-to-count-total-job-losses-in-american-newsrooms/.

52 Bureau of Labor Statistics, “Newspaper Publishers Lose Over Half Their Employment from January 2001 to September 2016,” *TED: The Economics Daily*, April 03, 2017, https://www.bls.gov/opub/ted/2017/newspaper-publishers-lose-over-half-their-employment-from-january-2001-to-september-2016.htm. 從一九九〇年六月開始，下降幅度更大，當時

報紙出版業僱用了近四十五萬八千人。到二〇一六年三月，這一數字已降至約十八萬三千人，流失了近百分之六十，令人震驚。Bureau of Labor Statistics, "Employment Trends in Newspaper Publishing and Other Media, 1990–2016," *TED: The Economic Daily*, June 02, 2016, https://www.bls.gov/opub/ted/2016/employment-trends-in-newspaper-publishing-and-other-media-1990-2016.htm.

53 Matthew Garrahan, "Advertising: Facebook and Google Build a Duopoly," *Financial Times*, June 23, 2016, https://www.ft.com/content/6c6b74a4-3920-11e6-9a05-82a9b15a8ee7; Aleksandra Gjorgievska, "Google and Facebook Lead Digital Ad Industry to Revenue Record," *Bloomberg*, April 21, 2016, https://www.bloomberg.com/news/articles/2016-04-22/google-and-facebook-lead-digital-ad-industry-to-revenue-record; Peter Kafka, "These Two Charts Tell You Everything You Need to Know about Google s and Facebook s Domination of the Ad Business," *Recode*, February 13, 2018, https://www.recode.net/2018/2/13/17002918/google-facebook-advertising-domination-chart-moffettnathanson-michael-nathanson.

54 Ken Doctor, "Newsprint Tariffs Gone, Print s Heavy Boot Remains," *Newsonomics,* September 3, 2018, http://newsonomics.com/newsonomics-newsprint-tariffs-gone-prints-heavy-boot-remains/.

55 Jodi Enda and Amy Mitchell, "Americans Show Signs of Leaving a News Outlet, Citing Less Information," *Pew Research Center*, March 17, 2013, http://www.journalism.org/2013/03/17/americans-show-signs-of-leaving-a-news-outlet-citing-less-information/.

56 Michael Barthel, "State of the News Media 2016: 5 Key Takeaways" (Pew Research Center, June 15, 2016), http://www.pewresearch.org/fact-tank/2016/06/15/state-of-the-news-media-2016-key-takeaways/#.

57 Thomas Leonard, *News for All* (New York: Oxford University Press) 64.

58 David Elliot Berman, *All the News That s Fit to Click: The Rise and Fall of Clickbait Journalism* (forthcoming dissertation), University of Pennsylvania.

59 Alessio Cornia, Annika Sehl, David Levy, and Rasmus Kleis Nielsen, *Private Sector News, Social Media Distribution, and Algorithm Change* (Oxford: Reuters Institute, 2018), https://reutersinstitute.politics.ox.ac.uk/our-research/private-sector-news-social-media-distribution-and-algorithm-change.

60 針對這些轉變的分析，參見：Emily Bell and Taylor Owen, "The Platform Press: How Silicon Valley Reengineered Journalism," Tow Center for Digital Journalism, Columbia University, 2017, https://www.cjr.org/tow_ center_ reports/platform-press-how-silicon-valley-reengineered-journalism.php/.

61 Denise-Marie Ordway, "Facebook and the Newsroom: 6 Questions for Siva Vaidhyanathan," *Journalist's* Resource, September 12, 2018, https://journalistsresource.org/studies/society/social-media/facebook-siva-vaidhyanathan-news.

62 在賓州大學媒體、不平等與變遷研究中心二〇一九年四月十二日舉辦的「面對新聞危機：威脅和政策取徑」座談會上，凱特琳・彼得分享了她基於長期民族誌研究的一些敏銳的觀察結果。詳見：https://www.youtube.com/watch?v=Fm_ Y6UvBCgU.

63 Ordway, "Facebook and the Newsroom."

64 Caitlin Petre, *The Traffic Factories: Metrics at Chartbeat, Gawker Media, and the New York Times* (New York City: Tow Center for Digital Journalism, 2015), https://www.cjr.org/tow_ center_ reports/the_ traffic_ factories_ metrics_ at_ chartbeat_gawker_ media_ and_ the_ new_ york_ times.php/.

65 Edson Tandoc and Ryan Thomas, "The Ethics of Web Analytics." *Digital Journalism* 3, no. 2 (2015): 243– 258.

66 Mike Isaac, "50 Million New Reasons BuzzFeed Wants to Take Its Content Far Beyond Lists," *New York Times*, Aug. 10,

2014, https://www.nytimes.com/2014/08/11/technology/a-move-to-go-beyond-lists-for-content-at-buzzfeed.html?_ r=0.

67 Ava Sirrah, “The Blurring Line Between Editorial and Native Ads at the New York Times,” *Mediashift*, October 3, 2017, http://mediashift.org/2017/10/advertisers-underwrite-new-york-times-content/.

68 Linda Lawson, *Truth in Publishing: Federal Regulation of the Press s Business Practices, 1880– 1920* (Carbondale: Southern Illinois University Press, 1993).

69 Pickard, *America s Battle for Media Democracy*, 10。值得注意的是，隨著每一種新媒體的出現，這類侵入性的廣告通常都會引起公眾譁然，獲得諸如廣播的「無賴惡棍」（“plug uglies”）和「洗腦廣告歌曲」（“singing jingles”），以及爲早期線上社群所厭惡的「垃圾郵件」（“spam email”）之類的嘲諷名稱。

70 Stephanie Clifford, “Front of Los Angeles Times Has an NBC Article, ” *New York Times*, April 9, 2009, https://www.nytimes.com/2009/04/10/business/media/10adco.html.

71 Paul Farhi, “To Build Brand, Companies Produce Slick Content and Their Own Media,” *Washington Post*, March 26, 2013, https://www.washingtonpost.com/lifestyle/style/to-build-brand-companies-produce-slick-content-and-their-own-media/2013/03/26/741d582a-9568-11e2-ae32-9ef60436f5c1_ story.html?utm_ term=.f80ea848554c.

72 Nancy Scola, “Is a News Site a News Site if It s Published by Verizon?” *Washington Post*, October 31, 2014, http://www.washingtonpost.com/blogs/the-switch/wp/2014/10/31/is-a-news-site-a-news-site-if-its-published-by-verizon/.

73 有關原生廣告的歷史，應用與研究概述，參見：Raul Ferrer-Conill and Michael Karlsson, “Native Advertising and the Appropriation of Journalistic Clout,” in Eldridge and Franklin, *The Routledge Handbook of Developments in Digital Journalism Studies*, 463– 474.

74 Erik Sass, “Consumers Can t Tell Native Ads From Editorial Content,” *MediaPost*, December 31, 2015, https://www.

mediapost.com/publications/article/265789/consumers-cant-tell-native-ads-from-editorial-con.html.

75 Mara Einstein, *Black Ops Advertising: Native Ads, Content Marketing, and the Covert World of the Digital Sell* (New York: Or Books, 2016).

76 Bob Garfield, "If Native Advertising Is So Harmless, Why Does It Rely on Misleading Readers?" *Guardian,* February 25, 2014, https://www.theguardian.com/commentisfree/2014/feb/25/yahoo-opens-gemini-native-advertising.

77 Sydney Ember, "F.T.C. Guidelines on Native Ads Aim to Prevent Deception," *New York Times*, December 22, 2015, https://www.nytimes.com/2015/12/23/business/media/ftc-issues-guidelines-for-native-ads.html.

78 Damaris Colhoun, "BuzzFeed s Censorship Problem," *Columbia Journalism Review*, April 16, 2015, https://www.cjr.org/analysis/buzzfeed_ censorship_ problem.php.

79 下面兩個段落的許多內容摘自：Tim Libert and Victor Pickard, "Think You re Reading the News for Free? New Research Shows You re Likely Paying with Your Privacy," *The Conversation*, November 6, 2015, https://theconversation.com/think-youre-reading-the-news-for-free-new-research-shows-youre-likely-paying-with-your-privacy-49694。在更近期的研究裡，蒂姆．李伯特詳述這種普遍存在的作法是如何侵害倫理規範的，參見：Tim Libert, *Track the Planet: A Web-Scale Analysis of How Online Behavioral Advertising Violates Social Norms* (PhD. diss., University of Pennsylvania, 2017).

80 我們從一些學者和行動主義者那裡得知，與典型的一天相比，這個數字實際上相對較低。

81 Libert and Pickard, "Think You re Reading the News for Free?"

82 正如我在下一章討論的那樣，許多研究相當一致地發現，絕大多數人不知道他們在網上放棄了個人資料到了何等程度；要是他們意識到這種關係的真正本質，他們可能就不會那麼順從了。

83 Libert and Pickard, "Think You re Reading the News for Free?"

84 Randall Rothenberg, "Ad Blocking: The Unnecessary Internet Apocalypse." *AdAge*, September 22, 2015, http://adage.com/article/digitalnext/ad-blocking-unnecessary-internet-apocalypse/300470/. Cory Doctorow, "Adblocking: How About Nah?" *Electronic Frontier Foundation*, July 25, 2019, https://www.eff.org/deeplinks/2019/07/adblocking-how-about-nah.

85 Lucia Moses, "Project Feels: How USA Today, ESPN and the New York Times are Targeting Ads to Mood," *Digiday,* September 19, 2018, https://digiday.com/media/project-feels-usa-today-espn-new-york-times-targeting-ads-mood/.

86 轉引自：Emily Bell, "How Ethical Is It for Advertisers to Target Your Mood?" *The Guardian*, May 5, 2019, https://www.theguardian.com/media/commentisfree/2019/may/05/how-ethical-is-it-for-advertisers-to-target-your-mood.

87 同上註。

88 Dean Starkman, "The Hamster Wheel: Why Running as Fast as We Can Is Getting Us Nowhere." *Columbia Journalism Review*, September 14, 2010; Matthew Lasar, "Has the Internet "Hamsterized" Journalism?" *Ars Technica*, June 12, 2011, https://arstechnica.com/information-technology/2011/06/has-the-internet-hamsterized-journalism/; Jaclyn Peiser, "The Rise of the Robot Reporter," *The New York Times*, February 5, 2019, https://www.nytimes.com/2019/02/05/business/media/artificial-intelligence-journalism-robots.html. 其他實驗包括使用內容農場（content farms）和用戶生成的內容（user-generated content）。

89 Nicole Cohen, "Entrepreneurial Journalism and the Precarious State of Media Work," *South Atlantic Quarterly* 114, no. 3 (2015): 513– 533. 另見：Nicole Cohen, *Writers Rights: Freelance Journalism in a Digital Age* (Montreal: McGill-Queen s University Press, 2016).

90 Errol Salamon, "Precarious E-Lancers, Freelance Journalists Rights, Contracts, Labor Organizing, and Digital

Resistance," in Eldridge and Franklin, *The Routledge Handbook of Developments in Digital Journalism Studies*, 186–197.

91 Yardena Schwartz, "Freelancing Abroad in a World Obsessed with Trump," *Columbia Journalism Review*, January 30, 2018, https://www.cjr.org/covering_trump/trump-impact-foreign-reporting.php.

92 更晚近的統計數據，參見：Reporters Without Borders, "Journalists killed," https://rsf.org/en/journalists-killed. 另見：Joel Simon, *The New Censorship: Inside the Global Battle for Media Freedom* (New York: Columbia University Press, 2019).

93 Martin Chulov, "James Foley and Fellow Freelancers: Exploited By Pared-Back Media Outlets," *Guardian*, August 21, 2014, https://www.theguardian.com/media/2014/aug/21/james-foley-freelance-journalists-exploited-media-outlets; Allison Shelley, "The Dangerous World of Freelance Journalism," *Los Angeles Times*, September 6, 2014. https://www.latimes.com/opinion/op-ed/la-oe-shelley-freelance-journalists-foley-sotloff-20140907-story.html.

94 Alex Williams, "The Growing Pay Gap between Journalism and Public Relations," *Pew Research*, August 11, 2014, http://www.pewresearch.org/fact-tank/2014/08/11/the-growing-pay-gap-between-journalism-and-public-relations/. "There are now more than 6 PR pros for every journalist," *Muck Rack*, September 2006, 2018. https://muckrack.com/blog/2018/09/06/there-are-now-more-than-6-pr-pros-for-every-journalist。關於公關人員與新聞行業的裁員和臨時工僱用同步增加的現象，相關討論參見：Natalie Fenton, "NGOS, New Media and the Mainstream News: New from Everywhere," in *New Media, Old News: Journalism and Democracy in the Digital Age* ed. Natalie Fenton (London, UK: Sage, 2010), 153– 168.

95 例如，參見：Catherine McKercher, "Precarious Times, Precarious Work: A Feminist Political Economy of Freelance

Journalists in Canada and the United States," in *Critique, Social Media and the Information Society*, ed. Christian Fuchs and Marisol Sandoval (New York: Routledge, 2014), 219– 230.

96 Elaine Chen, Cecilia Lei, Annie Ma, and Jonathan Ng, "Mind the Gap: Uncovering Pay Disparity in the Newsroom," *Voices*, August 8, 2018, https://voices.aaja.org/index/2018/8/8/pay-equity.

97 Women s Media Center, "Divided 2019: The Media Gender Gap," January 31, 2019, http://www.womensmediacenter.com/reports/divided-2019-the-media-gender-gap.

98 Steven Greenhouse, "More Secure Jobs, Bigger Paychecks," *Columbia Journalism Review*, Spring/Summer, 2018, https://www.cjr.org/special_ report/media-unions-history.php/.

99 "Digital Media Workers Organize: A Timeline," *Cultural Workers Organize*, March 19, 2018, https://culturalworkersorganize.org/digital-media-workers-organize-a-timeline/.

100 Marick Masters and Raymond Gibney, "The Tactics Media Unions Are Using to Build Membership," *Harvard Business Review*, January 9, 2019, https://hbr.org/2019/01/the-tactics-media-unions-are-using-to-build-membership.

101 Tom Stites, "Layoffs and Cutbacks Lead to a New World of News Deserts," *NiemanLab*, December 8, 2011, http://www.niemanlab.org/2011/12/tom-stites-layoffs-and-cutbacks-lead-to-a-new-world-of-news-deserts/; Penelope Abernathy, *The Rise of a New Media Baron and the Emerging Threat of News Deserts* (Chapel Hill: UNC Center for Innovation and Sustainability in Local Media, October 16, 2016), http://newspaperownership.com/wp-content/uploads/2016/09/07.UNC_ RiseOfNewMediaBaron_ SinglePage_ 01Sep2016-REDUCED.pdf; Michelle Ferrier, Gaurav Sinha, and Michael Outrich, "Media Deserts: Monitoring the Changing Media Ecosystem," in *The Communication Crisis in America, and How to Fix It*, ed. Mark Lloyd and Lewis Friedland (New York: Palgrave Macmillan, 2016), 215– 232.

102 Abernathy, *The Expanding News Desert*. 關於地方新聞業崩解的概述，參見：Taylor Kate Brown, "Why Local US Newspapers Are Sounding the Alarm," *BBC News*, July 9, 2018, https://www.bbc.com/news/world-us-canada-44688274.

103 Abernathy, *The Expanding News Desert*.

104 Penelope Muse Abernathy, "The Rise of the Ghost Newspaper," The Center for Innovation and Sustainability in Local Media, 2018, https://www.usnewsdeserts.com/reports/expanding-news-desert/loss-of-local-news/the-rise-of-the-ghost-newspaper/.

105 Philip Napoli, Matthew Weber, Katie McCollough, and Qun Wang, *Assessing Local Journalism: News Deserts, Journalism Divides, and the Determinants of the Robustness of Local News* (Durham: Duke University Stanford School of Public Policy, August 2018), https://dewitt.sanford.duke.edu/wp-content/uploads/2018/08/Assessing-Local-Journalism_ 100-Communities.pdf.

106 Riley Griffin, "Local News Is Dying, and It s Taking Small Town America With It," *Bloomberg*, September 5, 2018, https://www.bloomberg.com/news/articles/2018-09-05/local-news-is-dying-and-it-s-taking-small-town-america-with-it; Phil Napoli, "When Local Papers Stop Being Local," *Columbia Journalism Review*, August 9, 2018, https://www.cjr.org/business_ of_ news/when-local-papers-stop-being-local.php.

107 Pew Research Center, "America s Shifting Statehouse Press," July 2014, http://www.journalism.org/2014/07/10/americas-shifting-statehouse-press/.

108 這個推特貼文討論串，以及發生在埃里卡·馬丁森的故事，相關超連結網址參見：Erica Martinson, Twitter post, September 12, 2018, 5:28 a.m., https://twitter.com/EricaMartinson/status/1039853252714684416.

109 Paul Farhi, "A Newspaper Diminished by Cutbacks Prepares to Cover Another Monster Storm," *Washington Post*

September 12, 2018, https://www.washingtonpost.com/lifestyle/style/a-newspaper-diminished-by-cutbacks-prepares-to-cover-another-monster-storm/2018/09/12/9fae3870-b5ff-11e8-a2c5-3187f427e253_story.html?utm_ term=.b380d367b796.

110 公共廣播電台 WNYC 已經讓紐約的網路媒體《Gothamist》重新恢復運作（稍後我將在第五章討論），儘管《DNA info》仍然處於關閉狀態。

111 Scott Nover, "Who s Left Covering Brooklyn With the Big Newspapers in Retreat?" *Atlantic*, September 14, 2018, https://www.theatlantic.com/politics/archive/2018/09/whos-left-covering-brooklyn-with-the-big-newspapers-in-retreat/570073/?utm_ source=twb. 超本地新聞網絡《Patch》的發展軌跡是一個有趣的案例。在 AOL 於二〇一四年出售這個陷入困境的實驗後，它成爲了一家有獲利能力的企業，儘管規模比原來小得多，一名駐地記者負責報導數個城鎮，並製作關於車禍、房地產和天氣等各類報導。Peter Kafka, "The alternative to your dying local paper is written by one person, a robot, and you," *Recode*, February 11, 2019, https://www.vox.com/2019/2/11/18206360/patch-local-news-profitable-revenue-advertising-hale. 同樣値得注意的是，克里斯托弗・阿里和達米安・拉德克利夫（Damian Radcliffe）基於他們對小型報紙的廣泛研究，爲地方新聞業找到了更有希望的敘事。例如，參見：Christopher Ali and Damian Radcliffe, "Life at small-market newspapers: A survey of over 400 journalists," Tow Center for Digital Journalism, May 10, 2017. https://www.cjr.org/tow_center_reports/local-journalism-survey.php

112 Alex Williams, *Profits Over Principles: Redlining in the Newspaper Industry* (PhD. diss., University of Pennsylvania, 2018).

113 Phil Napoli, Sarah Stonbely, Kathleen McColloughet, and Bryce Renninger, "Local Journalism and the Information Needs of Local Communities," *Journalism Practice* 11, no. 4 (2017): 373– 395.

114 James Hamilton and Fiona Morgan, "Poor Information: How Economics Affects the Information Lives of Low-Income Individuals," *International Journal of Communication* 12 (2018): 2832– 2850.

115 本段落中所有引述的內容皆出自：John Heltman, "Confessions of a Paywall Journalist," *Washington Monthly*, November/December 2015, https://washingtonmonthly.com/magazine/novdec-2015/confessions-of-a-paywall-journalist/.

116 有關付費牆的早年辯論和實驗的歷史概述，參見：Victor Pickard and Alex Williams, "Salvation or Folly? The Perils and Promises of Digital Paywalls," *Digital Journalism* 2, no. 2 (2014): 195– 213。我在此處所做的分析，部分援引自這篇文章。

117 David Simon, "Build the Wall," *Columbia Journalism Review*, July/August 2009, https://archives.cjr.org/feature/build_the_ wall_ 1.php.

118 Katie Feola, "Analysts: The New York Times Paywall Must Pay," *AdWeek*, April 18, 2011, http://www.adweek.com/news/press/analysts-new-york-times-paywall-must-pay-130703.

119 相關論點的分析基礎，參見：Alex Williams and Victor Pickard, "Newspapers Ongoing Search for Subscription Revenue: From Paywalls to Micropayments," *The Conversation*, May 21, 2015. https://theconversation.com/newspapers-ongoing-search-for-subscription-revenue-from-paywalls-to-micropayments-40726.

120 Ariel Stulberg, "In Paywall Age, Free Content Remains King for Newspaper Sites," *Columbia Journalism Review*, September 22, 2017, https://www.cjr.org/united_states_ project/newspaper-paywalls.php。近年來有關付費牆的學術研究蓬勃發展，一些主要示例，參見：Iris Chyi, "Paying for what? How Much? And Why (Not)? Predictors of Paying Intent for Multiplatform Newspapers." *International Journal on Media Management* 14, no. 3 (2012): 227– 250; Merja Myllylahti, "Newspaper Paywalls— Hype and the Reality. A Study of How Paid News Content Impacts on Media

Corporation Revenues." *Digital Journalism* 2, no. 2 (2014): 179– 194; Merja Myllylahti, "Newspaper Paywalls and Corporate Revenues; A Comparative Study," in *The Routledge Companion to Digital Journalism Studies*, ed. B. Franklin and S. Eldridge II (London: Routledge, 2017), 166– 175.

121 我們在一篇文章中對這些結論做了延伸的分析，詳見：Pickard and Williams, "Salvation or Folly?"

122 Jaclyn Peiser, "Goodbye, Denver Post. Hello, Blockchain," *New York Times*, June 17, 2018, https://www.nytimes.com/2018/06/17/business/media/denver-post-blockchain-colorado-sun.html; Laura Hazard Owen, "Civil s Token Sale Has Failed. Now What?" *NiemanLab*, October 16, 2018, http://www.niemanlab.org/2018/10/civils-token-sale-has-failed-now-what-refunds-for-one-thing/.

123 Frederic Filloux, "The New York Times and Springer Are Wrong About Blendle," *Monday Note*, November 2, 2014, https://mondaynote.com/the-new-york-times-and-springer-are-wrong-about-blendle-4241fb6e6a97。對類似模式的討論，參見：Alan Rusbridger, *Breaking News: The Remaking of Journalism and Why it Matters Now* (New York: Farrar, Straus and Giroux, 2018), 197– 218.

124 Becky Peterson, "At the New Yorker Festival, Non-Subscribers Outnumber Brand Devotees," *Folio*, October 17, 2016. https://www.foliomag.com/new-yorker-festival-non-subscribers-outnumber-brand-devotees/.

125 Jack Shafer, "The David Bradley Effect," *Slate*, July 7, 2009, www.slate.com/articles/news_ and_ politics/press_ box/2009/07/the_ david_ bradley_ effect.html.

126 Dan Kennedy, "Selling out the Washington Post," *Guardian*, July 8, 2009, https://www.theguardian.com/commentisfree/cifamerica/2009/jul/08/washington-post-weymouth-salon.

127 Victor Pickard, United yet Autonomous: Indymedia and the Struggle to Sustain a Radical Democratic Network. *Media*

Culture & Society 28, no. 3 (2006): 315– 336.

128 Clay Shirky, *Here Comes Everybody: The Power of Organizing without Organizations* (New York: Penguin); Yochai Benkler, *The Wealth of Networks, How Social Production Transforms Markets and Freedom* (New Haven, CT: Yale University Press).

129 例如，參見：Frederick Fico et al., "Citizen Journalism Sites as Information Substitutes and Complements for United States Newspaper Coverage of Local Governments," *Digital Journalism* 1, no. 1 (2013): 152– 168.

130 關於此一模式的更加清晰的表述，參見： Julia Cage, *Saving the Media: Capitalism, Crowdfunding, and Democracy* (Cambridge: Harvard University Press, 2016)。另見： Gabe Bullard, "Crowdfunding the News," *Nieman Reports*, September 26, 2016, http://niemanreports.org/articles/crowdfunding-the-news/.

131 Hazel Sheffield, "Are Media Coops the Business Model of the Future?" *Columbia Journalism Review*, September 13, 2018, https://www.cjr.org/business_ of_ news/new-internationalist.php.

132 Shan Wang, "Voice of San Diego is Spearheading a Team to Help Other Smaller News Outlets Build Membership Programs," *NiemanLab*, December 5, 2016, http://www.niemanlab.org/2016/12/voice-of-san-diego-is-spearheading-a-team-to-help-other-smaller-news-outlets-build-membership-programs/.

133 Rob Wijnberg, "The Problem with Real News — and What We Can Do about It," *Medium*, September 12, 2018, https://medium.com/de-correspondent/the-problem-with-real-news-and-what-we-can-do-about-it-f29aca95c2ea.

134 Jason Abbruzzese, A Dutch News Startup Has Crowdfunded $1 Million to Unbreak U.S. News," *NBCNews*, December 3, 2018. https://www.nbcnews.com/news/all/dutch-news-startup-has-crowdfunded-1-million-unbreak-u-s-n943266. Laura Hazard Owen, "I Felt Like It Was a Betrayal, and We Had Raised Funds on False Pretense": The Correspondent s First U.S.

Employee Speaks Out," *NiemanLab*, April 26, 2019. https://www.niemanlab.org/2019/04/i-felt-like-it-was-a-betrayal-and-we-had-raised-funds-on-false-pretense-the-correspondents-first-u-s-employee-speaks-out/.

135 Jay Rosen, 與作者在二〇一九年七月八日的親身通訊。

136 Victor Pickard, "Can Charity Save Journalism From Market Failure?" *The Conversation*, April 28, 2017, http://theconversation.com/can-charity-save-journalism-from-market-failure-75833.

137 Roger Yu, "Philadelphia Newspapers to Be Run as Public Benefit Corporation," *USA Today*, January 12, 2016, https://www.usatoday.com/story/money/business/2016/01/12/philadelphia-newspapers-inquirer-daily-news/78674544/.

138 此一模式類似於十年前倡議的「L3C」模式，相關討論可見於：Pickard, Stearns, and Aaron, *Saving the News*.

139 Joseph Lichterman, 與作者的親身通訊，March 25, 2019.

140 Jeffrey Hermes, "A Reason for Optimism in the IRS Handling of Nonprofit News Orgs," *NiemanLab*, September 19, 2012, https://www.niemanlab.org/2012/09/a-reason-for-optimism-in-the-irs-handling-of-nonprofit-news-orgs/. 為了解決這些障礙，美國國會最近有新的立法提案，詳見："Congressman DeSaulnier Introduces Legislation to Eliminate Hurdles for Newspapers to Become Non-Profits," June 6, 2019. https://desaulnier.house.gov/media-center/press-releases/congressman-desaulnier-introduces-legislation-eliminate-hurdles.

141 Tony Semerad, "Salt Lake Tribune Seeks to Become a Nonprofit Community Asset, a First for a Legacy Newspaper," *Salt Lake Tribune*, May 8, 2019, https://www.sltrib.com/news/2019/05/08/salt-lake-tribune-seeks/。關於此一計畫及相關計畫的完整分析，參見：Christine Schmidt and Joshua Benton, "Salt Lake Tribune Wants to Go Nonprofit in a New and Unproven Way, and Now the IRS Will Have Its Say," *NiemanLab*, May 9, 2019, https://www.niemanlab.org/2019/05/the-salt-lake-tribune-wants-to-go-nonprofit- in-a-new-and-unproven-way-and-now-the-irs-will-have-its-say/.

142 Mayur Patel and Michael Manes, *Finding a Foothold: How Nonprofit News Ventures Seek Sustainability* (Miami: Knight Foundation, 2013), https://knightfoundation.org/reports/finding-foothold.

143 Charles Lewis, "The Pace of Nonprofit Media Growth is Picking Up," *The Conversation*, July 11, 2018, https://theconversation.com/the-pace-of-nonprofit-media-growth-is-picking-up-98376 另見：Magda Konieczna, *Journalism without Profit Making: News When the Market Fails* (New York: Oxford University Press, 2018).

144 這些研究發現的摘要，參見：Rick Edmonds, "A New Look at Local Nonprofit News Sites Finds Revenues of More Than $325 Million, 2,200 Journalists," *Poynter*, October 2, 2018, https://www.poynter.org/news/new-look-local-nonprofit-news-sites-finds-revenues-more-325-million-2200-journalists.

145 *INN Index 2018: The State of Nonprofit News* (Los Angeles: Institute for Nonprofit News, October 2018), https://inn.org/wp-content/uploads/2018/10/INN.Index2018FinalFullReport.pdf?platform=hootsuite.

146 "ProPublica to Expand Local Reporting Network to Focus on State Governments," *ProPublica*, August 8, 2018, https://www.propublica.org/atpropublica/propublica-expanding-local-reporting-network-state-governments.

147 更多資訊，參見以下網站：https://www.citybureau.org/; https://thecity.nyc/; https://resolvephilly.org/; https://brokeinphilly.org/.

148 有關《社區影響報》的更多資訊，詳見：https://communityimpact.com/.

149 相關背景資訊，參見：https://www.dailyyonder.com/about-daily-yonder/.

150 有關這些計畫的更多資訊，參見：https://banyanproject.coop/about/and https://www.infodistricts.org/about-info-districts.

151 Nellie Bowles, "Report for America Supports Journalism Where Cutbacks Hit Hard," *New York Times*, April 15, 2018,

https://www.nytimes.com/2018/04/15/business/media/report-for-america-service.html; 有關「爲美國而報導」的更多資訊，參見它的官方網站：https://www.reportforamerica.org/.

152 Steve Waldman, 與作者的親身通訊，二〇一九年三月二十一日。

153 Andrea Wenzel, Sam Ford, Steve Bynum, and Efrat Nechushtai, "Can Report for America build trust in local news? A view from two communities," Tow Center, May 6, 2019. https://www.cjr.org/tow_center_reports/report-for-america-kentucky-chicago.php .

154 Anna Nirmala, personal communication with the author, April 19, 2019. 另見：Meena Lee, "So How will the American Journalism Project Pick the Local News Sites it Wants to Back (with a Piece of its $42 million)?" *NiemanLab*, July 24, 2019, https://www.niemanlab.org/2019/07/so-how-will-the-american-journalism-project-pick-the-local-news-sites-it-wants-to-back-with-a-piece-of-its-42-million/; Rick Edmonds, "The American Journalism Project has Raised $42 Million. Here s the Plan for Distributing It," *Poynter*, March 20, 2019, https://www.poynter.org/business-work/2019/the-american-journalism-project-has-raised-42-million-heres-the-plan-for-distributing-it/.

155 Jessica Boehm, "Arizona State University, University of Maryland Get Grants to Launch Investigative Journalism Centers," *Arizona Republic*, August 6, 2018, https://www.azcentral.com/story/news/local/phoenix/2018/08/06/asu-launch-3-million-investigative-journalism-centers/902340002/.

156 Rodney Benson, "Can Foundations Solve the Journalism Crisis?" *Journalism* 19, no. 8 (2017): 1059– 1077.

157 Anya Schiffrin, "A Marriage Of Convenience— Looking at the New Donor-Journalism Relationship," *Center for International Media Assistance*, October 3, 2016, https://www.cima.ned.org/blog/new-donor-journalism-relationship/. 另見：Martin Scott, Mel Bunce, and Kate Wright, "Donor Power and the News: The Influence of Foundation Funding on

International Public Service Journalism," *International Journal of Press/Politics* 22 (2017): 163– 184.

158 Martin Scott, "What s Wrong with Philanthro-Journalism?" *NiemanReports*, January 30, 2019, https://niemanreports.org/articles/whats-wrong-with-philanthro-journalism/. 另見：Martin Scott, Mel Bunce, and Kate Wright, "Foundation Funding and the Boundaries of Journalism," *Journalism Studies* (2019), DOI: 10.1080/1461670X.2018.1556321.

159 Laura Hazard Owen, "Are Nonprofit News Sites Just Creating More Content for Elites Who Already Read a Lot of News?" *NiemanLab*, September 6, 2017, http://www.niemanlab.org/2017/09/are-nonprofit-news-sites-just-creating-more-content-for-elites-who-already-read-a-lot-of-news/.

160 Pew Research Center, "State of the News Media," 2014.

161 Brian Flood, "Sheldon Adelson s Las Vegas Review-Journal Warns Staffers Disloyalty Could Get Them Fired," *Wrap*, June 17, 2016, https://www.thewrap.com/sheldon-adelson-las-vegas-review-journal-warns-staffers-disloyalty-fired/.

162 Benson and Pickard, "The Slippery Slope of the Oligarchy Media Model."

163 把慈善家當作救世主的這種社會問題解決途徑，已見嚴厲批評：Anand Giridharadas, *Winners Take All: The Elite Charade of Changing the World* (New York: Knopf, 2018).

164 Mark Ots and Robert Picard, "Press Subsidies," *Oxford Research Encyclopedia of Communication*, 2018, 1– 18.

165 最新的排名，參見：https://freedomhouse.org/.

166 Jeffrey Mondak, *Nothing to Read: Newspapers and Elections in a Social Experiment* (Ann Arbor: University of Michigan Press, 1996); Jackie Filla and Martin Johnson, "Local News Outlets and Political Participation," *Urban Affairs Review* 45, no. 5 (2010): 679– 692.

167 Lee Shaker, "Dead Newspapers and Citizens Civic Engagement," *Political Communication* 31, no. 1 (2014): 131– 148。

喬什・斯特恩斯對我在本節中討論的許多研究做過完整的回顧分析，參見：“How we Know Journalism is Good for Democracy,” *Local News Lab*, June 20, 2018, https://localnewslab.org/2018/06/20/how-we-know-journalism-is-good-for-democracy/.

168 Danny Hayes and Jennifer Lawless, “As Local News Goes, so Goes Citizen Engagement: Media, Knowledge, and Participation in US House Elections,” *Journal of Politics* 77, no. 2 (2015): 447– 462.

169 James Snyder and David Strömberg, “Press Coverage and Political Accountability,” *Journal of Political Economy* 118, no. 2 (April 2010): 355– 408.

170 Matthew Gentzkow, Jesse Shapiro, and Michael Sinkinson, “The Effect of Newspaper Entry and Exit on Electoral Politics,” *American Economic Review* 101, no. 7 (2011): 2980– 3018.

171 Matthew Gentzkow, Jesse Shapiro, and Michael Sinkinson, “Competition and Ideological Diversity: Historical Evidence from US Newspapers,” *American Economic Review* 104, no. 10 (2014): 3073– 3114.

172 Meghan Rubado and Jay Jennings, “Political Consequences of the Endangered Local Watchdog: Newspaper Decline and Mayoral Elections in the United States,” *Urban Affairs Review*, April 2019.

173 Joshua Darr, Matthew Hitt, and Johanna Dunaway, “Newspaper Closures Polarize Voting Behavior,” *Journal of Communication* 68, no. 6 (2018): 1007– 1028.

174 Paul Starr, “Goodbye to the Age of Newspapers,” in McChesney and Pickard, *Will the Last Reporter Please Turn out the Lights?* 18– 37.

175 Dermot Murphy, “When Local Papers Close, Costs Rise for Local Governments,” *Columbia Journalism Review*, June 27, 2018, https://www.cjr.org/united_ states_project/public-finance-local-news.php.

176 Pengjie Gao, Chang Lee, and Dermot Murphy, "Financing Dies in Darkness? The Impact of Newspaper Closures on Public Finance," (即將刊登在*the Journal of Financial Economics*), October 21, 2018, https://ssrn.com/abstract=3175555.

177 James Hamilton, *Democracy s Detectives: The Economics of Investigative Journalism* (Cambridge: Harvard University Press, 2016).

178 美國司法部故態復萌，現在又再度啟用私人監獄，而且它也從未停止使用私人監獄來收容遭拘留的無證移民。

179 Monika Bauerlein and Clara Jeffery, "This Is What's Missing From Journalism Right Now," *Mother Jones*, August 17, 2016, https://www.motherjones.com/media/2016/08/whats-missing-from-journalism/.

180 Juan Gonzalez, "From Crown Heights Brutality to $500M CityTime Fraud, Juan Gonzalez Recalls 25 Years of His Greatest Scandalous Scoops," *New York Daily News*, December 23, 2012, https://www.nydailynews.com/new-york/juan-gonzalez-recalls-25-years-greatest-scandalous-scoops-article-1.1226436.

181 Anna Clark, "How an Investigative Journalist Helped Prove a City Was Being Poisoned with Its Own Water," *Columbia Journalism Review*, November 3, 2015, https://www.cjr.org/united_ states_ project/flint_ water_ lead_ curt_ guyette_ aclu_michigan.php. 關於非政府組織如何愈來愈多地致力於新聞業的精彩討論，參見：Matthew Powers, *NGOs as Newsmakers: The Changing Landscape of International News* (New York: Columbia University Press, 2018).

182 Pew Research Center, "How News Happens: A Study of the News Ecosystem of One American City," 2010, http://www.journalism.org/2010/01/11/how-news-happens/。有關巴爾的摩市的研究案例，更詳細的討論參見：Robert McChesney and Victor Pickard, "News Media as Political Institutions," in *Handbook of Political Communication Theories*, ed. Kate Kenski and Kathleen Hall Jamieson (Oxford: Oxford University Press, 2017), 263– 274. 有關報紙作爲「基石媒體」，在產製在地新聞方面的特殊角色，一個很有用的討論可參見拉斯穆斯・克萊斯・尼爾森

（Rasmus Kleis Nielsen）編撰的這本書：*Local Journalism: The Decline of Newspapers and the Rise of Digital Media*. Reuters Institute for the Study of Journalism, University of Oxford, 2015.

183 例如，參見：The Pew Research Center, "Local News in a Digital Age," 2015, http://www.journalism.org/2015/03/05/local-news-in-a-digital-age/. 另見：Phil Napoli and Jessica Mahone, "Local newspapers are suffering, but they re still (by far) the most significant journalism producers in their com -munities," *NiemanLab*, September 9, 2019. https://www.niemanlab.org/2019/09/local-newspapers-are-suffering-but-theyre-still-by-far-the-most-significant-journalism-producers-in-their-communities/

184 Joe Amditis, "Can Public Funding for Local News Increase Trust in Media?" *Medium*, September 11, 2018, https://medium.com/trust-media-and-democracy/can-public-funding-for-local-news-increase-trust-in-media-d53d0321611b.

第四章　數位基礎設施的壟斷控制

1 Zach Wichter, "2 Days, 10 Hours, 600 Questions: What Happened When Mark Zuckerberg Went to Washington," *New York Times*, April 12, 2018, https://www.nytimes.com/2018/04/12/technology/mark-zuckerberg-testimony.html.

2 Jack Nicas and Matthew Rosenberg, "A Look Inside the Tactics of Definers, Facebook s Attack Dog," *New York Times*, November 15, 2018, https://www.nytimes.com/2018/11/15/technology/facebook-definers-opposition-research.html.

3 Nick Bilton, "Behind Zuck s War with the New York Times," *Vanity Fair*, January 9, 2019, https://www.vanityfair.com/news/2019/01/behind-mark-zuckerbergs-war-with- the-new-york-times.

4 Mike Isaac, "Mark Zuckerberg s Call to Regulate Facebook, Explained," *New York Times*, March 30, 2019, https://www.

nytimes.com/2019/03/30/technology/mark-zuckerberg-facebook-regulation-explained.html.

5 針對這個領域的相關學術研究成果所做的更深入的回顧，參見：Victor Pickard, “Media Ownership,” in *The International Encyclopedia of Political Communication*, 1st ed., ed. Gianpietro Mazzoleni (Malden: John Wiley & Sons, Inc, 2015), 756– 759.

6 Rodney Benson, Mattias Hesserus, and Julie Sedel, *How Media Ownership Matters* (Oxford: Oxford University Press, forthcoming).

7 我在這裡相當寬鬆地使用「壟斷」（monopoly）一詞——在許多情況裡，它們在技術上是雙頭壟斷或寡頭壟斷，而在某些情況裡則是卡特爾（cartels）。澤菲爾・蒂喬特（Zephyr Teachout）等人認爲，「壟斷」一詞意味著一家公司在規模或結構上足夠強大，強大到足以逕行設定價格和條款，亦即處於統領（govern）、而非競爭（compete）的狀態，詳見：https://twitter.com/ZephyrTeachout/status/1105453207201947650.

8 Ben Bagdikian, *The New Media Monopoly* (Boston: Beacon, 2004)..

9 Nicolas Rapp and Aric Jenkins, “Chart: These 6 Companies Control Much of U.S. Media,” *Fortune*, July 24, 2018, http://fortune.com/longform/media-company-ownership-consolidation/

10 一些學者長期以來一直認爲媒體「逆向流動」（contraflows）值得更多關注——但儘管媒體所有權發生了重大轉變，全球媒體仍然不成比例地受到美國公司的控制或影響，這造成國家之間和國家內部存在著不對稱的權力關係。這個問題的權威論述，參見：Eli Noam, *Who Owns the World s Media* (New York: Oxford University Press, 2016)。先前的研究顯示，媒體集團在全球範圍內擁有顯著市場力量，參見：Edward Herman and Robert McChesney, The Global Media: *The New Missionaries of Corporate Capitalism* (Washington, DC: Cassell, 1997).

11 Matthew Hindman, *The Myth of Digital Democracy* (Princeton: Princeton University Press, 2009), 51– 54. 有關辛德

曼的分析，值得參考的討論如下：John Bellamy Foster and Robert McChesney, "The Internet s Unholy Marriage to Capitalism," *Monthly Review*, March 1, 2011, https://monthlyreview.org/2011/03/01/the-internets-unholy-marriage-to-capitalism/. 另見：Robert McChesney and Victor Pickard, "News Media as Political Institutions," in Kenski and Jamieson, *The Oxford Handbook of Political Communication,* 263– 274.

12 Eiri Elvestad and Angela Phillips, *Misunderstanding News Audiences: Seven Myths of the Social Media Era* (Abingdon: Routledge, 2018). 詹姆斯・柯倫認爲，這種持續的支配地位，部分原因是大型出版商採取的反競爭措施（例如免費贈送內容）破壞了新媒體新創公司的商業前景。參見：James Curran, "Triple Crisis of Journalism," *Journalism* 20, no. 1 (2019): 190– 193.

13 Alexa, "The Top 500 Sites on the Web," 2018, https://www.alexa.com/topsites/category/News. 此一研究轉引自：Matthew Guardino, *Framing Inequality: Media, Public Opinion and the Neoliberal Turn in U.S. Public Policy* (New York: Oxford University Press, 2019), 272.

14 前面這些引述內容出自： Patrick Kennedy and Andrea Prat, "Where Do People Get Their News?" Paper presented to the 67th Economic Policy Panel Meeting, April 3, 2018, https://cepr.org/sites/default/files/events/papers/995_ Where%20Do%20People%20Get%20Their%20News.pdf. 關於此一研究的討論可見於：Guardino, *Framing Inequality*, 272– 273.

15 Donald Trump, Twitter post, June 28, 2017, 6:06 a.m., https://twitter.com/realDonaldTrump/status/880049704620494848.

16 Thomas Frank, "Swat Team," *Harpers*, November 2016, https://harpers.org/archive/2016/11/swat-team-2/.

17 Yochai Benkler, Robert Faris, and Hal Roberts, *Network Propaganda: Manipulation, Disinformation, and Radicalization in American Politics* (New York: Oxford University Press, 2018). 另見：Kathleen Hall Jamieson and Joseph Cappella, *Echo Chamber: Rush Limbaugh and the Conservative Media Establishment* (New York: Oxford University Press, 2010).

18 近年來，這一數字有所下降，但在三個電視平台（譯按：本地電視台、全國無線電視網，以及有線電視）中，本地電視新聞仍然擁有最多的觀衆：這三個平台也仍掌握百分之五十的成人新聞消費者。Katrina Eva Matsa, "Fewer Americans Rely on TV News; What Type They Watch Varies by Who They Are," *FactTank*, January 5, 2018, http://www.pewresearch.org/fact-tank/2018/01/05/fewer-americans-rely-on-tv-news-what-type-they-watch-varies-by-who-they-are/.

19 Indira Lakshmanan, "Finally Some Good News: Trust in News Is up, Especially for Local Media," *Poynter*, August 22, 2018, https://www.poynter.org/ethics-trust/2018/finally-some-good-news-trust-in-news-is-up-especially-for-local-media/.

20 Jon Swaine, "Sinclair TV Chairman to Trump: We Are Here to Deliver Your Message, " *Guardian*, April 10, 2018, https://www.theguardian.com/media/2018/apr/10/donald-trump-sinclair-david-smith-white-house-meeting.

21 Ben Wofford, "Sinclair Broadcasting s Hostile Takeover," *Rolling Stone*, April 24, 2018, https://www.rollingstone.com/culture/features/sinclair-broadcast-group-hostile-takeover- trump-w519331.

22 Chris Mills Rodrigo, "Sinclair Defends Segment Justifying Use of Tear Gas at Border as Commentary, " *Hill*, November 28, 2018, https://thehill.com/homenews/media/418829-sinclair-defends-segment-justifying-use-of-tear-gas-at-border-as-commentary.

23 Ryan Reed, "John Oliver: How Sinclair Broadcast Group Brainwashes Local News," *Rolling Stone*, August 2, 2018, https://www.rollingstone.com/tv/tv-news/john-oliver-how-sinclair-broadcast-group-brainwashes-local-news-630138/.

24 Jay Rosen, Twitter post, November 28, 2018, 10:39 a.m., https://twitter.com/jayrosen_nyu/status/1067850440165990400.

25 FCC 奉送給辛克萊廣播集團的許多禮物，詳見：Wofford, "Sinclair Broadcasting s Hostile Takeover." Sheelah Kolhatkar, "The Growth of Sinclair s Conservative Media Empire," *New Yorker,* October 22, 2018, https://www.

newyorker.com/magazine/2018/10/22/the-growth-of-sinclairs-conservative-media-empire.

26 Cecilia Kang, “F.C.C. Opens Door to More Consolidation in TV Business,” *New York Times*, November 16, 2017, https://www.nytimes.com/2017/11/16/business/media/fcc-local-tv.html; Ted Johnson, “FCC Relaxes Media Ownership Rules in Contentious Vote,” *Variety*, November 16, 2017. https://variety.com/2017/politics/news/fcc-media-ownership-rules-sinclair-broadcasting-1202616424/.

27 關於這些政策變化的概述，參見：Dana Floberg, “Pai's Big-Media Handout Will Hurt Communities,” *Free Press*, November 10, 2017, https://www.freepress.net/our-response/expert-analysis/explainers/pais-big-media-handout-will-hurt-communities. 另見：“Sinclair Broadcast Group Acquisition of Tribune Media: Competitive and Regulatory Issues,” EveryCRSReport.com, July 18, 2017, https://www.everycrsreport.com/reports/R44892.html.

28 Klint Finley, “The Sinclair/Tribune Merger is Dead,” *Wired*, August 8, 2018, https://www.wired.com/story/the-sinclairtribune-merger-is-dead/.

29 有關監管俘虜，全面的文獻回顧參見：Adam Thierer, “Regulatory Capture: What the Experts Have Found,” *Technology Liberation Front*, December 19, 2010, https://techliberation.com/2010/12/19/regulatory-capture-what-the-experts-have-found/.

30 我自己對 FCC 歷史的研究發現，這從該機構成立伊始即是一個問題，參見：Pickard, *America s Battle for Media Democracy*, 38.

31 Craig Aaron and Timothy Karr of Free Press, 與作者在二〇一八年七月二十七日的親身通訊。

32 Jon Brodkin, “FCC s Revolving Door: Former Chairman Leads Charge against Title II,” *Ars Technica*, April 14, 2015, https://arstechnica.com/information-technology/2015/04/fccs-revolving-door-former-chairman-leads-charge-against-title-

ii/.

33 Tim Karr, "FCC Commissioner Cashes in at Your Expense," *Common Dreams*, May 14, 2011, https://www.commondreams.org/views/2011/05/14/fcc-commissioner-cashes-your-expense.

34 Jonathan Tepper, "The Revolving Door: Why the Regulators Went Soft on Monopolies," *American Conservative*, January/February, 2019, https://www.theamericanconservative.com/articles/why-the-regulators-went-soft-on-monopolies/.

35 其中的一些亮點，參見：同上註。

36 Thomas Edsall, "The Lobbyists Blocking the Doorway," *New York Times*, January 10, 2019, https://www.nytimes.com/2019/01/10/opinion/pelosi-trump-lobbying-democrats.html. 另見：https://www.opensecrets.org/lobby/.

37 Edsall, "The Lobbyists Blocking the Doorway."

38 我在這篇文章中討論了一個這樣的經歷：Victor Pickard, "After Net Neutrality," *LSE Media Policy Project*, July 18, 2016, http://blogs.lse.ac.uk/mediapolicyproject/2016/07/18/after-net-neutrality/.

39 Jeff Stein, "Many Lawmakers and Aides Who Crafted Financial Regulations after the 2008 Crisis Now Work for Wall Street," *Washington Post*, September 7, 2018, https://www.washingtonpost.com/business/economy/many-lawmakers-and-aids-who-crafted-financial-regulations-after-the-2008-crisis-now-work-for-wall-street/2018/09/07/50f63a1e-b075-11e8-a20b-5f4f84429666_ story.html?noredirect=on&utm_ term=.e3fbe8f415b9 .

40 參見：Zephyr Teachout, *Corruption in America: From Benjamin Franklin s Snuff Box to Citizens United* (Cambridge: Harvard University Press, 2014).

41 Paresh Dave, "Google, Facebook Spend Big on U.S. Lobbying amid Policy Battles," *Reuters*, January 22, 2019,

https://www.reuters.com/article/us-tech-lobbying/google-facebook-spend-big-on-us-lobbying-amid-policy-battles-idUSKCN1PG2TD.

42 Robert McChesney, "Off Limits: An Inquiry into the Lack of Debate Over the Ownership, Structure and Control of the Mass Media in U.S. Political Life," *Communication* 13 (1992): 1– 19.

43 Des Freedman, *The Contradictions of Media Power* (London: Bloomsbury, 2014), 64.

44 David Leonhardt, "The Monopolization of America," *New York Times*, November 25, 2018, https://www.nytimes.com/2018/11/25/opinion/monopolies-in-the-us.html.

45 Open Markets Institute, 2018, https://concentrationcrisis.openmarketsinstitute.org/industry/cell-phone-providers/. 另見：Susan Crawford, *Captive Audience: The Telecom Industry and Monopoly Power in the New Gilded Age* (New Haven: Yale University Press, 2013).

46 Robert McChesney, *Digital Disconnect: How Capitalism Is Turning the Internet against Democracy* (New York: The New Press, 2013). 有關媒體所有權問題更完整的分析，參見：Eli Noam, *Media Ownership and Concentration in America* (New York: Oxford University Press, 2009). 伊萊・諾姆（Eli Noam）的書煞費苦心地分析了過往文獻，並量化分析了二十五年來橫跨一百個資訊產業不同媒體部門的媒體所有權模式。

47 "Vertical Integration," *Economist*, March 30, 2009, https://www.economist.com/news/2009/03/30/vertical-integration.

48 David Morris, "How the AT&T-Time Warner Merger Could Hurt Consumers," *Fortune*, October 23, 2016, http://fortune.com/2016/10/23/att-time-warner-merger-consumers/.

49 Sally Hubbard, "The Case for Why Big Tech Is Violating Antitrust Laws," *CNN Business*, January 2, 2019, https://www.cnn.com/2019/01/02/perspectives/big-tech-facebook-google-amazon-microsoft-antitrust/index.html.

50 同上註。另見：Derek Walter, "Report: Nearly 90 Percent of Smartphones Worldwide Run Android," *Greenbot*, November 3, 2016, https://www.greenbot.com/article/3138394/android/report-nearly-90-percent-of-smartphones-worldwide-run-android.html.

51 Leon Kelion, "Google Hit with Record EU Fine over Shopping Service," *BBCNews*, June 27, 2017, https://www.bbc.com/news/technology-40406542.

52 Hubbard, "Case for Why Big Tech Is Violating Antitrust Laws."

53 關於康卡司特崛起的政治與經濟史，參見：Lee McGuigan and Victor Pickard, "The Political Economy of Comcast," in *Global Media Giants*, ed. Ben Birkinbine, Rodrigo Gómez García, and Janet Wasko (New York: Routledge, 2016), 72–91.

54 這個策略詳細地被記錄在下面這篇文章裡：Jonathan Mahler and Jim Rutenberg, "How Rupert Murdoch s Empire of Influence Remade the World," *New York Times*, April 7, 2019, https://www.nytimes.com/interactive/2019/04/03/magazine/rupert-murdoch-fox-news-trump.html. 關於福斯新聞台的歷史，參見：Reece Peck, *Fox Populism: Branding Conservatism as Working Class* (New York: Cambridge University Press, 2019).

55 Robert Picard, "Media Concentration, Economics, and Regulation," in *The Politics of News: The News of Politics*, ed. Doris Graber, Denis McQuail, and Pippa Norris (Washington, DC: Congressional Quarterly Press, 1998), 193–217; Baker, *Media Concentration and Democracy*.

56 當政府透過與擁有大部分匈牙利媒體系統的電信公司達成交易來施加控制時，匈牙利飽受這種權力關係之害，詳見：Patrick Kingsley and Benjamin Novak, "The Website That Shows How a Free Press Can Die," *New York Times*, November 24, 2018, https://www.nytimes.com/2018/11/24/world/europe/hungary-viktor-orban-media.html.

57 相關討論摘自：Picard and Pickard, *Essential Principles for Contemporary Media and Communications Policymaking*.

58 Alison Harcourt and Robert Picard, "Policy, Economic, and Business Challenges of Media Ownership Regulation," *Journal of Media Business Studies* 6, no. 3 (2009): 1– 17.

59 Freedman, *The Contradictions of Media Power*, 57. 弗里德曼撰作了一本出色的書，該書的詳細介紹可參見我寫的書評：*Information, Communication & Society* 19, no. 12 (2016): 1743– 1745.

60 有一本出色的書，概述了媒體所有權影響媒體內容的多種方式，參見：Justin Schlosberg, *Media Ownership and Agenda Control* (New York: Routledge, 2017).

61 有關廣播媒體所有權的鬥爭史，參見：Pickard, *America s Battle for Media Democracy*.

62 有關二〇〇〇年以降的媒體所有權鬥爭的口述史，參見：Pickard and Popiel, *The Media Democracy Agenda*.

63 Nina Huntemann, "Corporate Interference: The Commercialization and Concentration of Radio Post the 1996 Telecommunications Act." *Journal of Communication Inquiry* 23, no. 4 (1999): 390– 407.

64 Eric Klinenberg, *Fighting for Air: The Battle to Control America s Media* (New York: Metropolitan Books, 2007).

65 C. Edwin Baker, "Media Structure, Ownership Policy, and the First Amendment," *Southern California Law Review* 78 (2004): 733; Robert McChesney, *Rich Media, Poor Democracy: Communication Politics in Dubious Times* (New York: New Press, 1999); Matthew Baum and Yuri Zhukov, "Media Ownership and News Coverage of International Conflict," *Political Communication* (2018): 1– 28.

66 Edda Humprecht and Frank Esser, "Diversity in Online News," *Journalism Studies* 19, no. 12 (2018): 1825– 1847.

67 Gregory Martin and Joshua McCrain, "Local News and National Politics," *American Political Science Review* (2019) 113, 2, 372– 384.

68 Kari Karppinen, *Rethinking Media Pluralism* (New York: Fordham University Press, 2013).

69 下面兩個段落的內容引自：Picard and Pickard, *Essential Principles for Contemporary Media and Communications Policymaking*.

70 伊萊・諾姆指出，媒體所有權問題是民主社會由來已久的關切所在，參見：Noam, *Media Ownership and Concentration in America*, 7.

71 Associated Press v. United States, 326 US 1 (1945).

72 Picard and Pickard, *Essential Principles for Contemporary Media and Communications Policymaking*; Peggy Valke, Miklós Süsköd, and Robert Pickard, eds., *Media Pluralism and Diversity: Concepts, Risks and Global Trends* (London: Palgrave Macmillan, 2015).

73 同上註。

74 Gillian Doyle, *Media Ownership* (London: Sage Publications, 2002).

75 關於美國少數群體媒體所有權的政策史，參見：Jeffrey Blevins and Karla Martinez, "A Political-Economic History of FCC Policy on Minority Broadcast Ownership," *Communication Review* 13, no. 3 (2010): 216– 238; David Honig, "How the FCC Suppressed Minority Broadcast Ownership, and How the FCC Can undo the Damage it Caused," *Southern Journal of Policy and Justice* 12 (2018): 44– 104.

76 "FCC 2018 Broadband report," Federal Communications Commission, February 2, 2018, https://www.fcc.gov/reports-research/reports/broadband-progress-reports/2018-broadband-deployment-report.

77 摘要請參見：Steve Lohr, "Digital Divide Is Wider Than We Think, Study Says," *New York Times*, December 4, 2018, https://www.nytimes.com/2018/12/04/technology/digital-divide-us-fcc-microsoft.html. 全球數位鴻溝甚至更加顯著：

Ian Sample, "Universal Internet Access Unlikely until at Least 2050, Experts Say," *Guardian, January* 10, 2019, https://www.theguardian.com/technology/2019/jan/10/universal-internet-access-unlikely-until-2050-experts-say-lack-skills-investment-slow-growth.

78 有個研究團隊發現，在賓夕法尼亞州，沒有一個縣的中值速率符合 FCC 的最低定義，這意味著只有不到一半的人口擁有寬頻接取。資料來源：薩沙・梅因拉斯（Sascha Meinrath）與作者在二〇一九年五月十日的親身通訊。毫不令人意外地，其他數據顯示，數位鴻溝對低收入美國人的影響不成比例。Monica Anderson and Madhumitha Kumar, "Digital Divide Persists Even as Lower-Income Americans Make Gains In Tech Adoption," *Pew Research Centers FactTank,* May 7, 2019, https://www.pewresearch.org/fact-tank/2019/05/07/digital-divide-persists-even-as-lower-income-americans-make-gains-in-tech-adoption/.

79 S. Derek Turner, "The Impact of Systemic Racial Discrimination on Home-Internet Adoption," *Free Press*, December, 2016, https://www.freepress.net/news/press-releases/digital-denied-free-press-report-exposes-impact-systemic-racism-internet.

80 下面這個段落的部分內容摘自：Victor Pickard and David Berman, *After Net Neutrality: A New Deal for the Digital Age* (New Haven: Yale University Press, 2019).

81 Susan Crawford, *Captive Audience: The Telecom Industry and Monopoly Power in the New Gilded Age* (New Haven: Yale University Press, 2013).

82 Federal Communications Commission, "Internet Access Services: Status as of December 31, 2016," Washington, DC, 2016, 6.

83 這些數據轉引自：Pickard and Berman, *After Net Neutrality*.

84 例如，參見：McGuigan and Pickard, “The Political Economy of Comcast.”

85 Nick Russo et al., *The Cost of Connectivity 2014* (Washington, DC: New America Foundation, 2014). For a summary of slightly older data, 參見：Pickard, *America s Battle for Media Democracy*, 221–222.

86 Akamai, “State of the Internet Q1 2017,” 2017, https://www.akamai.com/fr/fr/multimedia/documents/state-of-the-internet/q1-2017-state-of-the-internet-connectivity-report.pdf.

87 Jane Lee, “Why Does South Korea Have Faster Internet for a Cheaper Price Tag?” *Public Knowledge*, July 19, 2017, https://www.publicknowledge.org/news-blog/blogs/why-does-south-korea-have-faster-internet-for-a-cheaper-price-tag. 這些數據有許多是轉引自：Pickard, *America s Battle*, 2015; Pickard and Berman, *After Net Neutrality*, 2019.

88 Pickard and Berman, *After Net Neutrality* . 另見：Robert McChesney, *Digital Disconnect: How Capitalism Is Turning the Internet against Democracy* (New York: New Press, 2013).

89 Yochai Benkler et al., *Next Generation Connectivity: A Review of Broadband Internet Transitions and Policy from around the World* (Cambridge: The Berkman Center for Internet and Society at Harvard University, 2010); Christopher Marsden, “Comparative Case Studies in Implementing Net Neutrality: A Critical Analysis of Zero Rating,” *SCRIPTed* 13, no. 1 (2016): 1–39.

90 這個論點在另一本書裡有所擴展，參見：Pickard and Berman, *After Net Neutrality*.

91 Kendra Chamberlain, “Municipal Broadband Is Roadblocked or Outlawed in 26 States,” *BroadbandNow*, April 17, 2019, https://broadbandnow.com/report/municipal-broadband-roadblocks/; Karl Bode, “Why The Hell Are States Still Passing ISP-Written Laws Banning Community Broadband?” *TechDirt*, April 24th, 2019, https://www.techdirt.com/articles/20190422/09111942060/why-hell-are-states-still-passing-isp-written-laws-banning-community-broadband.shtml.

92 與此一轉變有關的經濟學概述，參見：Nick Srnicek, *Platform Capitalism* (Malden, MA: Polity Press, 2017).

93 有關平台壟斷的一個有用的批判分析，參見：Nikos Smyrnaios, *Internet Oligopoly: The Corporate Takeover of Our Digital World* (Bingley, UK: Emerald Publishing, 2018).

94 John Gramlich, "10 facts about Americans and Facebook," *Pew Research Center s FactTank*, February 1, 2019, https://www.pewresearch.org/fact-tank/2019/02/01/facts-about-americans-and-facebook/; Josh Constine, "Facebook s Intrnet.org Has Connected Almost 100M to the Internet, " *TechCrunch*, April 25, 2018, https://techcrunch.com/2018/04/25/internet-org-100-million/.

95 Daniel Kreiss and Shannon McGregor, "Technology Firms Shape Political Communication: The Work of Microsoft, Facebook, Twitter, and Google with Campaigns during the 2016 U.S. Presidential Cycle," *Political Communication* 35, no. 2 (2018): 155– 177.

96 Siva Vaidhyanathan, *Antisocial Media: How Facebook Disconnects Us and Undermines Democracy* (New York: Oxford University Press, 2018) 190– 195; Alexandra Stevenson, "Facebook Admits It Was Used to Incite Violence in Myanmar," *New York Times*, November 6, 2018, https://www.nytimes.com/2018/11/06/technology/myanmar-facebook.html.

97 Mike Shields, "CMO Today: Google and Facebook Drive 2017 Digital Ad Surge," *Wall Street Journal*, March 14, 2017, https://www.wsj.com/articles/cmo-today-google-and-facebook-drive-2017-digital-ad-surge-1489491871.

98 Tiernan Ray, "Google, Facebook Approaching Saturation of Ad Budgets, Says Pivotal," *Barron's*, December 20, 2017, http://www.barrons.com/articles/google-face-book-approaching-saturation-of-ad-budgets-says-pivotal-1513804634. 計算方式略有不同：這份報告裡關於雙頭壟斷的市占率略低："Looking Beyond the Facebook/Google Duopoly," *eMarketer*, December 12, 2017, https://www.emarketer.com/content/exploring-the-duopoly-beyond-google-and-

facebook. 亞馬遜這家公司正逐漸成為數位廣告領域的第三大重量級業者。

99 以下部分內容摘自：Victor Pickard, "Break Facebook s Power and Renew Journalism," *Nation* 306, no. 15 (2018): 22–24.

100 除了前面引用的書籍之外，另見：Tarleton Gillespie, *Custodians of the Internet: Platforms, Content Moderation, and the Hidden Decisions that Shape Social Media* (New Haven: Yale University Press, 2018); Jonathan Taplin, *Move Fast and Break Things* (New York: Little Brown & Co., 2017). 贊伊涅普・圖菲克西（Zeynep Tufekci）經常撰寫關於這些議題的文章，例如，參見："Facebook s Ad Scandal Isn t a Fail, It s a Feature," *New York Times*, September 23, 2017, https://www.nytimes.com/2017/09/23/opinion/sunday/facebook-ad-scandal.html. 另見：Jack Balkin, "Information Fiduciaries and the First Amendment," *UC Davis Law Review* 49, no. 4 (2016): 1185– 1234.

101 Sam Levin, "Facebook Teams with Rightwing Daily Caller in Factchecking Program," *Guardian*, April 17, 2019, https://www.theguardian.com/technology/2019/apr/17/facebook-teams-with-rightwing-daily-caller-in-factchecking-program.

102 Sam Levin, "Is Facebook a Publisher? In Public It Says No, but in Court It Says Yes," *Guardian*, July 3, 2018, https://www.theguardian.com/technology/2018/jul/02/facebook-mark-zuckerberg-platform-publisher-lawsuit; Mathew Ingram: "The Media Today: Facebook Tosses a Dime at Local Journalism," *Columbia Journalism Review*, February 28, 2018, https://www.cjr.org/the_ media_ today/facebook-local-news-funding.php.

103 我曾在先前發表的文章中討論這些問題：Victor Pickard, "Media Failures in the Age of Trump," *Political Economy of Communication* 4, no. 2 (2017): 118– 122; Victor Pickard, "The Big Picture: Misinformation Society," *Public Books*, November 28, 2017, http://www.publicbooks.org/the-big-picture-misinformation-society/.

104 一九一三年涉及貝爾電話系統的《金斯伯里承諾》（The Kingsbury Commitment），是將核心網路設施視為自然壟斷而做出相應的監管安排的一個例子。作爲壟斷地位的回報，AT&T 被強制要求必須與非 AT&T 系統互連，並且有義務促進普及服務。

105 Ingo Vogelsang, "Incentive Regulation and Competition in Public Utility Markets: A 20-year Perspective," *Journal of Regulatory Economics* 22, no. 1 (2002): 5– 27.

106 Roger McNamee, "Rein in Facebook Like We Did AT&T," *Financial Times*, April 2018, https://www.ft.com/content/942020c6-4936-11e8-8c77-ff51caedcde6 .

107 Hubbard, "The Case for Why Big Tech Is Violating Antitrust Laws." 薩莉．哈伯德指出，法院如何認定微軟利用其壟斷權力來設計個人電腦操作系統，從而迫使電腦製造商不得不安裝微軟的 Internet Explorer 瀏覽器，而不是其競爭對手網景（Netscape）的瀏覽器。參見：U.S. v. Microsoft Corporation, 253 F.3d 34 (D.C. Cir. 2001), https://www.justice.gov/atr/case/us-v-microsoft-corporation-browser-and-middleware.

108 Tepper, "The Revolving Door."

109 "GDPR Key Changes," n.d., https://eugdpr.org/the-regulation/.

110 Amar Toor, "Germany Passes Controversial Law to Fine Facebook Over Hate Speech," *Verge*, June 30, 2017, https://www.theverge.com/2017/6/30/15898386/germany-facebook-hate-speech-law-passed; Katrin Bennhold, "Germany Acts to Tame Facebook, Learning from Its Own History of Hate," *Independent*, June 15, 2018, https://www.independent.co.uk/news/long_ reads/facebook-germany-online-hate-censorship-social-media-a8374351.html.

111 Adam Satariano, "Google Fined $1.7 Billion by E.U. for Unfair Advertising Rules," *New York Times*, March 20, 2019, https://www.nytimes.com/2019/03/20/business/google-fine-advertising.html.

112 例如，參見：Jim Waterson, "UK fines Facebook £500,000 for failing to protect user data," *Guardian*, October 25,

2018, https://www.theguardian.com/technology/2018/oct/25/facebook-fined-uk-privacy-access-user-data-cambridge-analytica.

113 Tony Romm, "U.S. government issues stunning rebuke, historic $5 billion fine against Facebook for repeated privacy violations," *Washington Post*, July 24, 2019, https://www.washingtonpost.com/technology/2019/07/24/us-government-issues-stunning-rebuke-historic-billion-fine-against-facebook-repeated-privacy-violations/?utm_ term=.e26b9d2a7495.

114 Kathleen Chaykowski, "Facebook Focuses News Feed on Friends and Family, Curbing the Reach of Brands and Media," *Forbes*, January 11, 2018, https://www.forbes.com/sites/kathleenchaykowski/2018/01/11/facebook-focuses-news-feed-on-friends-and-family-curbing-the-reach-of-brands-and-media/#1b0d6cdc5b69.

115 這幾點我曾在一篇文章裡討論過：Victor Pickard, "Break Facebook s Power and Renew Journalism." 有關社群媒體內容審查人員所承受的惡劣勞動條件，相關報導參見：Scott Simon and Emma Bowman, "Propaganda, Hate Speech, Violence: The Working Lives Of Facebook s Content Moderators," *NPR*, March 2, 2019, https://www.npr.org/2019/03/02/699663284/the-working-lives-of-facebooks-content-moderators.

116 例如，參見：Paul Hitlin and Lee Rainie, "Facebook Algorithms and Personal Data," *Pew Research Center*, January 16, 2019, https://www.pewinternet.org/2019/01/16/facebook-algorithms-and-personal-data/.

117 Joseph Turow, Michael Hennessy, and Nora Draper, *The Tradeoff Fallacy: How Marketers Are Misrepresenting American Consumers and Opening Them Up to Exploitation* (Philadelphia: Annenberg School for Communication, 2015), https://www.asc.upenn.edu/sites/default/files/TradeoffFallacy_ 1.pdf; Joseph Turow et al., *Divided We Feel: Partisan Politics Drive Americans Emotions Regarding Surveillance of Low-Income Populations* (Philadelphia: Annenberg School for Communication, 2015), https://www.asc.upenn.edu/sites/default/files/documents/Turow-Divided-Final.pdf.

118 開放市場研究所的負責人巴瑞・林恩（Barry Lynn）是這一運動的思想創始人之一。參見，特別是他的書：*Cornered: The New Monopoly Capitalism and the Economics of Destruction* (Hoboken, NJ: Wiley, 2010).

119 有關這兩種不同取徑的有用闡釋，參見：Frank Pasquale, "Tech Platforms and the Knowledge Problem," *American Affairs* II, no. 2 (Summer 2018): 3– 16.

120 有關美國反壟斷運動的精闢分析，參見：Tim Wu, *The Curse of Bigness: Antitrust in the New Gilded Age* (New York: Columbia Global Reports, 2018).

121 Lina Khan, "Amazon s Antitrust Paradox," *Yale Law Journal* 126, no. 3 (2017): 710– 805. 另見：Barak Orbach, "The Antitrust Consumer Welfare Paradox," *Journal of Competition Law and Economics* 7, no. 1 (2010): 133– 164.

122 參見："America s Concentration Crisis," A resource compiled by the Open Markets Institute, 2018, https://concentrationcrisis.openmarketsinstitute.org/.

123 政策分析師以斯拉・凱恩（Ezra Klein）指出，更多的競爭實際上可能會讓事情變得更糟。"Facebook is a Capitalism Problem, Not a Mark Zuckerberg Problem," *Vox*, May 10, 2019, https://www.vox.com/recode/2019/5/10/18563895/facebook-chris-hughes-mark-zuckerberg-break-up-monopoly.

124 Gene Kimmelman, "To Make the Tech Sector Competitive, Antitrust Is Only Half the Answer," *Public Knowledge*, February 22, 2019, https://www.publicknowledge.org/news-blog/blogs/to-make-the-tech-sector-competitive-antitrust-is-only-half-the-answer.

125 例如，麥特・史托勒（Matt Stoller）在以下的推特貼文討論串裡提出這個論點：https://twitter.com/matthewstoller/status/1127568643246759936.

126 Shoshana Zuboff, *Age of Surveillance Capitalism: The Fight for a Human Future at the New Frontier of Power* (New

York: Public Affairs, 2019); John Bellamy Foster and Robert McChesney, Surveillance capitalism: Monopoly finance capital, the military-industrial complex, and the digital age. *Monthly Review* 66, no. 3 (2014): 1– 31.

127 Freedman, *The Contradictions of Media Power*, 113.

第五章　美國媒體例外主義和公共選項

1 Pickard, *America s Battle for Media Democracy*.

2 在之前的著作中，我已經廣泛地寫過關於美國媒體社會民主願景這個概念。我在一本書中勾勒了一個定義，以及它對媒體系統的意義：*America's Battle for Media Democracy*, 4– 5。另見：Victor Pickard, "Social Democracy or Corporate Libertarianism? Conflicting Media Policy Narratives in the Wake of Market Failure," *Communication Theory* 23, no. 4 (2013): 336– 355.

3 Pickard, "The Strange Life and Death of the Fairness Doctrine."

4 Robert Picard, "Protecting News Today" in *Making News: The Political Economy of Journalism in Britain and America from the Glorious Revolution to the Internet*, ed. Richard John and Jonathan Silberstein-Loeb (New York: Oxford University Press, 2015), 225.

5 羅伯特・麥契斯尼（Robert McChesney）大體上將美國媒體描述爲「超級商業主義」（hypercommercialism）。對這一概念的解釋，以及他對美國媒體系統的其他關鍵的結構性批評，參見：Robert McChesney, *Rich Media, Poor Democracy* (Champaign: University of Illinois Press, 1999).

6 此處的內文和圖表裡所引用的數據，出自於：Rodney Benson, Matthew Powers, and Timothy Neff, "Public Media

Autonomy and Accountability: Best and Worst Policy Practices in 12 Leading Democracies," *International Journal of Communication* 11 (2017): 1– 22。關於他們的原創分析，參見：Rodney Benson and Matthew *Powers, Public Media and Political Independence: Lessons for the Future of Journalism from Around the World* (Washington: Free Press, 2011). 此一圖表調整自：Victor Pickard, "Can Charity Save Journalism from Market Failure?" *The Conversation,* April 27, 2017, https://theconversation.com/can-charity-save-journalism-from-market-failure-75833.

7 Joe Concha, "Trump Proposes Eliminating Federal Funding for PBS, NPR," *Hill*, February 12, 2018, http://thehill.com/homenews/media/373434-trump-proposes-eliminating-federal-funding-for-pbs-npr.

8 Victor Pickard, "Revisiting the Road Not Taken: A Social Democratic Vision of the Press," in *Will the Last Reporter Please Turn out the Lights?*, ed. McChesney and Pickard, 174– 184.

9 下面幾段摘述的概念有更詳細的討論，另見： Pickard, *America s Battle for Media Democracy*, 4– 5.

10 關於社會民主方案的一個清晰表述，參見：Tony Judt, *Ill Fares the Land* (New York: Penguin Press, 2010); Thomas Meyer, *The Theory of Social Democracy* (Cambridge: Polity Press, 2007).

11 近年來，社會民主在美國的發展史重新受到關注，例如，參見：Steven Conn, ed., *To Promote the General Welfare: The Case for Big Government* (New York: Oxford University Press, 2012); Susan Collins and Gertrude Schaffner Goldberg, eds., *When Government Helped: Learning from the Successes and Failures of the New Deal* (New York: Oxford University Press, 2014); Lane Kenworthy, *Social Democratic America* (New York: Oxford University Press, 2014).

12 有關公司如何裹脅憲法權利的深度歷史考掘，參見：Adam Winkler, *We the Corporations: How American Businesses Won Their Civil Rights* (New York: W.W. Norton, 2018).

13 以下歷史敘述有許多係摘自：Victor Pickard, "A Social Democratic Vision of Media: Toward a Radical Pre-History of Public Broadcasting," *Journal of Radio and Audio Media* 24, no. 2 (2017): 200– 212.

14 這種緊張關係在艾莉森・帕爾曼對早期教育電視台歷史的出色概述中清晰可見。Allison Perlman, *Public Interests: Media Advocacy and Struggles over U.S. Television* (New Brunswick: Rutgers University Press, 2016). 其他重要的政治史，參見：Robert Avery, *Public Service Broadcasting in a Multichannel Environment: The History and Survival of an Ideal* (New York: Longman, 1993); Robert Avery and Robert Popper, "An Institutional History of Public Broadcasting," *Journal of Communication* 30, no. 3 (1980): 126–138; Ralph Engelman, *Public Radio and Television in America: A Political History* (Thousand Oaks: SAGE Publications, 1996); Hugh Slotten, *Radio's Hidden Voice: The Origins of Public Broadcasting in the United States* (Urbana: University of Illinois Press., 2009). 聚焦公共電視史的著作，參見：William Hoynes, *Public Television for Sale: Media, the Market, and the Public Sphere* (Boulder: Westview Press, 1994); Marilyn Lashley, *Public Television: Panacea, Pork Barrel, or Public Trust?* (New York: Greenwood Press, 1992); Jim Robertson, *TeleVisionaries: In Their Own Words, Public Television s Founders Tell How It All Began* (Charlotte Harbor: Tabby House Books, 1993).

15 Laurie Ouellette, *Viewers Like You? How Public TV Failed the People* (New York: Columbia University Press, 2002); Alan Stavitsky, " Guys in Suits with Charts : Audience Research in U.S. Public Radio," *Journal of Broadcasting & Electronic Media* 3, no. 2 (1995): 177– 189.

16 David Barsamian, *The Decline and Fall of Public Broadcasting* (Cambridge: South End Press, 2001); James Ledbetter, *Made Possible By . . . : The Death of Public Broadcasting in the United States* (London: Verso, 1998); Roger Phillips Smith, *The Other Face of Public Television: Censoring the American Dream* (New York: Algora Publications, 2002);

Jerold Starr, *Air Wars: The Fight to Reclaim Public Broadcasting* (Boston: BeaconPress, 2000); Glenda Balas, *Recovering a Public Vision for Public Television* (Oxford, Rowman & Littlefield, 2003).

17 例如，參見：Robert Blakely, *To Serve the Public Interest: Educational Broadcasting in the United States* (Syracuse: Syracuse University Press, 1979); Graham Murdock, "Public Broadcasting and Democratic Culture: Consumers, Citizens, and Communards," in *A Companion to Television*, ed. Janet Wasko (Sussex: Wiley-Blackwell, 2010), 174– 198.

18 Robert McChesney, *Telecommunications, Mass Media & Democracy: The Battle for the Control of U.S. Broadcasting, 1928– 1935* (New York: The Oxford University Press, 1993).

19 Alan Stavitsky, "New York City s Municipal Broadcasting Experiment: WNYC,1922–1940," *American Journalism* 9, no. 3– 4 (1992): 84– 95.

20 Victor Pickard, *Media Democracy Deferred: The Postwar Settlement for U.S. Communications, 1945– 1949* (PhD diss., University of Illinois, Urbana, 2008).

21 Jack Mitchell, *Wisconsin on the Air: 100 Years of Public Broadcasting in the State that Invented It* (Madison: Wisconsin Historical Society Press, 2016).

22 這份FCC《藍皮書》報告，得名於它的封面顏色，其正式名稱是《廣電執照持有者的公共服務責任》（*Public Service Responsibility of Broadcast Licensees*）(Washington, DC: Federal Communications Commission, 1946).

23 Charles Siepmann, *Radio s Second Chance* (Boston: Little, Brown, 1946).

24 Josh Shepperd, *Electric Education: How the Media Reform Movement Built Public Broadcasting in the United States, 1934– 1952* (PhD dissertation, University of Wisconsin, Madison, 2013), 2.

25 本段落所引述的話，其出處皆爲：Charles Siepmann, "Seminar on Educational Radio," speech given July 2 at Allerton

House, University of Illinois, June 27– July 9, 1949.

26 接下來的那段歷史，我另有深入討論：*America s Battle for Media Democracy*.

27 Clifford Durr to Harian Logan, Sept. 24, 1946, Alabama State Archives in Montgomery (Henceforth, "Durr Papers"), Box 30, Folder 8.

28 Clifford Durr to Talcott Banks Jr., 1945, Durr Papers, Box 30, Folder 3.

29 Victor Pickard, "The Battle over the FCC Blue Book: Determining the Role of Broadcast Media in a Democratic Society, 1945– 1948," *Media, Culture and Society* 33, no. 2 (2011): 171– 191.

30 Matthew Ehrlich, *Radio Utopia: Postwar Audio Documentary in the Public Interest* (Urbana: University of Illinois Press, 2011).

31 例如，廣播電台 WHA 台長哈羅德・麥卡蒂 (Harold McCarty) 就曾向杜爾發出熱烈邀請，邀請他參加該電台的研討會，該會議主題是「聚焦於廣播作爲一種社會力量」。Harold McCarty to Clifford Durr, January 30, 1945, Durr Papers, Box 30.

32 Amy Toro, *Standing Up for Listener s Rights: A History of Public Participation at the Federal Communications Commission* (PhD diss., University of California, Berkeley, 2000), 68.

33 Chris Sterling and John M. Kittross, *Stay Tuned: A Concise History of American Broadcasting* (Belmont: Wadsworth Pub. Co., 1978).

34 Clifford Durr to Harlow Shapley, May 10, 1944, Durr Papers, Box 30, Folder 1.

35 這些話是杜爾對哈羅德・麥卡蒂說的，引自：Clifford Durr to Harold B. McCarty, August 29, 1947, Durr Papers, Box 31.

36 Harold McCarty to Clifford Durr, August 15, 1947, Durr Papers, Box 31, Folder 4.

37 杜爾很快就被列入一份惡名昭彰的「紅色頻道」（“Redchannels”）黑名單裡。

38 Joe Belser to Dallas Smythe, April 1948, Container 16-10, Folder 16-2-1-1, Smythe Papers, Simon Fraser University. 關於這股抹紅狂潮對一九四〇年代美國媒體改革運動的影響，另見：Pickard, *America s Battle for Media Democracy*, 120– 122; Elizabeth Fones-Wolf, *Waves of Opposition: Labor and the Struggle for Democratic Radio* (Urbana: University of Illinois, 2006), 160.

39 對美國政治這段黑暗時期的出色歷史記錄，參見：Landon Storrs, *The Second Red Scare and the Unmaking of the New Deal Left* (Princeton University Press, 2015).

40 Victor Pickard, “Reopening the Postwar Settlement for U.S. Media: The Origins and Implications of the Social Contract between Media, the State, and the Polity,” *Communication, Culture and Critique*, 3, no. 2 (2010): 170– 189.

41 Susan Brinson, *Personal and Public Interests: Frieda Hennock and the FCC* (Westport: Praeger, 2002).

42 Pickard, *Media Democracy Deferred.*

43 David Berkman, personal communication, 2010.

44 Michele Hilmes, Network Nations: *A Transnational History of British and American Broadcasting* (New York: Routledge, 2011), 276.

45 Charles Siepmann (1963). “Educational Television: Blueprint for a Network,” Box 30, Folder 5, James Day papers, Series 5, “Research for The Vanishing Vision,” Vol. 2 “The Mission of Public Television” National Public Broadcasting Archives.

46 Carnegie Commission on Educational Television, *Public Television: A Program for Action* (New York: Bantam Books,

1967).

47 The Public Broadcasting Act, 1967.

48 President Johnson s Remarks, November 7, 1967, https://www.cpb.org/aboutpb/act/remarks.

49 Robert Avery, “A Look Back at a Pivotal Moment for Public Broadcasting,” *Current*, March 8, 2016, http://current.org/2016/03/a-look-back-at-a-pivotal-moment-for-public-broadcasting/.

50 Christopher Chavez, “Why America s Public Media Can t Do Its Job,” *The Conversation*, May 2, 2017, https://theconversation.com/why-americas-public-media-cant-do-its-job-75044.

51 David Berkman, “Minorities in Public Broadcasting,” *Journal of Communication* 30, no. 3 (1980): 179– 188.

52 它清一色左翼主持人陣容的一個明顯例外是保守派作家威廉・F・巴克利主持的《火線》（*Firing Line*），該談話節目於一九七一年開始在 PBS 播出。

53 Kathryn Ostrofsky, “Social Activism on Sesame Street,” Presented at the Organization of American Historians Conference, Philadelphia, PA, April 4– 6, 2019. 關於全國教育電視中心（NET）扮演的重要角色，以及公共廣播失落的承諾和早期緊張局勢的出色概述，參見：Allison Perlman, “Developing NET: The Role of Underwriting in Building an Educational Television Network,” Society for Cinema and Media Studies, Seattle WA, March 14, 2019.

54 Josh Shepperd, “Rockefeller, Ford Foundation, and Payne Fund Influence upon Noncommercial Media Advocacy Strategies, 1930–1955.” Paper presented to the Society for Cinema and Media Studies, Chicago, March 24, 2017.

55 描述這種緊張局勢的另一種方式是，許多影響更大、有爭議性的節目來自於設置在城市且資金較充裕的廣播電台，而這引起一些規模較小、位於偏遠農村地區的教育廣播電台的不滿。參見：Ouellette, *Viewers Like You?* 178–179.

56 關於這些緊張關係的討論，詳見：Ouellette, *Viewers Like You?* 烏埃萊特（Ouellette）描述了尼克森政府如何利用這些緊張關係，並且特別針對 NET 進行攻擊和監控。另見：Allison Perlman, “Betraying the Dream (Machine): The Politics of Public Television in the 1970s.” Paper presented to Society for Cinema and Media Studies, Chicago, March 24, 2017.

57 James Day, *Vanishing Vision: The Inside Story of Public Television* (Berkeley: University of California Press, 1995), 2, 5.

58 Michael McCauley, *NPR: The Trials and Triumphs of National Public Radio* (New York: Columbia University Press, 2005).

59 Michael Huntsberger, *The Emergence Of Community Radio In The United States: A Historical Examination of the National Federation of Community Broadcasters, 1970 to 1990* (PhD diss., University of Oregon, Eugene, 2007).

60 有關太平洋廣播網的歷史，參見：Jeff Land, *Active Radio: Pacifica s Brash Experiment* (Minneapolis: University of Minnesota Press, 1999); Matthew Lasar, *Pacifica Radio: The Rise of an Alternative Network* (Philadelphia: Temple University Press, 2000).

61 Christina Dunbar-Hester, *Low Power to the People: Pirates, Protest, and Politics in FM Radio Activism* (Cambridge: MIT Press, 2014).

62 David Stone, *Nixon and the Politics of Public Television* (New York: Garland, 1985).

63 Ouellette, *Viewers Like You?* 178– 186.

64 Dino Grandoni, “Ads for Podcasts Test the Line Between Story and Sponsor,” *New York Times,* July 26, 2015, https://www.nytimes.com/2015/07/27/business/media/ads-for-podcasts-test-the-line-between-story-and-sponsor.html; 有關 NPR 與贊助商圍繞其數位「產品」的合作政策，請參閱以下內容： https://www.nationalpublicmedia.com/products/; and

https://www.nationalpublicmedia.com/npmcreative/.

65 有關這些服務的描述，參見：https://www.nationalpublicmedia.com/npmcreative/services/.

66 Siva Vaidhyanathan, “Big Bird and Big Media: What Sesame Street on HBO Means,” *Time*, August 21, 2015, http://time.com/4005048/problem-with-sesame-street-moving-to-hbo/.

67 此一收益模式有時被稱爲「聽眾敏感收入」（“listener sensitive income”）。

68 Dru Sefton, “Trump Budget Seeks to Zero Out CPB Funding by 2018,” *Current*, March 16, 2017, http://current.org/2017/03/trump-budget-seeks-to-zero-out-cpb-funding-by-2018/; Zack Stanton, “PBS Chief: I Wish I Knew Why Trump Wants to Defund Us,” *Politico*, March 27, 2019, https://www.politico.com/story/2019/03/27/trump-defund-pbs-ceo-kerger-1237656.

69 Public Broadcasting System, “Today’s PBS: Trusted, Valued, Essential,” 2013, http://pbs.bento.storage.s3.amazonaws.com/hostedbento-prod/filer_public/PBS_About/Files%20and%20Thumbnails/Release%20Files/2013_ Trust%20Brochure.pdf.

70 Joseph Lichterman, “With Its Existence Under Threat from a New President, the Core Concepts of American Public Broadcasting Turn 50 This Week,” *NiemanLab*, January 27, 2017, http://www.niemanlab.org/2017/01/with-its-existence-under-threat-from-a-new-president-the-core-concepts-of-american-public-broadcasting-turn-50-this-week/.

71 Eli Skogerbø, “The Press Subsidy System in Norway: Controversial Past— Unpredictable Future?” *European Journal of Communication* 12, no. 1 (1997): 99– 118.

72 Paul Murschetz, “State-Supported Journalism,” in *International Encyclopaedia of Journalism Studies*, ed. Timothy Vos

and Folker Hanusch (Malden: John Wiley & Sons, forthcoming). 例如，德國憲法明確規定政府必須支持德國的公共廣播。

73 John Plunkett, "BBC to Fund 150 Local News Journalists," *Guardian*, May 11, 2016, http://www.theguardian.com/media/2016/may/11/bbc-to-fund-150-local-news-journalists.

74 Tara George, "How the BBC Built One of the World s Largest Collaborative Journalism Efforts Focused Entirely on Local News," *NiemanLab*, October 31, 2018, http://www.niemanlab.org/2018/10/how-the-bbc-built-one-of-the-worlds-largest-collaborative-journalism-efforts-focused-entirely-on-local-news/.

75 Jim Waterson, "BBC Plans Charity to Fund Local News Reporting in Britain," *Guardian*, March 19, 2019, https://www.theguardian.com/media/2019/mar/19/bbc-plans-charity-to-fund-local-news-reporting-in-britain.

76 David Sharman, "Hyperlocals Blast BBC Democracy Reporter Scheme as Total Sham. " *HoldtheFrontPage*, December 2017, https://www.holdthefrontpage.co.uk/2017/news/hyperlocals-say-bbc-democracy-reporter-scheme-a-total-sham/.

77 Polly Toynbee, "This Is an Emergency. Act Now, or Local News Will Die," *Guardian*, March 24, 2009, https://www.theguardian.com/commentisfree/2009/mar/24/regional-newspapers-lay-offs; Roy Greenslade, "Forget the Tories, Let s Find a New Business Model to Save Local Newspapers," *Guardian*, March 27, 2009, https://www.theguardian.com/media/greenslade/2009/mar/27/local-newspapers-trinity-mirror.

78 Jeremy Corbyn, 2018 Alternative MacTaggart Lecture, https://labour.org.uk/press/full-text-jeremy-corbyns-2018-alternative-mactaggart-lecture/. 英國媒體改革者長期以來一直認爲新聞媒體需要新的監管。這些討論在二〇一一至二〇一二年間的列文森調查（the Leveson Inquiry）中浮出檯面，這是一系列針對英國新聞業的倫理、實務和所有權的公開聽證會和調查。

79 Jim Waterson, "Public Funds Should Be Used to Rescue Local Journalism, Says Report," *Guardian*, February 11, 2019, https://www.theguardian.com/media/2019/feb/11/public-funds-should-be-used-to-rescue-local-journalism-says-report.

80 Ben Scott, personal conversations with the author, November 22, 2018 and June 25, 2019. Alan Freeman, "Canada Plans Hefty Aid Package for Its Struggling Media Sector. Not Everyone is Pleased," *Washington Post*, November 28, 2018, https://www.washingtonpost.com/world/2018/11/28/canada-plans-hefty-aid-package-its-struggling-media-sector-not-everyone-is-pleased/?utm_ term=.a91d5511a02f. 在另一個有趣的發展中，總部位於加拿大蒙特婁的報紙《*La Presse*》已經轉型爲非營利性質的「社會信託」（social trust）。

81 Karen Ho and Mathew Ingram, "Canada Pledges $50 Million to Local Journalism. Will it Help?," *Columbia Journalism Review*, February 28, 2018, https://www.cjr.org/business_ of_ news/canada-journalism-fund-torstar-postmedia.php.

82 Raymond Finkelstein, "Report of the Independent Inquiry into the Media and Media Regulation," Canberra, Australian Federal Government, 2012.

83 Mark Skulley, "Advertising Dollars Turn to Cents for Online Journalism," *New Daily*, November 25, 2018, https://thenewdaily.com.au/news/national/2018/11/25/digital-news-part-two; Australian Competition and Consumer Commission, "Digital Platforms Inquiry," Canberra, Australian Federal Government, June, 2019.

84 Tom Jowitt, "France, Germany Support EU Digital Tax On Tech Giants," *MSN: Money*, November 12, 2018, https://www.msn.com/en-us/money/news/france-germany-support-eu-digital-tax-on-tech-giants/ar- BBPClj8?li=AA54rU; Bhavan Jaipragas and Tashny Sukumaran, "Spending Cuts, New Taxes Likely for Malaysia in Mahathir Government s First Budget," *South China Morning Post*, November 1, 2018, https://www.scmp.com/weekasia/ economics/article/2171266/spending-cuts-new-taxes-likely-malaysia-mahathir-governments; Sohn Ji-young, "Lawmakers Propose

Bill on Taxing Google, Amazon on Earnings in Korea," *Korea Herald*, November 11, 2018, http://www.theinvestor.co.kr/view.php?ud=20181111000180. 這些文章轉引自：Timothy Karr and Craig Aaron, "Beyond Fixing Facebook," *Free Press*, February, 2019, https://www.freepress.net/policy-library/beyond-fixing-facebook.

85 Bree Nordenson, "The Uncle Sam Solution: Can the Government Help the Press? Should it?," *Columbia Journalism Review*, September/October 2007, https://archives.cjr.org/feature/the_ uncle_ sam_ solution.php.

86 有關這個被應用在許多北歐國家的模式之討論，參見：Trine Syvertsen, Gunn Enli, Ole Mjøs, and Hallvard Moe, *The Media Welfare State: Nordic Media in the Digital Era* (Ann Arbor, MI: University of Michigan Press, 2014), 54– 55.

87 Stig Hadenius and Lennart Weibull, "The Swedish Newspaper System in the Late 1990s: Tradition and Transition," *Nordicom Review* 20, no. 1 (1999): 129– 152; Paul Murschetz, "State Support for the Daily Press in Europe: Austria, France, Norway and Sweden Compared," *European Journal of Communication* 13, no. 3 (1998): 291– 313. 有關各種不同形式的新聞業補貼政策，詳見：Mart Ots and Robert G. Picard, "Journalism Studies, Mass Communication, Media and Communication Policy," *Oxford Research Encyclopedia of Communication,* 2018.

88 Conor Clarke, "A Bailout for Journalism," *Atlantic*, January 24, 2009, https://www.theatlantic.com/politics/archive/2009/01/a-bailout-for-journalism/109/.

89 Eric Pfanner, "France Expands its Financial Support for Newspapers," *New York Times*, January 23, 2009, https://www.nytimes.com/2009/01/24/business/media/24ads.html.

90 Eric Pfanner, "For U.S. Newspaper Industry, an Example in Germany," *New York Times*, May 16, 2010, https://www.nytimes.com/2010/05/17/business/media/17iht-cache17.html.

91 Benson, *Shaping Immigration News*, 2013.

92 Timothy Karr, "Victory: New Jersey Dedicates Millions to Strengthen Local News Coverage," *Free Press*, July 2, 2018, https://www.freepress.net/news/press-releases/victory-new-jersey-dedicates-millions-strengthen-local-news-coverage; Rick Rojas, "News from Your Neighborhood, Brought to You by the State of New Jersey," *New York Times*, July 30, 2018, https://www.nytimes.com/2018/07/30/nyregion/nj-legislature-community-journalism.html.

93 Andy Newman, "Gothamist Will Publish Again in Deal With WNYC," *New York Times*, February 23, 2018, https://www.nytimes.com/2018/02/23/nyregion/gothamist-dnainfo-deal-wnyc-publish-again.html.

94 Christine Schmidt, "Courting Future Business Models: Are Public Media and Scrappy Startups the Next Trend for Mergers?" *NiemanLab*, April 15, 2019, https://www.niemanlab.org/2019/04/courting-future-business-models-are-public-media-and-scrappy-startups-the-next-trend-for-mergers/.

95 有關這些早期模式的概述，參見：Jan Schaffer, "News Chops: Beefing up the Journalism in Local Public Broadcasting," July 8, 2013, http://www.j-lab.org/publications/news-chops.

96 Casey Kelly, "As FCC Destroys Localism, Public Media Could Save Local News," *MediaShift*, December 29, 2017, http://mediashift.org/2017/12/local-isnt-local-public-media-will-save-news/.

97 有關此一概念的闡釋，參見：McChesney and Nichols, *The Death and Life of American Journalism*; Bruce Ackerman, "One Click Away: The Case for the Internet News Voucher," McChesney and Pickard, *Will the Last Reporter Please Turn out the Lights?* 299– 306; Guy Rolnik et al., "Protecting Journalism in the Age of Digital Platforms," Stigler Center, July 1, 2019.

98 關於這兩種概念的討論，參見：Pickard, Stearns, and Aaron, *Saving the News*. 就業計畫也可以從新政時期的 公共事業振興署（WPA）所推動的許多計畫中汲取靈感。

99 Powers, “U.S. international broadcasting”; Benjamin Lennett, Tom Glaisyer, and Sascha Meinrath, *Public Media, Spectrum Policy, and Rethinking Public Interest Obligations for the 21st Century* (Washington: New America Foundation, 2012); Pickard, “Can Government Support the Press?” 另一個重要構想是讓新聞學院提供由專業組織騰出的新聞業務（正如一些新聞學院已經在這麼做）。這個構想是由李奧納・唐尼（Leonard Downie）和邁克爾・舒德森提出的，詳見：Leonard Downie and Michael Schudson, “The Reconstruction of American Journalism,” in McChesney and Pickard, *Will the Last Reporter Please Turn out the Lights?* 55– 90.

100 我曾在另一本書討論過這個構想，詳見：Pickard, *America s Battle for Media Democracy*, 22. 科羅拉多州朗蒙特市的居民也正在考慮類似的計畫，參見：Corey Hutchins, “Should a Colorado library publish local news?” *Columbia Journalism Review*, May 10, 2019. https://www.cjr.org/united_states_project/longmont-information-district-library.php.

101 Victor Pickard, “Assessing the Radical Democracy of Indymedia: Discursive, Technical and Institutional Constructions,” *Critical Studies in Media Communication* 23, no. 1 (2006): 19– 38. 有線電視的公用頻道／電視台（PEG stations）也已長期擔當此一角色。

102 這個計算得出的金額，可見於：McChesney and Nichols, *The Death and Life of American Journalism.*

103 C. Edwin Baker, “Testimony Before the Subcommittee on Courts and Competition Policy, Committee on the Judiciary, House of Representatives, Congress of the United States, A New Age for Newspapers, Diversity of Voices, Competition, and the Internet,” in McChesney and Pickard, *Will the Last Reporter Please Turn out the Lights?* 128– 130.

104 FY2019 BBG Congressional Budget Justification, Broadcasting Board of Governors, https://www.bbg.gov/wp-content/media/.../BBGBudget_ FY19_ CBJ_ 2-7-18_ Final.pdf.

105 有關美國之音的歷史，參見：David Krugler, *The Voice of America and the Domestic Propaganda Battles, 1945– 1953*

(Columbia: University of Missouri Press, 2000)。該機構成立的一個主要目標（尤其是在一九五三年之前；一九五三年以後，美國之音獲得了更多的獨立性）是進行訊息方面的反共心理戰。

106 John Hudson, "U.S. Repeals Propaganda Ban, Spreads Government-Made News to Americans," *Foreign Policy*, July 14, 2013, https://foreignpolicy.com/2013/07/14/u-s-repeals-propaganda-ban-spreads-government-made-news-to-americans/.

107 關於這該如何運作的一項深思熟慮的提議，參見：Shawn Powers, "U.S. International Broadcasting: An Untapped Resource for Ethnic and Domestic News Organizations," in McChesney and Pickard, *Will the Last Reporter Please Turn out the Lights?* 138– 150.

108 Eric Boehm, "The Pentagon Accounts for More Than Half of the Federal Government's $1 Billion PR Budget," *Reason*, October 10, 2016, https://reason.com/blog/2016/10/10/the-pentagon-accounts-for-more-than-half.

109 例如，參見：The USAID-funded Afghanistan Media Development and Empowerment Project (AMDEP), https://www.usaid.gov/news-information/fact-sheets/afghanistan-media-development-and-empowerment-project-amdep.

110 Lee Bollinger, "Journalism Needs Government s Help," *Wall Street Journal*, July 14, 2010, http://online.wsj.com/article/SB10001424052748704629804575324782605510168.html.

111 David Schizer, "Subsidizing the Press," *Journal of Legal Analysis* 3, no. 1 (2011): 1– 64; Brad Greenberg, "A Public Press? Evaluating the Viability of Government Subsidies for the Newspaper Industry," *UCLA Entertainment Law Review* 19 (2012): 189– 244。另見：Nikki Usher and Michelle Layser, "The Quest to Save Journalism: A Legal Analysis of New Models for Newspapers from Nonprofit Tax-Exempt Organizations to L3Cs," *Utah Law Review*, no. 4 (2010): 1315– 1371.

112 James Curran, "Future of Journalism," *Journalism Studies* 11, no. 4 (2010): 472.

113 Rodney Benson, "What Makes for a Critical Press: A Case Study of U.S. and French Immigration News Coverage," *International Journal of Press/Politics* 15, no. 1 (2010): 3– 24; Rodney Benson and Daniel Hallin, "How States, Markets and Globalization Shape the News: The French and U.S. National Press, 1965– 97," *European Journal of Communication* 22, no. 1 (2007): 27– 48; Benson and Powers, *Public Media and Political Independence*; Daniel Hallin and Paolo Mancini, *Comparing Media Systems: Three Models of Media and Politics* (Cambridge: Cambridge University Press, 2004).

114 轉引自：Nordenson, "The Uncle Sam Solution."

115 James Curran, Shanto Iyengar, Anker Brink Lund, and Inka Salovaara-Moring, "Media System, Public Knowledge and Democracy," *European Journal of Communication* 24, no. 1 (2009): 5– 26.

116 Stephen Cushion, *The Democratic Value of News* (Basingstoke: Palgrave Macmillan, 2012); Frank Esser et al., "Political Information Opportunities in Europe: A Longitudinal and Comparative Study of Thirteen Television Systems," *International Journal of Press/Politics* 17, no. 3 (2012): 247– 274; Erik Albæk, Arjen van Dalen, Nael Jebril, and Claes de Vreese, *Political Journalism in Comparative Perspective* (New York: Cambridge University Press, 2014).

117 Rod Benson, "Public Funding and Journalistic Independence: What Does Research Tell Us?," in McChesney and Pickard, *Will the Last Reporter Please Turn out the Lights?* 314– 319.

118 Jay Blumler and Michael Gurevitch, " Americanization Reconsidered: U.K.– U.S. Campaign Communication Comparisons across Time," in *Mediated Politics*, ed. W. Lance Bennett and Robert Entman (Cambridge: Cambridge University Press, 2001), 380– 403.

119 例如，參見：Syvertsen, Enli, Mjøs, and Moe, The Media Welfare State; Aske Kammer, "A Welfare Perspective on

Nordic Media Subsidies," *Journal of Media Business Studies* 13, no. 3 (2016): 140– 152。另見：Sigurd Allern and Ester Pollack, "Journalism as a Public Good: A Scandinavian Perspective," *Journalism*, 2017.

120 McChesney and Nichols, *The Death and Life of American Journalism*.

121 關於這項研究，有份摘要整理得很好，參見：特別是 chapter 2 of Sue Gardner, "Public Broadcasting: Its Past and Its Future," *Knight Foundation*, 2017, https://knightfoundation.org/public-media-white-paper-2017-gardner.

122 Laura Jacobs, Cecil Meeusen, and Leen d Haenens, "News Coverage and Attitudes on Immigration: Public and Commercial Television News Compared," *European Journal of Communication* 31, no. 6 (2016): 642– 660.

123 Stuart Soroka et al., "Auntie Knows Best? Public Broadcasters and Current Affairs Knowledge," *British Journal of Political Science* 43, no. 4 (2013): 719– 739, quote on page 736.

124 Baker, *Advertising and a Democratic Press*, 83.

125 Allan Brown, "Economics, Public Service Broadcasting, and Social Values," *Journal of Media Economics* 9, no. 1 (1996): 3– 15.

126 據報導，這是該場電視辯論中收視率最高的時刻，參見：Paul Bond, "It s Official: Big Bird Was the Star of the First Presidential Debate," *Hollywood Reporter*, October 4, 2012, https://www.hollywoodreporter.com/news/big-bird-mitt-romney-obama-presidential-debate-376550.

127 Amy Mitchell, Jocelyn Kiley, Jeffrey Gottfried, and Katerina Eva Matsa, "Media Sources: Distinct Favorites Emerge on the Left and Right," *Pew Research Center*, October 21, 2014, https://www.journalism.org/2014/10/21/section-1-media-sources-distinct-favorites-emerge-on-the-left-and-right/ PBS; "Americans Rate PBS and its Member Stations Most Trusted Institution for the 15th Consecutive Year," February 12, 2018, https://www.pbs.org/about/blogs/news/americans-

rate-pbs-and-its-member-stations-most-trusted-institution-for-the-15th-consecutive-year/.

128 例如，參見：Rick Edmonds, "News Media Alliance Seeks Antitrust Exemption to Negotiate a Better Deal with Facebook and Google," *Poynter*, July 10, 201,. https://www.poynter.org/business-work/2017/news-media-alliance-seeks-antitrust-exemption-to-negotiate-a-better-deal-with-facebook-and-google/.

129 Des Freedman, " Public Service and the Journalism Crisis: Is the BBC the Answer?" *Television and New Media*, 2018.

結語　我們需要的媒體

1 將新聞業視同民主社會的核心基礎設施的相關討論，參見：Robert McChesney, *People Get Ready* (2016), 151– 208.

2 此處部分內容摘自這篇文章：Victor Pickard, "The Violence of the Market," *Journalism: Theory, Practice and Criticism* 20, no. 1 (2019): 154–158.

3 Erik Olin Wright, "How to Be an Anticapitalist Today," *Jacobin Magazine*, 2015, https://www.jacobinmag.com/2015/12/erik-olin-wright-real-utopias-anticapitalism-democracy/.

4 這個數字是基於羅伯特・麥契斯尼和約翰・尼科爾斯（John Nichols）的分析。他們估算，一八四〇年代報紙的年度郵政補貼占 GDP 的百分比，相當於二〇〇八年的三百億美元。他們在《美國新聞業的死與生》（*The Death and Life of American Journalism*）一書的頁二〇六——二〇八解釋了他們是怎麼估算的。他們還指出，這個數字與國際標準是一致的——事實上，或許還是在相對較低的一端。

5 關於這些努力的概述，參見：Ingram, "The Media Today." Kris Holt, "Facebook Can t Find Enough Local News for Its Local News Service," March 18, 2019, https://www.engadget.com/2019/03/18/facebook-local-news-availability-today-

in-journalism-project/.

6 Karr and Aaron, "Beyond Fixing Facebook."

7 Scott Galloway, "Silicon Valley s Tax-Avoiding, Job-Killing, Soul-Sucking Machine," *Esquire*, February 8, 2018, https://www.esquire.com/news-politics/a15895746/bust-big-tech-silicon-valley/.

8 有關此一概念的較早的表述，參見：Victor Pickard, "Yellow Journalism, Orange President," *Jacobin*, November 25, 2016, https://www.jacobinmag.com/2016/11/media-advertising-news-radio-trump-tv/; Steve Waldman, "What Facebook Owes to Journalism," *New York Times*, February 21, 2017, https://www.nytimes.com/2017/02/21/opinion/what-facebook-owes-to-journalism.html; Emily Bell, "How Mark Zuckerberg Could Really Fix Journalism," *Columbia Journalism Review*, February 21, 2017, https://www.cjr.org/tow_ center/mark-zuckerberg-facebook-fix-journalism.php; Victor Pickard, "Breaking Facebook s Grip," *Nation*, 306, no. 15 (2018): 22– 24. Earlier digital version posted April 18, 2018, https://www.thenation.com/article/break-facebooks-power-and-renew-journalism/.

9 Lindsay Green-Barber, "Connecting the Dots: Engaged Journalism, Trust, Revenue, and Civic Engagement," *Impact Architects*, January 31, 2018, https://medium.com/the-impact-architects/connecting-the-dots-engaged-journalism-trust-revenue-and-civic-engagement-b5b469676543.

10 關於這類型新聞業的更詳細討論，參見：Solutions Journalism, "What is Solutions Journalism?" March 6, 2017, https://thewholestory.solutionsjournalism.org/what-is-solutions-journalism-c050147bb1eb.

11 有關各種潛在模式的深刻討論，參見：Thomas Hanna, *Our Common Wealth: The Return of Public Ownership in the United States* (Manchester, UK: Manchester University Press, 2018).

12 Shoshana Zuboff, *Age of Surveillance Capitalism: The Fight for a Human Future at the New Frontier of Power* (New

York: Public Affairs, 2019); John Bellamy Foster and Robert McChesney, "Surveillance Capitalism: Monopoly Finance Capital, the Military-Industrial Complex, and the Digital Age," *Monthly Review*, 66, no. 3 (2014,); 1– 31.

國家圖書館出版品預行編目資料

新聞崩壞,何以民主?:在不實訊息充斥與數位平台壟斷時代裡,再造為人民與公共利益服務的新聞業/Victor Pickard著;羅世宏譯.--初版.--臺北市:五南圖書出版股份有限公司, 2022.01
面; 公分
譯自:Democracy without journalism?: confronting the misinformation society
ISBN 978-626-317-319-4(平裝)
1.新聞業 2.新聞自由 3.美國
899.52 110017737

1ZOY

新聞崩壞,何以民主?
在不實訊息充斥與數位平台壟斷時代裡,再造為人民與公共利益服務的新聞業

作　者— Victor Pickard
譯　者— 羅世宏 (413.2)
發 行 人— 楊榮川
總 經 理— 楊士清
總 編 輯— 楊秀麗
副總編輯— 陳念祖
責任編輯— 李敏華
封面設計— 姚孝慈
出 版 者— 五南圖書出版股份有限公司
地　址:106台北市大安區和平東路二段339號4樓
電　話:(02)2705-5066　傳　真:(02)2706-6100
網　址:https://www.wunan.com.tw
電子郵件:wunan@wunan.com.tw
劃撥帳號:01068953
戶　名:五南圖書出版股份有限公司
法律顧問　林勝安律師事務所　林勝安律師
出版日期　2022年1月初版一刷
定　價　新臺幣420元